ANNEMARIE BLENK

I am
LOVED

Über die Autorin:
Annemarie Blenk, 1992 in Münster geboren, wuchs in einer kleinen Waldsiedlung im Taunus auf und lebt heute mit ihrer Familie bei Bad Kreuznach. Durch die Liebe zu Fantasy-Büchern entdeckte sie während des Abiturs ihre Leidenschaft zum Schreiben. Nach der Veröffentlichung von »Zwillingskronen« und »1001 Nadelstich« widmet sich die dreifache Mutter nun vermehrt romantischen Geschichten, die durch ihren christlichen Glauben geprägt sind.

◌ annemarie.blenk
◌ Annemarie Blenk Autorin

Bibliografische Information der Deutschen Nationalbibliothek
Die Deutsche Nationalbibliothek verzeichnet diese Publikation in der Deutschen Nationalbibliografie; detaillierte bibliografische Daten sind im Internet über https://dnb.de abrufbar.

ISBN 978-3-96362-441-4
Alle Rechte vorbehalten
© 2025 by Francke-Buch GmbH
Am Schwanhof 19, 35037 Marburg an der Lahn
Umschlagbild: © iStockphoto.com / Pobytov
Umschlaggestaltung: Francke-Buch GmbH / Marion Schramm
Satz: Francke-Buch GmbH
Printed in Czech Republic

www.francke-buch.de
info@francke-buch.de

In liebevoller Erinnerung an
Karin Blenk 16.01.1962–24.12.2022

Was für immer bleibt, sind Glaube, Hoffnung und Liebe,
diese drei. Aber am größten von ihnen ist die Liebe.
(1. Korinther 13,13; NGÜ)

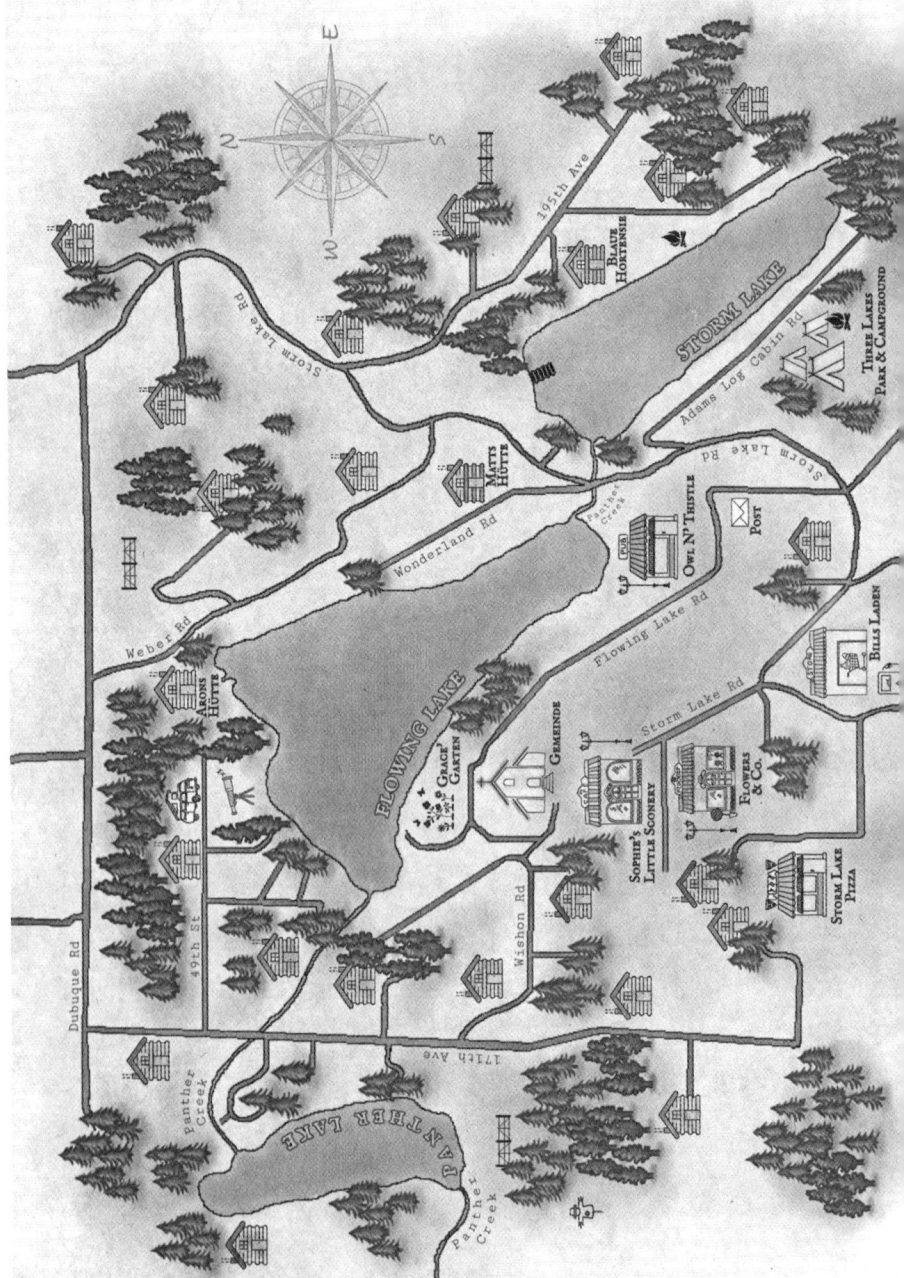

Kapitel 1

Maddie

Der erste Satz eines Buches gleicht einem Köder, der den Leser dazu bringt anzubeißen.

Das Zündschloss meines Autos glich einem schwarzen Loch. Je länger ich es betrachtete, desto mehr zog es mich an. Als besäße es eine eigene Art von Gravitation. Zeit und Raum schienen sich zu verbiegen. Keine Ahnung, wie lange ich es schon anstarrte.

Plötzlich erfüllte die Titelmelodie von *Medical Detectives* das Wageninnere und ließ mich unwillkürlich zusammenzucken. Stöhnend lehnte ich mich über die Mittelkonsole in den Fußraum der Beifahrerseite, um nach dem Handy zu greifen. Bei der unvorhergesehenen *Ich-bremse-abrupt-ab-und-parke-auf-dem-Seitenstreifen*-Pause war meine Tasche vom Sitz gerutscht.

»Hi, Kat. Was gibt's?«, fragte ich, um einen normalen Tonfall bemüht. Zumindest so normal, wie es eben ging, wenn man zuvor in den Sog des Zündschlosses geraten war.

»Bist du gut angekommen?« Meine beste Freundin Kathrine hielt sich selten mit Begrüßungsfloskeln auf und kam stets direkt zum Punkt. In meinem Fall zum *wunden* Punkt.

»Habe gerade geparkt«, entgegnete ich und rieb mir mit dem Unterarm den Schweiß von der Stirn. Es war brütend heiß in meinem Corolla. Ein Blick in den Seitenspiegel zeigte eine junge Frau mit geröteten Wangen und schweißverklebten Haaren. Ich sah fertig aus. Und das lag nicht nur an der Hitze. »Vor der *Blauen Hortensie*?«

Ich verdrehte die Augen. »Würdest du bitte aufhören, *es* so zu nennen?«

»Aber so heißt das Haus nun mal.«

»Wer gibt einem Haus ... nein, warte ... einer Angelhütte einen solchen Namen?«

Ach ja: mein verstorbener Vater.

»Hm«, machte Kat. »Als Hütte würde ich es ja nicht gerade bezeichnen ... Du bist meiner Frage ausgewichen.«

»Und du wolltest deine psychologischen Tricks bei mir sein lassen«, fauchte ich.

»Welche Tricks? Komm schon ... Sag mir, wo du bist!«

Mein Blick scannte die Umgebung jenseits der Windschutzscheibe. Dunkle Wolken rollten von Westen her auf mich zu.

»Auf dem Standstreifen irgendeiner Straße.«

»Aber du bist schon noch im Bundesstaat Washington, oder?«, witzelte Kat.

In Wirklichkeit erkannte ich sofort, wo ich mich befand: auf der Dubuque Road, kurz bevor es zu den Three Lakes abging. Während ich mit dem Zeigefinger auf den Handyrücken tippte, fand mein Blick zurück zum Zündschloss. Es gab so viel zu sagen, doch die Worte kamen mir nicht über die Lippen. Zum Glück musste ich sie auch nicht aussprechen. Kathrine Thompson, angehende Psychologin mit Profiler-Superkräften – daher der Klingelton der Mordermittlungsserie –, wusste immer, was in mir vorging. Schon vom ersten Schultag an waren wir unzertrennlich gewesen. Nach Moms Tod wurden wir zu Schwestern. Nur dank ihrer Freundschaft hatte ich im zarten Alter von gerade mal vierzehn Jahren das erste Weihnachtsfest ohne Mutter überstanden.

»Du hättest mit der Reise auch noch etwas warten können. Dann hätte ich dich begleitet.« Kats leise Stimme durchbrach das entstandene Schweigen. Mich störte die Traurigkeit, die sich, nachdem ich Vollwaise geworden war, ein weiteres Mal um uns gelegt hatte. Normalerweise waren Kat und ich fröhliche, verrückte junge Frauen, die Gott und das Leben dafür feierten, dass er sie unter beinahe acht Milliarden Menschen dazu auserkoren hatte, beste Freundinnen zu werden.

Deshalb war ich nun hier. Alles sollte wieder so werden wie früher. Ich würde das Haus – *die Angelhütte*, berichtigte ich mich in Gedanken – sichten, ein bisschen aufhübschen, schätzen lassen und verkaufen. So schnell wie möglich.

Ein Abschluss.

Ein Neustart.

Die düsteren Gedanken verflogen bei der Vorstellung, mit Kat in wenigen Monaten die *Seafair*, das legendäre Sommerfest Seattles, zu besuchen. Kat, ich und die *Torchlight Parade*.

Das Rascheln von Papier holte mich zurück in die Gegenwart. Kat befand sich gerade in der letzten Lernphase ihrer Abschlussprüfungen. Vermutlich sah ihr Studentenzimmer so aus, wie ich mir die Leitstelle einer Mordermittlung vorstellte: alles übersät mit Fotos und Notizen der gesammelten Informationen, die zusammenhängenden Hinweise mit einem roten Faden verbunden, bis sich ein erkennbares Muster abzeichnete. Ich konnte ein Prusten nicht unterdrücken.

»Woran denkst du?«, empörte sich Kat mit amüsiertem Unterton.

»An Russell Crowe in *The Next Three Days*.«

»Um deine Gedankengänge zu verstehen, reicht kein Master in Psychologie. Hast du in den nächsten drei Tagen etwa vor, jemanden aus dem Gefängnis zu befreien?«

Mein Lachen wurde lauter. »Deswegen bin ich die perfekte Freundin für dich, Kat. Wir wissen doch beide, wie schnell dir langweilig wird. Du wirst es schon noch herausfinden«, erwiderte ich und sandte ein Dankesgebet zum Himmel. Mit Kat zu reden, war Balsam für die Seele. Ihr Anruf war wie so oft zur rechten Zeit gekommen.

»Aber mal ernsthaft«, kam ich auf das Ursprungsthema zurück. »Von einer Reise kann man ja wohl kaum sprechen. Zum Storm Lake braucht man von Seattle aus gerade mal eine knappe Stunde.«

»Zwei, wenn du in die Rushhour gerätst«, warf Kat ein.

Erneut umspielte ein Lächeln meine Lippen. »Ich werde das schon schaffen«, sagte ich mehr zu mir selbst als zu ihr.

»Das wirst du«, bestätigte sie trotzdem. »Und ich bin Tag und Nacht erreichbar, falls du über Frank sprechen möchtest. Wenn es nötig ist, fahre ich sogar höchstpersönlich zu dir.«

Ungläubig hob ich die Augenbrauen. »Du hast das Auto seit einem halben Jahr nicht mehr bewegt. Sicher, dass der Motor nicht längst von Motten zerfressen wurde?«

»Motten fressen kein Metall, soweit ich weiß.«

»Sag mir, Frau Psychologin, wie heißt es im Fachjargon, wenn man panische Angst vorm Autofahren hat?«

»Amaxophobie«, antwortete Kat wie aus der Pistole geschossen. Aber sie ergänzte ein Zungenschnalzen, als ihr bewusst wurde, dass ich mich über sie lustig machte.

»Pass einfach auf dich auf, Maddie.«

»Na klar.« Mein Blick landete erst auf dem Zündschloss und anschließend auf dem Schlüssel in meinem Schoß. Ich brauchte ihn nur wieder hineinzustecken, umzudrehen und loszufahren. »Was soll schon schiefgehen?«

Mein Wort in Gottes Ohr.

Kapitel 2

Maddie

Ein altes Kapitel neu zu gestalten, ist oft mühsamer, als ein frisches zu beginnen.

Mit gemischten Gefühlen fuhr ich auf den kleinen Privatparkplatz, der den Anwohnern des Storm Lake vorbehalten war. Ich verband viele Erinnerungen mit der *Blauen Hortensie*. Bevor Mom gestorben war, hatte meine Familie alle freien Tage hier verbracht. In dem Sommer danach hatten wir Kat mitgenommen. Die Besuche hatten aufgehört, nachdem ich mit sechzehn zu ihr gezogen war. Mich diesem Ort voller trauriger Andenken nicht weiter aussetzen oder mit Frank angeln gehen zu müssen, nur um hier nicht allein zu sein, war ein Segen gewesen. Trotzdem hatte ich es vermutlich in den letzten fünfundzwanzig Jahren auf mehr Stunden am Wasser gebracht, als Kat es in ihrem ganzen Leben schaffen würde.

Ich parkte das Auto auf einem der freien Stellplätze, band mir einen hohen Pferdeschwanz – nur um ihn gleich wieder zu lösen – und stieg aus. Kies knirschte unter meinen Ballerinas. Das Geräusch jagte mir eine Gänsehaut über die nackten Arme. In Gedanken hörte ich Frank vor mir herlaufen. Schwer bepackt mit Rutentasche und Klappstuhl, bohrten sich seine Schuhsohlen bei jedem Schritt in den steinigen Untergrund. Fester, als es nötig gewesen wäre, schlug ich die Fahrertür zu, um mich in die Gegenwart zurückzuholen. Einer der Psalmen kam mir in den Sinn. *Ich werde mich nicht fürchten,* ermutigte ich mich. Doch es war Kats Stimme, die die Worte in meinem Geiste aussprach. Meine persönliche Mutmacherin.

Tief durchatmend setzte ich einen Fuß vor den anderen, bis

der Trampelpfad in Sicht kam, der durch das kleine Wäldchen zur *Blauen Hortensie* führte. Der leicht feuchte Boden dämpfte den Klang meiner Schritte, dafür hörte ich allerlei Vögel zwitschern. Die Wolkendecke riss für einen kurzen Moment auf. Sonnenstrahlen fielen vereinzelt durch die dichten Baumkronen. Es dauerte nicht lange, bis die Hütte in Sicht kam. Ihr Anblick löste die verschiedensten Gefühle in mir aus: Zerrissenheit, Wehmut, Trauer und allem voran Zorn.

Und da war natürlich Irritation. Wie immer. Denn ich hatte nicht die geringste Ahnung, warum Frank sie *Blaue Hortensie* getauft hatte. An dem Gebäude war nichts in dieser Farbe zu finden. Von dem windschiefen, ausgeblichenen Holzschild über der Eingangstür einmal abgesehen, auf dem in krakeligen blauen Lettern der Name geschrieben stand.

In einigen Metern Entfernung kam ich stirnrunzelnd zum Stehen. Warum hatte ich meine Eltern nie danach gefragt?

Wie angewurzelt betrachtete ich die Hütte. Eine kleine, salbeigrün gestrichene Holzbrücke führte zur Haustür, da sie direkt in den steilen Abhang hineingebaut worden war. Doch die Natur versuchte sich das Land bereits zurückzuholen. Pflanzenranken schlängelten sich durch das Kreuzmuster der Seitenabtrennung und die Überdachung hindurch. Bestimmt hausten dort achtäugige Monster, die nur darauf lauerten, sich auf Besucher zu stürzen. Bei der Vorstellung schüttelte es mich. Ich ging ein paar Schritte seitlich und hangabwärts, um am Haus vorbeischauen zu können. Der Ausblick von der hinteren Veranda aus auf den See hinab war atemberaubend. Dort war bis zu Moms Tod mein Lieblingsleseort gewesen. Aber mein Blick blieb von Gestrüpp versperrt. Mir entwich ein Seufzen, als ich langsam zum Eingang zurückkehrte und erneut das Schild betrachtete.

»Kann man dir helfen?«, erklang hinter mir die Stimme eines Mannes. Erschrocken fuhr ich mir über die feuchten Wangen, ehe ich mich umwandte. Mein Lächeln geriet schief und gefror mir im Gesicht. Das musste der Verwalter der Campinganlage sein. Nathan, der Nachlassverwalter, hatte mir zuvor in einer E-Mail mitgeteilt, dass ich hier jemanden zur Schlüsselübergabe treffen würde. Natürlich hatte es sich dieser nicht nehmen lassen, mir Franks letzten Wunsch – ich würde hier hoffentlich den gleichen Frieden erfahren wie er zu seiner Zeit – erneut mitzuteilen. Nach allem, was an diesem Ort passiert war, müsste dafür jedoch ein Wunder geschehen.

In den Zeiten, in denen Frank die Hütte nicht selbst genutzt hatte, war sie an Urlauber vermietet worden. Um sich Arbeit zu ersparen, hatte er vor einigen Jahren die Betreuung der Gäste an den Campingplatz auf der anderen Seite des Sees abgegeben. Als es hieß *Verwalter,* hatte ich mit einem alten Kauz gerechnet oder mit einem überengagierten Studenten, aber nicht mit ... ja, mit *ihm.* Einem Pfadfinder, allem Anschein nach. Zumindest kleidete er sich so. Die an den Knien abgetrennte Outdoorhose war mit kleinen Pins versehen, wahrscheinlich irgendwelche Abzeichen. Das unter den Armen durchgeschwitzte beigefarbene Kurzarmhemd trug über der Brusttasche die Aufschrift *B.I.G.* – möglicherweise die Abkürzung seines Stammes? Lediglich das rote Halstuch fehlte, um das Bild in meinem Kopf zu vervollständigen.

Als sich unsere Blicke trafen, erschrak ich beinahe. Es gab in meinem Umfeld nur sehr wenige Menschen mit so blauen Augen. Karibikblau, so würde ich sie in einem Buch beschreiben. Unweigerlich erinnerten sie mich an meine Mom und zogen mich gegen meinen Willen mit in die Vergangenheit.

Ich saß auf der Veranda der *Blauen Hortensie* und las *Der Herr der Fliegen* für den Englischunterricht. Die Schiebetür zum Wohnbereich stand einen Spalt offen und ich hörte meine Eltern miteinander diskutieren. Es ging um die Jahreshauptversammlung der Hauseigentümer. Eigentlich hatten sie geplant, gemeinsam hinzugehen, aber Frank hatte den Termin vergessen und sich zum Angeln verabredet. Mom schien nicht glücklich, doch letztlich hörte ich, wie Dad ihr einen Kuss gab und das Haus durch die Vordertür verließ. Kurze Zeit später trat Mom zu mir nach draußen. Aus dem Augenwinkel sah ich, wie sie sich an das Verandageländer lehnte und den See betrachtete. Ihr Seufzen veranlasste mich dazu, das Buch sinken zu lassen. Mom massierte sich mit dem Zeige- und Mittelfinger die Schläfen, so als hätte sie Schmerzen. Dabei hatte ich den Eindruck gehabt, dass ihre Migräneattacken seltener geworden wären. »Soll ich heute mitkommen?«, fragte ich, was ihr ein sanftes Lächeln entlockte. Sie verneinte, kam zu mir herüber, verabschiedete sich mit einem Wangenkuss und verließ allein die *Blaue Hortensie*. Ich wünschte, ich hätte sie aufgehalten – sei es nur für wenige Minuten. Vielleicht hätte es alles verändert. Aber tragischerweise tat ich nichts und ihr Auto verunglückte. Sie starb allein.

Das war lange her und es hieß, Details über das Aussehen eines geliebten Menschen vergesse man mit der Zeit. An ihre Augen würde ich mich allerdings mein ganzes Leben erinnern. »Alles okay?«

Ich blinzelte. »Was? Ja ... na klar!«

»O-kay ...«, entgegnete der Mann gedehnt, doch das breite Lächeln kehrte bereits auf seine Züge zurück. »Hast du dich verlaufen?«

»Nein.« Die vier Buchstaben purzelten aus mir heraus. Mein Verstand versuchte immer noch, die vielen Eindrücke und Erinnerungen zu verarbeiten. »Die Hütte ...«, ich wies mit dem Daumen hinter mich, »gehört jetzt mir. Hast du die Schlüssel?« Auf seiner Stirn erschien eine tiefe Falte. Dann brach er ohne Vorwarnung in Gelächter aus. »Was ist so lustig?«, presste ich zwischen den Zähnen hervor und verschränkte die Arme vor der Brust.

Er machte eine wegwerfende Handbewegung. »Das hat nichts mit dir zu tun«, sagte er beschwichtigend. »Na ja, irgendwie doch. Aber eigentlich liegt es an mir. Noch mal auf Anfang.« Er räusperte sich, trat einen Schritt auf mich zu und streckte mir seine von Schwielen übersäte Hand entgegen. »Hi, ich bin Matt. Sorry für den schrägen Auftritt.«

Immer noch in Abwehrhaltung verzog ich missmutig den

Mund. Aus zu Schlitzen verengten Augen musterte ich den Mann einige Sekunden. Es war sein ehrliches Lächeln, das mich schließlich den Ärger vergessen ließ. So gab ich mir einen Ruck, löste die verschlossene Haltung und schlug ein. »Madison Clark.«

»Clark«, wiederholte er leise und ich sah, wie ihm echte Trauer für einen Moment die Sprache verschlug. »Du bist Franks Tochter, oder?«, fragte er, nachdem er sich erneut geräuspert hatte.

Ich nickte.

»Es ist schön, deine Bekanntschaft zu machen.« Er zog die Hand weg und rieb sich über Kinn und Nacken. »Irgendwie dachte ich, du wärst ein Kerl.«

»Madison ist ein Unisexname«, entgegnete ich. Den Kommentar, bisher noch keinen Mann getroffen zu haben, der so hieß, sparte ich mir.

Er hob entschuldigend die Hände. »Da hast du sicher recht, aber ich muss gestehen, dass ich mir die Namen der Gäste gar nicht angeschaut habe. Als ich hörte, es gehe um die *Blaue Hortensie*, die meist von Anglern gemietet wird ... da dachte ich ...« Matt schüttelte den Kopf und mied meinen Blick. »Jedenfalls habe ich dich deshalb eher für orientierungslos als für einen Gast gehalten.«

Ich war nicht ganz sicher, was mich mehr verärgerte – die Tatsache, dass er sich nicht mal die Mühe machte zu überprüfen, wen er in meine Hütte ließ, oder seine falsche Annahme, nur Kerle würden sich für einen Ort wie diesen interessieren.

»Frauen angeln auch«, platzte es in vorwurfsvollem Ton aus mir heraus.

Hatte er tatsächlich gerade geschnaubt?

»Ja klar«, gluckste er.

Also hatte er definitiv geschnaubt. Was für ein Macho.

»Wie bitte?«, echauffierte ich mich. »Wieso sollten Frauen denn nicht angeln?«

Ihm gefror das Grinsen und ich bemerkte, wie sein Blick von meinem Gesicht abwärts wanderte – über das dunkle Top, die hellblauen Jeans zu den zartrosafarbenen Ballerinas hinab. Amüsiert hob er eine Augenbraue. Zugegeben, die Schuhe wirkten auf dem Waldboden irgendwie fehl am Platz. Er registrierte meine frisch manikürten Fingernägel, bevor er mir wieder in die Augen sah. Hätte ich mich doch bloß nicht von Kat zur Maniküre überreden lassen. Bei der Vorstellung, in die *Blaue Hortensie* zurückzukehren, war mir gestern jedoch so elend geworden, dass mir jede Ablenkung recht gewesen war. Ein herausforderndes Funkeln trat in Matts Augen, das mein Blut zum Kochen brachte. Moment mal ... dachte er etwa, dass ich ...?

»Du angelst also?«, fragte er zweifelnd und bestätigte damit meine Befürchtung. Aber anstatt seine Frage zu verneinen, schien ich mich auf einmal außerhalb meines Körpers zu befinden und sah mir selbst dabei zu, wie ich zustimmend nickte. Brannte da bei mir gerade eine Sicherung durch?

Es war noch nicht zu spät, um das Missverständnis aufklären. Aber ... *Angeln* konnte ja nicht so schwer sein und als Kind hatte ich schon das eine oder andere Mal eine Rute in der Hand gehalten. Meine Antwort war zugegebenermaßen fragwürdig. In diesem Moment schien mir jedoch jedes Mittel recht, um ihm ja nicht die Genugtuung zu schenken, mit seinem Klischeedenken über mich richtigzuliegen. Ein wahres Dilemma.

»Dann nehme ich alles zurück und entschuldige mich bei dir«, erklärte er ernst.

Bei seinen ehrlichen Worten regte sich augenblicklich mein schlechtes Gewissen – aber halb so wild. Ich musste einfach nur meinen Stolz hinunterschlucken und die Situation klarstellen.

Am besten auf drei. Eins. Zwei. Drei: »Nicht nur bei mir. Bei der gesamten Damenwelt, wenn ich bitten darf.«

So viel zu dem Thema.

»Na gut. Ich werde es auf Instagram verkünden.«

Das brachte mich zum Schmunzeln, was ich aber sofort unterdrückte. So leicht wollte ich es ihm nicht machen.

»Dann hast du ja wirklich vom Besten gelernt. Frank war ein toller Angellehrer.«

Mit dieser Bemerkung machte er sich bei mir nicht unbedingt beliebter. »Jepp.«

»Merkwürdig. Er hat nie eine angelnde Tochter erwähnt.«

Mir hätte eigentlich klar sein müssen, dass Frank nach Moms Tod nicht gern über mich gesprochen hatte. Trotzdem tat die Erkenntnis unerwartet weh. Um Gleichgültigkeit bemüht, zuckte ich nur mit den Schultern.

»Es hieß, es würde noch dauern, bis das mit dem Nachlass geklärt ist. So lange sollten wir mit der Vermietung fortfahren. Hätte ich gewusst, dass du kommst, dann ...« Er stockte.

»Dann was?«

»Frank war ein guter Mann. Mein aufrichtiges Beileid.« Er unterdrückte einen Fluch und rieb sich erneut den Nacken. Der Mann tat mir ja fast ein bisschen leid. »Schon okay. Wir standen uns nicht besonders nahe.«

Seine Brauen zogen sich besorgt zusammen, eine Reaktion, die mir nicht fremd war. Alle Menschen hatten Frank und seine zuvorkommende Art gemocht. Dass er ein mieser Vater gewesen sein sollte, passte nicht zu seinem Image.

»Kanntest du ihn denn gut?«, fragte ich.

»Wir haben uns manchmal am Wasser getroffen«, erklärte er knapp. Vielleicht fühlte er sich unwohl, über einen Toten zu sprechen; zumindest beobachtete ich das in letzter Zeit häufiger bei anderen. Um ehrlich zu sein, ging es mir genauso.

»Wo auch sonst.«

Mein Grummeln brachte ihn zum Lachen. »Ja, Frank hat das Angeln geliebt. Diese Leidenschaft scheint euch ja im Blut zu liegen.« Während er sprach, musterte er mich ganz genau, weshalb sich mein Magen krampfhaft zusammenzog. Warum ließ er das Angelthema nicht endlich fallen?

»Wir hatten nicht wirklich viel gemeinsam«, wich ich einer klaren Antwort aus. Ein ziemlich bitterer Geschmack breitete sich auf meiner Zunge aus. »Aber die Natur liebe ich genau wie er.«

Matt zog einen Schlüsselbund aus der Hosentasche. Auf dem kleinen Schild daran war eine blaue Hortensie abgebildet.

»Brauchst du Hilfe mit deinem Gepäck?«

»Nein, das schaffe ich schon.«

»Gut.« Er streckte mir die Schlüssel entgegen.

Ich öffnete den Mund, um die drei Worte zu sagen, die mein ganzes Auftreten von zuvor Lügen strafen würde – »Ich angele nicht« –, als sein Blick mich gefangen nahm und sich unsere Fingerspitzen berührten. Zischend zog Matt plötzlich seine Hand zurück. »Da steht aber einer unter Strom«, witzelte er.

Ich dagegen hatte nichts gespürt, von dem Biss des schlechten Gewissens einmal abgesehen.

»Hast du den Code für die Alarmanlage?«

Irritiert sah ich von den Schlüsseln auf. »Ich weiß von keiner Alarmanlage.« Wann hatte Frank die denn einbauen lassen?

»Ist noch nicht so alt«, erklärte Matt. »Der Code ist: 050598.«

Ich erstarrte. Mein Geburtsdatum.

Meine Kehle schnürte sich zu. Nicht mal ein Dankeschön kam mir über die Lippen.

»Also falls du noch was brauchst oder etwas unklar ist, ruf an oder komm vorbei. Das Büro ist gleich neben dem Eingang des Campingplatzes.« Matt wandte sich ab und hob die Hand zum Abschied. »Ich schätze, wir sehen uns am Wasser!«, rief er über die Schulter.

Endlich gelang es mir, mich aus der Starre zu lösen. »Am Wasser?«, hakte ich nach.

Er lachte und ein Grübchen erschien in seinem Profil. »Ja, am Wasser. Ich arbeite als Fishing Guide. Wir werden uns bestimmt öfter dort über den Weg laufen.«

Es gelang mir gerade noch so, ein genervtes Stöhnen zurückzuhalten. Zum Glück sah er nicht, wie ich auf die letzten Worte reagierte, denn er war schon durch das Dickicht verschwunden. Denn wenn es eine Sache gab, die ich mir nach Moms Tod geschworen hatte, nie wieder zu tun, dann war es, angeln zu gehen.

Hilflos blieb ich zurück, kaute auf der Unterlippe und überlegte, welchen Eindruck es hinterlassen würde, wenn ich meine Sachen gar nicht erst ausräumte und stattdessen direkt wieder nach Seattle aufbrach. Möglicherweise könnte ich ja das Geld für eine Firma aufbringen, die ich mit dem Verkauf der Hütte betrauen konnte. Wie viel das wohl kostete? Dann müsste Matt nie erfahren, dass ich gelogen hatte.

Frauen angeln nicht, pah! Merkwürdige Einstellung für einen Fishing Guide. Na, zumindest hatte ich mit meiner Pfadfinder-Vermutung gar nicht so falschgelegen.

Mit in den Nacken gelegtem Kopf spähte ich durch das Blätterdach zum Himmel hinauf.

Was tue ich hier?

Leider erhielt ich keine Antwort.

Jedenfalls keine, die mir gefiel.

Kapitel 3

Maddie

Wie die Blütenfarbe der Hortensie vom pH-Wert
des Bodens abhängt, so spiegelt sich die Lebensrealität
eines Autors in seinem Geschriebenen.

Natürlich fing es ausgerechnet dann an zu regnen, als ich meine Taschen aus dem Auto zum Haus trug. Den ganzen Vormittag war es schon drückend heiß gewesen, daher hätte ich mich über die Abkühlung eigentlich freuen sollen. Soweit ich wusste, gab es in der Hütte nämlich keine Klimaanlage. Definitiv ein Punkt, den ich auf die Liste der Dinge setzte, die ich vor dem Verkauf in Angriff nehmen wollte. Trotzdem hätte der Himmel doch wenigstens so lange damit warten können, die Schleusen zu öffnen, bis ich trockenen Fußes im Inneren angelangt war. Aber nein, stattdessen lief ich durch den Regen und fragte mich, wie viel schlimmer der Tag noch werden konnte.

Meine zögerlichen Schritte über die Holzbrücke hallten unnatürlich laut in mir nach. Der Schlüssel bohrte sich unangenehm in meine Handfläche, so verkrampft war ich. Statt Blut schien pure Nervosität durch meine Adern zu fließen. Vor der Tür trat ich von einem Fuß auf den anderen. Würde es drinnen genauso aussehen wie früher? Mein Herz rutschte eine Etage tiefer bei dem Gedanken, das Haus zu betreten. Ein heller Blitz tauchte das Grün der Umgebung in Silberlicht. Der Donner folgte.

Ich werde mich nicht fürchten.

Zitternd öffnete ich die Glastür und trat ein. Das Klicken des Schlosses, als die Tür hinter mir zuflog, klang endgültig. Horrorfilmmäßig. Ich sah über die Schulter zurück, doch meine Sicht war durch die Jalousie versperrt. Jetzt beinahe dankbar für den

Regen – bei besserem Wetter hätte ich vermutlich immer noch dort draußen gestanden –, sah ich mich im Eingangsbereich um.

Etwas ratlos stand ich dort und lauschte den Wassertropfen, die von den Riemen meines Rucksacks auf den Boden platschten. Völlig aus dem Nichts traf mich die Sehnsucht nach einem Hund. So hätte ich zumindest jemanden zum Reden. »Komm, Darcy«, würde ich zu ihm sagen – denn einen Hund würde ich als absoluter Jane-Austen-Fan auf jeden Fall nach dem männlichen Protagonisten benennen. »Wir packen erst einmal aus und dann besorgen wir uns was zu essen.«

Wow. Jetzt redete ich schon mit einem imaginären Hund. Wenn Kat das mitbekäme, würde sie mich sofort an einen Kollegen überweisen.

Seufzend ließ ich die Sporttasche fallen und fühlte mich gleich auf mehrere Arten erleichtert. Ich war hier und stellte mich der Vergangenheit.

Das war ein Sieg, auch wenn ich klatschnass und zitternd aufs Siegertreppchen kletterte. Ein leiser Piepton erregte meine Aufmerksamkeit. Er kam von einem rechteckigen Kasten gleich neben der Haustür. Ein rotes Blinken gab den dazugehörigen Takt an.

Die Alarmanlage. *Mist!*

Schnell stürmte ich darauf zu und gab den Code in das Bedienfeld ein. Blinklicht und Alarmton verschwanden. Ich wertete das als ein gutes Zeichen. Langsam drehte ich mich wieder dem Raum zu. Wind peitschte die Bäume vor der langen Fensterfront des tiefer gelegten Wohnzimmers von einer Seite auf die andere. Ohne den Rucksack abzulegen, trat ich vom Flur in den größeren Teil des Hauses. Die nassen Sohlen quietschten auf dem blanken Dielenboden, also entledigte ich mich schnell der ohnehin komplett durchnässten Ballerinas und ging weiter. Ignorierte die mit einem See bemalte Tür zur Abstellkammer neben der Küchenzeile. Dass ich mich der Vergangenheit stellte, bedeutete ja nicht unbedingt, dass ich gleich die ganze Torte auf einmal verspeisen musste. Ein kleines Stück nach dem anderen reichte vollkommen aus. Sonst bekam ich Bauchweh. Buchstäblich, denn Sorgen schlugen mir in der Tat oft auf den Magen.

Zwei Stufen führten abwärts zum Wohnbereich mit der alten Ledercouch, der sich kaum verändert hatte. Auf der Veranda standen die beiden identischen Korbsessel. Verblichene Polster waren über seitliche Riemen darauf befestigt. Ein leeres Glas auf dem Beistelltisch war umgekippt und bedrohlich nah an den Rand gerollt. Das Willkommenstütchen Tee lag durchweicht daneben. Die ganze Szene erweckte den Eindruck, als hätte hier vor Kurzem noch jemand gesessen. Vielleicht kam das aber auch nur daher, dass die Erinnerung an meinen Vater hier überall noch so präsent war. Mein Blick glitt zum See und sofort schnürte sich etwas in meiner Brust zusammen. Der Regen traf in sanften Schleiern auf die Wasseroberfläche, die sich unter den Tropfen kräuselte und den Gefühlen in meinem Inneren glich – und plötzlich war der Kloß in meinem Hals nicht mehr zu ignorieren. Bevor ich es verhindern konnte, liefen mir Tränen über die Wangen. Wie konnte es sein, dass die zerbrechliche Schönheit dieses Moments so sehr schmerzte?

Während ich so auf den See starrte, an manchen Tagen so still, aber heute dem Chaos des Regens ausgeliefert, drängte sich mir der Gedanke auf, dass es ein Sinnbild für die Vergänglichkeit des Lebens war: Über Generationen hatte der Storm Lake wohl schon alles gesehen – Stürme, die kamen und gingen; die klaren und friedlichen Tage –, aber was immer geschah, war dem unaufhörlichem Fließen der Zeit unterworfen. Über allem stand jedoch das Versprechen, dass am nächsten Morgen die Sonne wieder aufgehen würde. Dieser See erinnerte mich an Gott: unerschütterlich und beständig. Doch gleichzeitig fragte ich mich, ob er mich vergessen hatte. Wie konnte ich, nach allem was passiert war, noch sicher sein, dass Er derselbe geblieben war und sein Versprechen für mich immer noch galt? Kat hätte mir jetzt bestimmt einige Bibelstellen zu diesen Zweifeln nennen können. Doch sie war nicht hier. Ich beschloss, hineinzugehen und meine Gedanken niederzuschreiben, um vielleicht zwischen den Zeilen eine Antwort zu finden.

Es regnete für den Rest des Tages. Nachdem ich eine Zeit lang gewartet und gehofft hatte, dass es etwas nachlassen würde, machte ich mich schließlich gegen Spätnachmittag frisch umgezogen auf den Weg zum Einkaufen. Das kleine Lebensmittelgeschäft am Storm Lake, dem östlichsten der drei Seen, ungefähr sieben Minuten von der *Blauen Hortensie* entfernt, existierte nach all den Jahren immer noch. Frank hatte das Geschäft den größeren Malls in Snohomish, der nächstgelegenen Stadt, vorgezogen. Die Auswahl war zwar begrenzt, aber für das Nötigste würde es allemal ausreichen.

Ich parkte das Auto seitlich zu der angeschlossenen Tankstelle und beeilte mich, trockenen Fußes den Schutz des Vordachs zu erreichen – ohne großen Erfolg trotz des klapprigen Regenschirms. Kälte kroch durch die nassen Kleider in mein Innerstes. Ich sollte mir dringend eine Regenjacke zulegen. Leise vor mich hin grummelnd betrat ich den Laden. Ein Glöckchen über der Tür verkündete meine Ankunft.

Eine junge Frau in Regencape, unter dem nur rote Cowboyboots hervorlugten, drehte sich mit ihrem lässig in der Armbeuge hängenden Einkaufskorb zu mir um. Ihre braunen Augen strahlten Wohlwollen aus, und nachdem sie mich eingehend gemustert hatte, erschien ein breites Lächeln auf ihrem Gesicht. »Bill?«, rief sie, ohne den Blick von mir zu nehmen. »Bitte einmal einen heißen Kaffee für meine neue Freundin hier.«

Ich öffnete schon den Mund, um das Angebot auszuschlagen, als ein *Rums* ertönte. Kurz darauf trat ein mir vertrauter älterer Mann in Schürze mit dem Aufdruck des Geschäfts zu uns in den Gang.

»Da trifft mich doch der Schlag!«, platzte es aus Bill heraus.
Die junge Frau fuhr erschrocken zu ihm herum. »Wie bitte?«
»Mads?«

Bei dem Spitznamen zuckte ich unmerklich zusammen. Und auch wenn ich nervös schlucken musste, breitete sich eine wohltuende Wärme in mir aus. Bill erinnerte sich an mich.

Die junge Frau musterte den alten Mann und schien sich wieder zu entspannen.

»Hallo, Bill.« Zur Begrüßung hob ich die Hand. Eine Verlegenheitsgeste.

»Kümmer dich um die Kühlprodukte, Travis. Ich habe Kundschaft.«

»Ja, Sir!« Ein Mann, der allem Anschein nach Travis sein musste, kam um die Ecke. Er entdeckte die Cowboy-Lady an meiner Seite und zwinkerte ihr aufreizend zu, bevor er im nächsten Gang verschwand.

Der Geschäftsführer trat derweil um die errötende Frau herum auf mich zu. Seine zerknitterten Gesichtszüge verzerrten sich zu einem traurigen Lächeln. Einen Moment später zog er mich in seine Arme. »Es tut mir so leid, Mads«, flüsterte er und ich musste gegen das Verlangen ankämpfen, mich ganz fallen zu lassen und wie ein kleines Mädchen loszuheulen. »Ich wäre zur Beisetzung gekommen, aber der Laden, die Strecke ...« Er brach ab und fügte dann hinzu: »Es ist schön, dich zu sehen.«

Nickend löste ich mich aus der Geborgenheit, die seine Umarmung mir bot. Gerne hätte ich ihm gesagt, dass ich ihn um seine Abwesenheit beneidete. Ich hätte die Beerdigung auch am liebsten geschwänzt. Aber solche Kommentare stießen bei den meisten Menschen auf Unverständnis, deswegen behielt ich sie besser für mich.

Um mir einen Augenblick Zeit zu geben, wandte sich Bill an die Frau mit den roten Boots. »Madison hat früher stundenlang auf dem Tresen dort vorne gesessen und die *Seahawks* angefeuert, während sich ihr Vater mit mir verquatscht hat.«

Mein Blick fand automatisch den kleinen Fernseher oberhalb der Ladentheke. Es war noch dieselbe verstaubte Monstrosität wie damals vor gut zwanzig Jahren. Obwohl Bill älter als Frank war, hatten sie sich angefreundet. Schließlich waren sie beide Angler. Mit zwei Fingern massierte ich mein Brustbein in der Hoffnung, dass das schmerzhafte Ziehen in meinem Brustkorb dadurch nachlassen würde.

»Bist du immer noch so ein Football-Fan, Mads?«

»Hm?«, murmelte ich, ganz in meiner Erinnerung gefangen.

Er wiederholte seine Frage.

»Das ist lange her«, flüsterte ich. Meine Stimme klang belegt. »Und Mads nennt mich auch keiner mehr.«

»Und du machst hier Urlaub?«, fragte die junge Frau.

»Nein. Ich meine: ja. Also irgendwie schon. Die *Blaue Hortensie* gehört jetzt mir«, erklärte ich.

Bill nickte stumm, während die Cowboy-Lady fragend die Augenbrauen hob. »Das ist eine Angelhütte am Storm Lake«, fügte ich hinzu.

»Mehr als eine Angelhütte«, brummte Bill und ich verdrehte innerlich die Augen.

»Wow, das klingt aufregend. Mir ist bisher noch keine Frau begegnet, die angelt«, verkündete die Frau quietschend und klatschte dabei in die Hände. »Wusstet ihr, dass es einen sauren Boden braucht, damit Hortensien blau blühen? Ich bin übrigens Grace. Du musst mir alles über deine Ankunft erzählen, während wir unseren Kaffee trinken.«

»Unseren ...?« *Moment – angeln?* Wieso hielt mich jeder gleich für eine Anglerin, nur weil ich Franks Hütte geerbt habe?

»Kaffee, genau. Kommt sofort!« Bill zwängte sich zwischen uns Frauen hindurch, um hinter dem Verkaufstresen zu verschwinden. Kurze Zeit darauf hörte ich das Mahlwerk die Bohnen zerkleinern.

»Also eigentlich wollte ich nur das Nötigste einkaufen und schnell was essen«, begann ich mich herauszureden, doch Grace winkte sogleich ab.

»Kein Problem. Ich bin Weltmeisterin im Kaffeeschnelltrinken. Danach können wir direkt los. Unsere *Storm Lake Pizzeria* ist sehr zu empfehlen. Ich habe noch keine bessere Margherita gegessen.« Sie zog ein Notizbuch aus ihrer Tasche, schlug es an einer Markierung auf und nickte dann zustimmend.

»Äh ...!« Zugegeben, ich kam mir ein bisschen dämlich vor mit meinem Gestotter. Aber diese fröhliche Frau überrumpelte mich total. Normalerweise hatte ich nichts dagegen, neue Bekanntschaften zu machen. Doch *normal* war aktuell ein Zustand, an den ich nur verschwommene Erinnerungen hatte. Den ersten Abend am Storm Lake hatte ich mir jedenfalls allein auf der Couch vorgestellt, Franks versiegelten Abschiedsbrief anstarrend, den Nathan mir mitgegeben hatte ...

»Das klingt perfekt«, beeilte ich mich zu sagen, bevor Grace wegen meines Zögerns einen Rückzieher machen konnte. »Ich liebe Pizza.«

Mit dem Stift setzte sie einen Haken – wohinter, das erkannte ich nicht, aber es schien, als gelte damit unsere Verabredung.

Den Brief konnte ich auch ein anderes Mal lesen.

Morgen.

Oder übermorgen.

Am besten gar nicht.

Kapitel 4

Maddie

*Manche Gerüche sind wie Zeitreisen – unvorbereitet
entführen sie uns in die Vergangenheit
und erwecken alte Geschichten zu neuem Leben.*

In der ersten Nacht in der *Blauen Hortensie* schlief ich schlecht. Ich hätte gar nicht sagen können, woran es am meisten lag: an dem Ungetüm von Massivholzbett, das sich fremd anfühlte; an dem Sturm draußen; der Tatsache, dass ich hier noch nie allein übernachtet hatte oder dass Franks Brief ungeöffnet in der Nachttischschublade lauerte. Zu alldem kam noch, dass mein Magen beim Zubettgehen noch viel zu voll gewesen war. Der Abend hatte damit geendet, dass ich mich mit Grace durch die halbe Speisekarte des Restaurants gefuttert hatte. Manchmal traf man im Leben auf Menschen, die einfach perfekt zu einem passten. Grace war einer dieser Menschen für mich. Mit ihrer fröhlichen und offenen Art musste man sie einfach mögen. Sie wirkte interessiert an meinem Leben, ohne dabei zu aufdringlich zu sein, und schaffte es sogar, dass ich über das Schreiben sprach, obwohl ich diese Ambitionen meist lieber für mich behielt. Außerdem gelang es ihr auch, neben belanglosen Gesprächen über Mode – ihr Kleiderstil war wirklich speziell – mir immer wieder Informationen über die *Blaue Hortensie* zu entlocken. Der Abend war eine so willkommene Ablenkung gewesen, dass wir uns gleich erneut verabredet hatten.

Der Sonnenaufgang über dem Storm Lake gehörte zu den wenigen schönen Erinnerungen, die ich mit diesem Ort verband. Also nutzte ich die frühen, schlaflosen Morgenstunden, brühte frischen Kaffee auf, zog den warmen Kuschelpullover mit der

Aufschrift *Booknerd* – ein Geschenk von Kat – über und machte mich mit Tasse und Buch auf den Weg zum See. Der Himmel färbte sich schon in einem versöhnlichen Grau, während die Sterne nacheinander verblassten. Es waren kaum Wolken zu sehen. Nichts erinnerte an den Regen und den Sturm der vergangenen Nacht. Ich verließ die Hütte über die Veranda, ging die schmale Seitentreppe hinunter und wollte auf direktem Wege zum Wasser. Doch als ich die letzte Stufe erreichte, fand ich mich im Schatten des angrenzenden Schuppens wieder. Ich wusste genau, was Frank darin gelagert hatte. Mit fest aufeinandergepressten Lippen trat ich einen Schritt nach vorne und ehe ich darüber nachdenken konnte, steckte der Schlüssel, den ich von Nathan bekommen hatte, schon im Schloss und die Tür öffnete sich quietschend. Der vertraute, halb muffige, halb fischige Geruch von gebrauchtem Angelzubehör stieg mir in die Nase, die ich sofort angewidert rümpfte. Wie oft hatte unser Auto danach gestunken, weil Frank den Kescher nicht richtig ausgewaschen hatte. Das war einer der Gründe, warum ich meist nicht gewollt hatte, dass Kat mit uns zur Schule fuhr. Doch sie hatte sich nach anfänglichem Ekel schnell daran gewöhnt und immer ein kleines Raumspray im Rucksack dabeigehabt. Irgendwann überraschte sie mich schließlich mit der Aussage, dass sie diesen Duft wegen uns mit Vater-Tochter-Zeit verband. Dabei ging ihr viel beschäftigter Dad nicht einmal angeln.

Ich schaute mich in dem Raum um. An den Wänden hingen die unterschiedlichen Angelruten nach Größe und Zweck sortiert. In den Regalen links von der Tür standen kleine Boxen mit Schubfächern, in denen mein Vater seine verschiedenen Haken und Köder aufbewahrt hatte. In den Kästen darunter befand sich das Futtermehl zum Anfüttern der Fische. Franks Spezialmischung. Ich wollte gar nicht wissen, was für ein Gestank mir entgegenkommen würde, wenn ich die luftdichten Deckel anhob.

Drei gepackte Taschen standen auf der gegenüberliegenden Werkbank. Die kleine Rutentasche in Orange-Türkis hatte mal mir gehört. Frank musste sie all die Jahre aufgehoben haben. Ich erinnerte mich, wie sich der Verkäufer damals über meine Auswahl lustig gemacht hatte. »Die Fische sehen dich auf eine Meile Entfernung und nehmen gleich Reißaus.« Ein Lächeln stahl sich auf mein Gesicht. Ich hatte mich davon nicht beirren lassen. Es sollte diese Tasche sein und keine andere. Das war vor Moms Tod gewesen. Danach hatte ich nie wieder eine Angel in die Hand genommen.

Langsam, als könnte ich diese Erinnerung mit jedem Schritt unwiederbringlich zerstören, ging ich auf die Werkbank zu. Strich mit den Fingerspitzen über den Reißverschluss, öffnete ihn aber nicht. Stattdessen wandte ich mich den anderen beiden Taschen in Kakigrün zu. Die kleinere enthielt eine übersichtliche Auswahl der nötigen Ausrüstung zum Spinnfischen. Die passende Rute dazu lag direkt daneben. Alles bereit zum Aufbruch. Für diese Art des Angelns, bei der Raubfische das Ziel waren, wechselte man nach wenigen Würfen den Platz. Im Prinzip war es wie ein Spaziergang am Ufer entlang, bei dem der Angler sein Glück an verschiedenen Stellen versuchte. Mir wäre das Fischen zu anstrengend, aber einer Wanderung am Wasser war ich nie abgeneigt.

Die größere Tasche, eine klassische Rutentasche mit vier Fächern, sah schon arg mitgenommen aus. Hier und da entdeckte ich Flicken. Der Reißverschluss des hinteren Bereiches schloss nicht mehr und auf dem Stoff waren undefinierbare Flecken. Mein Blick wanderte weiter. Neben der Werkbank stand ein riesiger Angelrucksack auf dem Boden. Wie viel die ganzen Sachen hier wohl wert waren? Bestimmt würde einiges davon jedes Anglerherz höherschlagen lassen. Ich drehte mich einmal um die eigene Achse, dann verließ ich den Schuppen mit einem Punkt auf der To-do-Liste mehr.

Kurz bevor ich den Pfad zum See einschlug, erregten ein paar Fußabdrücke im Matsch meine Aufmerksamkeit. Sie führten einmal ums Haus herum den Hang hinauf. Nachdenklich und ein klein wenig alarmiert stakste ich zum Storm Lake. Nicht weit von hier gab es einen befestigten Weg, der für Spaziergänger und zum Schutz des Privatgrundes angelegt worden war. Vielleicht hatte sich ja nur jemand verlaufen. Schließlich hatte Matt das zuerst auch von mir angenommen. Meine Beunruhigung verschwand trotzdem nicht so schnell.

Kat behauptete immer, mit mir würde irgendetwas nicht stimmen, weil ich so eine Frühaufsteherin war. Wäre sie jetzt hier gewesen, hätte sie es vielleicht verstanden. Während der Himmel sich rosa färbte, waberte verheißungsvoller Nebel über den Storm Lake. Eine mystische Szenerie, die mir tausend Geschichten in den Kopf zauberte. Von meinem großen Stein aus beobachtete ich eine kleine Entengruppe dabei, wie sie im Schilfgras erwachte. Beinahe geräuschlos schwammen sie vom Ufer aus in die Mitte des Sees. Die Inspiration traf mich wie ein Blitzschlag. Vor meinem inneren Auge zeichnete ich ein großes, prunkvolles Herrenhaus, das sich majestätisch hinter einem See wie diesem erhob. Frühnebel bildete sich über der Wasseroberfläche und ließ es so aussehen, als würden die Schwäne durch Wolken gleiten. Sofort schnappte ich mir Notizbuch und Stift aus dem Rucksack, um die Idee festzuhalten. Mein Leben lang hatte ich mich schon in das geschriebene Wort geflüchtet, wenn die Welt mir zu turbulent, zu laut oder zu ernst wurde. Neben der Bibel las ich überwiegend historische Romane. Die Liebesgeschichten von früher bargen einen ganz besonderen Zauber. Es hatte weder meinen Vater noch Kat besonders überrascht, als ich verkündet hatte, Sprache und Literatur studieren zu wollen. Ich könnte Lehrerin werden – in dem Fall müsste ich bald eine Entscheidung treffen – oder aber, und das war der große Traum: Ich würde als Schriftstellerin arbeiten. Anderen Menschen mit meinen Geschichten über schwere Zeiten hinweghelfen, ihnen eine Auszeit aus dem stressigen Alltag verschaffen und sie zum Schmunzeln bringen, so wie es zum Beispiel Jane Austen bei mir schaffte, das wäre einfach wunderbar.

Doch ich war keine Träumerin. Zumindest nicht die Art, die glaubte, dass man vom Schreiben leben konnte. Vor der Abreise aus Seattle hatte ich mich bei einigen Zeitungen beworben, um zu testen, ob ich mir ein zweites Standbein als Journalistin aufbauen könnte. Jetzt hieß es abwarten und Däumchen drehen. Oder aktuell eben: Hütte verkaufen.

Als die ersten Sonnenstrahlen schräg durch die Baumkronen auf den wabernden Nebel fielen und mein Herz sich öffnete, um die ganze Schönheit dieses Moments aufzusaugen, sprang links von mir ein Hund zwischen den Büschen hervor. Er trug ein bordeauxrotes Halstuch und musterte mich mit schräg gelegtem Kopf.

»Mr Darcy«, flüsterte ich und war bereits wieder in meiner ganz eigenen Welt. Sofort kritzelte ich einen Hund mit Halstuch in das Notizbuch.

»Pepper!« Der Ruf des Herrchens hallte laut über den See und riss mich aus meiner Vorstellung. Okay, zugegeben, der Name passte besser zu dem frech aussehenden Vierbeiner. Der Klang der Stimme irritierte mich da mehr. Sie kam mir doch irgendwie bekannt ... Einen Atemzug später kam Matt zum Vorschein. Bepackt mit Rucksack und Rutentasche schlenderte er lässig zu mir herüber und lächelte von einem Ohr zum anderen. Hätte der Hund mir nicht plötzlich über die Finger geschleckt, wäre mein Starren sicher peinlich geworden.

»Nanu«, sagte ich, als der Australian Shepherd sein Kinn auf meiner Hand ablegte, die das Notizbuch hielt. »Du musst wohl Pepper sein.« Ich kraulte ihm das weiche Fell hinter den Ohren.

»Guten Morgen«, begrüßte mich Matt.

»Hi«, entgegnete ich knapp und ohne den Blick zu heben, froh darüber, den Hund als Puffer zwischen uns zu haben. Kat würde sich prächtig amüsieren. Oder mir eine verpassen.

»So früh schon wach?«, begann Matt mit Small Talk, während er seine Sachen ablegte.

»Ja«, antwortete ich, um direkt zu einer Gegenfrage anzusetzen: »Was tust du da?« Mein Tonfall klang ein wenig hysterisch.

»Wonach sieht es denn aus?«

»Das ist aber mein Platz!«, erwiderte ich atemlos, als wäre ich einen Marathon gelaufen. Obwohl ... bei mir reichten auch schon hundert Meter, um mich zum Japsen zu bringen.

»Du angelst doch gerade gar nicht«, stellte er irritiert fest. »Ich dachte, wir hätten uns auf einen Neustart geeinigt.« Er legte seine Angel beiseite und suchte meinen Blick. »Hör zu: Ich weiß, ich hab mich gestern danebenbenommen und es tut mir leid. Meine Schwester und ihre Freundinnen haben sich immer über mein Hobby lustig gemacht und ich kenne auch keine anderen Frauen, die angeln. Ich hab mich von den dummen Sprüchen im Verein beeinflussen lassen.«

Pepper schnaufte zustimmend. Ein klein bisschen beeindruckt davon, dass er einen Fehler so offen zugab und um Entschuldigung bat, öffnete ich den Mund, zögerte dann aber. Um der Ehre der Frauen willen hatte ich ihn belogen – oder ihm zumindest die Wahrheit unterschlagen. Obwohl mir so etwas gar nicht ähnlich sah. Denn wenn es mich nicht schon meine Erziehung gelehrt hatte, dann doch das Leben selbst: Eine Unwahrheit führt meist zur nächsten Unwahrheit. Aber Matt jetzt aufzuklären ... Ich konnte mir denken, wie er reagieren würde. Früher oder später würde ihm allerdings sowieso auffallen, dass ich gar nicht angelte.

»Sind wir cool?«, unterbrach er meine Gedanken.

»Ja«, platzte es aus mir heraus. Es klang wütend, dabei war ich nur sauer auf mich selbst.

Mit gehobener Augenbraue musterte Matt mich, bevor er sich wortlos ab- und seiner Ausrüstung zuwandte. Ich meinte, ein kaum wahrnehmbares Lächeln in seinem Mundwinkel gesehen zu haben.

Mit einem Räuspern richtete ich mich auf. »Ich dachte, ich hätte hier etwas mehr Ruhe.« Obwohl es genau das war, was ich wollte, machte mich sein geschäftiges Schweigen beinahe wahnsinnig. Oder, wenn ich ehrlich zu mir war, das schlechte Gewissen. Er konnte reinen Tisch machen, ich aber offensichtlich nicht.

Matt, der in die Hocke ging und seinen Köder aufspießte – ich glaubte mich jeden Moment übergeben zu müssen –, sah auf und entdeckte das Notizbuch in meinen Händen. »Ich werde dich nicht ablenken. Beim Angeln braucht man ebenfalls Ruhe«, erklärte er augenzwinkernd.

Mein Magen verkrampfte sich bei seiner Bemerkung. *Richtig.* »Ich weiß«, gab ich schulterzuckend zurück. »Sonst vergrault man die Fische.«

»Oder Madison.«

»Sehr witzig.«

»Liest du deine eigenen Notizen?«, fragte Matt mit unverkennbarer Neugier in der Stimme.

Pepper machte einen Luftsprung und wollte nach dem Köder schnappen, während Matt seine Angel auswarf. Fasziniert verfolgte ich den perfekten Wurf, der einen weiten Bogen fast bis zur Mitte des Sees beschrieb. Mit einem leisen *Plopp* versank das Gewicht unter der wunderschön im Sonnenlicht glitzernden Wasseroberfläche. Sanfte Wellen trieben in alle Richtungen davon, deren silberner Schein beinahe blendete. Matt sah erwartungsvoll zu mir herüber.

»Ich wollte eigentlich ein Buch lesen. Aber dann hat mich die Natur inspiriert«, gab ich ehrlich zu. Meist verschwieg ich anderen meine Schreibabsichten. Zu oft war ich dafür belächelt worden. Doch als ich mich Matt zuwandte und er bedächtig nickte, war keinerlei Spott in seinen Zügen zu erkennen. Dafür blitzte ein Funkeln in seinen Augen auf, das echtes Interesse bedeuten könnte – oder womöglich nur dem Sonnenlicht geschuldet war. Er fragte jedenfalls nicht weiter. Der Nebel löste sich auf und die geheimnisvolle Stimmung wich einem fröhlichen Morgen. Das Gezwitscher der Vögel schwoll an und ich lauschte ihrem Morgengruß. Matt stand eine ganze Zeit lang nahezu reglos neben mir, während Pepper sich zu seinen Füßen niederließ und einschlief. Lediglich seine Hundeohren zuckten, als sein Herrchen die Rute in die Vorrichtung klemmte und sich einen Klappstuhl bereitstellte, auf dem er seufzend Platz nahm.

Ich umklammerte meinen Stift und presste das Notizheft an die Brust, als könnte ich auch so diese wunderschönen Augenblicke in der Natur festhalten.

»Heute Abend gehe ich mit ein paar Gästen Spinnfischen. Wie wär's? Ich verrate dir auch meine Geheimplätze.« Matts Angebot riss mich aus meiner Ergriffenheit.

»Ich mag Spinnfischen nicht«, antwortete ich. Zumindest dabei war ich ehrlich. »Außerdem sind Grace und ich für heute Abend verabredet.«

»Grace?«

»Ich habe sie gestern beim Einkaufen kennengelernt. Sie kümmert sich um den Gemeindegarten ...«

»Ich weiß, wer Grace ist«, unterbrach Matt. »Sie ist ein wenig ... schräg.«

»Wer sagt das?«, fuhr ich ihn an. »Deine Vorurteile?«

Matt presste die Lippen aufeinander und atmete hörbar ein und aus.

»Und wenn schon?«, fragte ich achselzuckend. »Sind wir das nicht alle irgendwie?«

Er wackelte übertrieben mit den Augenbrauen und grinste. »Schräg, meinst du?«

Ich räusperte mich geräuschvoll und überging seine Frage. »Kennst du einen Techniker, der sich mal mein Internet ansehen könnte?«, wechselte ich schnell das Thema.

Gestern Abend hatte ich mich ewig lange damit abgemüht, den Laptop ins WLAN einzuwählen. Das Handy konnte ebenfalls keine Verbindung herstellen. »Hast du den Router mal neu gestartet?«, fragte Matt und ich wäre ihm bei diesem Vorschlag gerne an die Gurgel gegangen. Das war schließlich das Erste, was man in so einem Fall versuchte. Mein Blick sagte wohl alles, denn Matt hob entschuldigend die Hände. »Schon gut. Kronk schaut es sich später mal an. Wann musst du los?«

»Wer ist Kronk?«, fragte ich. Er deutete mit dem Daumen auf sich selbst. »Kronk ist Yzmas Mädchen für alles in *Ein König-*

reich für ein Lama. Das ist der Lieblingsfilm meines Bruders«, sagte er.

»Ach so, ja, den kenne ich. Moment … *Du* schaust es dir an?« Ungläubig hob ich die Augenbrauen. Hatte Matt sich gerade als Mädchen für alles geoutet?

»Ja, mein Kumpel Aron kennt sich mit Computern aus. Das ein oder andere habe ich mir bei ihm abgeschaut.«

»Hmpf«, machte ich und begriff erst jetzt, dass ich in dieser Gleichung Yzma war, die unerträglich fiese Antagonistin des Films. In Gedanken jonglierte ich mit mehreren gepfefferten Erwiderungen umher, die alle jedoch an Wirkung einbüßten, da der Zeitpunkt längst verpasst war.

Matt wiederholte seine Frage, wann es mir passen würde.

»Grace und ich sind um sechs verabredet«, grummelte ich und stemmte mich auf den Knien abgestützt hoch, um die Chance zum Abhauen zu nutzen. Notizen und Thermoskanne waren schnell im Rucksack verstaut.

»Dann komme ich vorher vorbei.«

»Fein«, gab ich äußerst undankbar zurück, schulterte mein Gepäck und verschwand, ohne ein weiteres Wort an ihn zu verlieren. Wenn ich in seinen Augen Yzma war, dann durfte ich mich auch so benehmen.

Kapitel 5

Matt

Genau wie das Angeln erfordert
das Erkennen von Gottes Plan Geduld.

Es war ihm ein Rätsel, wie sich ein Mensch derart schnell und zielsicher ins Aus befördern konnte. Doch er hatte es getan. *Verfl... Mist.*
Matt schleuderte seine Arbeitshandschuhe in den am Boden stehenden Eimer. Während er in der letzten Stunde den Geräteschuppen aufgeräumt und die Angelausrüstung überprüft hatte, war er die beiden Begegnungen mit Madison Clark in Dauerschleife durchgegangen. Und war immer wieder zu demselben Ergebnis gekommen:
Er hatte es vermasselt.
In dreifacher Ausführung.
Nicht nur dass er sich bei ihrer Ankunft wie ein Chauvi benommen hatte. Nein, ihre neue Freundin hatte er als Verrückte betitelt und zu guter Letzt Madison selbst mit der Hexe eines Kinderfilms verglichen. Er musste sein Verhalten unbedingt wiedergutmachen. Frank zuliebe. Denn Matt hatte ihm vor seinem Tod etwas versprochen. Ein Versprechen, von dem er jetzt schon sicher war, dass Madison es verabscheuen würde, wenn sie davon erführe.
Es tut mir leid, Frank, entschuldigte er sich in Gedanken bei seinem Freund. Als er Matt darum gebeten hatte, sich um seine Tochter zu kümmern, sollte sie an den Storm Lake zurückkehren, hatte Frank sich das bestimmt anders vorgestellt. Liebevoller. Weniger beleidigend.
Was hatte der alte Mann da aber auch verlangt? Ausgerechnet

von ihm, der so menschenscheu war. Und warum hatte Matt sich überhaupt darauf eingelassen?

Nach allem, was Matt über Franks Tochter wusste, hatte er auch längst nicht mehr mit ihrer Ankunft gerechnet. Roger, sein Chef, hätte ihn ja mal vorwarnen können. Dann wäre ihm das Fettnäpfchen mit der vermeintlichen verwirrten Wanderin erspart geblieben und sie würde ihn jetzt nicht für fahrlässig in Bezug auf die Gästebetreuung halten. Diese ganze erste Begegnung war mehr als nur merkwürdig gewesen.

Mads hasst das Angeln. Das war eine der wenigen Infos, die er von Frank erhalten hatte und die ihn nun ziemlich irritierte. Genauso wie der Umstand, dass seine Tochter eine sehr einnehmende Person war. Vater und Tochter sahen sich nicht sehr ähnlich. Abgesehen von dem sonderbaren Zug um den Mund, wenn sie lächelten – oder es zumindest versuchten. Diese Frau besaß ein Lachen, das einem das Herz bleiern werden ließ. Denn obwohl es auf eine Art ehrlich erschien, lag eine Spur Wehmut darin. Frank hatte oft genauso gelacht. Als würde er dem Glück und dem Frieden nicht trauen.

Es war so mühselig, Gedanken über Dinge nachzuhängen, die man nicht mehr ändern konnte. Matt hatte schon immer lieber den Blick nach vorne gerichtet. Was ihn zu der Frage zurückführte, warum Madison bezüglich des Angelns log. Hatte sie es wegen seiner Unterstellung behauptet? Oder hatte sie durch Franks Tod tatsächlich angefangen, sich damit zu beschäftigen? Matt wollte sich nicht einmal vorstellen, wie schrecklich es sein musste, ein Elternteil zu verlieren. Auch wenn er daran glaubte, dass es ein Leben nach dem Tod gab ... Der Verlust eines Angehörigen war trotzdem nur sehr schwer zu ertragen. Und Angeln war sicher nicht die schlechteste Form der Trauerverarbeitung.

Seitdem er der jungen Frau die Schlüssel zum Haus überreicht hatte, gingen ihm immer mehr Fragen durch den Kopf. Viel zu oft drehte sich seine Gedankenwelt um sie. Um Madison. Wenn er die Augen schloss, konnte er sie sogar vor der *Blauen Horten-*

sie stehen sehen. Mit ihren Schühchen und den manikürten Nägeln hatte sie so fehl am Platz gewirkt. Dieser Anblick ließ kaum Zweifel an Franks Worten zu, sie würde diesen Ort verabscheuen. Heute Morgen am See war es ihm dagegen so vorgekommen, als sei die Natur ihr Reich, das sie regierte wie eine Königin. Der Stein, auf dem sie saß, der Thron und der Stift in ihrer Hand das Zepter. Sie hatte verändert ausgesehen. Auch wenn er nicht benennen konnte, *was* sich geändert hatte. Es gab Matt jedoch ein Fünkchen Hoffnung für seine anstehende Mission. Denn trotz des misslungenen Starts hatte er vor, an seinem Versprechen gegenüber Frank festzuhalten. Das Angeln – ob nun echt oder vorgespielt – konnte er als Vorteil nutzen – als Verbindungspunkt. Ein Vorwand, wenn man so wollte, um für sie da sein zu können. Denn nichts verband zwei Angelfans mehr als das gemeinsame Hobby. Er musste lediglich dafür sorgen, dass sie auch tatsächlich angeln *ging*. Wie er sie bisher einschätzte, reichten da mit Sicherheit schon ein paar stichelnde oder herausfordernde Worte. Er schmunzelte und warf einen letzten prüfenden Blick auf die fertig gepackte Spinnausrüstung. Die Tour heute Abend würde ihm seine ganze Konzentration abverlangen. Nicht nur weil er den Gästen einen fangreichen Ausflug versprochen hatte, sondern weil es in der Dunkelheit schnell zu Unfällen kommen konnte. Besser, er stattete Madison den Besuch früh genug ab. So konnte er noch eine Stunde ausruhen und mit Pepper in der Sonne dösen, bevor er aufbrach.

Matt trat aus dem campingplatzeigenen Geräteschuppen und verriegelte die Tür mit dem großen Vorhängeschloss. Seine Angelausrüstung sowie die Gerätschaften waren äußerst kostspielig, und auch wenn die Gäste meist ihr eigenes Zeug dabeihatten, befand sich darin ebenfalls die eine oder andere Rute zum Verleih.

Ein Pfiff durch Zeigefinger und Daumen genügte und Pepper kam angelaufen. Mit wehenden Ohren stürmte der Hund von der Veranda des Bürogebäudes herunter. Zum Glück hatte Roger nichts dagegen, dass Matt ihn zur Arbeit mitbrachte.

Matt öffnete die Fahrertür seines Pick-ups und trat beiseite. Mit einem *Wuff* sprang Pepper auf den Beifahrersitz und musterte ihn mit interessiertem Blick. Matts Mutter war der Meinung, er würde das Tier viel zu sehr vermenschlichen. Aber es war sicher keine Einbildung, dass Pepper eine Vielzahl von Gesichtsausdrücken beherrschte. Von ironisch bis hin zu fragend. Und gerade schien er wissen zu wollen, wohin sie fuhren. Matt nahm auf dem Fahrersitz Platz und schloss die Tür.

»Wir fahren zu Franks Tochter«, erklärte er.

Pepper bellte aufgeregt, so als erinnere auch er sich an die vielen Abende mit ihrem alten Freund am Wasser. Matt kam sich nicht übermäßig sonderbar vor, nur weil er mit einem Hund sprach wie mit einem Kumpel. Grinsend startete er den Motor. Vermutlich, so dachte er dabei, hatte Madison recht mit der Annahme, dass alle Menschen ein wenig schräg waren. Auf die ein oder andere Weise.

Eines stand jedenfalls fest: Madison Clark war keine Frau, die sich leicht durchschauen ließ. Und sie lieferte ihm eine ganze Reihe an Themen, über die er nachdenken konnte.

Kapitel 6

Maddie

Manchmal bräuchten wir eine »Löschen«-Taste im Alltag.
Oder eine »Zurücksetzen auf Werkseinstellungen«-Funktion.

Ich saß im Wohnzimmer auf dem Boden und lauschte den Stimmen im Radio, während ich Franks Kisten aussortierte. Ich hatte sie bereits am Tag der Ankunft in dem abgesperrten Raum entdeckt. Das alte Schlafzimmer meines Vaters war immer von der Vermietung ausgenommen gewesen. Mit ihren insgesamt drei großen Zimmer und zwei kleineren Gästezimmern bot die Hütte trotzdem genug Platz für Besucher.

Ich selbst hatte mich in meinem alten Zimmer eingerichtet – wobei *einrichten* zu viel gesagt war. Die Reisetasche hatte ich nicht ausgepackt und so würde es wohl auch bleiben. Die Aussicht aus dem Fenster war zwar nicht mit dem Seeblick von Franks Raum zu vergleichen, doch ich brachte es nicht übers Herz, sein Reich für mich zu beanspruchen. Schließlich lebten wir nicht im 19. Jahrhundert, wo der neue Lord in die Gemächer des Verstobenen gezogen war, um symbolisch das Erbe anzutreten. Vielleicht würde ich mich dazu durchringen, wenn ich Franks persönliche Gegenstände losgeworden war.

Zunächst hatte ich den Ordner mit Quittungen durchgesehen. Die meisten waren alt und ich sah keinen Sinn darin, jene aufzuheben, die älter als fünf Jahre waren und nichts mit dem Haus zu tun hatten. Als ich sah, was in der zweiten Kiste war, beschloss ich, mich erst einmal seinen Angeltrophäen zu widmen, die auf einem Regalbrett sorgfältig aufgereiht standen. Ich entschied, drei zu behalten. Wenn es wirklich bloß sein Hobby gewesen wäre, hätte es mich vermutlich stolz gemacht, dass er als jüngster Angler das

Storm Lake Bass Fishing Tournament gewonnen hatte. Oder dass er den mit einundfünfzig Zentimeter Länge größten jemals am Flowing Lake geangelten Katzenbarsch herausgezogen hatte. Ich wünschte, er wäre stattdessen öfter mit mir zur Eisdiele oder in den Zoo gegangen. Mein Vater hatte das Angeln geliebt. Mehr als mich. Der einzige Trost bestand darin, dass es nichts und niemanden gab, was ihm wichtiger gewesen war. Nicht einmal Mom.

Als alle übrigen Trophäen in Kartons verstaut waren – ich würde Bill fragen, ob er etwas damit anzufangen wusste –, gab es keinen Grund mehr, mich vor der Kiste mit den Fotos und Briefen zu drücken. Im Radio sang die Swedish House Mafia davon, dass ich mir keine Sorgen machen solle. Der Himmel habe einen größeren Plan. Das fand ich in diesem Moment weder lustig noch sonderlich hilfreich. Wenn Kat mein Gesicht gesehen hätte, hätte sie sich kaputtgelacht. Ich dachte an den Vers, der mich hierher begleitet hatte, und schöpfte Mut daraus.

Ich werde mich nicht fürchten.

Plötzlich vermischte sich *Don't You Worry Child* mit Kats Klingelton. Wie passend, dass sie ausgerechnet jetzt anrief. Ich stemmte mich vom Boden hoch – meine Beine kribbelten, da sie durch den Schneidersitz eingeschlafen waren –, ging zum Radio, stellte es leiser und griff nach dem Handy, das danebenlag. »Hi, Kat, was gibt's?«, begrüßte ich sie mit meinem Standardspruch.

»Du ignorierst meine Nachrichten«, kam es gleich zurück.

Sie hatte sich auf dieses Gespräch vorbereitet. Das hörte ich an der Art und Weise, wie sie seufzte. Wahrscheinlich hatte Frau Psychologin deswegen die ganze Nacht wach gelegen. Sofort überkam mich ein schlechtes Gewissen.

»Ich hatte viel zu tun. Du weißt, ich will das alles zügig hinter mich bringen«, redete ich mich schnell heraus. Sie gab einen resignierten Ton von sich. »Wie war deine Ankunft? Wie geht es dir?«

»Gut, Kat. Mir geht es gut. Ich war beschäftigt. Gestern hat es nur noch geregnet, aber ich habe jemanden kennengelernt.«

»Wen denn?«, wollte sie natürlich sofort wissen.

Es ärgerte mich, dass ich bei ihrem Tonfall gleich an Matt denken musste. Dabei wollte ich seine Existenz erst einmal für mich behalten.

»Grace. Sie ist ein kleines bisschen schräg. Trägt total schrille Farbkombinationen und ist sehr einnehmend. Ich mag sie und du würdest sie ganz sicher lieben.«

»Wie kommst du darauf?«

»Psychologisches Eldorado und so ...«

»Dachte, das wärst du«, entgegnete Kat und wahrscheinlich hatte sie recht. »Ich denke immer noch über Russel Crowe nach.«

»Perfekt«, erwiderte ich.

»Hast du den Brief gelesen?«, fragte sie und das Grinsen verging mir schlagartig. Der Brief ...

Ich schielte um die Ecke in den langen Flur, durch die offen stehende Tür meines Zimmers. Der Blick auf die Nachttischschublade wurde allerdings von dem Ungetüm von Bett verdeckt. Langsam und auf Zehenspitzen ging ich hinüber, so als wollte ich mich heimlich an den Brief heranschleichen. Als würde er mich anspringen, wenn ich in die Nähe kam. Frank hatte mich jahrelang in Ruhe gelassen, wieso musste er mir ausgerechnet die Hütte am See und einen Abschiedsbrief hinterlassen? Dass er an Lungenkrebs im Endstadium litt, hatte er mir erst wenige Wochen vor seinem Tod offenbart. Noch nicht einmal freiwillig. Tante Charlotte hatte ihn dazu bewegt, mich anzurufen. Die Diagnose hätte mich eigentlich nicht überraschen sollen. Das passierte wohl, wenn man sein ganzes Leben lang rauchte. Mom hatte es gehasst. Für sie hatte er es aufgegeben. Nach ihrem Tod jedoch hatte er kaum noch auf seinen Körper achtgegeben. Manchmal fragte ich mich, ob er es nicht sogar darauf angelegt hatte zu sterben. Ob er deshalb wieder damit angefangen hatte.

»Maddie?«

Ich hatte unser Telefonat ganz vergessen. Mit dem Handy am Ohr starrte ich die Schublade an. Unschlüssig kaute ich auf der Unterlippe herum, ehe ich mich vornüberbeugte und den Nachtschrank öffnete. Der Umschlag steckte zwischen den ersten Seiten der Gästebibel. Nun nahm ich beides heraus. Weiterhin schweigend kehrte ich zurück ins Wohnzimmer.

»Du machst doch irgendetwas ...«, flüsterte Kat.

»Ich kann ihn nicht lesen«, verkündete ich schließlich und zog den Umschlag zwischen den Seiten heraus. »Nicht hier«, fügte ich flüsternd hinzu.

Dass mir die Stimme versagte und ich zu mehr Worten nicht in der Lage war, entging Kat nicht. »Das ist okay«, beruhigte sie mich. »Alles hat seine Zeit und du bist eben noch nicht so weit.«

»Und wenn ich nie so weit sein werde?«, fragte ich, obwohl ich längst wusste, wie ihre Antwort lauten würde.

»Du wirst es irgendwann sein. Und wenn nicht, dann eben nicht.«

Sie sagte das so, als wäre es kein großes Ding. Dabei wussten wir beide, dass es das sehr wohl war.

»Was hast du heute noch vor?«, lenkte Kat unser Gespräch in erfreulichere Bahnen.

»Ich treffe mich nachher mit Grace.«

»Hm.«

»Hm?«, hakte ich nach.

»Du tauschst mich aus«, überlegte sie laut.

Ich prustete los. »Ja klar. Grace und ich sind eher wie Rory und Lorelai.«

Gilmore Girls war in der Middleschool Kats absolute Lieblingsserie gewesen. Danach hatte ihre Vorliebe für Mordserien begonnen. Gruselig, dieser Genrebruch, aber nachvollziehbar, wenn man ihre Vergangenheit kannte.

»Wer von euch ist die Mutter?«, wollte Kat wissen.

»Das müssen wir noch herausfinden.«

»Na dann. Ich vermisse dich, Maddie.«

»Bin doch gerade erst zwei Tage weg«, antwortete ich, um die vernünftige Stimme zu sein, was mich vermutlich zu Rory, der

Tochter, machte. Aber natürlich vermisste ich Kat ebenfalls. Meine Nerven lagen völlig blank und ich könnte ihre Hilfe gut gebrauchen. Sie würde mir bestimmt sagen, wie ich die Sache mit Matt bereinigen konnte, ohne mich zum Affen zu machen. Aber ich würde Kat damit nicht belasten. Zum einen, da ich mich für die Sache schämte, zum anderen, weil ich Kat nicht von ihren Prüfungen ablenken wollte. Außerdem war es manchmal anstrengend, mit einer angehenden Psychologin befreundet zu sein. Ständig analysiert und nach seinem Befinden befragt zu werden, wenn man eigentlich nur verdrängen wollte …

»Und du kommst ganz sicher klar?«, fragte sie mich ein letztes Mal und ich sah ihren eindringlichen Blick genau vor mir.

Schluckend drehte ich den Briefumschlag in meinen Fingern. Dann legte ich ihn entschlossen auf dem einzelnen hohen Regalbrett über der Kommode ab. Ein perfekter Ort zum Einstauben. Mit etwas Ignoranz würde ich ihn schon vergessen.

»Du würdest es mir doch sagen, wenn ich kommen soll, oder, Maddie?«

»Japp«, erwiderte ich. »Ich komme klar.«

Und obwohl ich unbedingt glauben wollte, was ich da sagte, kam es mir immer mehr wie eine weitere Lüge vor.

Kapitel 7

Maddie

Wie die Seiten eines Geschichtsbuches erzählen uns Narben von vergangenen Kämpfen. Aus beidem kann der aufmerksame Leser wertvolle Erkenntnisse ziehen.

Es klopfte gegen halb fünf an der Verandatür. Etwas perplex, dass er nicht an der Haustür klingelte, überprüfte ich kurz mein Aussehen, ehe ich das an mein Schlafzimmer angrenzende Bad verließ. Die Regenwaldusche musste Frank in den letzten Jahren eingebaut haben. Schon gestern Abend war ich davon beeindruckt gewesen und hatte sie gleich ausprobieren wollen. Aber nach dem Essen mit Grace und der fehlgeschlagenen *WLAN-in-Gangsetzen*-Aktion hatte ich nur noch ins Bett gewollt. Dass ich Kat die Sache mit Matt verschwieg, bereitete mir Magenschmerzen. Während der ganzen Zeit unter dem herrlich erfrischenden Wasser, das wie ein Wasserfall auf mich niedergeprasselt war, hatte ich darüber nachgedacht, wann ich ihr jemals etwas nicht erzählt hatte. Letztendlich war ich zu dem alles andere als beruhigenden Schluss gelangt, dass es tatsächlich noch nie vorgekommen war. Dennoch hatte die Dusche geholfen. Zumindest für das eine Problem hatte ich nun eine Lösung. Sie war genauso simpel wie absurd, aber ich würde Matt einfach *beweisen*, dass Frauen angeln konnten.

Ich sah ihn schon hinter der Glasscheibe winken und setzte ein Lächeln auf, als ich ihm öffnete.

»Hi«, sagte ich etwas abgehetzt. »Danke, dass du vorbeikommst.«
»Klar doch«, entgegnete Matt, kam meiner einladenden Geste nach und trat ein. Kurz beobachtete ich ihn dabei, wie er mit bei-

nahe behutsamen, kleinen Schritten den Raum inspizierte. Sein Gesicht wirkte seit seinem Betreten ausdruckslos. Als wolle er unter gar keinen Umständen irgendwelche Gefühle preisgeben.

»Dann lass mal sehen.« Auf einmal sehr zielstrebig, trat Matt an die Kommode mit dem seitlich befestigten Router heran und ging vor dem blinkenden Apparat in die Hocke.

Vielleicht hätte ich auch den Fokus auf das Internet richten sollen, doch ich wurde von seinem Hinterkopf abgelenkt. Seine Haare hatten einen dunklen Schokoladenton und mir war direkt bei unserer ersten Begegnung schon aufgefallen, dass er sie länger als die meisten anderen Männer trug. Nun ahnte ich auch warum. Ein Wirbel, der vielleicht von dem Tragen eines Helmes stammen mochte – so zerknautscht, wie seine Frisur aussah –, offenbarte eine wulstige Narbe oberhalb des Nackens. Außerdem fielen mir kleine Holzspäne in seinen Strähnen auf. Vor dem Mittagessen hatte ich eine Motorsäge gehört. Offenbar war der Mann wirklich das Mädchen für alles. Ich fragte mich, welche Krankheit oder gar was für ein Unfall solche Spuren hinterlassen haben könnte, als mir plötzlich statt Matts Hinterkopf zwei blaue Augen entgegenblickten. »Sorry«, stieß ich hervor und verschluckte mich beinahe an dem Wort. »Hast du was gesagt?«

Die Karibikaugen verengten sich zu Schlitzen und er tastete mit einer Hand nach der Stelle, an der sich die Narbe befand. Ich versuchte, eine unbeteiligte Miene aufzulegen.

»Ich fragte, ob du einen Laptop hast, den ich benutzen kann«, wiederholte er.

»Ja, warte kurz.« Schleunigst machte ich mich auf den Weg ins Schlafzimmer. Am liebsten wäre ich durchs Fenster abgehauen. Mit geöffnetem Laptop, hinter dessen Bildschirm man sich Gott sei Dank verstecken konnte, kam ich zurück ins Wohnzimmer. Matt kappte kurz die Stromzufuhr des Routers, dann setzten wir uns an den Esstisch und warteten, bis er neu startete. Seine konzentrierte Miene versagte mir jeden Kommentar über das schwüle Wetter. Nach einer Weile wandte ich mich gelangweilt meinen

Fingernägeln zu. Der rosafarbene Nagellack blätterte bereits ab. Angesichts der Tatsache, wie viel Geld die Maniküre gekostet hatte, wallte Ärger in mir auf.

»Madison?«

»Ja?« Vorsichtig sah ich zu ihm. Dass ich immer nachhaken musste, wenn er das Wort an mich richtete, wurde langsam echt peinlich.

»Kannst du mal am Router den zweiten Knopf von links drücken?«

Nickend setzte ich mich in Bewegung. »Ist gedrückt«, verkündete ich und blieb neben der Kommode stehen, falls Matt erneut meine Hilfe benötigte. Die Hüfte angelehnt, wartete ich. Wieder vergingen einige lange Momente des Schweigens, bis es nicht mehr auszuhalten war. »Schwül heute, oder?«

Matt wischte sich demonstrativ über die feuchte Stirn. »Allerdings«, bestätigte er. »Warum schaltest du nicht die Klima ein?«

»Die Hütte hat eine Klimaanlage?«, fragte ich überrascht.

»Ja, zumindest teilweise. Neben der Alarmanlage kannst du sie für den Wohn-Essbereich einschalten. In den großen Schlafzimmern befinden sich die Fernbedienungen dafür in den Nachtschränken.«

Sieh mal einer an. Frank hatte in den letzten Jahren wirklich ordentlich in die Hütte investiert. Dankbar, zur Abwechslung mal einen Punkt von der To-do-Liste streichen zu können, schlenderte ich zum Eingang. Tatsächlich, da hing das Bedienpanel, das mir bei meiner Ankunft völlig entgangen war. Mit wenigen Klicks startete ich den Betrieb. Beflügelt von dem positiven Verlauf unseres Treffens, kehrte ich zu Matt zurück. »Willst du einen Kaffee?«, platzte es aus mir heraus, erstens, weil ich mir nutzlos vorkam, zweitens, weil mir plötzlich auffiel, wie unhöflich ich war.

Matt drehte sich auf dem Stuhl halb zu mir um und lächelte von einem Ohr zum anderen. »Das wäre großartig. Die Tour heute Abend wird bis weit nach Mitternacht dauern. Willst du wirklich nicht mitkommen?«

Ein fader Geschmack bildete sich auf meiner Zunge und ich hatte auf einmal ständig das Bedürfnis zu schlucken. »Nein«, entgegnete ich gedehnt und offenbar war das Thema für ihn damit beendet. *Puh!*

Also machte ich mich auf den Weg zur Kaffeemaschine. Die Gerätschaften der offenen Wohnküche waren allesamt rot. Ich verstand nicht, wieso dem Namen des Hauses nicht wenigstens bei der Einrichtung Ehre gemacht worden war. Kopfschüttelnd füllte ich das nach Röstaromen duftende Pulver in die Maschine und musste mental meiner stetig wachsenden Liste doch wieder einen neuen Punkt hinzufügen: *blaue Deko!!!*

»Fertig«, verkündete Matt und ich drehte mich erschrocken um.

Der Kaffee würde noch eine ganze Weile brauchen und nun ärgerte ich mich insgeheim darüber, Matt überhaupt welchen angeboten zu haben. »Oh«, entfuhr es mir. »Das ging aber flott.«

»Ja, war keine große Sache. Probier mal, mit deinem Handy reinzukommen.« Schnell zog ich das Telefon aus der Gesäßtasche meiner Shorts hervor und entsperrte das Display. Über die Einstellungen fand ich den Router gleich auf Anhieb. »Ich brauche das Passwort«, murmelte ich vor mich hin. Matt stand auf und brachte mir den kleinen Zettel, der gestern noch hinter dem Router geklebt hatte. Dankend nahm ich ihn entgegen. Matt blieb so dicht neben mir stehen, um mir über die Schulter zu sehen, dass ich glaubte, die Hitze von ihm abstrahlen zu spüren. Tief durchatmend tippte ich die Zahlen- und Buchstabenkombination ein. Doch der Zugriff wurde verweigert. Stöhnend sah ich auf und stellte erschrocken fest, dass Matt noch näher gekommen war. Sein Blick war weiterhin auf das Smartphone in meinen Händen fokussiert. Auf die kurze Distanz erkannte ich kleine gelbe Punkte dicht um die Iris seiner türkisfarbenen Augen. Langsam stieß ich den angehaltenen Atem aus und musterte eingehend sein Gesicht. »Du hast den falschen Namen angeklickt«, verkündete Matt und tippte, ohne zu fragen, auf mein Display. »*Blaue Hortensie* gibt es zweimal, einmal groß- und einmal kleingeschrieben. Du musst das Kleingeschriebene aus...« Er stockte und sein Kopf ruckte zu mir herum, als wäre ihm gerade erst bewusst geworden, wie nahe wir uns waren. Unsere Blicke kollidierten. Matt richtete sich langsam auf und um seinem Blick zu folgen, hob ich das Kinn. Unter keinen Umständen sollte Madison Clark diejenige sein, die den Blickkontakt abbrach. Ein selbstgefälliges Lächeln zeigte sich auf seinen Zügen, vermutlich weil er glaubte, ich würde ihn anschmachten. Der Gedanke ließ mich erröten und beinahe die soeben aufgestellte Regel brechen. Er öffnete den Mund in dem Moment, als sich die Kaffeemaschine zu Wort meldete. Meine Rettung. Schnell wandte ich mich von Matt ab. Sollte es mich erleichtern oder enttäuschen, dass ich nie erfahren würde, was er hatte sagen wollen?

Matt rieb sich verlegen den Nacken. »Ich bin ein richtiger Kaffee-Junkie.«

Dankbar ergriff ich die Rettungsleine, die er mir hinhielt. »Oh ja, ich auch. Kaffee ist mein Grundnahrungsmittel.« Während ich uns einschenkte, plapperte ich einfach weiter »Meine beste Freundin Kat behauptet, das wäre eine Sucht. Aber sie hält sehr schnell die Klappe, wenn ich ihren niederländischen Karamellwaffel-Konsum erwähne. Manchmal verdrückt sie davon nämlich eine halbe Packung am Tag.«

»Was sind denn niederländische Karamellwaffeln?«, fragte Matt.

Meine Hand zitterte leicht, als ich ihm die Kaffeetasse reichte. »Milch? Zucker?«, wollte ich wissen.

Er verneinte und das machte ihn mir gleich ein wenig sympathischer.

Weil der Kaffee noch viel zu heiß zum Trinken war, pusteten wir synchron in unsere Becher, was uns beiden ein Lachen entlockte.

»Niederländische Karamellwaffeln – Stroopwafels – bestehen aus zwei ganz dünn und knusprig gebackenen Waffeln, die von

einer eklig süßen Karamellschicht zusammengehalten werden.«
Angewidert verzog ich das Gesicht. Nur wenn sie direkt aus dem Kühlschrank kamen, konnte ich überhaupt davon essen. »Meine Mom stammte aus Deutschland und Tante Charlotte hat einen Niederländer geheiratet. Wenn sie uns besuchen kommt, bringt sie Kat immer diese Waffeln mit. Mittlerweile gibt es die aber auch in jedem größeren Supermarkt.«

Matts untere Gesichtshälfte verschwand hinter der bauchigen Tasse, als er den ersten Schluck nahm, doch ich sah, wie er erstaunt die Augenbrauen nach oben zog. »Du bist also zur Hälfte deutsch?«, fragte er und legte den Kopf schräg, um mich eingehend zu mustern, als müsste mir meine Herkunft anzusehen sein.

Ich nickte nur, die Tasse fest in den Händen haltend, als könnte die Wärme mich vor den aufkommenden Erinnerungen bewahren. Mein Blick huschte flüchtig zur Abstellkammertür, auf das verblasste Gemälde, das meine Mom gemalt hatte. Ein Anflug von Schmerz überkam mich, zu schnell, zu heftig. Aber ich ließ ihn nicht zu. Verbannte ihn genauso schnell, wie er gekommen war, und fixierte dafür Matt. Suchte in seinem Blick nach etwas, das mich aus dieser Schwebe retten würde und mir wieder Halt unter den Füßen gab.

»Du sprichst von ihr in der Vergangenheit.«

Hätte ich doch bloß den Mund gehalten.

»Das ist richtig«, bestätigte ich. Besser, ich brachte es schnell hinter mich. »Sie starb, kurz nachdem ich auf die Highschool gekommen war.«

Mit traurigen Augen sah er mich an. »Das tut mir leid.«

»Jepp, mir ebenfalls.« Es hieß, die Zeit heile alle Wunden. Auf gewisse Weise stimmte das auch. Moms Tod war keine offene Wunde mehr. Mittlerweile mit Schorf bedeckt, konnten keine Bakterien mehr eindringen und den Schmerz durch eine Entzündung verschlimmern. Erinnerungen, die mich zu Beginn in ein tiefes schwarzes Loch geworfen hatten, waren nun sehr wertvoll. Meine Wunde war also verschlossen, ja, aber immer noch spürbar.

Matt sah mir offenbar an, dass ich nicht länger über das Thema sprechen wollte. »Und kann dieses Waffelmädchen auch angeln?«

Ich hatte Matts blödes Auftreten während unserer ersten Begegnung fast vergessen, doch seine Frage katapultierte mich sogleich wieder dorthin zurück. Dieses herausfordernde Funkeln in seinen Augen bestätigte mich nur in meinem Vorhaben, es ihm zu zeigen.

»Ehrlich gesagt weiß ich nicht, was sie vom Angeln hält«, antwortete ich wahrheitsgemäß. »Aber sie *könnte* es bestimmt, wenn sie *wollte*.«

»Dann kennt ihr euch noch nicht so lang?«

»Äh, doch. Seit der Junior High. Wieso?«

»Es wundert mich nur, dass du nicht weißt, wie sie zum Angeln steht. Wolltest du sie denn nie mal mitnehmen?«

Er war ziemlich neugierig. Oder skeptisch. Ich ahnte, worauf er hinauswollte. Anstatt mich herauszureden, entschied ich, ihm einfach den Wind aus den Segeln zu nehmen. »Vergebliche Liebesmühe. Kat war noch nie gerne in der Natur.« Und das war nicht gelogen. Sie hasste Sonnenbrand, Mückenstiche und Froschquaken, das sie vom Schlafen abhielt. Einmal und nie wieder hatten wir gemeinsam gezeltet. Daher wusste ich ihr Opfer, den Sommer nach Moms Tod mit mir und Frank hier in der Hütte zu verbringen, immer noch echt zu schätzen. Sie war ein Stadtkind durch und durch.

»Wie schade. Aron angelt auch nicht. Er sagt, er hätte nicht die Geduld dafür.« Matt lachte und trank die Tasse mit einem letzten großen Schluck aus. »Merkwürdig, da er Stunden damit zubringen kann, in den Sternenhimmel zu schauen ...«

»In den Sternenhimmel?«, hakte ich nach. Seiner Bemerkung am Morgen hatte ich entnommen, er wäre ein Computernerd.

»Aron ist Astrophysiker. Wenn er hier draußen ist, tut er nichts anderes, als sich die Nächte mit Sternenkino um die Ohren zu schlagen.«

Schräg!

An Matts Grinsen erkannte ich, dass ich den Gedanken wohl laut ausgesprochen hatte. »Ja, nicht? Aber wie hast du doch so schön gesagt? Sind wir das nicht alle irgendwie?«

Ertappt! Ein Lachen entfuhr mir und schallte durch die ganze Küche. Es fühlte sich gut an, losgelöst und ungezwungen – so wie ich mich seit meiner Ankunft nicht mehr gefühlt hatte. Matt starrte mich zunächst mit weit geöffneten Augen an, als hätte er diese Reaktion nicht erwartet. Doch dann – ein kurzes Zucken um seine Mundwinkeln, und schon war er angesteckt. Wir lachten immer weiter – worüber, das war uns wohl selbst nicht ganz klar –, bis sich die gesamte bisherige Anspannung aufgelöst hatte. Doch plötzlich hielt er inne, atmete durch und bedankte sich für den Kaffee. Nach einem schnellen Blick auf mich drehte er sich zur offenen Verandatür und verschwand. Eine ganze Weile stand ich noch wie angewurzelt in der Küche mit dem leeren Kaffeebecher in der Hand und überlegte, was da gerade passiert war.

Kapitel 8

Maddie

Manchmal übertönen zu viele Worte das, was unausgesprochen bleibt.

»Du meinst doch nicht etwa Matthias Barnett?«, entfuhr es Grace aufregt. Zu allem Überfluss verschüttete sie auch noch einen ganzen Schwall ihrer Holunderschorle, da sie das Glas zu abrupt abstellte. Dass ich mich zehn Minuten verspätet hatte – worüber sie sich im Spaß ausgiebig beschwert hatte –, war bei der Erwähnung von Matts Besuch sofort vergessen. Schnell wischte ich die Pfütze mit meiner Serviette auf, ehe sie vom Tresen der Bar auf den Boden tropfen konnte.

»Keine Ahnung«, entgegnete ich schulterzuckend.

»Groß, still und geheimnisvoll«, beschrieb Grace.

»Geheimnisvoll?«, fragte ich amüsiert und rutschte auf meinem Stuhl herum. Mein Hinterteil schmerzte noch von dem harten Stein, auf dem ich den Morgen am Wasser verbracht hatte.

»Er hat so einen Tick. Manchmal sieht er zur Seite, als ob er erwarte, dass jemand neben ihm steht.«

Hut ab vor Grace' Beobachtungsgabe! Normalerweise waren das Dinge, die *mir* auffielen. Als angehende Schriftstellerin studierte ich oft andere Menschen und ihr Verhalten. Dieses Detail war mir allerdings entgangen. Ich nahm mir vor, bei meinem nächsten Zusammentreffen mit Matt darauf zu achten.

»Keine Ahnung«, erwiderte ich schulterzuckend. »Aber das wird er schon sein.«

»Wow«, hauchte Grace beeindruckt. »Den bekommt sonst nie jemand zum Reden.«

»Wieso das denn nicht?« Während sie trank, sah ich mich im

Owl 'n Thistle um. Das dunkle Deckenholz des Irish Pubs, das dem der *Blauen Hortensie* nicht unähnlich war, wirkte ein wenig erdrückend. Doch es passte zu Charlie, dem kauzigen Besitzer, der wie ein kanadischer Holzfäller gekleidet war.

»Matthias ist gern für sich«, antwortete Grace. »Findest du ihn denn nett?« Ich wandte mich ihr wieder zu. »Nun ja, er hat mir mit dem Internet geholfen. Das war schon ziemlich nett.«

Sie verdrehte die Augen. »Das war ja auch sein Job.«

»Autsch. Kein Grund, fies zu werden«, witzelte ich und rührte mit dem Strohhalm in meinem Getränk. »Kennst du ihn denn gut?«, wollte ich wissen.

Grace nahm einen weiteren Schluck, ehe sie antwortete. Sie schien zu überlegen, was sie mir erzählen sollte. »Eigentlich nicht. Er kommt zwar regelmäßig in den Gottesdienst, haut danach aber ziemlich schnell wieder ab. Als ich vor zwei Jahren hergezogen bin, habe ich mich mal kurz mit ihm unterhalten. Danach allerdings nie wieder. Rückblickend war ich vielleicht etwas übereifrig, was das Pflanzenthema betrifft«, überlegte sie laut. »Er ist aber bestimmt auch viel mit seinem Bruder beschäftigt.«

Ihr bekümmerter Tonfall ließ mich aufhorchen. »Was ist denn mit seinem Bruder? Über den weiß ich bisher nur, das er *Ein Königreich für ein Lama* liebt.«

Auf einmal zappelte Grace merkwürdig auf ihrem Hocker herum. »Also ich möchte wirklich nicht tratschen ... aber eigentlich ist es kein Geheimnis«, wägte sie ab und ich ertränkte das Grinsen in einem Schluck aus meinem Glas. Grace war nicht nur ein Mensch, dem man seine Gefühle von Weitem ansehen konnte, sie führte offenbar auch Selbstgespräche.

»Er soll geistig etwas eingeschränkt sein«, erklärte sie schließlich.

»Oh, okay. Was genau bedeutet das?«

»Das weiß ich nicht. Ich habe ihn nie getroffen. Aber die Leute reden immer viel zu viel.«

Ich nickte. Eigentlich ging das ja wirklich niemanden etwas an.

Schon gar nicht mich – die neue Bewohnerin der *Blauen Hortensie*, die sich als Anglerin ausgab.

»Und seine Eltern?«

»Gehen in eine andere Gemeinde.«

»Und mehr hast du nicht für mich?«, fragte ich grinsend.

»Sorry, Girl! Ich sagte ja: *geheimnisvoll*.« Für das letzte Wort hatte sie ihre Stimme gesenkt und die Hände vor sich ausgestreckt, sodass mich ihre Geste an einen Pantomime erinnerte, der nach einer unsichtbaren Wand tastete.

Lachend schüttelte ich den Kopf.

»Und wie habt ihr euch kennengelernt?«, wollte Grace wissen.

»Na ja, er ist der Verwalter – beziehungsweise arbeitet für den Campingplatz, der die Hütte für Frank vermietet hat.«

»War Frank dein Vater?«

Ich nickte.

»Komisch, dass du ihn so beim Vornamen nennst.« Grace beobachtete nicht nur gut, sie hörte auch genau hin.

»Wir hatten kein besonders gutes Verhältnis.« Eine vage Auskunft, wie immer. Doch die meisten Leute fragten nie weiter nach. Grace war allerdings nicht wie die meisten Leute.

»Inwiefern?«

Stöhnend ließ ich das Glas sinken. »Grace, ich will jetzt nicht über meinen Vater sprechen.«

»Wieso nicht?«

Ich riss die Augenbrauen nach oben und schnitt eine Grimasse.

»Okay, okay. Dann reden wir eben wieder über Matthias«, ruderte sie zurück.

Ich verdrehte die Augen. »Erzähl mir doch einfach von deinem Garten.«

»Es ist nicht *mein* Garten«, warf sie ein.

Wenn mich nicht alles täuschte, klang da ein wenig Bitterkeit in ihren Worten mit. Ehe ich darauf eingehen konnte, ging die Tür zur Bar auf und drei Männer traten ein, von denen einer Grace zuzwinkerte. Der Typ kam mir bekannt vor.

Grace senkte schnell den Blick auf ihr Getränk. »Er ist wunderschön«, erklärte sie und ich wusste für einen Moment nicht, ob sie über ihren Garten oder den Kerl sprach. »Du musst ihn dir am Sonntag ansehen. Du kommst doch?« Erwartungsvoll sah sie mich an.

»Ich weiß nicht. Eigentlich habe ich zu viel zu tun.«

»Bitteeeeee ...« Grace zog das Wort so sehr in die Länge, dass ich nach einer Erdnuss griff und sie ihr entgegenschleuderte. »Hey«, quiekte sie und wollte sich selbst bewaffnen, doch Tuck, Barkeeper und Sohn des Inhabers, zog ihr die Schale unter den Händen weg.

»Es wird nicht mit Essen gespielt«, kommentierte er ihren Schmollmund. »Sie hat angefangen«, erwiderte Grace und zeigte mit ihrem dürren Finger in meine Richtung. Der braun-schwarze Halbmond aus Erde unter ihrem Nagel grinste mich förmlich an. Empört schnappte ich nach Luft.

»Und ich habe es beendet, *Sweetie*«, gab Tuck lässig zurück und nahm die Erdnüsse mit.

»Das haben wir jetzt davon«, grummelte Grace, stimmte aber kurz darauf mit in mein schadenfrohes Lachen ein.

Die Zeit in der Bar war schnell verflogen und ehe ich michs versah, saß ich am Esstisch der *Blauen Hortensie* und wartete darauf, dass mein Laptop hochfuhr. Währenddessen ließ ich den Blick aus dem Fenster schweifen. Hinter der großen Glasfront herrschte absolute Dunkelheit. Nur die Umrisse der Bäume waren zu erkennen. Wenn der Wind die Zweige bewegte, blitzte ab und an dazwischen der See im Mondlicht. Die Fußspuren kamen mir in den Sinn und auf einmal beschlich mich ein ungutes Gefühl. Just in dem Moment tauchte der Bildschirm mein Gesicht in hellen Schein und ich sah mein Spiegelbild in der Fensterscheibe. Die

Sicht nach draußen blieb dadurch verborgen, doch mir war bewusst, dass mich trotzdem jeder von der anderen Seite aus beobachten konnte. Ein Schauer durchlief mich und ich nahm mir vor, schnellstmöglich für Gardinen zu sorgen. Mit dem Laptop unterm Arm verzog ich mich ins Schlafzimmer. Allerdings machte ich einen Umweg an der Alarmanlage vorbei und aktivierte sie mit dem Code. Sofort beruhigte das Gefühl von Sicherheit meine Nerven. Stöhnend ließ ich mich bäuchlings aufs Bett fallen und stellte den Laptop vor mir ab. Ein zusammengeknülltes Kissen stopfte ich mir unter den Brustkorb. »Dann wollen wir mal sehen ...«, murmelte ich und gab die Schlagworte *Three Lakes* und *Fishing* ein. Es wäre ohne Zweifel ein Vorteil zu wissen, welche Fische überhaupt in dem Gewässer hausten. Danach würde ich mich um die richtige Angelmethode kümmern.

Während die Zeiger der glupschäugigen, sehr geschmacklosen Fischuhr auf der Kommode eine Stunde weiterwanderten, fand ich heraus, dass im Storm Lake hauptsächlich Regenbogenforellen vorkamen. Ich aß nicht oft Fisch, da mir keines der Gütesiegel vertrauenswürdig erschien. In Seattle gab es jedoch ein Restaurant, das nur von Fischern einkaufte, die der Inhaber persönlich kannte und deren Fangmethoden in Ordnung waren. Dort gönnte ich mir mit Kat hin und wieder eine Fischplatte, auch wenn wir dafür einen stolzen Preis bezahlten. Das war es mir aber wert.

Aus Erfahrung wusste ich, dass man mit Forelle nichts falsch machen konnte. Vielleicht könnte ich mir selbst das Abendessen angeln. Mich überkam fast so etwas wie Vorfreude.

Neben den Regenbogenforellen gab es auch größere Barschvorkommen. Außerdem lebten hier Katzenwelse. Die waren als Speisefische allerdings ungeeignet.

Während ich mich schließlich über die beste Fangmethode schlaumachte, zeigte mir Google ein Bild von Matthias Barnett an. *Fishing Guide und Angellehrer an den Three Lakes.* Grace und ich hatten also tatsächlich von demselben Mann gesprochen. Die restliche Zeit vor dem Schlafengehen verbrachte ich nun damit, möglichst viel über ihn in Erfahrung zu bringen. Auf der Website des Campingplatzes fand ich einen kleinen Steckbrief, der sich aber hauptsächlich mit seinen Fangerfolgen beschäftigte. Offenbar angelte er schon seit seiner Kindheit.

Zu meiner Überraschung besaß Matt einen Instagram-Account. Nach Grace' Beschreibung seiner Persönlichkeit hätte ich nicht damit gerechnet. Doch er postete gar nicht mal so selten. Ich selbst war früher sehr aktiv auf Social Media gewesen, aber mittlerweile nutzte ich nur noch die Story-Funktion, wenn überhaupt.

Der bunte Kreis um Matts Profilbild zeigte, dass er diese Funktion ebenfalls gebrauchte. Ich klickte auf das Bild und schlug mir lachend die Hand vor den Mund, als das Selfie aufploppte. Mit einer Stirnlampe auf dem Kopf und verschwitztem Gesicht streckte Matt einen Daumen nach oben. Im Hintergrund erkannte ich den See, der im Mondlicht schimmerte. Die Aufnahme war verpixelt, aber das breite Lächeln sprach Bände. *Erfolgreiche Angeltour* hatte er dazugeschrieben. Die Story war vier Minuten alt. Einem Automatismus folgend, klickte ich auf das kleine Herz unten rechts und holte im gleichen Moment erschrocken Luft. Was hatte ich getan? Voller Panik überlegte ich, wie ich den Beweis meines Stalkings wieder rückgängig machen konnte, da blinkte schon das Nachrichtenfenster auf. Mein Herz verkrampfte sich in meiner Brust, während ich den Pfeil mit angehaltenem Atem anstarrte. *Bitte Gott*, flehte ich. *Lass das einfach Kat oder sonst jemanden sein.*

Es war nicht Kat. Und auch nicht sonst irgendjemand. Gott hatte einen eigenartigen Sinn für Humor oder er dachte, dass es an der Zeit war, mich auf die Probe zu stellen. Schließlich wusste er genau, was ich hier plante.

Mit zitterndem Daumen öffnete ich den Chat.

Das Internet scheint zu funktionieren?!

Ich starrte das Handy an. Dann kam eine neue Benachrichtigung rein.

Matt folgt dir jetzt.

Na klasse. Wenn er so ähnlich tickte wie ich, schaute er sich gerade in diesem Moment mein Profil an, das ein Zeugnis meiner Büchersucht war. Ich dachte darüber nach, seine Nachricht zu ignorieren. Aber da mir angezeigt wurde, dass Matt noch online war, wurde ihm das umgekehrt mit Sicherheit ebenfalls mitgeteilt. Ich wollte nicht als Feigling dastehen.

Ja, und du warst offensichtlich auch erfolgreich, ergriff ich die Flucht nach vorne.

Seine Antwort kam gleich darauf.

Nicht ich. Aber glückliche Gäste = glücklicher Matt.

So einfach bist du also gestrickt?, fragte ich und fügte einen zwinkernden Smiley an.

Manchmal. Er nutzte den Smiley ebenfalls. *Hattest du einen schönen Abend mit Grace?*

Ja.

Etwas knapp, aber was hätte ich sonst noch schreiben sollen?

Ich wollte die App schon schließen, als mir auffiel, dass Matt noch etwas schrieb.

Schlaf gut, Madison.

Mit dem Handy in der Hand kletterte ich aus dem Bett und ging zurück ins Wohnzimmer. Ich trat so dicht an die Fensterfront, dass mein Atem die Scheibe beschlagen ließ. Der See lag still und glitzernd wie ein flüssiger Teppich aus Silber am Fuße der Anhöhe, auf der sich die *Blaue Hortensie* befand. Die Bäume wiegten sich in einer sanften Brise hin und her. Das Unbehagen von zuvor war vergangen; ich öffnete die Glastür und trat an das Geländer heran, um den kühlen Nachtwind im Gesicht zu spüren. Obwohl ich müde war, fühlte ich mich auf eine ganz neue Weise lebendig. Ein leises Piepen durchbrach die Stille – die Alarmanlange erinnerte mich daran, dass sie wachsam blieb, wo ich nachlässig wurde. Ich würde gleich hineingehen und den Code eingeben müssen. Doch für diesen einen Moment ignorierte ich sie und flüsterte ein »Gute Nacht, Matt« in die Dunkelheit.

Kapitel 9

Maddie

Wenn eine Schriftstellerin die Angelrute ins Wasser hält, hängt am Ende eine Idee am Haken.

Mein Urteil war möglicherweise etwas verfrüht, aber ich konnte mir wahrhaftig nicht vorstellen, warum jemand gerne angelte. Allein der kurze Weg vom Haus zum Wasser – dank Stirnlampe gut erkennbar – powerte mich total aus und ich hatte schon keine Lust mehr, bevor ich überhaupt angefangen hatte. Neben dem schweren Angelrucksack und der Rutentasche schleppte ich auch den Klappstuhl mit. Wie ich schließlich schmerzlich erfahren hatte, waren Steine nämlich als Sitzgelegenheit ungeeignet. Ich ließ die Taschen zu Boden fallen und atmete angestrengt ein und aus. So weit, so gut. Erst einmal ausruhen und einen Kaffee trinken.

Wenig später saß ich auf dem gar nicht mal so unbequemen Angelstuhl, eine dampfende Tasse flüssigen Glücks in der Hand. Beim ersten Schluck entfuhr mir ein Seufzen und ich hob den Blick ganz automatisch zum Himmel. Es war kurz vor Sonnenaufgang und ich verspürte einen Moment der absoluten Stille. Stille um mich herum. Stille in mir selbst.

Einige Atemzüge lang sonnte ich mich in dem Gefühl und schloss die Augen. Mit der floralen Note des Kaffees im Mund fühlte ich mich der Natur sehr verbunden. Ich öffnete meine Sinne für all die Eindrücke, die ich durch die geschlossenen Lider umso deutlicher wahrnahm. Der dunkle, bellende Ruf eines Kauzes trieb mir ein Lächeln ins Gesicht. Es hörte sich so sehr nach einem Hund an, dass ich kurz befürchtet hatte, Pepper und sein Herrchen wären in der Nähe.

Mit dem nächsten Schluck kehrte meine Motivation zurück. Ich notierte ein paar Ideen, die mir spontan in den Sinn kamen, und machte mich dann ans Werk. Beim Aufbau der Montage hielt ich mich penibel an die Video-Anleitung eines Anglers, der sich aufs Forellenfischen spezialisiert hatte. Seiner Empfehlung, Maden oder Würmer als Köder zu verwenden, kam ich allerdings nicht nach. Selbst wenn ich welche zur Verfügung gehabt hätte, hätte ich es nicht übers Herz gebracht, sie aufzuspießen.

Also probierte ich es mit einem Spinner. Der sogenannte Kunstköder besaß ein kleines Blättchen, das beim Einholen rotierte und einen verwundeten kleinen Fisch nachahmte. Da die Forelle ein Raubfisch war, konnte man sie auf diese Art überlisten. Der einzige Nachteil neben meinem schlechten Gewissen: Laut YouTube-Video kam es wohl auf die richtige – nicht leicht zu erlernende – Technik an, wie man die Angelschnur einholte.

Doch es scheiterte bereits beim Auswerfen. Der erste Versuch endete damit, dass sich der Haken über mir in den Bäumen verfing. Einen Fluch unterdrückend, riss ich an der Schnur. Blätter regneten auf mich nieder, aber der Haken löste sich nicht.

»Das kann doch nicht wahr sein«, stöhnte ich und wechselte meine Position. Wieder nichts. Nachdem ich mich vergewissert hatte, dass keine ungebetenen Zuschauer anwesend waren, sprang ich ein paarmal von einem Bein aufs andere und kletterte anschließend auf einen großen Stein, um einen neuen Winkel zu erreichen. Nichts. Ich überlegte sogar kurz, an dem Baum hochzuklettern, verwarf diese Idee aber schnell wieder. Ein gebrochenes Genick stand in keiner Relation zu den Kosten dieses Köders. Mehrere Minuten verstrichen und der Himmel färbte sich derweil rosa, doch ich bekam den Haken nicht befreit. Frustriert kramte ich im Rucksack nach der Schere und schnitt die Schnur schließlich durch. Der Ast schnalzte nach oben und erneut stand ich, ganz im Zeichen meiner Niederlage, im Blätterregen. Jetzt durfte ich einen neuen Köder dranfriemeln. Meine Begeisterung hielt sich in Grenzen. Doch erstaunlicherweise empfand ich dabei keinen Stress, sondern entspannte mich sogar. Mithilfe des *Angeln-für-Anfänger*-Videos, das ich auf dem Handy abspielte, ahmte ich den speziellen Knoten nach, der den Haken fest mit der Schnur verbinden sollte. Ich war so darauf konzentriert, das Smartphone auf den Knien zu balancieren, während ich die Rute quer über den Oberschenkeln liegen hatte, um die Schlingen und Knötchen auszuführen, dass ich alles um mich herum vergaß.

»Ha!«, entfuhr mir ein Triumphschrei, als ich fertig war. »Das war doch ganz leicht.«

Sogar mein neu eingeschenkter Kaffee war kalt geworden, so vertieft war ich gewesen.

Bevor ich es erneut probierte, schaute ich mir noch mal an, worauf man beim Auswerfen achten musste. Als ich vergangene Nacht kurz in das Video reingeschaut hatte, hatte ich nur die Augen verdreht. Doch was mir so leicht erschienen war, war in Wahrheit eine Kunst für sich und ich sah es dieses Mal mit neu erwachtem Interesse.

Etwas nervös nahm ich im Anschluss die richtige Wurfhaltung ein. Ein Bein vor, rechte Hand oberhalb der Rolle, linke ganz nach unten, über den Kopf gerade ausholen und ...

Der Köder flog und flog und flog und landete gut zwanzig Meter von mir entfernt mit einem leisen *Plopp* im Wasser. Vor lauter Freude machte ich einen Luftsprung und quietschte wie ein kleines Kind, dem man einen Lolli geschenkt hatte. Doch schon im nächsten Moment kam die Ernüchterung. Denn durch meinen Siegestanz hatte ich zu lange gewartet und der Köder war auf den Seeboden hinabgesunken und hatte sich dort anscheinend festgesetzt. Mehrmals kurbelte ich, änderte die Position – Déjà-vu –, doch es war nicht zu leugnen: Ich hatte schon wieder einen Hänger.

Ich wollte heulen und mit dem Fuß aufstampfen. Mir war egal, dass ich aus dem Alter dafür raus war, mein Innerstes verlangte danach. Das Einzige, was mich davon abhielt, war das freudige Bellen eines aufgeregten Hundes.

Oh no! Oh no! Oh, no no no no no!
Mein Gehirn spielte den Social-Media-Trend-Sound ganz automatisch in meinem Kopf ab.

Wie kam ich aus dem Schlamassel nur wieder heraus? Panisch versuchte ich, die Rute in alle Richtungen zu ziehen, kurbelte an der Rolle, obwohl sich absolut nichts tat. Hektisch sah ich mich um, doch noch konnte ich Matt nicht entdecken. Vielleicht war er es nicht einmal, aber bei meinem Glück … Das Bellen wurde lauter, also blieb mir kaum Zeit. Kurz dachte ich daran, die Angel komplett ins Wasser zu werfen. Dank Frank hatte ich schließlich mehr als nur die eine. Ich könnte so tun, als wäre ich gerade erst am Aufbauen. Oder Abbauen – noch besser!

»Madison!«, rief mir Matt entgegen.

Natürlich musste er es tatsächlich sein. Ich hatte zu lange überlegt. Als ich mich umdrehte, sah ich Pepper auf mich zurasen. Matt kam zügig hinterher. Sein wildes Winken war so was von überflüssig. Niemand außer uns war hier, wie sollte ich ihn da übersehen können?

Traurig wuffte Pepper, weil ich ihn ignorierte. Na toll, ich schaffte es, sogar einen Hund zu enttäuschen.

»Madison«, wiederholte Matt, als er neben mir zum Stehen kam.

»Du kannst mich ruhig Maddie nennen«, bemerkte ich, ohne ihn anzusehen. Madison klang so ernst und zugeknöpft. Nach einer Person, die ich nicht war, auch wenn ich auf ihn im Moment vielleicht so wirkte. Mit Maddie konnte ich mich besser identifizieren.

Matt sprach meinen Spitznamen nun mehrmals hintereinander aus. Jedes Mal betonte er ihn ein wenig anders. Als würde er austesten, welche Version ihm am besten gefiel. »Und warum nicht *Mads*?«

Ohne es zu wollen, vernahm ich plötzlich Franks Worte in meinem Kopf: »Na, Mads, was liest du gerade? Erzähl mal.« Ich konnte den leisen, rauen Klang seiner Stimme nach all den Jahren immer noch hören. Vor Moms Tod war es ein vertrautes, routiniertes Abendritual gewesen, dass er vor dem Schlafengehen noch mal in mein Zimmer kam und wir über meine Bücher sprachen. Erschrocken fuhr ich zu Matt herum. »Was gefällt dir denn an Maddie nicht?«, fauchte ich. Er wich einen Schritt zurück. Meine heftige Reaktion hatte ihn sichtlich in Verlegenheit gebracht. Während ich ihn so ansah, fielen mir seine dunklen Augenringe auf.

»Klingt so niedlich«, erwiderte er kleinlaut und ich musste schwer schlucken. »Aber wenn du Maddie bevorzugst ...«

»Tue ich«, unterbrach ich ihn und er sah mich irritiert an. Vermutlich war *niedlich* kein Wort, mit dem er mich und mein zickiges Verhalten beschreiben würde. Hatte ich nicht Besserung gelobt?

»Okay«, sagte er zögernd und nickte.

Meine Wut, die eigentlich nichts mit Matt zu tun hatte, verflog so schnell, wie sie gekommen war, und ich wandte mich wieder dem See zu. Mist, ich hatte immer noch keine Ahnung, wie ich den Hänger vor ihm verstecken sollte.

»Der frühe Angler fängt den Fisch, was?«, versuchte Matt eine Unterhaltung zu starten.

Meine Rute schwebte wie ein stummer Wächter über dem See. Kurz schloss ich die Augen, bevor ich schulterzuckend antwortete: »Wenn, dann richtig.«

Mit aller Macht kämpfte ich gegen den Drang an, mir mit der Handfläche an die Stirn zu schlagen. Wie bescheuert konnte ein Mensch denn sein? Nichts, was ich hier tat, war *richtig*. Und Matt würde es bemerken, da war ich mir sicher. Früher oder später würde der Fall vom hohen Ross kommen.

»Schon was gefangen?«, fragte Matt und legte seine Sachen ab. Er baute seine Montage mit eingeübten Handgriffen auf.

Matt musste verschwinden. Sofort! Bevor er sich fragen konnte, welche Angelmethode zum Kuckuck ich hier anwandte.

Pepper bellte und jagte einer Ente hinterher. Wasser spritzte in die Höhe.

»Dein Hund verjagt die Fische«, grummelte ich. »Am besten du suchst dir einen anderen Platz.« So unhöflich hatte ich gar nicht klingen wollen.

»Ernsthaft?«, fragte Matt nur.

Als er nichts weiter von sich gab, sah ich über die Schulter zu ihm hinab. Er kniete neben seinem Angelkoffer. Trotz der Müdigkeit tanzte Schalk in seinen Augen.

»Ja?«, sagte ich unsicher, doch es klang wie eine Frage.

»Du glaubst wirklich, du wärst ohne mich besser dran?«, hakte er nach.

Jetzt hatte ich eine richtig ungute Vorahnung. Ich schluckte und räusperte mich. »Ja«, bestätigte ich mit gespielt fester Stimme. »Natürlich«, fügte ich noch hinzu und reckte das Kinn in die Höhe. Mit der freien Hand streifte ich mir eine Strähne nach hinten. Das tat Kat auch immer, wenn sie Selbstbewusstsein ausstrahlen wollte. Meine Beobachtungsgabe musste doch auch mal für irgendwas gut sein.

»Trotz Hänger?«, fiel Matt mit der Tür ins Haus.

Augenblicklich klappte mir der Mund auf. »Woher weißt du ...?«

Ich hielt inne, denn er brach in so lautes Gelächter aus, dass er mich sowieso nicht verstanden hätte. Frustriert warf ich die Angel zu Boden.

»Hey!«, rief Matt. »Das arme Ding kann auch nichts dafür.« Er sprang nach vorne und hob die Rute auf. »Aber ich, oder wie?«

Matt rieb sich lachend den Nacken. »Das passiert doch allen mal ...«

»Was?«, platzte die Frage aus mir heraus. Schließlich hatte ich befürchtet, mich gleich als Anfänger schlechthin geoutet zu haben.

»Das passiert doch dem besten Angler«, erklärte er.

»Oder *der* besten Angler*in*«, erinnerte ich ihn und verpasste damit seinem Lächeln einen Dämpfer.

»Richtig.« Matt stand auf und streckte mir die Angel entgegen.

Die Arme vor der Brust verschränkt, musterte ich ihn. »Nein danke«, verkündete ich trotzig. »Wenn du meinst, dass du es besser kannst, dann beweise es.«

Sekunden verstrichen, ohne dass er sich rührte. Er blinzelte mehrere Male hintereinander, ehe er sich dem See zuwandte. Sein verschmitztes Grinsen entging mir jedoch nicht. »Challenge accepted«, murmelte er.

Da! Er blickte kurz über seine andere Schulter zurück, als wollte er sich nach jemandem umsehen. Nach Pepper zum Beispiel, aber dieser jagte am Ufer immer noch irgendetwas hinterher. Direkt vor uns!

Grace hatte also recht gehabt mit Matts kleinem Tick.

Als er einen schrillen Pfiff ausstieß, zuckte ich zusammen. Ich brauchte nicht zu fragen, was los war. Er kurbelte so schnell an der Spule, um keinen Zweifel daran zu lassen, dass der Haken befreit war.

»Gut, dass du nicht gewettet hast.« Er drehte sich, um mir angeberisch den Griff entgegenzustrecken. »Sonst wäre das jetzt peinlich für dich.«

Das war es auch so, danke.

Eingeschnappt riss ich ihm die Angel aus der Hand. »Das war Glück.«

Matts Augen verengten sich zu Schlitzen. Doch sein Lächeln blieb. »Du könntest auch einfach deinen Stolz hinunterschlucken und mich bitten, dir zu zeigen, wie ich das gemacht habe.«

Das künstliche Lachen, das ich ausstieß, schrillte sogar in meinen eigenen Ohren. Abrupt wandte ich mich ab. »Träum weiter«, nuschelte ich und begann Franks Kram zusammenzupacken.

»Haust du jetzt etwa ab?«, fragte Matt. Bellend kam Pepper bei uns zum Stehen. Pitschnass machte er Anstalten, sich direkt neben mir das Fell auszuschütteln.

Alarmiert sprang ich zur Seite. »Wage es ja nicht«, warnte ich den Hund mit erhobenem Zeigefinger.

Treudoofe Augen blickten zwischen Matt und mir hin und her.

Dieses dumme Halstuch ließ ihn verdammt niedlich aussehen, sodass der Frust über das Angeln – und dass ich dabei auch noch so kläglich scheiterte – schnell verflog.

»Pepper!« Matt zog ihn an die Seite. Die Frage, ob er damit mich oder den Hund schützen wollte, stellte ich gar nicht erst laut. Ich wollte nur noch weg.

»Ich hatte sowieso gerade vor aufzubrechen«, verkündete ich mit gleichgültiger Stimme.

Als ich Matts Blick begegnete, blitzte etwas in seinen Augen auf. Amüsement? Hohn? Interesse? »Dann wollen wir dich nicht aufhalten«, erklärte er und Pepper bellte laut, so als wolle er Einspruch erheben. Doch sein Herrchen hielt ihn an dem roten Halstuch zurück, damit er mir nicht folgte, als ich schnellen Schrittes zur *Blauen Hortensie* flüchtete.

Kapitel 10

Matt

Für jeden Fisch existiert der passende Köder.

Sie floh so schnell, als wäre sie dem *Tatoskok* – der gehörnten Riesenschlange, die laut den Indigenen im Storm Lake hausen sollte – leibhaftig begegnet. Als Kind hatten ihm die Märchen große Furcht eingejagt, heute dagegen bereiteten ihm viel realere Dinge Sorgen. Madisons Verhalten zum Beispiel. Dabei war ihm noch nicht einmal klar, wovor sie floh. Vor ihrer Vergangenheit? Ihm? Oder dem Angeln?

Bevor er zu ihr gestoßen war, hatte er sie eine Zeit lang beobachtet – und sich wie ein Stalker gefühlt. Doch es hatte ihm nur bestätigt, was er von Frank bereits wusste: Sie besaß keinerlei Angelerfahrung. Einen Hänger zu lösen, war eines der ersten Dinge, die ein Anfänger oder eben eine Anfängerin lernte. Zwangsläufig, denn das passierte gerade zu Beginn sehr häufig – was sie ebenfalls bewiesen hatte. Matt wusste, dass es ihrem Vater eine Freude gewesen wäre, ihr alles übers Angeln beizubringen. Wie bei ihm und seinem Großvater, so hätte es auch bei Frank und Mads – *Madison*, verbesserte er sich – laufen können. Matt sollte sich dringend abgewöhnen, sie so zu nennen wie ihr Vater früher. Zu *Maddie* konnte er sich aber auch nicht ganz durchringen. Also blieb er erst einmal bei Madison.

Bei ihrer Unfähigkeit, Kritik und Ratschläge anzunehmen, war ihm beinahe herausgerutscht, dass es ihn keineswegs wunderte, dass Frank ihr nichts hatte beibringen können. Mit dieser Aussage hätte Matt sie jedoch nicht nur erneut beleidigt, sondern ebenfalls offenbart, wie nah Frank und er sich gestanden hatten. Die Art von Verbindung, die sich Madison seinem Gefühl nach sehnlichst zu ihrem Vater gewünscht hatte. Es waren die kleinen Hinweise, die ihn darauf gebracht hatten. Bei der Erwähnung, dass er Frank gekannt habe, hatte sie mit unterschwelliger Eifersucht reagiert. Ihre positive Überraschung bezüglich des Alarmanlagen-Codes war ihm auch nicht entgangen. Natürlich wusste Matt, dass Frank ihr Geburtsdatum dafür ausgewählt hatte. Doch er behielt dieses Wissen besser erst mal für sich. Sie damit zu konfrontieren, würde sie sicherlich vergraulen. Zumindest zum aktuellen Zeitpunkt. Madison schätzte ihn sowieso schon als arrogant, besserwisserisch und voller Vorurteile ein, da musste sie ihn nicht auch noch wegen ihres Vaters hassen. Es war ärgerlich, dass sie ihn für so oberflächlich hielt, doch er würde ihre Meinung ändern. Er glaubte, nun endlich den richtigen Zugang zu ihr gefunden zu haben: Herausforderung.

Oberste Priorität blieb, dass sie erfuhr, wie viel sie Frank bedeutet hatte. Niemals würde er sie aber von der Liebe ihres Vaters überzeugen können, sollte sie herausfinden, welches Versprechen er Frank gegeben hatte. Es war daher notwendig, sich langsam und behutsam an das Thema heranzuwagen. Vertrauen aufzubauen – Freundschaft. Es überraschte ihn, wie leicht es ihm fiel, Zeit mit ihr zu verbringen. Wo vorher nur unangenehme Distanz geherrscht hatte, war auf einmal Vertrautheit. Es war an dem Nachmittag in der Küche geschehen. Dieser Moment, in dem sie beide in Gelächter ausgebrochen waren und die Anfangsschwierigkeiten wie weggeblasen schienen. Eigentlich hatte er immer nur seine Ruhe haben, ab und an Zeit mit Aron verbringen, aber nie in die Verstrickungen anderer mit hineingezogen werden wollen. Was war da bei dieser Kaffeepause geschehen? Nun schlich er sich langsam durch Gespräche – ständig im Balanceakt zwischen der Sorge, sie zu vertreiben, und dem Wunsch, sie aus der Reserve zu locken – und spürte, wie eine seltsame Nähe wuchs.

Pepper jaulte und riss ihn aus seinen Gedanken. Seufzend ging er in die Hocke und begann damit, seine Ruten auszupacken. Vermutlich war es längst zu spät zum Angeln. Die Sonne erhob sich bereits über die Baumwipfel und wärmte seine Haut – und zweifelsohne auch das Wasser. Die Fische würden sich bis in die kühleren Abendstunden zurückziehen. Aber man konnte nie wissen. Manchmal wurde selbst der erfahrenste Angler noch von den Fischen überrascht. Für ihn, dem die Müdigkeit noch in den Knochen hing, war der milde Morgen äußerst wohltuend und er wollte es nicht unversucht lassen, jetzt wo er schon mal hier war. Nach der Aktion der vergangenen Nacht wäre er am liebsten im Bett liegen geblieben. Den Vormittag hatte ihm sein Chef freigegeben. Und Matt hatte Franks Tochter unbedingt wiedersehen wollen. Nachdem sie sich am Abend miteinander geschrieben hatten, bekam er sie noch schlechter aus dem Kopf. Und immer wieder fragte er sich, warum ihm ihr Lächeln so naheging. Dabei gab er ihr kaum Gelegenheit, es zu zeigen. *Ach, Mann!*

Er strich sich ratlos durch die Haare. Es wurde langsam echt Zeit für einen Friseurbesuch, doch gerade nachdem Madison seine Narben gesehen hatte, wollte er sie am liebsten niemals wieder abschneiden lassen. Nicht dass er eitel war – gut, vielleicht ein bisschen. Er war es aber hauptsächlich einfach satt, die Geschichte von seinem Autounfall ständig zu wiederholen. Daran erinnert zu werden, wenn er sich die Haare wusch, und die wulstigen Erhebungen zu spüren, war schlimm genug.

Mit einem Knacksen in der Hüfte stand er auf und warf die Angel, ohne nachzudenken, aus. Im nächsten Moment saß er wieder im Klappstuhl und starrte auf den ruhigen See. Hier und da trieben Bläschen an die Wasseroberfläche, die auf Fische schließen ließen. Doch da er keine großen Hoffnungen auf einen Fang hatte, machte er sich nicht die Mühe, die Angel neu auszurichten. Pepper schlief zu seinen Füßen ein und auch ihm fielen schon nach kürzester Zeit die Augen zu. Die Sonne wärmte ihm das Gesicht und er hörte das fröhliche Gezwitscher der Vögel. Sollte wider Erwarten doch ein Fisch anbeißen, so würde ihn der elektronische Bissanzeiger wecken. Mit diesem Gedanken döste er ein. Mads Lächeln verfolgte ihn bis in seine Träume.

Kapitel 11

Maddie

*Autoren sind die Psychologen ihrer Charaktere:
Sie beschäftigen sich intensiv mit deren Problemen
und helfen ihnen, sich weiterzuentwickeln.*

Nach drei Stunden des Entrümpelns öffnete ich meinen Chat mit Kat und berührte das Kamerasymbol. Es klingelte recht lange und ich fragte mich schon, ob ich sie während einer Vorlesung störte, da nahm sie das Gespräch doch entgegen.

»Hi, Kat«, begrüßte ich sie. »Wie ...?« Doch die Frage blieb mir im Hals stecken. Kats Augen waren rot und zugequollen. »Was ist passiert?«

Sie lächelte traurig und rieb sich mit dem Handrücken die Nase. Ein unschönes Geräusch ertönte. Mit Mühe schaffte ich es, nicht das Gesicht zu verziehen. Weinende Menschen erzeugten bei mir immer ein Gefühl der Hilflosigkeit.

»Ist nicht so wichtig«, murmelte sie und räusperte sich. »Warum rufst du an?«

»Sicher ist es wichtig«, korrigierte ich, sah aber an ihrem missmutigen Blick, dass sie nicht darüber reden wollte. Seufzend drehte ich mich im Kreis, um ihr das Chaos im Wohnzimmer zu zeigen. »Ich brauche Hilfe«, jammerte ich. Dabei kam ich mir taktlos vor, denn jetzt, wo ich Kat so weinen sah, wirkten meine Probleme bedeutungslos. Aber einen Versuch, sie abzulenken, waren sie allemal wert.

Kat gab einen Laut von sich, der Grunzen und Schniefen zugleich hätte sein können. »Nein, Süße. Was du brauchst, ist ein Flammenwerfer. Das ...«, sie verengte die Augen, wohl in der Annahme, so besser sehen zu können, »... und Gardinen.

Voll gruselig die Vorstellung, dass bei dir nachts jeder reinsehen kann.«

»Oh ja, Gardinen stehen spätestens, seitdem ich Fußspuren vorm Haus entdeckt habe, auf meiner Einkaufsliste.«

»Fußspuren vor dem Haus?!« Kat klang alarmiert.

»Kein Grund zur Sorge. Hier laufen viele Spaziergänger vorbei«, beruhigte ich sie – und mich. »Außerdem hat Frank eine Alarmanlage einbauen lassen.« Ich war kurz davor, ihr von dem Code zu erzählen, hielt mich aber gerade noch zurück.

»Wenigstens etwas.« Kat schnaubte. »Ein Messie mit erhöhtem Sicherheitsbedürfnis.«

»Messie – so ein Quatsch. Es ist total normal, dass sich über die Jahre so viel anhäuft«, entgegnete ich.

»Nimmst du ihn etwa in Schutz?« Kat stemmte die Hände in die Hüften. Sie saß mit einem Bein angewinkelt auf ihrem Bett und hatte offenbar das Handy vor sich aufgestellt.

Erschrocken schüttelte ich den Kopf. »Nein. Es ist nur einfach kein Müll.«

»Was ist es dann?«

»Haufenweise Briefe. Hauptsächlich von Tante Charlotte an meine Mom. Aber ein paar sind auch von Mom, adressiert an meinen Vater. Sie müssen aus der Zeit vor ihrer Hochzeit stammen.«

Kat beugte sich nach vorne, so als würde ich jeden Moment einen der Briefe für sie in die Kamera halten. »Was steht drin?«

»Ich weiß es nicht.«

»Wie, du weißt es nicht?«

»Ich habe sie nicht gelesen.« Kat klappte den Mund auf und zu. Sie sah aus wie ein Fisch auf dem Trockenen, bis sie ihre Empörung unter Kontrolle brachte und ihr das Wort über die Lippen purzelte, das ihr mitten ins Gesicht geschrieben stand: »Warum?«

»Es kommt mir nicht richtig vor.«

»Deine Eltern sind tot«, erinnerte sie mich und ich atmete tief durch. *Brutal ehrlich wie immer.* »Ich weiß …«, sagte ich leise. »Aber das heißt nicht, dass ich das Recht hätte –«

»Natürlich. Es tut mir leid«, unterbrach Kat mich.

Ich lächelte verlegen. »Außerdem hat er all meine Schulhefte aufgehoben.«

»Er hat was?«

»Ja. Na ja, also nicht alle. Aber die Englischhefte auf jeden Fall.«

»Die mit deinen Geschichten?«, hakte Kat nach, während sie einen Finger ans Kinn hob. Ich konnte förmlich dabei zusehen, wie sich die Rädchen in ihrem Hirn bewegten und die Zähnchen ineinandergriffen. Sie analysierte ... wie immer.

»Ja«, sagte ich knapp.

Kat lehnte sich noch weiter nach vorne und stützte die Ellenbogen auf. Gleich würde sie den Bildschirm knutschen. »Und was macht das mit dir?«

»Kat ...«, mahnte ich.

»Ups. Sorry.«

Ihr tat es nicht leid, auch wenn sie es sagte.

»Und was ist in den Umzugskartons?«, fragte sie und deutete hinter mich. »Doch wohl nicht noch mehr Briefe?«

Lachend ging ich zu den besagten Kisten. »Nein.« Ich öffnete den Deckel und zeigte ihr den Inhalt.

»Wow! Ich wusste gar nicht, dass Frank *Seahawks*-Fan war.«

Ich ließ den Deckel wieder zufallen. »Nicht?« Demonstrativ verdrehte ich die Augen. »Ich nämlich schon.«

»Also ...«

»Was?«, fragte ich, als sie nicht weitersprach.

»Du hast recht. Es ist kein Müll. Na ja, außer der *Seahawks*-Kram ... aber selbst der ist bestimmt dem ein oder anderen was wert.«

»Ja, und was soll ich jetzt damit tun?«

»Woher soll ich das wissen?«, erwiderte Kat und hob abwehrend die Hände.

»Na ja, du bist doch diejenige von uns, die immer einen Plan hat.«

Kat schnaubte. »Wenn es nach mir gegangen wäre, hättest du

gewartet, bis meine Prüfungen rum sind. Dann hätte ich dir vernünftig helfen können. Aber ich komme in ein paar Tagen nach meiner letzten Prüfung nach. Oder besser gesagt: Du holst mich ab.«

»Bloß nicht!«, entfuhr es mir heftiger als nötig. Kat hatte eine längere Pause verdient. Die Vorstellung, dass sie sich hier mit neuen Problemen auseinandersetzen müsste ... mit meiner Vergangenheit sowie dem selbst verursachten Schlamassel mit Matt ... Die Scham überrollte mich beinahe. »Ich komme klar, auch wenn ich manchmal jammere.«

»Du kommst klar?«, hakte sie nach.

Ihr prüfender Blick ließ mir den Schweiß auf die Stirn treten. »Ja, Kathrine. Ich bin erwachsen, schon vergessen?«

Sie rollte mit den Augen und atmete tief durch. »Definiere *erwachsen*!«

Ich schnaubte und überging ihre Aufforderung. »Wie liefen denn deine Prüfungen bisher?«, fragte ich stattdessen, obwohl es keinen Zweifel daran gab, dass sie mit Bestnoten abschließen würde. Oder etwa nicht?

Kats Miene wurde auf einmal wieder traurig. Sie schluckte schwer, sah aber nicht in die Kamera, als sie gestand: »Morgen ist die letzte, aber ich habe heute erfahren ... dass ich durch einen der praktischen Teile gefallen bin.«

»Das darf doch gar nicht bekannt gegeben werden, solange nicht alle Prüfungen abgeschlossen sind«, empörte ich mich.

Kat knabberte an der Unterlippe. »Es könnte sein, dass ich meine Dozentin so lange genervt habe, bis sie eine Geste gemacht hat, die eindeutig negativ zu interpretieren war.«

»Was für eine Geste?«

Kat zeigte sie mir: Daumen abwärts.

Oh! Das war tatsächlich kein gutes Zeichen. Aber es musste ja nicht gleich bedeuten, dass sie durchgefallen war. »Na, und wenn schon! Ich bin auch nicht in allen Kursen beim ersten Mal durchgekommen. Du wiederholst die Prüfung.«

»Aber dann kann ich mich erst nächstes Jahr beim FBI bewerben«, protestierte sie.

Jetzt verstand ich ihre Tränen. Kleinere Rückschläge waren für meine Freundin kein Grund zu verzweifeln. Seit ihrer Kindheit war es jedoch ihr größter Wunsch, eines Tages Profilerin beim FBI zu werden. Sie hatte ihren ganzen Lebensstil darauf ausgerichtet, da die Aufnahmebedingungen sehr hart waren. Sie setzten ein Studium, zum Beispiel in Psychologie, unzählige Praktika, Fitness und Geld voraus. Die Bewerbungsphase allein dauerte bis zu achtzehn Monate. Wenn sie ein Jahr verlor, dann würde es für sie noch schwieriger sein, mit der Konkurrenz mitzuhalten.

»Das wäre doof. Aber du weißt ja noch gar nicht, ob du wirklich durchgefallen bist. Es könnte auch einfach bedeuten, dass du unter deinen Erwartungen geblieben bist.«

Kat verzog den Mund und ließ ein freudloses Lachen hören. »Und das macht es besser?«

Ich atmete schwer ein und aus. »Nicht wirklich.«

»Eben. Ich brauche Spitzennoten, um überhaupt zu einem Gespräch eingeladen zu werden.« Sie warf die Hände in die Höhe und ließ sie entmutigt wieder fallen.

»Ach Quatsch. Mit deinem Anschreiben kannst du noch viel rausholen. Damit musst du sie auf dich aufmerksam machen, sodass du ihnen im Gedächtnis bleibst. Ich werde dir dabei helfen. Du wirst es schaffen, Kat.« Sie stöhnte, aber ich fuhr unbeirrt fort: »Der Grund, warum du dir wünschst, Profilerin zu werden, wird sie alle bis ins Mark erschüttern und überzeugen – so traurig er auch ist.«

Kat wandte ihren Blick zur Seite und ich wusste, dass sie das Bild auf ihrer Kommode betrachtete. Neue Tränen schimmerten in ihren Augen.

Ich flehte innerlich, dass ich nichts Falsches gesagt hatte.

»Du hast recht«, sagte sie nach einem Moment des Schweigens. »Ich werde es schaffen – für sie.«

Ich nickte heftig. »Und für dich.«

Auch Kat nickte. Sie straffte die Schultern, warf die Haare nach hinten und schniefte ein letztes Mal. »Und jetzt bestelle ich dir einen Flammenwerfer auf eBay.«

Kapitel 12

Maddie

*Manchmal wird auch der beste Plotter
von einer unerwarteten Wendung überrascht.*

Nachdem ich den vergangenen Abend damit zugebracht hatte, Fotos von Franks *Seahawks*-Fanartikeln zu machen und sie auf einer Online-Verkaufsplattform hochzuladen, nutzte ich den Vormittag zum Lesen. Mit Kaffee und *Stolz und Vorurteil* nahm ich in dem Korbsessel auf der Veranda Platz. In dem linken, wohlgemerkt. Es war bewölkt und nach meinem desaströsen Angelstart am Vortag wagte ich mich nicht ans Wasser. Insgeheim betete ich für Regen. Der würde mir eine längere Verschnaufpause verschaffen, denn nach einem ausgiebigen Regenguss blieb ein Angler meist ohne Fang. Niemand, besonders nicht Matt, würde sich wundern, warum ich meinem angeblichen Hobby nicht nachkam.

Obwohl ich das Buch schon Dutzende Male gelesen hatte, musste ich doch immer wieder heulen, wenn sich Mr Darcy in einem langen Brief seiner Elizabeth erklärte. Als diese erkannte, dass sie in Stolz und Vorurteil gefangen gewesen war, waren meine Taschentücher, die ich in weiser Voraussicht zurechtgelegt hatte, aufgebraucht. Seufzend verpasste ich der Seite ein Eselsohr – eine Markierung, auch wenn ich im Geiste Kats panischen Aufschrei vernahm. Sie hasste es, wie ich Bücher behandelte. Es gibt zwei Sorten von Booknerds: jene, die ihre Bücher hegen und pflegen wie Schätze, und solche, die sie zerlesen im wahrsten Sinne des Wortes. Die jede Seite fühlen, beschnuppern und durchleben.

Ich schloss das Buch und stand auf. Mittlerweile hatte es tatsächlich angefangen zu nieseln und ich hörte den Regen sachte auf das Vordach trommeln. In der Ferne grollte es verheißungsvoll. Der sonst so ruhig daliegende See hatte sich in ein lebendiges Gewässer verwandelt. Manche Tropfen bildeten kleine Kreise, andere viel größere. Manchmal sah es so aus, als sprängen sie wieder hoch. So als würde die Welt ihre Gravitation für kurze Zeit außer Kraft setzen, um das Wasser tanzen zu lassen. Leises Rauschen begleitete das Trommeln auf dem Dach. Es war herrlich und dieser Duft ... Nichts ließ sich mit dem Geruch eines Sommerregens vergleichen.

Als ich ein Bellen vernahm, ging ich schnell nach drinnen. Schlechtes Wetter eignete sich perfekt dazu, um Besorgungen zu machen. Also füllte ich meinen To-go-Becher mit dem verbliebenen Kaffee aus der Maschine, schnappte mir die Autoschlüssel und verließ die *Blaue Hortensie*. Den Schirm vergaß ich an der Garderobe. Absichtlich. Das Bedürfnis, den Regen auf meiner Haut zu spüren, war geradezu übermächtig. Frank hatte daher erst gar keinen Schirm besessen. *Es regnet – Gott segnet*, hatte er stets gesagt. *Wieso sollte ich mich also davor schützen?*

Der Regen war kühl, doch es waren die Erinnerungen, die mein Herz mit lähmender Kälte erfüllten. Ich wehrte mich nicht dagegen. Es war so sinnlos, etwas abzuwehren, das längst zu meinem Leben gehörte. Der Weg zum Auto schien länger als sonst und jeder Regentropfen wie ein schmerzliches Echo meiner Vergangenheit. Doch ich stellte mich jedem einzelnen, der meine nackten Arme streifte.

Snohomish war ein kleines, äußerst liebenswertes Städtchen, das vor allem für die historische Innenstadt und die vielen Antiquitätengeschäfte bekannt war. Der Name rührte von dem hiesigen Stamm der Snohomish her, doch über die Bedeutung des Namens wurde seit jeher gestritten.

Es hatte aufgehört zu regnen, aber der düstere Himmel und das entfernte Donnern ließen vermuten, dass sich der Regen nur eine Atempause gönnte. Das *Once Upon a Time* war bei Google super bewertet, also hoffte ich, hier ein Paar von Franks verstaubten Möbeln loszuwerden. Ich zeigte der interessierten Verkäuferin Handyfotos von den Betten, der Ledercouch, der hässlichen Fischuhr – ernsthaft, wer kaufte so was? –, des alten Esstisches inklusive Stühle, der Glasvitrine und der Chaiselongue aus dem Gästezimmer. Auch der Kronleuchter im Flur gefiel ihr. Wir wurden uns erstaunlich schnell einig, was die Preise betraf.

Mit gemischten Gefühlen verließ ich das Geschäft. Auf der einen Seite war ich erleichtert, weiteren Ballast los zu sein, auf der anderen ein wenig sentimental. Außerdem fragte ich mich, ob ich die Sachen möglicherweise doch unter Wert verkaufte.

Im Supermarkt hielt ich nach Gardinen und neuen Küchenmaschinen Ausschau, aber ich wurde recht bald von zwei jungen Frauen abgelenkt, die über eine Serie von Einbrüchen im vergangenen Jahr sprachen. Es klang so, als wäre niemand verletzt worden, doch in Kleinstädten kannte nun mal jeder jeden und die Spekulationen der Anwohner steigerten sich oft ins Abenteuerliche. So konnte aus einem Einbruch schnell ein Raubüberfall, aus einem Unfall ein Mord werden. Besonders gerne wurden die Außenseiter verdächtigt. Oder Neuankömmlinge.

In mich hineinschmunzelnd, suchte ich mir schließlich einen schwarz-silbernen Kaffeevollautomaten und dazu den jeweils passenden Toaster und Wasserkocher aus.

Zurück in der Hütte, tauschte ich die alten Geräte in der Küche durch die neuen aus. Die Kaffeemaschine in Gang zu setzen, war gar nicht so einfach. Ich hatte aufgehört mitzuzählen, wie viele Kaffees ich zog, nur um die Einstellungen wieder zu verwerfen, weil die Intensität oder Temperatur noch nicht stimmte. Am Ende des Nachmittags hatte ich jedenfalls eine Koffeinüberdosis. Das Radio war bis zum Anschlag aufgedreht und spielte einen Klassiker von Kate Bush. Mir hämmerte das Herz im Brustkorb, während ich halb tanzend, halb lesend weitere Unterlagen meines Vaters sortierte. Das Wohnzimmer glich einem Schlachtfeld. Beinahe hätte ich das Hämmern an der Vordertür nicht gehört. Erst als ich die Musik leiser stellte, erkannte ich das störende Hintergrundgeräusch als ein Klopfen.

Schnell hastete ich nach vorne, nahm beide Stufen zum Flur auf einmal und riss die Haustür mit zu viel Schwung auf. Der Knauf krachte in die Wand und bei dem Knall zog sich mein Innerstes zusammen. Doch die Sorge um ein Loch in der Holzverkleidung verflog sofort, als ich Matts Gestalt erblickte.

»Hi«, flüsterte er. Es war mehr ein tonloses Lippenbewegen. Lippen, die sich anschließend zu einem Lächeln nach oben kräuselten. Wollte er mir weismachen, ich sei taub geworden?

»Hi«, antwortete ich atemlos und ignorierte sein Grinsen.

»Störe ich?«

Als wäre ich die Lässigkeit in Person, pustete ich mir eine Haarsträhne aus dem Gesicht und lehnte mich mit der Schulter an den Türpfosten. »Wie kommst du denn darauf?«

Hinter ihm sah ich, wie immer noch der Regen vom Vordach tropfte und sich in den Pfützen sammelte. Er würde heute wohl nicht mehr aufhören.

»Du bist knallrot und ... verschwitzt«, entgegnete Matt weiterhin grinsend.

»Ich räume auf«, erwiderte ich achselzuckend.

»Mit Kate Bush? Interessanter Musikgeschmack. Etwas oldschool, aber hey, jedem das Seine ...«

»Haha. Sehr witzig. Man kann sich die Musik eben nicht aussuchen, die im Radio läuft. Aber schlecht finde ich sie nicht. Und du anscheinend auch nicht, sonst würdest du die Interpretin ja nicht kennen.«

»Wer hört denn heute noch Radio?«, überging er meinen Kommentar.

»Ich ... Offensichtlich.«

Wir grinsten uns an. Gedämpftes Hundebellen ertönte. Matt

sah kurz über die Schulter, obwohl dort nur Wald zu sehen war. »Pepper wartet im Auto, ich muss mich beeilen. Ich wollte nur fragen, ob du später mitkommen willst? Ich gehe auf Karpfen. Die Gäste haben mir wegen des schlechten Wetters abgesagt.«

»Verständlich«, gab ich zu bedenken und verschränkte die Arme vor der Brust.

»Das sehe ich anders«, konterte Matt und ahmte meine Haltung nach.

»Bei Regen fängst *du* eh nichts.«

»Ich habe seit Tagen angefüttert, wollen wir wetten, dass *wir* was fangen?«

Wir. Oh nein, was für ein Schlamassel.

Nervös registrierte ich das herausfordernde Funkeln in Matts Augen. Mein Herz hämmerte immer noch wie wild. Doch aus irgendeinem Grund glaubte ich, dass es nicht mehr dem Koffein geschuldet war, zumindest nicht vollends. »Es ist nass ...«, begann ich.

»Und du bist aus Zucker?«, fragte er mit hochgezogener Augenbraue.

»Könnte sein ...«

Matt legte den Kopf schräg und musterte mich erneut wie am ersten Tag. Vermutlich bestätigte mein Verhalten gerade all seine Vorurteile.

»Wann wolltest du denn los?«, beeilte ich mich zu fragen.

»Yes!«, entfuhr es Matt und er schob schnell die Hände in die Hosentaschen, als ob er sich davon abhalten müsste, jubelnd die Fäuste in die Luft zu strecken. »Ich wusste, dass du Ja sagst.«

»Hab ich doch gar nicht«, grummelte ich.

»Doch, hast du.«

Ich verzog das Gesicht zu einer Grimasse. »Also?«

»Pepper und ich holen dich gegen 20 Uhr ab. Zieh dich warm an, es wird kalt heute Nacht.«

Heute Nacht? Moment mal ... Doch dann erinnerte ich mich an einen Artikel übers Nachtangeln. Primärer Zielfisch: Karpfen.

Oh nein! Das hatte ich nun davon. Allerdings konnte ich keinen Rückzieher machen. Nicht nur weil Matt schon wieder durch den Regen verschwunden war, sondern auch weil ich ihm beweisen wollte, dass ich nicht aus Zucker war, obwohl ich mich manchmal so verhielt. Außerdem wollte ich das Leben genießen. Deswegen hatte ich doch vorhin auf den Schirm verzichtet, oder nicht? Um wieder unbeschwerter zu sein. Im Laufe des Erwachsenwerdens wurde uns von der Gesellschaft vorgeschrieben, bei Regen drinzubleiben. In Pfützen sprang man nicht. Mit Matsch spielte man nicht. Aber gerade das hatte in der Kindheit am meisten Spaß gemacht. Ich wollte wieder werden wie ein Kind – so wie es in der Bibel heißt: *Werdet wie die Kinder.* Denn genau diese kindliche Unbekümmertheit, das Vertrauen und die Freude an den kleinen Dingen, die man als Erwachsener oft verliert, wollte ich wiederfinden.

Kapitel 13

Maddie

In der Literatur wird eine Charakterentwicklung oft als Folge einer Herausforderung beschrieben. Vielleicht muten Autoren ihren Figuren deshalb so viel zu ...

Wenn ich behauptete, wieder wie ein Kind werden zu wollen, dann wohl nur, weil mir die Bedeutung davon gefiel. Nicht weil es mir tatsächlich Spaß machte, auf dem Po im Matsch den Abhang hinunterzurutschen. Ich stieß dabei zwar einen Schrei aus, aber sicher nicht vor Freude.

Das und Peppers Bellen veranlassten Matt dazu, sich zu mir umzudrehen. »Alles okay?«, fragte er, während ich mir wünschte, in besagtem Matsch ganz zu verschwinden, um mir diese Schmach zu ersparen. Zumindest lachte Matt nicht, was ich ihm hoch anrechnete. Er kam den Steilhang wieder ein paar Schritte herauf, um mir eine helfende Hand entgegenzustrecken. Mein Stolz schrie mich an, die Geste auszuschlagen. Die Selbstzweifel dagegen rieten mir, die Situation nicht noch zu verschlimmern, indem ich bei dem Versuch, alleine aufzustehen, erneut zur Bruchlandung ansetzte.

»Du brauchst besseres Schuhwerk«, bemerkte Matt, als ich wieder auf zwei Beinen stand und nach der Tasche griff, die ich in der Hoffnung, mein Gleichgewicht zu retten, von mir geschleudert hatte.

Irritiert schaute ich an mir herab. Was war an meinen Sneakern nicht in Ordnung?

»Du brauchst eine Sohle mit Profil, um in diesem Gelände nicht auszurutschen.« Er hob seinen Fuß an und zeigte mir die Unterseite seines Schuhs.

»Verstehe«, presste ich zwischen zusammengebissenen Zähnen hervor.

Matt grinste. »Zumindest hast du heute keine Schläppchen an.«

Er meinte wohl die Ballerinas. Aber die hätte ich bei Regenwetter sowieso nicht angezogen. »Hmpft«, machte ich, was Matt direkt ein weiteres Grinsen entlockte.

»War das ein Wort?«

»Nein«, blaffte ich zurück, musste aber auch lächeln. »Das ist eine Lebenseinstellung.«

Matt legte den Kopf so weit in den Nacken, dass ihm seine Kapuze von den Haaren rutschte. Er stieß ein schallendes Lachen aus. Das machte er häufig und es war lästigerweise ziemlich ansteckend. »Mads, du bist komisch«, erklärte er. »Aber auf eine gute Art«, fügte er schnell an.

Mads. Ich verbiss es mir, ihn zu verbessern.

»Das war's dann wohl«, sagte ich in wehmütigem Tonfall und hoffte, dass er mir meine Erleichterung nicht anmerkte.

»Wieso?«, fragte Matt plötzlich wieder todernst.

Widerwillig deutete ich auf meine dreckige Rückseite. Ich war nass bis auf die Unterhose.

»Hast du etwa keine Wechselkleidung dabei?«, fragte er ungläubig.

»Äh, nein?«

»Und worin wolltest du schlafen?«

Ich zog die Augenbrauen zusammen. »Ich fürchte, ich kann dir nicht folgen, Matt. Ich dachte, wir wollten angeln.«

»Warst du etwa noch nie auf Karpfen unterwegs?«

Kopfschüttelnd verschränkte ich die Arme vor der Brust.

»Wir werfen die Ruten aus und legen uns dann im Zelt aufs Ohr. Dein Vater hat das Nachtangeln geliebt.«

»Oh«, entfuhr es mir. »Ist dem so?«

Matt räusperte sich. »Na ja, zumindest hab ich ihn öfter mal darüber reden hören.«

»Wie oft habt ihr euch denn so unterhalten?«

Seine Augen verengten sich. »Bist du eifersüchtig?«

Ob ich ...? »Natürlich nicht!«, zischte ich. Wieso sollte ich eifersüchtig sein? Schließlich war ich froh gewesen, dank des Umzugs zu Kat nicht länger Zeit mit Frank verbringen zu müssen.

Matt studierte für einen Moment mein Gesicht. »Ist schon okay. Du kannst meine Jogginghose haben. Das nächste Mal schicke ich dir vorab eine Packliste.«

Das nächste Mal ... Oh, es würde definitiv kein nächstes Mal geben.

Ich räusperte mich. »Danke.«

Er wandte sich schon wieder geradeaus und marschierte weiter bergab Richtung Wasser. Pepper, der das Schmuddelwetter sichtlich genoss, schaute zwischen mir und Matt hin und her. Schließlich sprang er seinem Herrchen nach.

Seufzend verweilte ich noch einen Moment, dann nahm ich all meinen Mut zusammen, rückte den Rucksack auf dem Rücken zurecht, schulterte die Extratasche und folgte den beiden.

Matt hatte zu meinem Glück schon am Nachmittag das kakifarbene Zelt aufgebaut. Dass man am Seeufer überhaupt übernachten durfte, wunderte mich, doch Matt erklärte mir auf Nachfrage, dass für Vereinsmitglieder andere Regeln galten als für Gastangler. Der Regen ließ etwas nach, dennoch war es ein glitschiges Unterfangen, die Ruten ins Wasser zu bringen. Die verbliebene Zeit bis zum Treffen hatte ich damit zugebracht, meine Angelknoten für das Befestigen von Haken zu perfektionieren. Während des Auswurfs, der mir wahrscheinlich nur dank meines Stoßgebetes hervorragend gelungen war, war ich jedoch nochmals hingefallen, sodass meine neu gekaufte Regenjacke nun auch voller Schlamm und Algen war.

Ich war unfassbar froh, als wir gegen 1 Uhr endlich im Vorraum des Zeltes standen und unsere nasse Kleidung ablegen konnten. Matt trug unter seiner Regenhose normale Jeans. Sie war zum Schlafen bestimmt nicht so bequem wie die Jogginghose, die er mir freundlicherweise reichte, aber für eine Nacht würde das schon gehen. Zumindest versuchte er, mich davon zu überzeugen. Nachdem er Pepper mit einem Handtuch trocken gerubbelt hatte, ließ er mir meine Privatsphäre und schloss die Zwischenwand zum Hauptzelt. In Ruhe umziehen konnte ich mich dennoch nicht, da Pepper augenblicklich zu jaulen anfing. Die Hose war mir deutlich zu groß, aber dank des Tunnelzugs blieb sie wenigstens an Ort und Stelle. Mit vierfach umgekrempelten Hosenbeinen betrat ich das hergerichtete Schlaflager. Pepper sprang von seinem Kissen, das am Fußende der Schlafstätte lag, und beschnupperte mein Bein. Ja ... ich roch dann wohl jetzt wie sein Herrchen.

»Wem gehören die zweite Isomatte und Schlafsack?«, wollte ich wissen und versuchte, dabei nicht zu neugierig zu klingen.

»Dem Campingplatz«, erwiderte Matt, ohne aufzusehen. Er lag ausgestreckt auf dem Rücken, einen Rucksack im Nacken, das eine Bein angezogen, während er sich ein Tablet vors Gesicht hielt. Der helle Schein erleuchtete seine Gesichtszüge, die vor Konzentration angespannt wirkten. Doch seine körperliche Überlegenheit jagte mir keine Angst ein. Vielleicht sollte ich welche haben. Schließlich kannte ich diesen Mann kaum, hatte dafür aber mit Kat schon genug Folgen von *Medical Detectives* gesehen, um zu wissen, wie viele irre Typen in den USA herumliefen. Er könnte ein Serienkiller sein.

Ein Serienkiller, der mit dir angeln geht?

Zugegeben, den Aufwand hätte er sich auch sparen und mich gleich entführen können. Schließlich kannte er sogar den Code für die Alarmanlage. Nichtsdestotrotz hatte ich Grace eine *WhatsApp*-Nachricht geschickt. Ihre überdrehte Antwort auf mein »Hey, ich geh heute mit Matt Nachtangeln, nur damit jemand Bescheid weiß« hatte ich gekonnt ignoriert. Normalerweise schrieb ich solche Nachrichten an Kat. Doch meine beste Freundin hatte ihre eigenen Probleme und war zudem meilenweit entfernt. Außerdem wusste sie ja nicht einmal, dass Matt existierte. Was auch besser war. Wenn sie mitbekam, was ich hier abzog, würde das unschön enden.

Matt sah noch immer nicht von seinem Tablet auf, also ließ ich mich stumm im Schneidersitz auf der Matratze nieder. Die beiden Schlafplätze wurden von einer großen Reisetasche getrennt. Ich atmete erleichtert auf. *Wenigstens etwas Abstand!* Pepper legte den Kopf schief, um mich einen weiteren Augenblick lang zu betrachten, und machte es sich dann ebenfalls wieder gemütlich. Ich zog das Handy aus dem Rucksack und öffnete meinen *WhatsApp*-Verlauf. Neun neue Nachrichten von Grace, die ich unbeantwortet ließ, und eine von Kat. Ich tippte auf unseren Chat.

Letzte Prüfung geschafft!

Ein Foto folgte, dass sie mit einigen Kommilitonen in irgendeinem Club zeigte. Ich wollte gerade schreiben, wie stolz ich auf sie war, als Matt neben mir plötzlich das Tablet weglegte.

»Alles klar?«, fragte er.

»Ja«, antwortete ich gedehnt und legte das Handy ebenfalls beiseite. »Und jetzt warten wir?«

»Na ja«, sagte Matt mit einem Schmunzeln in der Stimme. »Eigentlich sollten wir jetzt schlafen. Je nachdem, wie viel heute Nacht im Wasser los ist, können wir jede Minute Schlaf brauchen.«

Nun, wo das künstliche Licht unserer Elektronikgeräte fehlte, mussten sich meine Augen erst an die Dunkelheit gewöhnen. Auf einmal war ich seltsam nervös. Und ich tat, was ich immer in diesen Momenten tat. Ich plapperte. »Und wie bekommen wir einen Biss mit? Wechseln wir uns mit dem Schlafen ab? Jemand sollte mal ein Alarmsystem erfinden, das einen darauf hinweist, wenn ein Fisch angebissen hat.«

»Eine tolle Idee«, entgegnete Matt begeistert, aber irgendwas an seinem Tonfall störte mich. »Pepper hält zuerst Wache, du kannst also beruhigt schlafen.«

»Sicher?« Ich warf dem Hund, dessen Umrisse nur vage auszumachen waren, einen skeptischen Blick zu. Sein *Wuff* war wohl als Bestätigung zu verstehen.

»Da hörst du's.«

»Na gut«, murmelte ich und machte mich daran, in den Schlafsack zu schlüpfen. Matt tat es mir gleich. Als ich den Kopf in seine Richtung drehte, war da nur die Reisetasche. Eigenartige Vorstellung, neben ihm zu liegen, auch wenn wir uns nicht sehen konnten. Ich fühlte in mir nach, ob es für mich wirklich okay war, und zu meiner eigenen Überraschung war es das. Mein letzter Gedanke, bevor ich einschlief, galt Grace, der ich besser netterweise eine beruhigende Nachricht geschrieben hätte. Doch die Müdigkeit übermannte mich so schnell, dass er vom Schlaf und dem sanft aufs Zeltdach prasselnden Regen davongetragen wurde.

Ein ekelhafter, äußerst misstönender Piepton riss mich aus meinen Träumen. Ehe ich mich fragen konnte, wo ich war, raschelte neben mir das Bettzeug. Schon im nächsten Moment berührte etwas Feuchtwarmes meine Wange. Peppers Zunge. Ich fuhr hoch und wischte mir mit dem Handrücken übers Gesicht. Es gab definitiv angenehmere Arten, geweckt zu werden.

»Aufwachen, Schlafmütze!«, begrüßte mich Matt und schaltete zeitgleich eine kleine Campinglampe ein, die vom Zeltdach herabbaumelte. Zahnarztlicht komplettierte das Horrorerwachen.

»Haben wir einen Biss?«, brummte ich.

»Hörst du das Piepen?«, fragte Matt zurück, während er sich seine Schuhe überstreifte.

Auch ich kam endlich in die Gänge und tastete nach meinen Sneakern. »Was ist das?«

Er stürmte aus dem Zelt. »Der Bissanzeiger.«
Der ... *Bissanzeiger?*
Vor mich hin schimpfend, hastete ich zum Eingang, verfing mich jedoch ungeschickterweise in einer Lasche der Reisetasche und küsste zunächst einmal Peppers weiches Hundekissen. Zum Glück hatte Matt meine filmreife Tollpatschszene diesmal nicht mitbekommen, denn als ich endlich nach draußen kam, war er schon dabei, die Angel einzuholen. Während ich noch damit beschäftigt war, mir die Hundehaare von der Zunge zu zupfen, kurbelte er energisch an der Rolle. »Kescher!«, rief er mir über die Schulter zu.

Pepper sprang freudig zu der Rutentasche hinüber, so als wolle er selbst dem Befehl seines Herrn und Gebieters nachkommen. Es hätte mich ehrlich gesagt nicht gewundert, wenn er darauf trainiert wäre.

Hektisch klappte ich das Netz auseinander und kam damit ein paar Sekunden später ein wenig atemlos neben Matt zum Stehen. Dieser war weiterhin mit dem Drill zugange, dem Kampf zwischen Angler und Fisch. So wie sich das kleine Knicklicht an der Rutenspitze nach unten bog, musste ein Riese am Haken hängen. Ein Blick in Matts Gesicht, das im schwachen Licht seiner Stirnlampe leuchtete, zeigte mir, wie aufgeregt er war. Schweißtropfen bildeten sich auf seiner Stirn, obwohl die Nacht recht kühl war. Irgendwie steckte er mich an. Mein Herz begann wie wild zu schlagen und ich meinte zu spüren, wie mir das Adrenalin durch die Adern pulsierte. Kälte und Nässe waren vergessen. Jedes Mal, wenn Matt den Fisch in Ufernähe bekam, machte ich einen großen Schritt nach vorne und hielt den Kescher unter Wasser. Doch dem Karpfen gelang es immer wieder, an Schnur zurückzugewinnen.

Die Erinnerung an Frank traf mich unvermittelt hart. Wie oft hatte ich ihm als kleines Kind beim Einholen assistiert? Jetzt kam es mir so vor, als hätte ich wider Erwarten einen verlorenen Teil von mir wiedergefunden.

Bis es endlich so weit war, lagen meine Emotionen blank. Es kostete mich einiges an Geschicklichkeit, um das Tier einzufangen, und noch erheblich mehr Kraftanstrengung, um es ganz an Land zu ziehen. Die Sneaker waren mittlerweile durchnässt und machten jeden Schritt schwerer. Doch das war es mir wert. Ich genoss diesen Rausch. Sobald Matt sicher war, dass ich die Oberhand behielt, legte er die Rute beiseite und zog die Abhakmatte heran, die er am Abend schon mit Wasser befüllt hatte.

»Pepper! Zurück ins Zelt!«, befahl er.

Der Hund gehorchte ihm aufs Wort, was mich stark beeindruckte. Ein Platschen erklang und ich wandte meinen Blick schnell wieder dem Geschehen zu. Wow, der Karpfen war gigantisch und … *bewundernswert*. Zuvor hätte ich niemals geglaubt, dass ich ein solches Wort für einen Fisch benutzen würde. Aber es war das erste, das mir in den Sinn kam. Okay, gut, das zweite. Gemeinsam hoben wir das Tier auf die Matte. Dann ging alles ganz schnell. Matt zückte sein Maßband und nannte mir eine Zahl: zweiundsechzig Zentimeter.

»Notier das hier«, wies er mich an und presste mir ein kleines Notizbuch an die Brust.

Etwas perplex griff ich danach.

»Gelbe Markierung«, fügte er hinzu.

Ich schlug das Heft an genannter Stelle auf. Dort fand ich eine penible Auflistung all seiner gefangenen Karpfen. Mit dem beigelegten Stift trug ich die Größe ein und beobachtete Matt anschließend dabei, wie er den Fisch in einem Netz wog.

»3.110 Gramm«, stellte er fest.

»Wie alt, schätzt du, ist er?«, fragte ich, während ich das Gewicht ebenfalls aufschrieb, denn die dritte Spalte mit dem Alter war noch leer.

»Sieben Jahre. Vielleicht etwas jünger«, mutmaßte Matt.

Ich trug auch das ein, legte Stift und Heft beiseite, band mir schnell einen Zopf und half dann meinem persönlichen Angel-Guide dabei, den Fisch aus dem Netz zu befreien.

»Zurück ins Wasser mit dir, Kumpel«, murmelte Matt dicht neben mir.

»Wir setzen ihn zurück?«, fragte ich überrascht und insgeheim auch ein klein bisschen erleichtert.

»Ja, natürlich. Karpfen eignen sich nur in sehr seltenen Fällen als Speisefische. Dieser hier ist schon viel zu groß. Es wäre eine Schande, ein so schönes Tier zu töten.«

»Warum fängst du sie dann?«, wollte ich wissen.

»Ich und ein paar andere Vereinsmitglieder sind damit beauftragt, die Population zu überwachen.«

»Deswegen das Notizbuch?«

»Ja. Leider ist es uns nicht möglich, die bereits gefangenen Fische auf artgerechte Weise zu markieren. Deswegen führen wir die Liste. Aber wir können nie ganz sicher sein, ob der Fisch nicht schon mal an der Angel war.«

Ich nickte verstehend.

»Wenn es in einem Gewässer zu viele Karpfen gibt, können sie es schädigen. Sie sind große Konkurrenten für andere Fischarten«, erklärte er.

Der Fisch glitt ins Wasser und verschwand sofort aus unserem Lichtschein.

Matt hielt den Blick auf den See gerichtet, um mich nicht mit seiner Stirnlampe zu blenden. »Deswegen müssen wir den Bestand regeln.«

»Tolle Tiere«, bemerkte ich und nun war er es, der nickte.

Nach einem Moment des Schweigens stand Matt schließlich auf. Ich tat es ihm gleich. Zwar hatte es aufgehört zu regnen, die Jogginghose war aber trotzdem an den Knien feucht geworden. Diesmal würde ich keinen Ersatz dafür bekommen. Aber das störte mich nicht. Nicht nach diesem aufregenden Erlebnis. Plötzlich konnte ich Franks Vorliebe für das Nachtangeln nachvollziehen.

Matt warf die Angel neu aus und klemmte sie dann wie gehabt in die Vorrichtung.

Da fiel es mir wieder ein. »Das ist also ein Bissanzeiger?«, fragte ich.

Matt richtete sich auf und sah mich an. Ein Grinsen machte sich auf seinem Gesicht breit. Ganz langsam beugte er den Oberkörper, um einen Schalter an dem kleinen Apparat zu betätigen. Ein kurzer Piepton erklang, wohl als Zeichen dafür, dass er eingeschaltet war. »Nachdem du diese alles verändernde Idee hattest, habe ich die halbe Nacht daran getüftelt.« Er kam auf mich zu und machte eine präsentierende Geste mit den Armen. »Et voilà! Da ist er.«

Die Lippen aufeinandergepresst, damit ich nicht aus Versehen sein Lächeln erwiderte, verpasste ich ihm einen leichten Knuff in den Oberarm. »Du Schuft«, beschimpfte ich ihn. »Du hast mich zum Narren gehalten!«

Matt lachte laut auf. »Nein, das warst du selbst.«

Ich schüttelte den Kopf. Ein paar Strähnen lösten sich aus meinem Zopf und fielen mir dabei ins Gesicht.

»Dass du keine Bissanzeiger kennst ...«

»Na und?«, unterbrach ich ihn in herausforderndem Tonfall. »Macht mich das etwa zu einer schlechten Anglerin?«

»Bestimmt nicht«, antwortete er sofort. »Aber es hätte dir das Leben erleichtert.«

»Da magst du recht haben.«

Matt stupste mich in Richtung Zelt. »Ich schenke dir einen zum Geburtstag.«

»Kann's kaum erwarten«, witzelte ich.

Als wir zurück ins Zelt krochen, um uns erneut schlafen zu legen, glaubte ich ihn leise murmeln zu hören, dass er meinen Geburtstag ebenfalls kaum erwarten könne. Aber es hätte auch etwas anderes sein können. Pepper musste ja ausgerechnet in diesem Augenblick freudig bellen, da wir endlich zu ihm zurückkehrten.

Kapitel 14

Matt

Es gibt die Menschen, die das Netz auswerfen,
und jene, die bereit sind, sich darin fangen zu lassen.

Auch lange nachdem sie ins Zelt zurückgekehrt waren, konnte Matt nicht einschlafen. Die Aufregung des Drills steckte noch in seinen Knochen. Außerdem fehlte das einschläfernde Prasseln des Regens von zuvor. Aber der Hauptgrund, warum er wach lag und Peppers leisem Winseln lauschte, war Madison Clark. Nicht ihr stetiger Atem, der darauf hinwies, dass sie unmittelbar neben ihm schlief. Sondern das Bild von ihr vorhin am Wasser. Er konnte nicht vergessen, wie sie im Schein seiner Lampe ausgesehen hatte. Die Haare zu einem wirren Pferdeschwanz gebunden, der Segelohren offenbarte, die sie bisher gut vor ihm verborgen hatte. Wangen, von Aufregung gerötet, Schmutz unter den Fingernägeln, aber ein Leuchten in den Augen, das ihn an seinen ersten Fang erinnert hatte – das Foto, das sein stolzer Großvater von ihm gemacht hatte, hing immer noch im Flur seines Elternhauses. Madison hatte sich verändert. Irgendwann zwischen gestern Abend und – er hob sein Handy an und schielte zum gefühlt tausendsten Mal auf das Display – 4:13 Uhr. Das Lächeln, das sie ihm vorm Betreten des Zeltes zugeworfen hatte, hatte so gelöst gewirkt. Neu. Echt.

»*Kommt, folgt mir nach! Ich will euch zu Menschenfischern machen!*« Diesen Bibelvers hatte seine Großmutter ihm ans Herz gelegt, noch bevor er sich für das Angeln interessiert hatte. Er erinnerte sich so klar und deutlich an ihre Worte dazu, als hätte sie sie eben erst ausgesprochen: »*Eines Tages wirst auch du ein Menschenfischer sein.*«

Damals hatte er nicht gewusst, was sie überhaupt bedeuteten. Später hatten sie einen ziemlichen Druck aufgebaut. Und ein schlechtes Gewissen. Während sein bester Freund Aron ein Jahr lang in Afrika das Evangelium verbreitet hatte, war er zu Hause geblieben, weil Simon in ein betreutes Wohnen wechselte. Natürlich setzte Matt die Familie über seine eigenen Wünsche. Aber tat er wirklich genug für sie? Oder war das nur eine Ausrede, um sich nicht mit seiner eigenen Berufung auseinanderzusetzen?

Als Mads ihm mit dieser so deutlich sichtbaren Veränderung zugelächelt hatte, war ihm Grandmas Zuspruch wieder eingefallen. Matt wusste, dass Madisons Verhalten nichts mit ihm als Person zu tun hatte – oder zumindest wollte er das glauben. Aber je mehr er darüber nachdachte, desto mehr fühlte er sich von einem leisen Zweifel ergriffen. Hatte sie ihm ihre Begeisterung wirklich nur vorgespielt oder war da doch mehr? Frank hatte sich nicht in ihr getäuscht, und gerade deshalb spürte Matt diesen schimmernden Hoffnungsgedanken, dass ihr Interesse etwas mit ihm zu tun haben könnte. Erstaunlich, wie tief man sich nach Bestätigung sehnen konnte, ohne es sich selbst eingestehen zu wollen.

Jedenfalls war es noch zu früh, um sie auf Frank anzusprechen. Bei der kleinsten Erwähnung ihres Vaters reagierte sie direkt über. Natürlich war sie eifersüchtig – auch wenn sie es nicht zugeben wollte. Was war nur zwischen den beiden geschehen? Matts bloßes Halbwissen machte es ihm umso schwerer, der Bitte seines alten Freundes nachzukommen. Wie sollte er nachträglich eine Beziehung kitten, noch dazu, ohne zu verstehen, wie es zum Bruch gekommen war? Vor allem, da Madison sich einredete, gar kein Problem zu haben. Wenn er Franks Sicht nicht kennen würde, hätte er ihr die leidenschaftliche Anglerin sofort abgekauft. Na ja, ihre nicht vorhandene Ahnung hätte ihn wohl etwas zweifeln lassen. Zumindest wäre er stutzig geworden. Aber nein, sie hielt die Lüge weiterhin aufrecht. Und das anscheinend nur, weil sie zu stolz war, um zuzugeben, dass sie wirklich keine Ahnung hatte. Er schmunzelte in sich hinein. Wieso nur kam es ihm so vor, als würde er bei dieser Frau immer auf einem schmalen Grat balancieren? Ein falsches Wort und er würde in die Tiefe stürzen.

Doch die Stunden am See machten etwas mit ihr. Ob sie es sich nun eingestand oder nicht – das *Angeln* transformierte ihr Denken, weil sie sich endlich darauf einließ und die Vorurteile, die mit ihrem Vater zusammenhingen, ausblendete. Madison war nicht die Erste, bei der das passierte. Genau deshalb nahm Matt manchmal auch ein paar Jungs aus Simons Wohngruppe mit ans Wasser. Es war eine Therapie der anderen Art. Nach jedem Ausflug erzählten ihm die Betreuer von neuen Fortschritten. Das war alles, was er wissen musste, um seinen Beruf auch als seine Berufung anzunehmen.

Er hoffte inständig, dass die neue Leichtigkeit bei Madison anhalten würde. Denn er wollte dieses traurige Fake-Lachen von zuvor nie wieder an ihr sehen.

Just in diesem Moment bewegte sich besagte Frau hinter der improvisierten Trennwand. Unwillkürlich hielt Matt den Atem an und horchte auf ein Zeichen, dass sie aufgewacht war. Doch sie schien weiterzuschlafen. Langsam, ganz vorsichtig hob er den Oberkörper und linste über die Barrikade, die er selbst errichtet hatte. Madisons Gesicht lag ihm zugewandt. Die Haare lösten sich bereits aus dem Zopfband, dennoch konnte er in der Dunkelheit ihre Segelohren ausmachen. Sie sahen niedlich aus. Er schmunzelte, denn von nun an würde er sie wohl doch *Maddie* nennen müssen.

Sie bewegte den Kiefer, als würde sie im Traum essen. Schnell tauchte Matt wieder hinter der Schutzmauer unter. Er wollte keinesfalls beim Starren ertappt werden. Gerade jetzt, wo sie sich doch tatsächlich anfreundeten. *Freunde.*

Wann hatte er sich das letzte Mal auf jemand Neuen eingelassen? Er wusste es nicht mehr. Aron würde behaupten, noch nie. Aber so ein Einsiedler war er nun wirklich nicht. Es war einfach nur so, dass er durch die viele Arbeit mit den Gästen der Menschen manchmal überdrüssig wurde. Er mochte Menschen.

Er mochte Maddie.

Kapitel 15

Maddie

Neuanfänge – nicht nur von Geschichten –
gleichen einem Sprung ins kalte Wasser:
Sie sind beängstigend und belebend zugleich.

Als ich am nächsten Morgen erwachte, war alles anders. Mein Körper fühlte sich trotz der harten Isomatte ganz leicht an. Die Gedanken in meinem Kopf waren klar, obgleich die Nacht so aufregend gewesen war. Sogar der Gesang der Vögel klang ... *neu*.

Letzteres mochte wohl daran liegen, dass ich in der Natur aufwachte. Was ich, wie ich erschrocken feststellte, nicht mehr getan hatte, seit Kat mir den Schlafsack um die Ohren gehauen hatte. Dabei war ich in meiner Kindheit oft mit meinen Eltern zelten gewesen.

Obwohl ich schon eine Weile wach war und den Geräuschen der Umgebung lauschte, blieb ich noch mit geschlossenen Augen liegen und dankte Gott. Für den Frieden, der gerade in mir herrschte trotz der vielen Eindrücke der vergangenen Tage. Und für diesen Moment – das Erwachen mitten in der Natur, das mich daran erinnerte, wie viel ich vergessen hatte und was ich zurückgewinnen wollte. Ich spürte, dass Matt nicht mehr neben mir lag. Auch Pepper war nicht da. Das wusste ich, weil der Hund unglaublich laut atmete.

Erst als mir der Duft von Kaffee in die Nase zog, setzte ich mich schwerfällig auf. Ein Wirbel in meiner Brust knackte und ich nahm mir vor, das als Zeichen dafür zu werten, mehr Sport zu machen. Überhaupt Sport zu machen, wäre wohl ein Anfang. Halb stehend dehnte ich meinen Nacken und streckte die Arme. Bei unserer Rückkehr in der Nacht hatte ich mir den Kopf an der

Campinglampe gestoßen. Das passierte mir nicht noch einmal. Mithilfe der Selfie-Kamera begutachtete ich mein Aussehen. Eine Kopfkissenfalte zog sich über meine Wange und ... ich stöhnte und riss das Haargummi aus meinen Haaren. Wann hatte ich mir denn einen Zopf gebunden? Da ich keinen Kamm dabeihatte, nutzte ich die Finger, um wenigstens die großen Knoten zu lösen. Die Jeans wollte ich auch in diesem klammen Zustand nicht mehr anziehen, also blieb mir nichts anderes übrig, als mich in der Jogginghose dem neuen Tag zu stellen.

Als ich den Reißverschluss öffnete, begrüßten mich die ersten Sonnenstrahlen. Durch die halbrunde Öffnung sah ich Matt neben einem Campingkocher kniend vor dem glitzernden See, hinter dem sich saftgrüne Bäume erhoben. Es war ein Anblick wie aus einer Reisebroschüre. Kühler Wind strich über meine Haut. Das Zelt hatte sich gut aufgeheizt, aber hier draußen war es angenehm frisch. Froh über den Hoodie, ging ich auf Matt zu. Pepper, der am Ufer Mücken jagte, horchte auf und stürmte zu uns herüber. Er schlug zwei Kreise um mich und sprang dann an mir hoch. Lachend ging ich in die Hocke und zerstrubbelte dem Australian Shepherd das Fell. »Na, mein Großer? Hast du gut geschlafen?«

»Meinst du mich oder den Hund?«, wollte Matt wissen und drehte sich mit zwei Bechern in den Händen zu mir um.

Pepper bellte.

»Da hast du deine Antwort.« Dankend nahm ich die dampfende Tasse Kaffee entgegen.

»Keine Milch. Kein Zucker. Stimmt's?«, vergewisserte Matt sich mit einem Zwinkern.

»Ja. Sehr aufmerksam von dir.«

»Bin ich meistens.«

Ich glaubte ihm.

»Und ...«, begann ich nach einer Weile des Schweigens, in der wir beide unseren eigenen Gedanken nachhängend auf den See geschaut hatten. »Bist du zufrieden mit dem Fang?«

Matt schnaubte. »Die Frage ist nicht ernst gemeint, oder?«
Erneut lachte ich.

»Es hätte ruhig noch der ein oder andere beißen können, aber ich habe bekommen, was ich wollte.«

Ich nahm einen Schluck und sah ihn neugierig über den Rand der Tasse hinweg an. Als er nicht weitersprach, hakte ich nach. »Und das wäre?«

»Ich habe die Wette gewonnen.«

»Welche Wette?«

»Na, unsere. Du hast gesagt, wir würden nichts fangen. Aber das haben wir.«

»Wir haben nicht gewettet«, protestierte ich. »Ich habe nie zugestimmt.«

»Aber auch nicht abgelehnt.« Matt wedelte mit seinem erhobenen Zeigefinger durch die Luft, während er einen Schluck vom Kaffee nahm. Damit versuchte er, sein triumphierendes Grinsen zu verstecken. »Und was gedenkst du, jetzt für deinen ergaunerten Sieg einzufordern?«

»Geh heute Abend mit mir essen«, verlangte er prompt. Er hatte sich das wohl schon überlegt.

Für einen Moment stockte ich. Sollte das etwa ein Date werden? Seltsamerweise machte mein Herz einen kleinen Sprung, bevor sich mein Verstand einschaltete. Schnell schüttelte ich den Kopf. »Ich bin mit Grace verabredet.«

»Dann bring sie mit. Aron wird vermutlich auch da sein.«

Ich blinzelte. Natürlich. Kein Date. Warum enttäuschte mich das beinahe? »Aron der Computerfreak Schrägstrich Astronaut?«

»Astrophysiker«, verbesserte er.

Ich verdrehte die Augen. »Wie auch immer. Denkst du, es wäre klug, die beiden in einen Raum zu bringen?«

»Du meinst wegen der Nerdvibes, die dann überhandnehmen?«

»Ich meinte, weil ihre Interessen so unterschiedlich sind. Grace ist kein Nerd!«

»Das sehe ich anders«, entgegnete Matt.
»Na schön. Ich frag sie.«
Er nahm einen Siegesschluck. »Mehr verlange ich ja gar nicht.« Im nächsten Moment zog er sein Smartphone aus der Hosentasche. »Darf ich?« Als ich nickte, kam er an meine Seite. Wir hielten beide unsere Tassen hoch, während er das Selfie knipste. Normalerweise mochte ich keine Aufnahmen von mir. Doch an diesem Morgen war ja irgendwie alles anders.

Als er mir dann später das Foto schickte, sah darauf auch *ich* verändert aus.

Kapitel 16

Maddie

Gute Freunde sind wie Lektoren.
Sie geben Ratschläge;
ob du sie annimmst oder verwirfst, liegt ganz an dir.

Grace traf am frühen Nachmittag in der *Blauen Hortensie* ein. Es machte ihr nichts aus, über Dutzende Umzugskartons steigen zu müssen, um mit mir einen Kaffee auf der Veranda zu genießen. Grace liebte die Natur, dieses Haus war demnach genau ihr Ding. Sie meinte, es sei eine Hommage an den See und die Umgebung. Es verschmelze geradezu mit der Landschaft, dränge sich trotz der Größe nicht auf. Und durch die offenen, lichtdurchfluteten Räume habe man ein Gefühl von Freiheit. Wohn- und Außenbereich würden ineinanderfließen. Bis auf die dunkle Decke und ein paar Kleinigkeiten sei es nahezu perfekt.

»Ich sollte dich als Maklerin einstellen«, witzelte ich angesichts ihrer Schwärmerei. »Du würdest es innerhalb eines Tages vermitteln.«

»Du kannst es unmöglich verkaufen«, sagte sie, während ihr ehrfürchtiger Blick über die Bäume, das steinige Ufer und den ruhigen See glitt. Es regnete nicht mehr, dennoch riss die Wolkendecke nur vereinzelt auf, sodass eine verheißungsvolle Atmosphäre vom Wasser und dem dahinterliegenden Wald ausging. Die Pflanzen triefen vom Regen in einem satten dunklen Grün und die ganze Umgebung verströmte ein Gefühl von ... *Wachstum*. Und Reinheit.

»Wieso nicht?«, fragte ich. Ein Klumpen bildete sich in meiner Magengrube.

»Weil ich es mir nicht leisten kann«, erwiderte sie prompt.

Unsere Blicke trafen sich und wir brachen zeitgleich in Gelächter aus. »Ernsthaft, Maddie. Das kannst du mir nicht antun. Wenn ich es schon nicht haben kann, dann brauch ich eine Freundin, der es gehört und zu der ich jederzeit zum Kaffee vorbeikommen kann.«

Ich seufzte. »Ich muss sowieso erst einmal das Chaos da drin beseitigen. Wo bleibt nur mein Flammenwerfer?« Demonstrativ hob ich das Handy, um auf das Display zu schauen. Dabei herrschte bei uns aktuell Funkstille.

»Diese Kat würde ich zu gern einmal kennenlernen. Sie scheint den Stier bei den Hörnern zu packen. Das gefällt mir.«

»Ja, so ist Kat. Vielleicht lernt ihr euch bald kennen.«

»Hast du *ihr* geschrieben?« Grace hatte echt ein Talent für unangenehme Fragen.

»Was meinst du?«

»Tu nicht so unschuldig. Ich war richtig pissig, weil du mir gestern Nacht nicht geantwortet hast. Echt ... Nur die Tatsache, dass du mich auf ein Doppeldate mitnimmst, versöhnt mich.«

Grace' Sicht auf unsere Verabredung löste eine Mischung aus Begeisterung und Überforderung in mir aus. Sie dagegen schien kein bisschen nervös zu sein. Dabei kannte sie Aron nicht einmal.

»Was denkst du, würde Kat sagen, wenn sie wüsste, dass du heimlich zelten warst mit ...?«

»Sie weiß nichts von ihm, okay? Und dabei soll es auch erst mal bleiben«, entfuhr es mir harscher als beabsichtigt.

»Warum?«, fragte Grace und sah so aus, als wäre sie ehrlich an der Antwort interessiert. Sie meinte es nicht als Vorwurf. Es war mehr so, als wolle sie mir helfen. Kat und mir. Unserer Freundschaft, die aus Blut und Schmerz zu etwas Wunderschönem und Strahlendem herangewachsen war. Ihr die Sache mit Matt zu verschweigen, passte nicht zu uns. Ich verstand selbst nicht so genau, warum ich Kat nichts von ihm erzählt hatte.

»Ich habe ihn eventuell etwas angeflunkert«, flüsterte ich.

»Wen? Matthias?«

Zur Antwort warf ich ihr einen genervten Seitenblick zu, ehe ich mit den Augen das Ufer absuchte. Die Stelle, an der wir vergangene Nacht geangelt hatten, konnte ich von hier aus zwar nicht erkennen, doch ...

»Inwiefern hast du ihn *angeflunkert*?«, fragte Grace leicht sarkastisch und setzte das letzte Wort in Anführungszeichen.

»Na ja, er denkt, dass ich angele ...«

»Was du auch tust«, warf meine Freundin ein.

Ich schluckte schwer. »Aber erst seit zwei Tagen«, gestand ich.

Grace starrte mich an. Ich spürte es, obwohl mein Blick fest geradeaus gerichtet war.

»Ich kann dir nicht folgen, Maddie.«

Aufgebracht fuhr ich zu ihr herum, doch die halbe Wut, die sowieso nicht ihr, sondern mir selbst galt, verrauchte bei Grace' Anblick in dem Korbsessel. Dem rechten. Anstatt sie anzublaffen, was daran denn so schwer zu verstehen sein sollte, begann ich ganz von vorn zu erzählen. »Als ich hier ankam, dachte Matt, ich hätte mich verlaufen. Durch irgendwelche Kindheitstraumata, denen ich noch nicht auf den Grund gegangen bin, glaubt er, Frauen könnten nicht angeln. Sein Verhalten hat mich verärgert, also habe ich mich kurzerhand zum Profi ernannt.«

»Er glaubt, Frauen könnten nicht angeln?!« Grace schnaubte abfällig. »Stammt der Kerl aus dem Mittelalter, oder was?«

Ich lachte. »Im Mittelalter haben sie vermutlich noch eher geangelt als heute. Das liegt wohl mehr daran, dass man heute alles im Supermarkt bekommt, und weniger an der Unfähigkeit, eine Angel ins Wasser zu werfen – was tatsächlich einfacher aussieht, als es ist.«

»Also versteh ich das richtig, dass du vorher noch nie geangelt hast?«, fragte Grace.

Verlegen kratzte ich mich am Hals. »Ja, außer als Kind, aber das zählt nicht.«

»Obwohl dein Va... Frank«, verbesserte sie sich und ich hätte sie umarmen können, weil sie Rücksicht auf meine Gefühle nahm, »eine Angelhütte besaß, die jetzt dir gehört?« Sie machte eine allumfassende Geste. »Obwohl man das hier wohl kaum als *Hütte* bezeichnen kann.«

Da fiel mir wieder ein, dass sie mich bei unserer ersten Begegnung auch sofort für eine Anglerin gehalten hatte. Die Möglichkeit, dass man eine Angelhütte besaß, aber nicht angelte, war für sie anscheinend nicht miteinander kombinierbar.

»*Villa mit Seeblick* trifft es ja wohl eher«, fügte sie hinzu.

»Graaaace«, ermahnte ich sie. »Bleib beim Thema.«

»Hey, Girl, ich glaube, du gehst die Sache hier voll falsch an.« Mit einem Schaben schob sie ihren Sessel näher an meinen heran. Ihre warme Hand legte sich auf meine Schulter. »Es war nicht okay, ihm etwas vorzugaukeln«, tadelte sie mich – jedoch mit einem freundlichen Zug um den Mund. »Auch wenn ich verstehen kann, warum du es getan hast. Männer können manchmal so richtige Machos sein. Es gibt mehr Frauenpower, als die Kerle oft glauben, und Matthias sollte da mal ganz fix umdenken ... Aber ... ich finde es gut, dass du es versuchst. Also das mit dem Angeln. Ich denke, du solltest dieser ganzen Sache hier eine ehrliche Chance geben. Dem Haus, dem See, dem Angeln und ... Matthias.«

»Könntest du aufhören, ihn so zu nennen?«

»Aber das ist sein Name. So hat er sich mir vorgestellt.« Ich schnaufte, doch Grace fuhr bereits fort. »Er ist ein netter Kerl und scheint dich zu mögen. Du solltest ehrlich zu ihm sein.«

»Ja, er mag mich, weil er denkt, dass ich angele ...«, warf ich ein. »Du *bist* ja auch mit ihm angeln gegangen. Meinst du wirklich, es würde ihm etwas ausmachen, wenn du vorher noch nie eine Rute in den Händen gehalten hättest?«

Grace' Worte ergaben Sinn. So sehr, dass ich mich noch eine Stufe schlechter fühlte.

»Wenn du gesagt hättest, dass du zwar keine nennenswerten Angelerfahrungen hast, es aber sehr gerne mal probieren würdest, hätte ihn das bestimmt genauso beeindruckt und seine merkwürdigen Ansichten revidiert.«

»Ich hab's kapiert, Grace!«, grummelte ich.

Lachend strich sie mir mit der Hand über den Rücken. »Sicher? Ich kann ...«

Ich schüttelte sie ab. »Ja, ich hab's verstanden.«

»Okay.« Sie grinste mich an und ich bemerkte, dass sich meine Mundwinkel nach oben bewegten. Mit einem tiefen Ein- und Ausatmen sah ich zurück zum See. Ich wusste, was zu tun war. Früher oder später. Trotzdem hatte ich Angst davor, Matt die Wahrheit zu erzählen. Besonders nachdem wir in der letzten Nacht einen stummen Frieden geschlossen hatten und jetzt so etwas Ähnliches wie Freunde waren, die miteinander essen gingen.

»Aber ich sag's ihm nicht heute Abend«, flüsterte ich.

Grace nickte. Sie rutschte nervös auf dem Sessel herum. »Zieh mich da aber nicht mit rein, Maddie. Okay? Ich mag dich wirklich sehr, aber ich möchte nicht für dich lügen müssen – und angeln gehen will ich erst recht nicht.«

Wir sahen uns einen kurzen Moment schweigend an, dann prusteten wir los.

»Das musst du nicht«, versicherte ich ihr.

»Okay«, beendete sie das Thema. »Wollen wir mal sehen, was dein Kleiderschrank so hergibt?« Grace stemmte die Hände auf die Oberschenkel und stand auf.

»Den habe ich noch nicht eingeräumt.«

»Schande über dich und dieses Haus«, lachte sie. »Oder lieber nicht über das Haus, das ist viel zu schön.«

»Autsch«, sagte ich und stand ebenfalls auf.

»Du bist natürlich auch wunderschön«, flötete Grace und hakte sich bei mir unter.

Zusammen gingen wir hinein und machten uns fertig für unsere Verabredung. Die alles sein konnte. Alles. Nichts. Oder eine der vielen Nuancen, die dazwischenlagen. Ziemlich beängstigend.

Ich werde mich nicht fürchten – mein neues Lebensmotto, das Kats Stimme mir in Dauerschleife immer wieder aufsagte. So eindringlich wie ein Ohrwurm, aber unendlich viel wertvoller.

Kapitel 17

Maddie

Autoren-Lexikon:
Ein »supporting character« (= Nebencharakter) ist eine Figur, die nicht im Mittelpunkt der Geschichte steht, aber dennoch eine wichtige Rolle einnimmt. Sie trägt zur Tiefe der Handlung bei, indem sie die Konflikte und Emotionen der Hauptfigur verstärkt oder herausfordert.

Die Männer kamen zehn Minuten zu spät, was mir gar nicht aufgefallen wäre, doch Grace war auf Pünktlichkeit gepolt, wie ich ja schon am eigenen Leib hatte erfahren dürfen. Sie betrachtete die Fischuhr auffällig lange und ich konnte ihre Gedanken beinahe hören. *Frag gar nicht erst danach*, vermittelte ich ihr mit meinem Gesichtsausdruck.

Kopfschüttelnd und mit einem schiefen Grinsen folgte Grace mir aus dem Schlafzimmer. Als ich die Eingangstür öffnete, stand Matt dicht davor. Sein breites Kreuz nahm fast den gesamten Türrahmen ein, sodass ich erst auf Zehenspitzen erkennen konnte, dass ein junger Mann abseits des Weges auf dem Abhang herumkletterte und dabei in die Luft starrte.

»Ist das Aron?«, fragte ich skeptisch.

Matts Lächeln verblasste, während er sich zähneknirschend halb zur Seite drehte, um meine Sicht freizugeben. »Ja«, sagte er gedehnt und schnalzte mit der Zunge. »Das ist er wohl.«

Hatte er mir absichtlich im Weg gestanden?

»Hi, ich bin Grace«, kam es von meiner Freundin und ich spürte ihren warmen Atem an der Wange, als sie die Arme von hinten um meinen Oberkörper legte. »Falls du dich nicht mehr an mich erinnerst.«

Matts Halblächeln wirkte auf einmal wie eingefroren. »Natürlich erinnere ich mich.« Er klang verletzt. Er wies mit dem Daumen über die Schulter. »Ich weiß, er macht jetzt gerade keinen sehr guten Eindruck, aber ich bin mir sicher, dass es eine vernünftige Erklärung dafür gibt, warum er ...«

»... warum er wie ein verirrtes Rehkitz herumstolpert?«, beendete Grace seinen Satz.

Ich unterdrückte ein Lachen. Wenigstens musste ich mich diesmal nicht über die ganzen Fußspuren wundern.

»Ich hoffe es zumindest«, gestand Matt und ich sah, wie auf seiner Wange ein Grübchen zum Vorschein kam. Wieso war es mir vorher eigentlich nie aufgefallen?

Grace ließ mich los, schnappte sich ihre Tasche und folgte Matt über die Brücke. Tief durchatmend nahm ich die Schlüssel vom Haken und aktivierte die Alarmanlage. Hoffentlich war der ungewöhnliche Start nicht repräsentativ für den restlichen Abend.

Sind wir nicht alle ein bisschen schräg?, hallten mir meine eigenen Worte durchs Gedächtnis. Aron war es definitiv auch, aber auf eine gute und ruhige Art und Weise. Und er war ziemlich intelligent. Wobei das Wort sich sogar noch wie eine Untertreibung für seinen komplex arbeitenden Verstand anfühlte. Als Literaturstudentin kannte ich einige Synonyme dafür. *Clever. Begabt. Scharfsinnig. Gebildet.* Doch keines davon brachte es auf den Punkt. Grace und ich waren zugegebenermaßen ziemlich beeindruckt, wie er knapp, einfach und anschaulich unsere Verlegenheitsfragen beantwortete. Viel sprach der junge Mann nicht.

Introvertiert. Zurückhaltend. Verschwiegen. Das waren ebenfalls Adjektive, mit denen ich ihn beschreiben würde. Jedenfalls war unser anfängliches Misstrauen ihm gegenüber gewichen, nachdem er uns erklärt hatte, dass er nur die Venus zwischen den Baumkronen gesucht habe. Aron war kein Frauenheld, auch wenn man das bei dem Spruch vielleicht zunächst unterstellen könnte. Trotzdem sah er nur auf den ersten Blick so unscheinbar aus. Bei der Ankunft in der Bar hatte Matt ein Selfie von uns allen geknipst. Beim Betrachten des Fotos war mir aufgefallen, dass Arons mittelbraune Haare einen leichten Rotstich aufwiesen. Seine moosgrünen Augen waren beim Reden die ganze Zeit nach unten gerichtet, was ihn so wirken ließ, als sei er auf der Hut. Der Dreitagebart verlieh seinem Aussehen zudem ein gewisses Maß an Verwegenheit. Er schien kein Interesse an Grace oder mir zu haben. Nur daran, unser Weltraumwissen zu erweitern, wenn wir Fragen in dieser Richtung stellten.

Immer wieder beobachtete ich Matt dabei, wie er unauffällig die Augen verdrehte, weil sein Freund fast abweisend rüberkam. Je länger wir uns unterhielten, desto mehr kam mir der Verdacht, dass Aron gezwungen worden war mitzukommen. Grace neben mir auf dem gepolsterten Zweisitzer schien immerhin nicht beleidigt. Sie genoss die Gesellschaft sichtlich und zu meiner Überraschung tat ich das auch. Obwohl Grace es ein Doppeldate genannt hatte, fühlte es sich nicht so an. Wir waren einfach vier Freunde, die Zeit zusammen verbrachten. Zumindest hoffte ich, dass wir alle Freunde werden würden.

»Vermisst du die Universität denn?«, fragte Grace den offenbar in Gedanken versunkenen Mann. Seine sehnsüchtigen Schulterblicke hinaus in die anbrechende Nacht machten deutlich, dass er lieber den Himmel als unsere Gesichter betrachten würde. Arons Antwort bekam ich nicht mit, da sich in dem Moment Matt mir zuwandte.

»Hast du dich heute Mittag noch mal hingelegt?«, fragte er.

»Nein, ich ...« Das erneute Vibrieren meines Handys unterbrach mich. Ich hatte die letzten Anrufe ignoriert. Auf dem Weg hierher hatte Nathan schon zweimal versucht, mich anzurufen. Ich wusste nicht, was der Nachlassverwalter von mir wollte, aber es konnte sicherlich bis morgen warten. Als ich diesmal auf mein

Smartphone blickte, entdeckte ich, dass auch Kat mehrmals angerufen hatte. *Mist.* Ich hatte vergessen, auf ihre Nachrichten zu antworten. Seufzend legte ich das Handy weg. Noch so eine Sache, die ich bald klären musste.

»Alles okay?«, fragte Matt, als ich aufschaute.

»Ja, sorry. Wo war ich? Ach ja, ich wollte sagen, dass ich tagsüber nicht gut schlafen kann.«

»Oh«, machte er und rieb sich lachend den Nacken. »Mittagsschläfchen zu machen, ist mein zweitliebstes Hobby.«

»Da beneide ich dich.«

»Bist du müde?«, wollte er wissen und ich bildete mir ein, Sorge in seiner Stimme zu hören.

»Noch geht's«, antwortete ich und lächelte.

Nach dem leckeren Essen hatten wir uns zu Arons Leidwesen dazu entschlossen, noch etwas zu trinken zu bestellen, sodass es nun schon recht spät geworden war.

»Es tut mir leid«, formte er mit den Lippen und neigte seinen Kopf in Arons Richtung.

Ich verstand den Wink, doch er brauchte sich bei mir nicht für seinen wortkargen Freund zu entschuldigen. »Sie scheinen sich ja ganz gut zu verstehen«, merkte ich an.

»Er beginnt selten eine Unterhaltung von sich aus. Das war früher anders. Jetzt ist er in Gesellschaft meist ...« Matt suchte nach einem passenden Wort.

»Schweigsam?«, bot ich an.

Er nickte und sein Grübchen zeigte sich, während er sich den Nacken rieb. »Einsilbig. Normalerweise bin ich genauso«, gestand er.

»Normalerweise?«

»Ja, also bei anderen Menschen.«

»Du meinst also, du bist nur bei mir so nervtötend?«, witzelte ich.

»Ach, komm schon! Ich habe vorbildlich geschwiegen, als du lesen beziehungsweise Notizen machen *wolltest*.« Er wackelte amüsiert mit den Augenbrauen. Offenbar war ihm nicht entgangen, dass ich weder das eine noch das andere getan hatte.

»Das hast du«, gab ich zu.

»Jedenfalls passen wir gut zusammen«, schloss Matt. »Äh, also Aron und ich ...«, fügte er stammelnd hinzu. »Wir wollen nächstes Wochenende zur *Midsummer Renaissance Fair* nach Merrywick, unweit des Bonney Lake. Vielleicht wollt ihr ja mitkommen?«

Aron stupste ihn von der Seite an. »Ich wollte dann los, Kumpel«, raunte er ihm zu, woraufhin Matt missmutig den Mund verzog.

»Kannst du nicht ...?«

Mit einem *Rums* flog die Bartür auf und eine Frau stürmte herein. Ihr eisiger Blick scannte den vollen Raum. Nicht wenige Gäste hatten sich zu ihr umgedreht. Instinktiv duckte ich mich, als sich Kats düster geschminkte Augen auf meine Gestalt richteten.

Ich hätte wohl ans Handy gehen sollen. Ganz sicher sogar.

»Du!«, sah ich ihre Lippen formen, obwohl ich keinen Ton von ihr vernahm.

Schuldbewusst zog ich den Kopf noch tiefer zwischen die Schultern. Zwar wusste ich nicht, wieso genau Kat so wütend war, doch es gab genug mögliche Gründe. Dass ich hier mit einem Mann saß, von dem ich nichts erzählt hatte, machte die Situation bestimmt nicht besser.

Meine Freundin trug ein bordeauxrotes Wickelkleid, das ihrer solariumgebräunten Haut auf besondere Weise schmeichelte und selbst ihrer durchtrainierten Figur ein paar Kurven verlieh. Dass sie dazu Sneaker ausgesucht hatte, ließ mich zu dem Schluss kommen, dass sie höchstpersönlich hierhergefahren sein musste. Also stand es noch schlimmer um mich als gedacht.

Schnell wandte ich mich ab, was ziemlich sinnlos war, da sie mich längst entdeckt hatte. Als hätte sie eine Art Maddie-Detektor in ihrem Blick verbaut. »Kommt diese tollwütige Frau etwa zu uns?«, fragte Grace, die sich ebenfalls zu ihr umgedreht hatte.

»Scheint so«, erwiderte Aron, der sich aufrichtete, statt wie ich zu versuchen, im Erdboden zu versinken.

»Kennst du sie?«, fragte Aron seinen Freund in gedämpftem Ton, ohne dabei den Blick von Kat abzuwenden, die nun bei uns ankam. Matt schüttelte den Kopf und sah mich fragend an.

»Maddie«, knurrte Kat.

Langsam drehte ich mich und sah zu ihr auf. Ihre Augen funkelten zornig. »Wie schön, dich hier zu sehen. So wohlauf und wie ich bemerke: in allerbester Gesellschaft.«

»Ich kann das erklären«, begann ich.

»Ach, du brauchst doch nichts zu erklären«, entgegnete sie glattzüngig und machte eine wegwerfende Geste. »Es ist vollkommen offensichtlich, dass du dich seit vorgestern nicht mehr bei mir gemeldet hast, weil du so Wichtiges zu tun hattest. Es macht auch gar nichts, dass ich Todesängste durchstehen musste, weil die Alarmanlange in der *Blauen Hortensie* ausgelöst wurde und niemand dich erreichen konnte.«

»Was? Die Alarmanlage wurde ausgelöst?« Ich sprang von der Bank auf. »Kein Grund zur Sorge, Maddie. Jetzt, wo du wieder aufgetaucht bist, scheint alles in Ordnung zu sein.« Der Sarkasmus war zwar nicht ganz aus ihrer Stimme verschwunden, dennoch beruhigten mich ihre Worte. »Setz dich wieder. Vielleicht magst du mich ja deinen neuen Freunden vorstellen ...« – die Kränkung war ihr anzusehen, als sie die anderen nacheinander betrachtete – »... und dann erzähle ich dir, was passiert ist.«

Das »Ich hoffe, du hast eine gute Erklärung für das hier« blieb unausgesprochen. Doch ich verstand sie auch wortlos. Mein Mund war auf einmal sehr trocken. »Ja, natürlich.« Ich nahm einen schnellen Schluck im Stehen. »Kat, das sind Aron, Grace und ...«

»Matt«, beendete Kat die Vorstellungsrunde selbst. »Ihn kenne ich schon. Ich habe euer Gruppenbild auf Instagram gesehen. Nur deshalb wusste ich übrigens, wo ich dich finden kann.« Unser Bild auf ... Moment ... Ruckartig fuhr mein Kopf zu Matt herum. »Hast du etwa …« Aber ich sprach den Satz nicht zu Ende. Seine schuldbewusste Miene war Antwort genug.

»Sorry«, beeilte er sich zu sagen. »Ich hätte fragen sollen.«

»Das hättest du«, gab ich bissig zurück. »Können wir draußen reden?«, fragte ich Kat. Es war mir unangenehm, dass die Hälfte der Leute uns anstarrten.

»Ach, wieso denn?«, gab Kat honigsüß zurück und quetschte sich neben Aron auf die Bank. »Ich freue mich, deine neuen *Freunde* …« – sie betonte den Plural auf besonders Kat-typische Weise – »… kennenzulernen.«

Langsam setzte auch ich mich wieder hin. Aron sah Kat voller Überraschung von der Seite an, während Matt mir einen eindringlichen Blick zuwarf. *Was geht hier vor?*, schien er fragen zu wollen.

»Ist Kat dein richtiger Name?«, erkundigte sich Aron.

Mehrmals blinzelnd sah ich von Matt zu Aron zu Kat und wieder zurück. Matts Miene ließ erahnen, dass er das Gleiche dachte wie ich.

»Kathrine Thompson«, erklärte sie. »Nur meine Freunde nennen mich Kat.« Bei dem Wort *Freunde* hatte sie mich erneut eindringlich angesehen.

»Es tut mir leid«, sagte ich tonlos, doch sie senkte demonstrativ den Blick auf ihre Fingernägel. »Die Alarmanlage ging gegen 20 Uhr los, und da dich der Rückrufservice nicht erreichen konnte, wurde eine Streife zum Haus geschickt«, berichtete Kat, ohne aufzusehen. »Am Haus waren keine Einbruchsspuren vorzufinden, stattdessen aber ein Waschbär. Der Polizist vermutet, dass er den Alarm ausgelöst hat, als er versuchte, sich durch ein gekipptes Fenster zu zwängen. Sie informierten Nathan, da sein Kontakt immer noch hinterlegt ist. Als er dich nicht erreichen konnte, hat er über die Mitgliederliste der Gemeinde meine Nummer herausgefunden und mich angerufen. Wäre ja nicht das erste Mal, dass du bei mir untergetaucht bist. Jedenfalls habe ich ihm gesagt, dass ich mich um die Angelegenheit kümmere. Als ich dich ebenfalls nicht erreichen konnte, habe ich mir dann Sorgen gemacht, dass doch mehr hinter dem Fehlalarm stecken könnte. Also bin ich hergefahren ...«

Warum hatte ich auch ihre Anrufe ignorieren müssen? Sie hatte so lange nichts mehr von mir gehört. Himmel, ich hatte es ja sogar versäumt, ihr auf ihre Nachricht bezüglich der letzten Prüfung zu antworten. Sie musste das Schlimmste befürchtet haben. *Ein Waschbär.* Dass so ein kleines Tier für so einen großen Aufruhr sorgen konnte ... Erleichtert atmete ich auf. Aber wie musste es Kat ergangen sein? Voller Scham, aber gleichzeitig gerührt, dass ich ihr so viel bedeutete, dass sie persönlich hergefahren war, ergriff ich über den Tisch hinweg ihre Hand. »Es tut mir leid«, wiederholte ich.

Doch Kat entzog sich meiner Berührung. »Wie habt ihr euch eigentlich kennengelernt?«, fragte sie in die Runde.

»Beim Einkaufen«, erzählte Grace. »Sie ist genauso kaffeesüchtig wie ich.«

»Gott stehe uns bei«, flüsterte Kat leise.

Grace' Zwinkern in meine Richtung sagte mir, dass sie es ebenfalls gehört hatte und als Kompliment verstand.

»Und woher kennt ihr sie?«, fragte sie die Männer, doch sie sah dabei nur Matt an.

Sichtlich nervös schluckte er. Sein Adamsapfel hüpfte gleich mehrmals auf und ab. »Maddie und ich teilen dieselbe Leidenschaft fürs Angeln«, erklärte er und ich schloss eine Sekunde lang die Augen, um Kats Empörung nicht sehen zu müssen. Wären unsere Rollen vertauscht und ich an Kats Stelle gewesen, hätte Matt allein an meiner Reaktion die Lüge enttarnt. Doch meine beste Freundin stand kurz vor ihrem Master in Psychologie. Sie war darin geübt, ihre wahren Gefühle zu verbergen. »Ach, tatsächlich«, sagte sie. »Das ist ja eine Überraschung.«

Zum Glück sah Matt nicht zu mir herüber, sondern hielt ihrem prüfenden Blick stand.

»Und ich kenne sie erst seit heute Abend. Ich gehöre zu Matt«, mischte sich Aron ein.

Kat sah ihn lange an, bevor sie sagte: »Das dachte ich mir schon.«

Grace gab ein Grunzen von sich, das sie schnell mit einem Husten kaschierte.

»Also Maddie, wie kommst du mit dem Ausmisten voran?«, wollte Kat wissen.

Ich nahm einen weiteren Schluck des alkoholfreien Biers, doch der Kloß in meinem Hals schien sich festgesetzt zu haben. »Ganz gut. Morgen werden die Möbel abgeholt.«

»Die Möbel?«, fragte Matt.

»Ja, ich werde die Hütte neu einrichten.«

»Das Haus«, verbesserte mich Kat und ich warf ihr einen bösen Blick zu.

»Oh, sag mir bitte, dass diese Fischuhr wegkommt«, beteiligte sich nun auch Grace an der Unterhaltung.

»Die als Allererstes.«

»Halleluja!« Grace streckte die Hände dankend gen Himmel. »Die ist echt creepy mit ihren Glupschaugen.«

Das Lachen blieb mir im Hals stecken, als ich Kats Blick auffing. Es gefiel ihr gar nicht, dass meine neue Freundin mehr wusste als sie. Normalerweise waren Kat und ich diejenigen mit den Insidern.

»Und woher kennst du Maddie?«, fragte Aron.

»Wir sind seit unserer frühsten Kindheit beste Freundinnen«, erklärte Kat. »Ist es nicht so, Maddie?«

»Genau«, stimmte ich ihr schnell zu.

»Maddie hat schon viel über dich erzählt«, kam mir Grace zu Hilfe. »Du studierst Psychologie, oder? Das stelle ich mir sehr spannend vor.«

Aron machte große Augen, während Matt unruhig auf seinem Stuhl herumrutschte.

»Erzählst du uns mehr davon?«, fragte Aron und gab dem Kellner ein Zeichen, dass er noch etwas bestellen wollte. Er war der Einzige gewesen, der bisher nichts getrunken hatte. »Ein Bier, bitte«, sagte er, als der Mann herüberkam, und wandte sich dann Kat zu. »Möchtest du auch etwas?«

Sie überflog kurz die Karte, während die Bedienung ungeduldig mit dem Stift auf den Notizzettel klopfte. »Einen *Hugo* für mich. Aber mehr Soda als Sekt, bitte.«

Verblüfft schaute ich meine beste Freundin an. Sie trank nur sehr selten Alkohol. Zum einen, weil sie für die Bewerbungsphase beim FBI topfit sein musste, und zum anderen schmeckte er ihr einfach nicht. Typisch, dass, wenn sie schon welchen bestellte, haufenweise Sirup beigemischt sein sollte. Aber sie hatte ihre letzte Prüfung geschrieben und somit allen Grund zum Feiern. Außerdem war sie hergefahren. Vermutlich brauchte sie deswegen etwas Stärkeres.

»Da muss ich dann deinen Ausweis sehen«, sagte der Mann in gelangweiltem Ton.

Kat verdrehte die Augen, zog aber ihren Ausweis aus der kleinen ledernen Umhängetasche. Es passierte häufiger, dass sie danach gefragt wurde, obwohl sie schon fünfundzwanzig war. Kat war nicht besonders groß und sah sehr jung aus. Deshalb kleidete sie sich meist ganz vornehm, damit sie mehr als Erwachsene wahrgenommen wurde.

Der Kellner nickte und schlängelte sich geschickt zwischen den gefüllten Tischen hindurch. Hier und da sammelte er leere Gläser oder Teller ein, bevor er Tuck über den Tresen den Zettel mit den Bestellungen reichte.

»Da gibt es nicht viel zu erzählen«, griff Kat das Thema wieder auf und lenkte meine Aufmerksamkeit zurück an den Tisch. »Viel Psychokram eben, der die Leute meist nur langweilt.« Sie wandte sich Matt zu, bevor sie hinzufügte: »Oder nervös werden lässt.«

»Das ist doch nicht langweilig!«, protestierte Aron und Grace prustete in ihr Glas.

Kat hob amüsiert die Augenbrauen und ließ Matt von ihrem imaginären Haken. »Und was machst du so, Grace?«, wollte sie wissen und von da an liefen die Gespräche ohne Zwischenfälle oder spitze Bemerkungen ab. Grace erzählte von ihrem Garten, der Kat faszinierte, da sie liebend gern private, kleine Erzeuger wie Grace unterstützte. Aron versuchte, sich immer wieder an ihrer Unterhaltung zu beteiligen – wenig erfolgreich –, und Matt blieb ungewohnt wortkarg.

Es war kurz nach Mitternacht, als wir zur *Blauen Hortensie* aufbrachen. Ohne sich zu erklären, kam Kat mit zu Matts Pickup und stieg mit Grace und mir auf die Rückbank.

»Bist du nicht mit dem Auto da?«, fragte Aron irritiert und meine beste Freundin versteifte sich neben mir. »Äh, ja. Aber ich habe Alkohol getrunken ...«

Das bisschen war in den letzten Stunden mit Sicherheit längst von ihrem Körper abgebaut worden, doch niemand stellte Kats Aussage infrage. Gott sei Dank! Jetzt wusste ich, warum sie einen *Hugo* bestellt hatte. Nichts war Kat unangenehmer, als zugeben zu müssen, dass sie Angst vorm Autofahren hatte. Die Strecke hierher zu schaffen, musste sie viel gekostet haben, und nicht nur deshalb war sie unglaublich gereizt. Ich war nur ein einziges Mal bei einer ihrer Übungsfahrten dabei gewesen, aber die würde ich nie vergessen. Selbst nach all den Jahren sah ich Kat noch vor mir, wie sie voller Anspannung das Lenkrad umklammerte, als würde sie es nicht einmal dann loslassen wollen, wenn das Auto zum Stehen kam. Ihre Finger weiß und verkrampft. Im Spiegel hatte ich ihr ins Gesicht sehen können. Die Stirn war in tiefe Falten gelegt gewesen, die Augen weit aufgerissen; sie hatte kaum geblinzelt, um bloß keine Gefahr zu übersehen.

Nach außen und zu meinen neuen Freunden hin, mimte sie das liebe Kätzchen. Aber ich wusste, sobald wir in der *Blauen Hortensie* waren, würde sie die Krallen ausfahren.

Kapitel 18

Maddie

Ein Testleser, der dem Autor nur nach dem Mund redet, hat seine Mission verfehlt.

Im Flur der *Blauen Hortensie* herrschte völlige Dunkelheit, die nur kurz vom Aufleuchten meines Handys unterbrochen wurde.

Die Einladung zur Fair gilt übrigens auch für Kat, las ich die eintreffende Nachricht von Matt. Er musste noch draußen auf dem Parkplatz stehen. Schnell tippte ich eine unverbindliche Antwort und schob das Handy anschließend in meine hintere Hosentasche.

Ich wagte kaum, das Licht anzuschalten und mich meiner besten Freundin zu stellen, doch Grace knallte bereits mit dem Schienbein gegen den Schirmständer und fluchte auf sehr liebenswürdige Weise, nur um sich gleich darauf wieder dafür zu entschuldigen.

Das Klicken des Lichtschalters hörte sich wie das Entsichern einer Waffe an. »Wow«, hauchte Kat und ergriff meinen Unterarm. Ihre Nägel krallten sich in mein Handgelenk. »Es sieht aus wie früher«, flüsterte sie ehrfurchtsvoll. Es war lange her, dass Kat und ich gemeinsam hier gewesen waren. Aber ihrer Reaktion nach hatte auch sie ihre Erinnerungen an diesen Ort.

»Bald nicht mehr«, sagte ich mit belegter Stimme. Ich räusperte mich geräuschvoll. »Morgen, um genau zu sein.«

Kat sah mich forschend an. »Und bist du schon so weit?«

»Was soll denn das heißen?«, mischte Grace sich ein. Sie balancierte zwischen den Kisten hindurch. »Ich kann's kaum erwarten, dass sie hier Ordnung macht.«

Ich lächelte, weil Kat demonstrativ die Augen verdrehte. Woher sollte Grace auch wissen, dass ich jemand war, den es Zeit kostete, alte Dinge loszulassen? Selbst wenn es sich dabei um eine verstaubte Couch handelte. Um mir ein wenig Zeit für meine Antwort zu erkaufen, widmete ich mich erst mal dem Bedienpanel der Alarmanlage und bestätigte unsere Ankunft. Im Verlauf entdeckte ich den Fehlalarm und bestätigte auch diesen, um das Blinken am Apparat zu beenden. Offenbar war der Alarm im Gästezimmer ausgelöst worden, wo ich am Nachmittag ein Fenster geöffnet hatte. Auch wenn Kats Entwarnung mich bereits beruhigt hatte, war es dennoch angenehm, mich vor Ort noch mal davon zu überzeugen, dass alles in Ordnung war.

»Ich bin so weit«, flüsterte ich Kat schließlich ins Ohr.

Sie nickte. Dann fand ihre Verwandlung statt. Ihre Züge verhärteten sich und eine tiefe Zornesfalte bildete sich zwischen ihren Augenbrauen. Jetzt sah sie gar nicht mehr so jung aus. »Maddie ...«

»Ich weiß, ich weiß ...«, fuhr ich ihr dazwischen. »Ich hätte ans Handy gehen sollen. Es tut mir wirklich leid.«

Sie überging meine Entschuldigung. »Hättest du mir nicht verheimlicht, dass du jemanden kennengelernt hast, mit dem du heute Abend ausgehst, wäre ich nicht auf die Idee gekommen, dir sei weiß Gott was zugestoßen.«

»Ich weiß«, wiederholte ich.

»Aron sagt, du hast die Nacht mit diesem Matt verbracht?«

»Wir waren *angeln*.« Ich betonte das letzte Wort, weil es bei ihr so klang, als wäre sonst was zwischen uns passiert. Dabei war sie nur sauer, dass ich nichts erzählt hatte.

»Noch so was, das du verschwiegen hast«, zischte Kat. »Seit wann angelst du denn?«

»Seit zwei Tagen«, antwortete ich kleinlaut.

Grace ließ sich mit einem tiefen Seufzer in den gemütlichen Sessel am Fenster fallen. Kat sah kurz zu ihr hinüber, runzelte irritiert die Stirn und wandte sich dann wieder mir zu. »Und schon ist es zu deiner Leidenschaft geworden?«

»Wohl kaum«, schnaufte Grace.

»Was machst du eigentlich noch hier?«, fragte Kat ungehalten.

»Das Drama hier ist besser als jeder Kinofilm«, gab Grace schulterzuckend zurück. Ich sah, dass sich Kat ein schiefes Grinsen verkneifen musste, um ihre ernste Fassade aufrechtzuerhalten, was mich ein wenig beruhigte.

»Es war ein Missverständnis«, warf ich schnell dazwischen, bevor Kat Grace eine freche Erwiderung entgegenschleudern konnte.

»Ein Missverständnis?«, wiederholte sie zweifelnd und verschränkte die Arme vor der Brust.

»Von wegen«, nuschelte Grace und Kats Kopf fuhr erneut zu ihr herum.

»Wenn du bleiben willst, solltest du deine Kommentare für dich behalten.« Grace machte ein überraschtes Gesicht, salutierte dann aber vor ihr. »Aye, aye, Ma'am.«

»Also?«, wandte sich Kat wieder an mich.

Und ich begann zu erzählen. Die ganze ungeschönte Fassung. Als ich fertig war, ging Kat zur Couch und ließ sich stöhnend darauf nieder. Ihr war die Müdigkeit der vergangenen Wochen anzusehen. Ich nahm neben ihr auf der Armlehne Platz.

»Oh, Maddie«, stöhnte sie erschöpft. »In welchen Schlamassel hast du dich da gebracht?«

»Na ja, also ich bin ja nicht ganz allein schuld daran. Hätte Matt sich nicht so danebenbenommen ... Außerdem hab ich nie gesagt, dass ich zuvor schon geangelt habe ... Er hat es nur angenommen. Eigentlich bin ich total unschuldig.«

Wir sahen uns an und wussten beide, dass ich das nicht wirklich ernst meinte. Ihr Blick sprach mehr als tausend Worte.

»Ich bezweifle, dass du dabei eine gute Figur abgibst. Zeig mir mal deine Nägel. Das kann unmöglich gut ...«

»Der Zustand meiner Nägel ist irrelevant.« Ich zog ihr die Finger aus den Händen und verschränkte die Arme hinter dem Rücken.

»Willst du ihm weiterhin vorspielen, dass du es magst?«

»Also«, druckste ich herum, »eigentlich finde ich es ziemlich beruhigend.«

Kat klimperte ungläubig mit den Wimpern. »*Beruhigend?* Seit wann das denn?«

Ich zuckte mit den Schultern.

»Mir gefällt das nicht«, murmelte Kat.

Ich war mir nicht ganz sicher, was ihr mehr missfiel: dass ich Matt angelogen hatte oder dass ich dem Angeln etwas abgewann.

»Mir auch nicht«, stimmte ich ihr zu.

»Maddie wird das Missverständnis noch aufklären«, mischte sich Grace wieder ein. Ich rechnete es ihr hoch an, dass sie so lange den Mund gehalten hatte.

»Natürlich«, bestätigte ich schnell. Um zu erkennen, dass das der einzig richtige Weg war, brauchte ich weder Kat noch Grace. Höchstens ihre Rückendeckung, wenn es so weit war und ich es wagte, mit der Wahrheit herauszurücken.

»Und wie?«, wollte Kat wissen.

»Tja ...?«

»Ist das eine Frage?«

»Nein?«

»Also das war definitiv eine Frage«, sagte Grace zu Kat, die ihr zustimmte. Jetzt verbündeten sie sich schon gegen mich. Unisono verschränkten sie die Arme vor der Brust und warfen mir tadelnde Blicke zu. Es schien ihnen sogar Spaß zu bereiten. Ich konnte den Schalk in Kats Augen schimmern sehen.

»Weißt du denn wenigstens schon wann?«, fragte Kat.

»Nach der *Fair*«, versprach ich.

»Welcher *Fair*?«, entfuhr es den beiden im Chor.

Langsam wurde es gruselig.

»Matt hat uns zur *Midsummer Renaissance Fair* eingeladen. Er und Aron gehen da nächstes Wochenende hin.«

»Ein Renaissance-Festival?«, fragte Kat. »Wo man sich verkleidet?«

Ich nickte vorsichtig.
Plötzlich sprang sie auf und klatschte freudig in die Hände. »Ich wollte schon immer mal auf so ein Fest!«
Grace stand ebenfalls auf. »Hört sich nach jeder Menge Spaß an. Ich weiß auch schon, wo wir unsere Kostüme herbekommen.«

Kapitel 19

Matt

Manch ein Angler bekam schon graue Haare
beim Warten auf den großen Fang.

»Hast du mitbekommen, dass Kat zum FBI möchte?«, fragte Aron Matt auf dem Heimweg. Sein Freund war total aufgekratzt. Kein Wunder, Aron schlug sich die Nächte gern um die Ohren und verschlief dafür den halben Tag. Matt hingegen war einfach nur müde und ausgelaugt von diesem Abend.

»Hab's am Rande mitbekommen«, murrte er. Dass Madisons beste Freundin so plötzlich aufgetaucht war, behagte ihm nicht. Sie hatte wütend ausgesehen. Mads Gesicht war rot angelaufen und ihre Miene hatte ganz deutlich gezeigt, dass sie sich am liebsten in Luft aufgelöst hätte. Oh, wieso hatte er einfach das Gruppenbild gepostet? Bestimmt würde Mads ihm das nie verzeihen. Andererseits … Hätte sie dann für das Festival zugesagt? In Gedanken noch bei den Ereignissen des Abends fuhr er auf den Parkplatz seiner kleinen Hütte. *Hütte* war in diesem Fall wirklich eine treffende Bezeichnung. Sollte Mads die *Blaue Hortensie* noch einmal als solche beschimpfen, würde er sie hierher mitnehmen und eines Besseren belehren.

Wenn er so über ihre Antwort nachdachte, hatte sie gar nicht zugesagt. »Ich frag mal die anderen« konnte alles bedeuten.

»Matt?« Aron sah ihn von der Seite äußerst amüsiert an.

Hatte er etwas im Gesicht? Ein prüfender Blick in den Rückspiegel ließ zumindest nichts dergleichen erkennen. »Ja?«

»Ich fragte, ob du sie zur *Fair* eingeladen hast.«

»Ja, hab ich.«

»Und, kommen sie?«

»Weiß ich nicht«, blaffte er. Warum musste Aron ausgerechnet jetzt sozial auftauen?

»Kumpel, was ist los?«, wollte Aron wissen.

Matt stöhnte und schob den Hebel etwas zu energisch in die Parkposition. Der Motor erstarb. »Hast du nicht bemerkt, wie sauer Kathrine zu Beginn war?« Aron bewegte den Kopf hin und her, so als müsse er intensiv darüber nachdenken. »Sie wirkte ein klein bisschen angespannt.«

»*Angespannt* ist gar kein Ausdruck dafür.«

»Du übertreibst, Mann. Maddie hat das Foto doch auch schon längst wieder vergessen.«

»Sie mag mich nicht«, erklärte Matt.

»Wieso sollte sie mit dir essen gehen, wenn sie dich nicht –«

»Kathrine, Aron! Kathrine mag mich nicht«, unterbrach er ihn.

»Ach was. Du überdramatisierst ein wenig. Liegt es daran, dass sie Psychologin ist?«

»Sie hat mich die ganze Zeit beobachtet und analysiert.«

Aron registrierte schmunzelnd sein nervös wippendes Bein. »Natürlich hat sie dich genauer unter die Lupe genommen. Du verbringst ja auch die Nächte mit ihrer besten Freundin.«

Matt warf ihm einen bösen Blick zu. »Nicht lustig, Mann. Warum musstest du Kat das stecken? Du weißt ganz genau, dass es nicht so ist, wie du es klingen lässt.«

Aron klopfte ihm auf die Schulter und ließ seine Hand einen Moment dort liegen. »Weiß ich doch. Du bist ein guter Kerl. Wenn Maddie das nicht erkennt, dann ist sie nicht die Richtige.«

»Wie kommst du darauf, dass ich etwas anderes von ihr möchte als eine Freundschaft?«, fragte Matt.

Aron lachte trocken auf. »Ernsthaft? Du sprichst seit ihrer Ankunft andauernd nur von ihr.«

»Weil ich mich ihr gegenüber wie ein Idiot verhalten habe.«

»Das tust du öfter und es interessiert dich nicht«, erwiderte er. Damit hatte er leider recht.

Ein Bellen ertönte. Pepper hatte wohl das Auto gehört und wurde langsam ungeduldig.

»Es interessiert mich schon«, berichtigte Matt. Das tat es wirklich. Doch bei Madison hatte er ein besonderes Bedürfnis empfunden, sie für sich zu gewinnen. Und das lag nicht nur an dem Versprechen, das er Frank gegeben hatte. Zumindest nicht mehr ausschließlich. Vielleicht hatte Aron recht damit, dass sie die Richtige für ihn sein könnte. Bei dem Gedanken wurde ihm ganz komisch zumute. Er konnte sich ihre Reaktion bezüglich Franks Rolle in seinem Leben lebhaft vorstellen. Wie würde sie außerdem auf Simon reagieren? Geistesabwesend trommelte er auf das Lenkrad.

»Woran denkst du?«, fragte Aron leise.

»An meinen Bruder.«

»Sie wird ihn mögen.«

»Woher ...?«

»Weil du *immer* befürchtest, die anderen würden gemein zu ihm sein.«

»Das denke ich ja gar nicht. Aber vielleicht weiß sie nicht, wie sie sich ihm gegenüber verhalten soll. Er hat schon genug durchgemacht.«

»Sie wird ihn mögen!«, wiederholte Aron eindringlich.

Matt nickte langsam. »Stimmt. Mads ist einfach großartig.« Auch wenn es ihn schmerzte, dass sie, ohne zu zögern, Franks Inventar verscherbelte.

»Du sagst aber, sie lügt, was das Angeln betrifft. Woher bist du dir da eigentlich so sicher?«

»Es war keine richtige Lüge«, verteidigte er sie. Außerdem verheimlichte er ihr ebenfalls etwas.

»Ja«, sagte Aron gedehnt. »Trotzdem lässt sie es so weiterlaufen. Lügen ist kein Kavaliersdelikt, Kumpel. Erst recht nicht in einer sich vielleicht anbahnenden Beziehung, die auf Ehrlichkeit und Treue basieren sollte.«

»Ich weiß«, knurrte Matt. »Aber ich werde sie nicht vorschnell verurteilen. Nicht noch einmal. Das Angeln scheint ihr wirklich zu gefallen.«

Aron nickte. »Sei einfach vorsichtig und bitte Gott um Klarheit. Du weißt ja: Liebe macht blind und so.«

Matt verdrehte die Augen. Nicht weil Arons Rat lächerlich war, sondern weil er nicht für möglich gehalten hätte, dass er von ihm mal Ratschläge in Liebesdingen erteilt bekommen würde. Normalerweise war Matt es, der die Tipps gab.

»Fährst du mich jetzt noch heim oder muss ich laufen?« Aron stupste ihn an.

Matt sah überrascht zu seiner Hütte. Gedankenversunken war er automatisch nach Hause abgebogen, anstatt weiter geradeaus auf der Weber Road zu fahren. Jetzt wusste er auch, warum Aron sich vorhin so amüsiert hatte. Er hatte seinem Freund versprochen, ihn zurückzufahren. Übertrieben stöhnend schmiss Matt den Motor wieder an, was Aron zum Lachen brachte.

»Nach Hause oder zu den Sternen?«, fragte Matt und stimmte mit ein.

»Wenn du schon fragst, dann zu den Sternen.«

Kapitel 20

Maddie

*Ein Foto ist wie ein Schlüssel,
der eine Tür zu verborgenen Erinnerungen aufschließt
und alte Geschichten wieder lebendig werden lässt.*

»Du kannst im anderen Gästezimmer schlafen«, erklärte ich Kat, als Grace nach Hause aufgebrochen war. »Du hast Glück und musst nur eine Nacht in dem Ungetüm verbringen. Morgen werden nämlich auch die Betten abgeholt. Solltest du also wirklich vorhaben, länger zu bleiben, dann müssen wir Möbel shoppen gehen. Stilvoll eingerichtet verkaufen sich Wochenendhäuser sowieso viel besser.«

Kat sah mich eindringlich an. »Natürlich werde ich bleiben.«

Ich nickte erleichtert. »Das freut mich.«

»Außerdem liebe ich Shoppen.«

Kurz überlegte ich, sie darauf hinzuweisen, dass Snohomish eine Kleinstadt war. Ich konnte mir nicht vorstellen, dass sie hier glücklich werden würde. Weder was das Shoppen noch was ihre Freizeitaktivitäten – bis auf das Joggen – betrafen.

Schweigen legte sich über uns. Kat trat nervös von einem Bein aufs andere. Ich knibbelte mit den Schneidezähnen an meiner Unterlippe.

»Hast du Kleidung dabei oder soll ich dir was leihen?«

Kat richtete sich alarmiert auf. »Meine Tasche steht noch auf der Veranda!«, stieß sie hervor und ging sofort in Richtung Terrassentür. »Keine Sorge, hier klaut keiner …« Ich brach ab, da ich mich an das Gespräch der Frauen im Supermarkt erinnerte. Meine kurze Sorge war jedoch unbegründet, denn Kats große Sporttasche stand hinter dem linken Korbsessel versteckt.

»Woher wusstest du eigentlich, wo wir auf dem Foto sind?«, fragte ich. Meine Wut über das veröffentlichte Bild war längst verflogen. Ohne diese Aufnahme wäre Kat vermutlich durchgedreht.

»Das *Owl 'n Thistle* ist die einzige Bar im Umkreis von acht Meilen. Außerdem hattest du es schon mal erwähnt, als du zu zweit mit Grace dort hinwolltest.« Kat zuckte mit den Schultern. »Das war kinderleicht. Auch wenn ich echt richtig sauer war, ist mir ein Stein vom Herzen gefallen, als mir angezeigt wurde, dass du auf einem Bild markiert worden bist.«

»Hör zu«, brach es plötzlich aus mir heraus. »Es tut mir schrecklich leid. Ich hätte dir wirklich von Matt erzählen sollen.«

Kat setzte an, um etwas zu erwidern, presste dann aber die Lippen aufeinander. Sie atmete mehrmals tief ein und aus, bevor sie fragte: »Warum hast du es nicht getan und stattdessen gar nicht mehr geantwortet?« Kein Vorwurf lag in ihrem Tonfall. Sie wollte es nur verstehen.

»Ich weiß es nicht«, flüsterte ich.

»Liegt es daran, dass du geflunkert hast?«, forderte mich Kat heraus. Jetzt klang sie schon wütender. »Maddie, du solltest mich besser kennen. Natürlich hätte ich dir geraten, reinen Tisch zu machen. Aber denkst du wirklich, ich hätte dich verurteilt?«

»Du bist immer so perfekt, Kat. Dir passiert nie was Dummes«, verteidigte ich mich.

»So ein Schwachsinn!«, entfuhr es ihr. »Ich bin doch keine Heilige. Ich habe auch schon gelogen und in der Matheklausur geschummelt.«

Die Erinnerung daran brachte mich zum Lächeln.

»Aber das hier ist doch auch kein Wettkampf. *Wer ist der bessere Mensch,* oder was?«

»Nein«, murmelte ich und ließ den Kopf hängen. Meine Birkenstocksandalen waren plötzlich sehr interessant. War das ein Fleck?

»Maddie, sieh mich an und sag mir die Wahrheit!«

Ich sah sie an. Wusste aber nicht, was sie meinte. »Es tut mir leid. Bitte sei nicht mehr sauer.«

»Okay«, sagte sie schulterzuckend. »Versprich mir nur –«

»Ich verspreche es.«

Kats Augen wurden schmal. »Du weißt doch gar nicht, was ich sagen wollte.«

»Egal. Ich verspreche dir alles.«

»Keine Geheimnisse mehr, okay? Nur dann kann ich verstehen, was in dir vorgeht.«

Ich schluckte schwer. »Bin ich jetzt dein Forschungsobjekt?«, fragte ich halb im Spaß, halb im Ernst.

»Haha, sehr witzig. Allem voran bist du meine beste Freundin und ich möchte dir helfen, das mit Frank zu überwinden.«

Natürlich wollte sie das. Kat wusste selbst nur zu gut, was es hieß zu trauern. Und wenn es für mich bedeutete, in einer Angelhütte zu übernachten und Fische aus dem See zu ziehen, dann würde sie mir beistehen. Obwohl sie sich in freier Natur absolut nicht wohlfühlte.

Das war Freundschaft und dafür liebte ich Kat.

Mit der Kaffeetasse unter der Nase betrat ich am nächsten Tag Franks Angelschuppen. Der Duft von gerösteten Bohnen musste doch einfach diesen penetranten Fischgeruch übertünchen.

Nope! Das tat er nicht. Trotzdem ließ es sich so während der Suche nach Werkzeug viel besser im Inneren aushalten.

Die Sonne war noch nicht aufgegangen, doch ich ahnte bereits, dass es ein wunderschöner Tag werden würde. Nicht nur weil ich den Werkzeugkasten auf Anhieb fand – was schon mal ein guter Anfang war –, sondern weil Kat hier war. Ich hatte bis gestern Abend gar nicht gemerkt, wie sehr es mich heruntergezogen hatte, Kat nicht von allem erzählen zu können. Ich wollte meine beste Freundin an meiner Seite haben, wenn ich mich der Vergangenheit stellte. Sie wusste besser als jeder andere Mensch, wie es in meiner Seele aussah.

Ich öffnete den Werkzeugkoffer, um einen groben Überblick der enthaltenen Ausstattung zu bekommen, da fiel mein Blick auf ein vergilbtes Foto, das Frank in den Deckel geklebt hatte. Es zeigte meine Mom mit mir auf dem Schoß. Gemeinsam umschlossen unsere Hände eine Angelrute. Ich hielt die Luft an und lehnte mich weiter nach vorne, um die Aufnahme besser betrachten zu können. Im Hintergrund erkannte ich die Stelle am See, an der ich seit Neustem gerne Zeit verbrachte. Die Bäume hatten sich verändert, aber das Foto dürfte ja auch ziemlich alt sein. Zwanzig Jahre waren es bestimmt.

»Maddie?« Erschrocken fuhr ich herum und schloss reflexartig den Koffer.

Kat stand in der Tür und rümpfte die Nase. »Der Geruch weckt Erinnerungen«, meinte sie leise.

Ja, das tat er. So hatte es in Franks Auto oft gerochen. Nur nicht ganz so intensiv.

»Du hast vor, angeln zu gehen, oder?«, fragte Kat, als ich weiterhin wie erstarrt vor dem Koffer kniete.

Langsam richtete ich mich auf. »Eigentlich habe ich nur Werkzeug für die Gardinenstangen gesucht.«

Sie nickte und betrachtete das Equipment. »Aber jetzt möchtest du doch?«

Tatsächlich rief das Foto plötzlich ein tiefes Bedürfnis hervor, mir die Angel meines Vaters zu schnappen und an diese Stelle am See zu gehen. »Ja«, bestätigte ich also.

»Kann ich mitkommen?« Kat knetete verlegen ihre Hände.

Ich sah ihr forschend ins Gesicht. Sie hatte zwar ihre Augen und die Lippen geschminkt, doch die Müdigkeit war ihr noch deutlich anzumerken.

»Wieso bist du schon wach, Nachteule?«, fragte ich skeptisch. »Kontrollierst du mich etwa?«

»Quatsch! Es muss an dem Bett liegen. Gut, dass es heute wegkommt.«

Meine Augenbrauen wanderten nach oben.

»Okay, gut. Ich hab mir einen Wecker gestellt, weil ich schon geahnt habe, dass du ans Wasser möchtest. Ich bin doch für dich da«, fügte sie schnell hinzu. Sie drehte sich halb zur Seite und wies auf den Rucksack auf ihrem Rücken. »Hab auch Kaffee und Lektüre dabei.«

»Kaffee klingt gut«, bemerkte ich.

»Ich könnte dir auch vorlesen«, wagte sich Kat weiter vor. »Während du angelst.«

»Hm«, machte ich und sie lächelte.

»Weißt du, Maddie, es ist okay, Fragen zu haben. Und zu zweifeln.«

»Ich zweifele nicht«, warf ich ein. Tat ich wirklich nicht. »Sollen wir dann los?«

Kat betrachtete mich schweigend, während ich die Taschen schulterte. Ihr brannten die Worte auf der Seele. Das wusste ich und rechnete es ihr hoch an, dass sie mein Bedürfnis nach Abstand zu alldem über ihres stellte, mir die Meinung zu geigen.

Ich würde mich den schwierigen Dinge in meinem Leben irgendwann stellen.

Ich werde mich nicht fürchten.

Doch es konnte nicht schaden, erst noch ein bisschen Mut zu sammeln.

Kapitel 21

Maddie

*Ein Autor kann alles werden.
Er muss sich beim Schreiben nur
für die Ich-Perspektive entscheiden.*

»Bist du sicher, dass du das so richtig machst?« Kat ging zweifelnd vor mir in Deckung.

Über die Schulter warf ich ihr einen vernichtenden Blick zu. Der Angelhaken baumelte zwischen uns, da ich schon in Auswerfposition – oder sagen wir lieber Angriffsposition – gegangen war. »Ich übe noch«, erklärte ich. »Aber genau so macht es Carl.«

»Wer ist Carl?«, wollte Kat wissen und hob irritiert die Augenbrauen.

»Der Typ auf YouTube. *Angeln für Anfänger*. Da zeigt er alles ganz genau.«

Kat schnaubte. »Du weißt schon, dass du einen persönlichen *Fishing Guide* haben könntest?«

Achselzuckend wandte ich mich wieder dem Wasser zu. Kat unterdrückte zum gefühlt hundertsten Mal ein Gähnen. Ich holte weit aus, schleuderte den Köder über den See und war ziemlich zufrieden mit mir, als ich das leise *Plopp* hörte.

Kat stieß einen Pfiff aus. »Gar nicht mal so übel.«

Ich warf ihr ein Grinsen zu. »Willst du auch mal?«

Wir schauten uns einen Moment ausdruckslos an, dann brachen wir gemeinsam in Gelächter aus.

»Der war gut«, japste Kat und wischte sich eine Träne aus dem Augenwinkel. »Wirklich, wirklich gut.«

»Wir wollen ja nicht, dass du dir einen Nagel abbrichst.«

»Werd jetzt ja nicht fies«, warnte sie mich. »Im Gegensatz zu dir mache *ich* wenigstens Sport.«

»Gib mir mal den Stab da«, lenkte ich ab.

Kat überreichte mir den Faulenzer. Als die Angel montiert war und ich mich wieder umdrehte, saß sie bereits mit den Beinen über der Lehne auf meinem Stuhl. Dem Kaffeebecher in ihrer Hand entströmte eine Dampfwolke.

»Hey«, rief ich. »Das ist mein Platz!«

Kat winkte ab. »Du darfst dich eh nicht ausruhen. Es könnte jederzeit ein Fisch anbeißen.«

Ich verengte die Augen. »Du weißt schon, dass Angeln ein sehr langwieriges Hobby ist?«

Sie grinste. »Das perfekte Hobby zum Lesen.«

»Tu dir keinen Zwang an.« Stöhnend ließ ich mich auf dem großen Stein nieder, an den mein Po mittlerweile ja gewöhnt sein müsste.

»Wie läuft es eigentlich mit dem Schreiben?«, fragte Kat. »Hast du bereits ein neues Projekt begonnen?«

Begeistert, dass sie eins meiner Lieblingsthemen ansprach, richtete ich mich auf. Obwohl Kat kaum etwas für Romane übrig hatte, war sie immer die Erste, die meine Geschichten lesen wollte. »Noch nicht. Aber ich habe mir bereits ganz viele Notizen gemacht«, verkündete ich stolz. Doch bevor ich mehr erzählen konnte, vibrierte plötzlich mein Handy in meiner Hosentasche. Ich zog es heraus und öffnete meinen Chatverlauf mit Matt. Nachdem wir gestern Morgen unsere Nummern ausgetauscht hatten, schickten wir uns gegenseitig lustige Bilder. Doch diesmal gab es kein Bild.

Ich gehe mit Pepper Gassi und bin in der Nähe. Lust mitzukommen?

Meine Finger schwebten über der Tastatur. Ich war unschlüssig, was ich antworten sollte.

Nein. Ich bin mit Kat angeln.

Matt schickte mir ein Emoji mit weit aufgerissenen Augen. Ich

grinste und bekam angezeigt, dass er mehrmals anfing zu schreiben. Dann antwortete er: *Cool! Viel Spaß.*
Willst du vorbeikommen? Die Nachricht war abgeschickt, bevor ich es mir anders überlegen konnte.

»Du siehst aus, als hättest du gerade eine fiese Rezension bekommen«, bemerkte Kat neben mir. »Alles okay?«

»Ja«, gab ich mit dünner Stimme zur Antwort. »Eventuell kommt Matt vorbei.«

Kat setzte sich aufrechter hin und klappte ihr Buch zu. »Jetzt?«

Das Handy in meiner Hand vibrierte erneut.

Okay. Bis gleich.

»Ja, jetzt«, bestätigte ich.

»Muss ich dann auch so tun, als ob ich angele?« Ihre Lippen kräuselten sich zu einem spöttischen Lächeln.

»Um Himmels willen, nein!«, entfuhr es mir. Allein die Vorstellung, Kat würde eine Rute in die Hand nehmen ... Lachend schüttelte ich den Kopf. Es war damals schon absurd gewesen, sie auf dem Schießstand mit einer Waffe zu sehen. Doch fürs FBI musste Kat eine herausragende Schützin sein und mittlerweile hatte ich mich an den Anblick gewöhnt. Eine Pistole passte definitiv besser zu ihr als eine Angel. Bei jedem anderen wäre dieser Gedanke beunruhigend – aber nicht in Bezug auf Kat.

Wir hörten Peppers Bellen.

Kats Augen weiteten sich, als der Hund mit dem roten Halstuch rasend schnell näher kam. »Wem gehört denn dieser süße Kerl? Oh –« In diesem Moment entdeckte sie das Herrchen.

Pepper stürmte ungeachtet seiner Pfiffe geradewegs weiter auf uns zu. Belustigt beobachtete ich, wie Matt ebenfalls losrannte, um zu verhindern, dass Pepper ... zu spät. Der Australian Shepherd sprang über die sitzende Kat hinweg, stieß sich dabei mit den Pfoten auf ihren Oberschenkeln ab und flog mir entgegen. Seine Ohren flatterten wie kleine Flügel und ich sah nur noch das rote Halstuch, bevor er mich umwarf. In letzter Sekunde war es mir allerdings gelungen, die Arme nach ihm auszustrecken und unseren Sturz abzufangen, sodass wir halbwegs grazil zu Boden gingen. Lachend landete ich auf dem Hintern. *Autsch!* Bald würde sich dort sicher Hornhaut bilden. Matt kam keuchend neben Kat zum Stehen, die aufgesprungen war und mich mit einer Hand auf der Brust und großen Augen betrachtete. Sie blinzelte. Mehrmals. Dann prustete sie los.

Aus Matt sprudelte eine Entschuldigung nach der anderen hervor, während er Pepper am Halstuch von mir herunterzog. »Ich weiß auch nicht, was in ihn gefahren ist. Ich wollte ihn gerade anleinen, als ...« Er rang mit der freien Hand, von der die Hundeleine baumelte. »Es tut mir schrecklich leid.« Es verlangte ihm alle Mühe ab, Pepper an die Leine zu legen.

Kat half mir auf. Sie konnte gar nicht aufhören zu lachen. Und als ich mir demonstrativ den Hintern rieb, quietschte sie noch mehr.

»Nicht lustig, Kat«, murrte ich gespielt beleidigt.

»Doch! Das war filmreif. Glaub mir.«

Matt machte einen merkwürdigen Laut.

»Ja, bitte?«, kommentierte ich sein Glucksen.

»Hm?«

»Wolltest du Kat zustimmen?« Meine Augen verengten sich und ich presste die Lippen aufeinander, um ernst zu bleiben.

»Nun ja«, stammelte er. »Du hast dich nicht verletzt, oder?«

Kat lachte erneut laut auf und klatschte dabei in die Hände.

Ich schüttelte grinsend den Kopf. »Du«, sagte ich und zeigte mit einer drohenden Geste auf Pepper, »hast Glück, dass du so süß bist.« *Und dein Fell so weich*, fügte ich in Gedanken hinzu, während ich ihm den Nacken kraulte. »Das ist er wirklich.« Kat ging in die Knie und nahm das Hundegesicht in beide Hände, um ihn zu knuddeln. Es dauerte nicht lange und er kippte zur Seite, um ihr den Bauch entgegenzustrecken.

Unwohl sah Matt sich um. Ich registrierte, dass er den Kopf leicht zur Seite wandte, um ... ja, um was? Sich nach einer unsichtbaren Person umzusehen?

»Liest du auch Jane Austen?«, fragte er unerwartet und streckte die Hand nach dem ledernen Einband aus, der auf dem Stuhl lag. Er drehte das Cover nach oben und seine angespannten Züge wirkten gleich ein wenig weicher.

Kat richtete sich auf. »Überraschung!«, flötete sie. »Das einzige Buch, das ich neben meiner Fachliteratur und Maddies Bestsellern wohl jemals in die Hand nehmen werde.«

Matt klappte es auf. Kat behandelte ihre Bibel sehr liebevoll und sorgsam. Es gab ein Griffregister für die einzelnen Bücher und selbst auf die Distanz erkannte ich ihre Bleistiftnotizen am Rand. Das Buch sah *benutzt* aus. Etwas, was Kat eigentlich nicht leiden konnte, aber ihre tiefe Liebe zu Gottes Wort zeigte.

Matt las eine der unterstrichenen Stellen. Als er aufsah, bildete ich mir ein, dass seine Augen blitzten. »Liest du auch in der Bibel?«, fragte er mich.

Es war merkwürdig. Auf einmal begann mein Herz wie wild zu schlagen. Das war doch keine große Sache, oder? Laut der neusten Studie der evangelischen Kirche gab über ein Drittel der US-Bürger an, regelmäßig in der Bibel zu lesen. Dennoch war mir durchaus bewusst, dass sich hinter der Frage eine andere verbarg: *Glaubst du an Gott?*

Vor einem Jahr hätte ich mit meiner Antwort keine Sekunde gezögert. Aber nach allem, was passiert war ... Wut und Enttäuschung waren starke Emotionen. Und sie erschwerten es mir, Dankbarkeit zu empfinden. Obwohl ich so viel hatte, wovon andere nur träumten. Diese Zweifel machten aus mir eine Verräterin, oder? So fühlte es sich jedenfalls an und ich fragte mich, wie ich so Gott gegenübertreten sollte. Kat wusste, was in mir vorging. Bevor ich zum Storm Lake aufgebrochen war, hatte sie gesagt, dass es unsere eigene Entscheidung war, Gottes Liebe anzunehmen, doch getröstet hatte mich das wenig. Sich als wertvoll genug zu betrachten, um dieser Liebe würdig zu sein, war nicht so leicht, wie es sich anhörte. Erst recht nicht, wenn man den eigenen Vater nie als Vorbild bedingungsloser

Liebe erlebt hatte, sondern eher als jemanden, der einem das Gefühl gab, nicht genug zu sein. Kat kannte mich so gut. Deswegen schlug sie mir immer wieder vor, gemeinsam zu beten oder in der Bibel zu lesen. Sie verstand, wie schwer es mir fiel, einen Schritt auf Gott zuzumachen. Ich sah auch jetzt die Sorge in ihrem Blick.

»Momentan tue ich mich etwas schwer«, antwortete ich vage, aber ehrlich. Matt nickte und in seiner Miene las ich Mitgefühl und ... Vertrautheit.

»Das geht wohl jedem mal so«, sagte er.

Wenn ich ihn nicht mittlerweile besser gekannt hätte, hätte ich vielleicht gedacht, er wolle die Sache kleinreden. Aber sein aufmunterndes Lächeln zeigte mir, dass er versuchte, mich zu ermutigen. Er machte erneut diese merkwürdige Kopfbewegung.

»Gehst du hier in eine Gemeinde?«, fragte Kat und nahm Matt das Buch aus der Hand. Es hatte sie mit Sicherheit einiges an Beherrschung gekostet, es ihm nicht augenblicklich aus den Fingern zu reißen.

»Ja.« Matt sah von Kat zu mir. »Grace hat dich bestimmt für morgen eingeladen, damit sie dir im Anschluss an den Gottesdienst den Garten zeigen kann?«, fügte er hinzu.

»Das hat sie«, bestätigte ich.

»Oh, wie schön. Sie hat gestern Abend so viel davon erzählt. Die Gelegenheit lassen wir uns auf keinen Fall entgehen!«, verkündete Kat prompt. Sie lächelte mir liebreizend zu, als sie mein empörtes Gesicht registrierte.

»Gut, dann sehen wir uns morgen«, schloss Matt und zog an Peppers Leine, damit der Hund sich in Bewegung setzte. Er bellte missbilligend.

»Wie viel Uhr?«, hakte Kat nach.

»9 Uhr.«

Meine Freundin verzog das Gesicht, was mich wiederum sehr amüsierte. *Tja, wer anderen eine Grube gräbt ...* Andererseits fand ich die Vorstellung, Matt morgen wiederzusehen, ziemlich schön.

Möglicherweise war Kats Anstupser genau das, was mein müdes Herz gerade gebraucht hatte.

Matt schien von unserer wortlosen Auseinandersetzung nichts mitbekommen zu haben. Über die Schulter warf er uns ein »Bis morgen!« zu, bevor er mit dem sich sträubenden Pepper auf dem Trampelpfad hinter den angrenzenden Bäumen verschwand.

Die Möbel wurden gegen Mittag eingesammelt. Es kam eine große Speditionsfirma, die die ganze Arbeit übernahm. Das meiste konnte so verladen werden, doch die Betten und ein monströser Schrank mussten unter Helens Aufsicht auseinandergebaut werden. Die Inhaberin des *Once Upon a Time* beobachtete alles mit Argusaugen.

Auf einmal wirkte das Haus wie ausgestorben. Als hätte es mit den Möbeln auch seine Seele eingebüßt. Viel blieb nicht übrig, da es Helen erfolgreich gelang, mir das ein oder andere zusätzliche Stück abzuquatschen. Zumindest bot sie mir genug Geld, sodass ich mir keine Sorgen um das Budget für die neue Einrichtung machen musste.

»Wie fühlst du dich?«, fragte Kat, als wir mit Notizblock und Stift durch die leer geräumten Zimmer schlenderten, um eine Einkaufsliste zu erstellen.

»Ehrlich gesagt, fühlt es sich falsch und zugleich richtig an«, gestand ich ihr mit hängenden Schultern.

»Es ist okay loszulassen, Maddie.« Kat legte mir eine Hand auf den Oberarm, während sie mir mit der anderen eine Strähne hinters Ohr strich.

Ich konzentrierte mich auf ihre rosa lackierten Fingernägel, um ihr nicht ins Gesicht sehen und auf der Stelle losheulen zu müssen. »Jetzt wird es Zeit für etwas Neues.« Ich atmete tief ein und aus. Auch ohne Kat direkt anzusehen, drohte ich den Kampf gegen die Tränen zu verlieren. »Es ...«

»Sprich mit mir, Maddie. Was wolltest du sagen?«

»Es fühlt sich so an, als hätte ich ihn aus dieser Welt entfernt.«

Kat zog mich in eine Umarmung und ich vergrub das Gesicht an ihrer kantigen Schulter. Die freigesetzten Tränen brannten heiß auf meiner Haut.

»Ach, Maddie. Das ist nicht wahr. Frank ist vor einem halben Jahr gestorben. Seine Seele war längst fort. Die Möbel sind nichts weiter als Erinnerungsbrücken, die du nicht brauchst.« Kat tippte mit einem Finger an meinen Hinterkopf. »Du hast ihn hier drin.« Sie schob mich ein kleines bisschen von sich und legte eine Hand auf mein Herz. »Und hier. Daran kann eine neue Einrichtung nichts ändern.«

Mit dem Handrücken fuhr ich mir über die tränennassen Wangen. »Ich weiß, dass du recht hast. Es wäre mir nur lieber, wenn ich gar keine Erinnerungen hätte.«

»Das sagst du jetzt. Aber eines Tages, wenn der Schmerz nachgelassen hat, wirst du darüber sehr glücklich sein.«

»Ich habe nicht besonders viele glückliche Erinnerungen an das hier.« Ich machte eine ausladende Geste. »Oder an Frank.«

»Doch, die hast du«, flüsterte Kat und zog mich wieder an sich. Ihr warmer Atem streifte mein Ohr. »Du gestehst sie dir nur nicht zu. Weißt du, du kannst gleichzeitig sauer auf deinen Vater sein und ihn trotzdem vermissen. Ich hoffe, das wirst du eines Tages erkennen.«

»Ich bin wirklich sauer«, gestand ich.

Kat nickte. »Das verstehe ich, aber auch diese Gefühle wirst du hinter dir lassen.«

Einen schier endlos andauernden Moment sprachen wir kein Wort und ich dachte über das nach, was sie gesagt hatte. Es gefiel mir irgendwie nicht, dass Kat im Alter von gerade mal fünfundzwanzig Jahren so weise klang. Wie unerträglich würde sie dann bitte erst mit fünfzig sein?

»Diese glücklichen Erinnerungen«, griff ich das vorherige Thema noch mal auf. »Wieso bist du dir so sicher, dass ich sie habe?«

»Weil ich da war, Süße. Ich habe sie miterlebt.«

Ich glaubte ihr. Zumindest versuchte ich es. So standen wir einige Minuten in dem Flur zwischen Wohn- und Franks altem Schlafzimmer und hielten uns in den Armen. Kat murmelte Mutmacher in mein Haar, während ich ihre Wärme und die Worte in mir aufnahm. Die Kraft, die sie mir gab, indem sie mich einfach nur stützte. Warum hatte ich sie nicht gleich mit hierher genommen? Wieso musste ich immer so stolz sein?

»Ohaaa«, ertönte Grace' Stimme vom Eingang her. »Die Möbel sind weg.«

»Was du nicht sagst«, rief Kat über mich hinweg.

Nur mit Bewegungen fragte ich sie, ob ich einigermaßen okay aussah. Schnell wischte sie mir mit den Daumen unterhalb der Augen entlang. Dann musterte sie mein Äußeres, steckte mir erneut eine Strähne hinters Ohr – die ich, sobald sie nicht mehr darauf achtete, wieder lösen würde –, um mir anschließend einen Daumen nach oben zu zeigen. Kat ging voraus und gab mir damit noch einen kurzen Moment, in dem ich durchatmen und neue Kraft schöpfen konnte.

»Ist die gruselige Fischuhr auch weg?«, hörte ich Grace weiter entfernt fragen.

»Ja, dem Himmel sei Dank«, antwortete Kat.

Ich fand die beiden in meinem Zimmer.

»Wow, das ging schnell, hm?«, wandte sich Grace an mich. In der Hand hielt sie einen Kaffeebecher ihres Lieblingscafés, *Sophies Little Sconery*. Ihre Besitzerin – Sophie –, hatte sie mir erzählt, war eine waschechte Britin. »Ich dachte, ich schau mal vorbei, um zu helfen.«

Stürmisch umarmte ich meine neue Freundin, damit sie mich nicht zu lange betrachtete und die verräterischen Anzeichen von Tränen sah. »Das ist so lieb von dir. Und ja, es ging schnell«, bestätigte ich.

»Es hat keine zwei Stunden gedauert«, bemerkte Kat.

»Es wäre noch schneller gegangen, wenn du den Männern nicht immer im Weg gestanden hättest«, tadelte ich sie.

Doch Kat zuckte nur mit den Schultern. »Ich wollte eben helfen.« Ihre Augen funkelten frech.

Grace beugte sich in meine Richtung, als sie leise fragte. »Sahen die Männer gut aus?«

Grinsend und mit wackelnden Augenbrauen nickte ich.

»Dann ist mir alles klar.«

»Gar nichts ist dir klar«, zischte Kat ihr zu und schlug mir auf den Oberarm. »Gutes Aussehen allein reicht nicht aus, um mich zu reizen, okay?«

»Was müsste dein zukünftiger Ehemann denn für Eigenschaften mitbringen?«, fragte Grace neugierig.

Kat öffnete schon den Mund, doch ich kam ihr mit erhobenem Zeigefinger zuvor. »Das möchte ich beantworten«, verkündete ich und wandte mich Grace wieder zu. »Er muss intelligent, verständnisvoll, witzig und ein guter Autofahrer sein.« Ich tippte meinen Daumen an, um Punkt eins auszuführen: »Intelligent, damit er ihrer komplizierten Denkweise folgen kann.« Zeigefinger: »Verständnisvoll, da Kat mit harten Fällen zu tun haben und kaum Zeit für ihre Beziehung oder Kinder haben wird.« Mittelfinger: »Witzig, um sie aufzumuntern, wenn die bösen Taten der ganzen Psychos sie herunterziehen.«

Kat sah mich mit gerunzelter Stirn an.

»Und warum muss er ein guter Autofahrer sein?«, hakte Grace nach.

»Weil ...«

»Warum ...«, fuhr Kat dazwischen, »warum glaubst du, ich werde keine Zeit für eine Beziehung haben?« Sie sah ehrlich getroffen aus.

»Du hast jetzt schon kaum Zeit.«

»Das ist etwas anderes. Das Studium hat mich ganz schön gefordert.«

»Und die Ausbildung beim FBI wird das nicht?«

»Die geht rum.«

»Und danach wird es besser?«

Grace sah zwischen uns hin und her, als wäre sie bei einem Pingpongspiel. Kat antworte jedoch nicht mehr. Stattdessen verschränkte sie eingeschnappt die Arme vor der Brust.

Grace räusperte sich unbehaglich. »Und was jetzt? Worauf wollt ihr schlafen?«, wechselte sie geschickt das Thema.

Kat erholte sich schneller als gedacht. »Wir fahren nach Snohomish zum *Shooooppen*«, verkündete sie trällernd und hüpfte uns voraus ins Wohnzimmer.

»Ihre Lieblingsbeschäftigung«, raunte ich Grace zu.

»Oh, da wären wir schon zu zweit.«

»Was?«, entfuhr es mir verblüfft.

»Okay ...«, lenkte Grace ein. »Meine zweitliebste ... nein, wohl eher drittliebste Beschäftigung. Kann ich mitkommen?«

»Klar«, sagte ich und Kat nickte erfreut.

Sie schnappte sich bereits ihre Handtasche vom Haken bei der Haustür. »Maddie fährt.«

Ich unterdrückte ein amüsiertes Schnauben, während ich mein klingelndes Handy aus der Gesäßtasche zog. Die Nummer sagte mir nichts. Vielleicht ein Interessent für den *Seahawks*- oder Küchenkram? »Hallo?«

»Hallo Maddie, hier ist Helen.«

»Oh, ist mit den Sachen etwas nicht in Ordnung?«, fragte ich erstaunt.

»Mir ist das Ganze äußerst unangenehm«, druckste sie herum, »aber ich muss dir eine merkwürdige Begebenheit mitteilen, die dich eventuell betreffen könnte.« Sie räusperte sich. »Offenbar hat sich heute ein Mann unter die Möbelpacker gemischt, der sich gegenüber der Speditionsfirma als Mitarbeiter meines Geschäftes ausgegeben hat. Ich hingegen war davon ausgegangen, dass er zum Team der anderen Partei gehört. Nur durch Zufall sind wir eben darauf zu sprechen gekommen.«

»Wie bitte?«

Kat warf mir wegen des erschrockenen Tonfalls einen fragenden Blick zu.

»Fehlt in deinem Haus etwas?«, platzte es aus Helen heraus. »Außer dem Offensichtlichen natürlich.«

»Moment bitte.« Mit dem Telefon am Ohr hastete ich zu meiner Handtasche, aber es schien alles da zu sein. Nicht einmal ein Schein im Portemonnaie fehlte. Ich drückte den Hörer an die Brust, um die Stimme zu dämpfen. »Schau nach, ob deine Wertsachen vollständig sind«, wies ich Kat an. »Ich rufe zurück«, teilte ich dann Helen mit und legte sogleich auf. Während Kat wortlos tat, worum ich sie gebeten hatte, warf ich mit Grace einen Blick in die übrigen Räume des Hauses.

»So wie es aussieht, ist alles noch dort, wo es sein sollte«, berichtete ich anschließend der Antiquitätenhändlerin.

»Das beruhigt mich«, seufzte sie.

Ich hatte den Anruf auf laut gestellt und Kat und Grace drückten sich an meine Seiten, um mitzuhören.

»Was denkst du? Soll ich trotzdem die Polizei informieren?« Da fragte sie die Richtige.

Aber Kat schaltete sich direkt ein: »Es wäre sicher nicht verkehrt, den Vorfall zu melden, sollte sich doch herausstellen, dass etwas fehlt.«

»Ich verstehe. Das werde ich tun. Danke und es tut mir wirklich leid.«

»Ist schon okay«, versicherte ich ihr. »Du kannst ja nichts dafür. Danke, dass du uns angerufen hast.«

Wir beendeten das Telefonat.

»Na, hätte ich gewusst, was mich hier erwartet, wäre ich noch viel früher gekommen«, bemerkte Kat.

»Das alles klingt schon sehr ominös«, mischte sich nun auch Grace ein. »Wer gibt sich als falscher Möbelpacker aus, um dann nichts zu klauen?«

»Vielleicht wurde ja doch was gestohlen und Maddie weiß es

nur nicht, weil sie das Inventar selbst noch nicht so gut kennt«, mutmaßte Kat.

»Du meinst, mir würde es nicht auffallen, wenn eine Angeltrophäe fehlt?«, witzelte ich.

»Möglicherweise hat er auch keine Gelegenheit bekommen, etwas zu stehlen. Schließlich waren nicht wenige Leute hier im Haus«, gab Grace zu bedenken.

Ich schüttelte den Kopf. »Mal im Ernst, Mädels: Hier gibt es nichts, was ein solches Risiko, entdeckt zu werden, wert wäre.«

»Dann war es vielleicht ein Auskundschafter. Er wollte sehen, ob es hier was zu holen gibt.«

Das war möglich. Die Frauen im Supermarkt fielen mir wieder ein. Wenn es in letzter Zeit wirklich vermehrt zu Einbrüchen in der Gegend gekommen war, so wussten die Diebe nun, dass es hier nichts von Wert und außerdem eine Alarmanlage gab.

»Momentan können wir nur spekulieren«, beendete ich die Diskussion. »Sollen wir los?«

Die beiden stimmten mir zu und ich sah mich ein letztes Mal im leeren Wohnzimmer um. Die Wände hatten immer weiß gewirkt, doch jetzt, wo die Schränke nicht mehr da waren, erkannte ich, dass sie gräulich-gelb verfärbt waren. Die dunkle Holzdecke, von der in den Ecken Spinnweben herabhingen, wirkte wie eine erdrückende Last. Staub von Möbeln, die nicht mehr existierten, tanzte im Licht der hereinflutenden Sonnenstrahlen.

»Maddie?«, fragte Kat sanft.

»Brauchst du noch Zeit?«, wollte auch Grace wissen.

Ich sah sie nacheinander an. »Nein«, sagte ich und ein echtes Grinsen zog meine Lippen in die volle Breite. »Aber ich glaube, *dieses Haus* braucht noch Zeit.«

Kat legte den Kopf auf die Seite und knetete den Riemen ihrer Tasche. »Was meinst du?«

Mein verheißungsvolles Lächeln schien sie zu verunsichern. »Ihr werdet schon sehen.«

Kapitel 22

Matt

Viele Angler bevorzugen passive Angelmethoden. Für einen besonderen Fang lohnt es sich allerdings, aktiv zu werden.

Matt las auf seiner Veranda und genoss dabei einen Kaffee, als Arons SUV in der Auffahrt erschien. Dass sein Freund nicht mit dem alten VW-Bus aufkreuzte, zeigte ihm, dass er heute Nachmittag nicht vorhatte zu arbeiten. Aron stieg aus und verriegelte das Auto. Wie immer drückte er den Knopf noch ein zweites Mal – beim ersten Versuch könnte es ja nicht geklappt haben. Pepper hob bei dem abgehackten Hupton interessiert den Kopf. Der Australian Shepherd sprang sofort auf und lief Aron schwanzwedelnd entgegen.

»Na, ausgeschlafen?«, fragte Matt, versteckte sein Grinsen aber, indem er einen Schluck Kaffee trank. Aron sah schon missgelaunt genug aus.

»Kann ich auch einen haben?«, murrte er.

Matt wies mit dem Daumen hinter sich in die Küche. »Hab 'ne Kanne gekocht.«

»Danke, Mann.« Ohne auf Peppers Aufmerksamkeitssehnsucht einzugehen, verschwand Aron durch das Fliegengitter ins Haus.

»Du auch noch?«, drang die Frage gedämpft nach draußen.

»Hab noch, danke.«

Mit der Tasse in der Hand trat Aron kurz darauf wieder zu ihm auf die Veranda und nahm auf dem zweiten, eher unbequemen Holzstuhl Platz. Er streckte die Beine von sich und rutschte mit dem Gesäß weit nach vorne, bevor er den ersten Schluck nahm. Sein Anblick war das reinste Trauerspiel.

»Wie lange warst du wach?«, fragte Matt tadelnd.
»Spielt keine Rolle. Die Nacht war zu kurz.«
»Es ist bereits Mittag, Kumpel.«
»Erzähl mir was Neues.«
»Okay.« Matt legte den Zeigefinger ins Buch und schloss es mit dem Cover nach unten. Aron brauchte nicht zu wissen, was er neuerdings las. Erst als er wieder aufsah, fiel ihm auf, dass sein Freund ein Foto in der anderen Hand hielt, das sonst an Matts Pinnwand in der Küche hing. Es zeigte sie zu Highschool-Zeiten. Sie posierten in Badeshorts vor dem See. Es war der Tag gewesen, an dem Aron ihn dazu überredet hatte, mit ihm am *Three Lakes Open Water* teilzunehmen, weil sein Freund einem Mädchen gefallen wollte. Auch wenn Matt sich nicht gerne an den Tag des Schwimmwettbewerbs zurückerinnerte, mochte er dieses Foto sehr. Es erinnerte ihn an eine Zeit, die deutlich unbeschwerter gewesen war.

»Ich hab die Mädels heute Morgen am Wasser getroffen.« Matt nahm Aron das Foto aus der Hand und nutzte es schließlich anstelle seines Fingers als Lesezeichen.

Wie erwartet richtete Aron sich sofort auf. »Und?« Sein Schulterzucken sollte wohl einen unbeteiligten Eindruck erwecken.

Doch Matts Argwohn war längst geweckt. »Sie kommen morgen in den Gottesdienst.«

»Den um 9 Uhr?« Sein Freund verzog das Gesicht und kratzte sich an der Brust. Dabei zog sich der V-Ausschnitt seines T-Shirts nach unten und ließ den Ansatz seines Tattoos hervorblitzen.

»Gibt es noch einen anderen?«

»Na ja ... in anderen Gemeinden findet der erst um 11 statt.«

»Warum sollten sie in eine andere Gemeinde gehen? Sie wollen sich Grace' Garten anschauen.«

Aron schnaubte. »Hm ... aber 9 Uhr?«

»Was ist los, Mann? Was interessiert es dich, ob sie hingehen oder nicht?«

»Sie sind unsere Gäste. Wenn sie hingehen, komme ich natürlich auch.«

»Seit wann sind sie *unsere* Gäste?«, hakte Matt amüsiert nach. Natürlich freute er sich, aber er war auch überrascht. Es war so selten geworden, dass Aron mit zum Gottesdienst kam.

»Seit gestern.«

»Aha.«

»Verkneif dir den Kommentar, Barnett«, knurrte Aron, also schwieg er. Gemeinsam genossen sie die Mittagsruhe. Später würde es dank der Regenfälle der letzten Tage schwülheiß werden, aber die Bäume um sie herum spendeten genügend Schatten, um es aktuell noch gut auszuhalten.

»Was machen sie heute?«, fragte Aron nach einer Weile. Der Kaffee wirkte wahre Wunder bei ihm. Das Koffein schien seine Augenringe von innen ausgepolstert zu haben.

»Keine Ahnung.«

»Dann ruf sie doch an«, schlug Aron vor.

»Vielleicht wollen sie ja was unternehmen.«

»Meinst du nicht, das ist ein bisschen zu aufdringlich? Ich habe sie doch schon zur *Fair* eingeladen.«

»Ach was.« Aron machte eine wegwerfende Handbewegung. »Maddie wird sich bestimmt freuen. Ruf sie an.«

Matt musterte seinen Freund mit hochgezogenen Augenbrauen. Er verhielt sich sehr auffällig. Zuletzt hatte er Matt noch geraten, vorsichtig gegenüber Mads zu sein, jetzt drängte er ihn nahezu in ihre Arme. Nicht dass er was dagegen gehabt hätte. Er *wollte* sie wiedersehen, besser schon heute als erst morgen.

»Sei mutig«, ergänzte Aron und gab ihm damit den ausschlaggebenden Schubs.

Er stand auf und zog das Handy aus der Hosentasche. Doch es war nicht Madison, die ans Telefon ging.

»Hallo?« Im Hintergrund hörte er Gelächter.

»Hi ... Grace?«

»Schuldig.«

»Hier ist Matt.«

Plötzlich stand Aron dicht neben ihm und drückte sein Ohr an die Rückseite seiner Hand, die das Handy hielt. Matt warf seinem Freund einen gereizten Blick zu, doch dieser ignorierte ihn und rückte ihm nun sogar so weit auf die Pelle, dass sich ihre Schultern berührten.

»Heißt das, ich darf dich jetzt so nennen?«, fragte Grace.

Matt runzelte die Stirn. »Warum denn nicht?«

Aron presste sich die Hand vor den Mund, um nicht laut loszulachen. Matt schubste seinen Freund weg, doch er kam sofort wieder näher. Warnend fuhr er sich mit dem Finger über die Kehle. Aron hob abwehrend die Arme und verschloss sich mit einer Geste die Lippen.

»Du hast dich mir mit Matthias vorgestellt, also bin ich davon ausgegangen ... ist ja auch egal. Was gibt's?«

»Ist Madison zu sprechen?«, fragte er.

»Nein, sie baut gerade ein Bett auf. Endlich sind die alten Möbel weg.«

»Sie *versucht* es. Mit Können hat das nichts zu tun«, hörte er Kat im Hintergrund rufen. Es folgte ein quietschender Laut, der erahnen ließ, was Mads von der Aussage hielt.

Aron stupste ihn an und deutete auf den Hörer. »Helfen«, formte er mit den Lippen, als Matt nicht verstand, was er von ihm wollte.

»Ähm ... braucht ihr Hilfe?«, fragte er vorsichtig.

Aron nickte und zeigte zwei Daumen nach oben. Himmel, sie sahen bestimmt wie Idioten aus.

»Matt bietet seine Hilfe an«, gab Grace an die anderen weiter.

»*Unsere Gebete wurden erhört.*« Das war wieder Kat. »*Auuuuu!*«

»Okay, wir sind gleich da«, sagte Aron in den Hörer.

Matt boxte seinem Freund gegen die Schulter und versuchte, ihn mit wütenden Gesten zu fragen, was das sollte.

»Ist das Aron?«, wollte Grace wissen.

»Ja«, presste Matt zwischen zusammengebissenen Zähnen hervor.

»Super. Dann bis gleich!« Sie wartete keine Antwort mehr ab und legte direkt auf.

»Willst du mich ins Grab bringen, Mann?«, herrschte Matt seinen Freund an.

Aron grinste schief und schlenderte lässig zu seinem Wagen hinüber, während Matt das Handy geradezu auf den Tisch schleuderte und beide Hände im Nacken verschränkte.

»Gern gescheh... was ist los?«

Offenbar war ihm seine Überforderung anzusehen. »Sie hat wirklich die alten Möbel verkauft.«

»Ja, und?«, fragte Aron. »Was ist verkehrt daran?«

»Ich mochte die *Blaue Hortensie*, so wie sie war.«

»Es ist aber nicht dein Haus. Auch wenn ich verstehen kann, dass du es nach all den Jahren, in denen du es betreut hast, als solches ansiehst.«

Wie gerne hätte er Aron erzählt, dass seine Bedenken weniger mit Neid, sondern viel mehr mit Wehmut zu tun hatten. Was ihm die Abende mit Frank auf der Veranda bedeutet hatten. Doch diese Beichte würde Fragen aufwerfen und er wollte seinen Freund nun wirklich nicht mit in dieses Beziehungsdreieck hineinziehen.

Wenn sich die Dinge weiterhin so entwickelten, würde Matt bald etwas Stärkeres als Kaffee brauchen.

Kapitel 23

Maddie

*Das Schreiben eines Romans erfordert
Leidenschaft, Disziplin und Empathie.
Vor allem aber benötigt es Zeit.*

Als es an der Haustür klopfte, rannte Grace nach vorne und ließ die Männer herein. Es war mir ein bisschen unangenehm, dass Matt das Chaos in der *Blauen Hortensie* sehen würde ... aber dieses Bettgestell raubte mir den letzten Nerv. Nachdem sich bereits fiese Blasen an meiner Handinnenfläche und dem Daumen gebildet hatten, war mir nun jede Hilfe recht. Zu allem Überfluss hatte sich Kat beim Aufreißen von Karton mit Bett Nummer zwei auch noch einen Fingernagel abgebrochen. Sie saß auf dem Badhocker, den sie in den Türrahmen gezogen hatte, und wiegte sich mit dem Finger in einem Taschentuch vor und zurück – ein trauriger Anblick, der das Stadtkind in ihr hervorbrachte. Allerdings musste ich zugeben, dass der Nagel übel aussah. Er war bis zur Hälfte eingerissen, die Haut darunter war angeschwollen und blutete.

»Hier entlang«, hörte ich Grace die anderen durch das Haus leiten.

Als meine Freundin, gefolgt von Matt und Aron, in Kats Gästezimmer trat, wappnete ich mich schon gegen einen dummen Spruch. Doch diesmal riss Matt sich zusammen. Es lag nichts Spöttisches in dem Blick, mit dem er die Lage sondierte. Anschließend kam er herüber und kniete sich neben mich. »Wo hängt es denn?«, fragte er und zog die Anleitung heran.

Mit leicht zitternden Fingern zeigte ich auf Abbildung Nr. 14. »Wir kriegen das bestimmt ...« Er brach ab und drehte den Kopf langsam in meine Richtung, so als wolle er mich nicht erschrecken. Seine Karibikaugen bohrten sich in meine – intensiv war sein Blick und voller unausgesprochener Fragen. Die Nähe, die sich wie eine zu eng gewordene Winterjacke anfühlte, schien nicht nur mich aus dem Takt zu bringen. Schweiß bildete sich auf seiner Stirn. Unsere Gesichter waren nur Zentimeter voneinander entfernt.

»Hi«, hauchte ich.

Matts rechter Mundwinkel zuckte nach oben und offenbarte das kleine Grübchen unterhalb seines Wangenknochens. »Hi«, erwiderte er. Seine Lippen bewegten sich kaum, aber ich spürte den Luftzug seines Atems.

Kat räusperte sich. »Diese Möbel sind gemeingefährlich«, maulte sie.

Matt sah zu meiner Freundin, doch Aron war schneller. »Oh weh, zeig mal her.« Schon stürmte er auf Kat zu.

Grace und ich tauschten einen amüsierten Blick, bevor sie sich vom Türrahmen abstieß und sich zu uns auf den Boden setzte. »Wie viele Menschen braucht es, um schwedische Möbel aufzubauen?«, feixte sie, während sie die auf dem Kopf stehende Anleitung studierte.

Matt blätterte zurück, um sich die Übersicht anzusehen. Als er die zahlreichen Aufbauschritte sah, stöhnte er. »Wer kam denn auf diese Idee?« Er sah einem nach dem anderen von uns ins Gesicht.

»Nun jaa ...«, stammelte Grace. »Maddie?«

Als mich Matts ungehaltener Blick traf, hob ich abwehrend die Hände. »Ja, es sieht nach viel Arbeit aus, aber das Ergebnis macht dafür ja auch was her. Und zu meiner Verteidigung: Ich konnte ja vor dem Kauf schlecht das Paket aufmachen und die Anleitung studieren. Auf dem Produktbild sah es gar nicht so kompliziert aus.«

»Das sieht es nie«, bemerkte Aron, der Kats Finger behutsam untersuchte. Selbst auf die Entfernung sah ich, dass dieser mittlerweile blau angelaufen war. Meine Freundin wimmerte leise vor sich hin.

Matt klatschte in die Hände. »Hilft alles nichts. Sehen wir mal, wie wir aus dem Schlamassel wieder rauskommen. Aron« – nach einem prüfenden Seitenblick zu seinem Freund schwenkte er um – »oder besser Grace. Hol doch mal den Werkzeugkoffer von meiner Ladefläche. Mads«, wandte er sich an mich, »du hast dir eine Pause verdient. Am besten du kochst uns eine große Kanne Kaffee.«

»Aye, aye, Sir!« Ich salutierte und verschwand in Richtung Küche.

Grace zwinkerte mir auf dem Weg nach draußen verschwörerisch zu.

Mit vereinten Kräften – Kats ausgenommen – und jeder Menge Kaffee waren am Abend tatsächlich drei Betten für die großen Schlafzimmer aufgebaut. Die beiden kleineren Gästezimmer würde ich mit jeweils einer ausziehbaren Couch ausstatten. Dafür war im Auto jedoch kein Platz mehr gewesen. Grace hatte sich sowieso schon auf der Rückbank zusammenkauern müssen, um überhaupt wieder mit zum Haus fahren zu können. Zum Glück hatten wir nur die Gestelle kaufen müssen, weil ich die Matratzen von den alten Betten hatte behalten können. Sie waren erst vor Kurzem erneuert worden und Helen hatte sie sowieso nicht haben wollen.

Als Belohnung für unsere Arbeit bestellte Grace bei *Storm Lake Pizza* zwei Partypizzen, die wir alle gemeinsam auf meiner Veranda verputzten. Kat und Grace saßen in den Korbstühlen, die Männer und ich mit großen Kissen auf dem Boden. Es herrschte ausgelassene Stimmung, da wir ziemlich froh waren, den Kampf gegen die Möbel gewonnen zu haben. Zumindest vorerst. Ich erklärte den anderen von den Plänen, wie ich das Haus renovieren und umbauen würde. Kat und Grace hatte ich schon auf der Fahrt nach Snohomish über die Einzelheiten aufgeklärt. Besonders Grace hatte tolle Ideen beigesteuert. Kat schreckte die Arbeit und vor allem der Zeitaufwand ab. Das Stadtkind wollte so schnell wie möglich zurück auf sicheres Terrain. Dorthin, wo man kein Auto benötigte, um shoppen oder Kaffee trinken gehen zu können.

»Das wird viel Zeit kosten«, warf sie auch jetzt ein. »Man baut ein Haus nicht in wenigen Wochen um.«

»Ich weiß.«

»Solange ich hier bin, helfe ich dir gern«, bot Aron an.

»Ich dachte, du kennst dich nur mit Computern und Teleskopen aus«, bemerkte Grace und erntete dafür einen bösen Blick.

»Das stimmt nicht«, warf Matt ein. »Arons Hütte war eine Bruchbude, bevor er herkam. Gemeinsam haben wir sie auf Vordermann gebracht.«

Aron nickte andächtig. »Genau, Matts Boss konnte es nicht glauben, als er gesehen hat, was wir daraus gemacht haben.«

»Dann gehört deine Hütte dem Campingplatz?«, fragte Kat.

Aron strahlte und irgendwie hatte ich das Gefühl, es lag daran, dass meine Freundin ihn direkt angesprochen hatte. »Nein, nicht mehr. Ich hab sie vorher dem Campingplatz für sehr wenig Geld abgekauft.«

»Die meisten Immobilien hier gehören aber wirklich dem Campingplatz«, erklärte Matt und stupste mich sanft mit der Schulter an. »Du hast also echt Glück, diese Traumvilla geerbt zu haben.«

Glück. Bei dem Wort war ich unwillkürlich zusammengezuckt. Matts Augen weiteten sich, während Kat sich laut räusperte.

»Ähm ... also das kam jetzt falsch rüber. Natürlich ist der Tod deines Vaters kein ...« Er presste die Lippen aufeinander und sah mit hängenden Schultern auf den leeren Teller in seinem Schoß hinab. »Es tut mir leid«, murmelte er.

Kat richtete sich auf und suchte meinen Blick. Sie machte eine eindeutige Kopfbewegung in Matts Richtung. Grace verwickelte derweil Aron in ein Gespräch über großfruchtige Felsenbirnen. Der Ärmste sah nicht sehr erfreut aus. Ich atmete tief ein, nahm meinen gesamten Mut zusammen und lehnte den Kopf an Matts Schulter.

»Du hast recht«, gab ich zu. »Ich habe unglaubliches Glück.«

Matt drehte sich leicht, um mir ins Gesicht sehen zu können. Mir war, als suche er in meinen Zügen nach den Anzeichen einer Falle. Als könne er nicht glauben, dass ich tatsächlich glücklich war trotz Franks Tod.

»Ich bin froh, hier zu sein«, fügte ich hinzu. Aus dem Augenwinkel sah ich, wie sich Kat über ein Auge wischte, konzentrierte mich aber sofort wieder ganz auf Matt. Seine Iriden, die im schwindenden Licht unergründlich tief wirkten, ließen mich fast vergessen, dass die anderen auch noch hier waren. »Ich bin glücklich ...«, meine Stimme war nur noch ein Flüstern, »dass ich euch kennengelernt habe.«

Matts Blick senkte sich ganz automatisch auf meinen Mund. Ohne die Bewegung meiner Lippen zu sehen, hätte er wohl unmöglich noch verstehen können, was ich sagte. Ein kleiner Teil von mir wünschte sich aber, dass es ihn auch aus einem anderen Grund zu meinem Mund hinzog. »Dass ich *dich* kennengelernt habe.«

Matts Adamsapfel hüpfte auf und ab, als er schluckte. Er wandte seinen Blick von mir ab und sah zwischen dem Geländer hindurch auf den ruhigen See hinaus. Nach einer Weile – ich glaubte schon, er würde seinem Freund zuhören, der erklärte, wie man meine Änderungsvorstellungen für das Haus am besten umsetzen konnte – flüsterte er mir mit rauer Stimme ins Ohr: »Ich bin auch froh, dich kennengelernt zu haben, Mads.«

Mads.

Ich musste lächeln. Also war ihm *Maddie* immer noch zu niedlich. Er konnte nicht wissen, dass Frank mich so genannt hatte, denn auch wenn die beiden sich flüchtig gekannt hatten, war ich mir sicher, dass ich zwischen ihnen nie Thema gewesen war. Es war mir selbst ein Rätsel, aber der Stich, den ich zuvor bei dem Spitznamen empfunden hatte, blieb aus. Ein halbes Jahr lang hatte ich versucht, alle Gefühle, die schmerzhaft waren, zu unterdrücken. Doch an diesem Ort und inmitten dieser Menschen begann meine Seele, sich ihnen zu stellen und auf wundersame Weise zu ... *heilen*. Ich dachte an das verblichene Foto in Franks Werkzeugkoffer. Es geschah wie von selbst. Natürlich war mir klar, dass es nicht so einfach werden oder über Nacht passieren würde. Irgendwann musste ich auch aktiv werden. Das würde mit Schmerzen verbunden sein. Mit Tränen und Wut. Aber am Ende würde es gut werden. Das war gewiss, genauso wie ich sicher sagen konnte, dass die Decke um Grace' Schultern beige-weiß kariert war. Oder dass die Sonne jeden Morgen aufs Neue aufging.

Ich werde mich nicht fürchten, sagte eine Stimme in meinem Kopf. Nicht Kats.

Zum ersten Mal seit Langem war es meine eigene. Und ich glaubte ihr.

Kapitel 24

Maddie

Random Fact: Das Setting einer Handlung ist keinesfalls willkürlich.

»Mach das Licht aus, es ist mitten in der Nacht«, nuschelte Kat in ihr Kopfkissen, nachdem ich die Gardinen schonungslos aufgerissen hatte. Zwei Jahre als Kats Mitbewohnerin hatten mich gelehrt, dass sanftere Weckmethoden nicht zum gewünschten Ergebnis führten.

»Das ist die Sonne, Süße. Die kann man nicht ausknipsen«, erwiderte ich sarkastisch, woraufhin meine Freundin laut stöhnte.

»Es kann unmöglich schon Morgen sein.«

»Doch. Und glaub mir, ich hab dich schon so lange schlafen lassen, wie es ging.«

»Wie spät ist es?«

»Acht.«

»Acht?«, rief Kat und setzte sich empört auf. Strahlender Sonnenschein blendete sie, sodass sie sich schnell den Unterarm aufs Gesicht drückte. »Maddie, das ist mitten in meiner Tiefschlafphase.«

»Wie lange warst du denn wach? Und noch wichtiger: *Was* hast du so lange gemacht?«

»Diese Fragen werde ich nicht beantworten.«

»Warum?« Meine Neugier war geweckt.

Doch Kat ging gar nicht auf mich ein, warf sich stattdessen zurück in die Kissen und zog sich die Decke über den Kopf.

Oh nein, so nicht.

»Ich zähle bis drei, Kat.«

»Und was dann?«, forderte sie mich heraus.

»Du weißt, was dann passiert.«

»Versuch's doch!«

»Ich werde es durchziehen, Kat. Letzte Chance. Eins. Zwei ...«

»Drei.« Frech, wie Kat war, nahm sie mir die Zahl vorweg.

Jetzt würde sie ihr blaues Wunder erleben. Doch anstatt ihr die Decke wegzuziehen – wovon sie zweifellos ausging, denn ich sah, wie sich ihre Fäuste ins Laken krallten –, marschierte ich ins Badezimmer, nahm ein Handtuch vom Halter und hielt es unter das eiskalte Wasser.

»Maddie? Was tust du da?«, rief Kat aus dem Schlafzimmer.

Ich antwortete nicht und schlich leise zurück zu ihrem Bett und ging in Angriffsstellung.

»Was hast du vor?« In Kats Stimme schwang Panik mit.

Ohne zu zögern, warf ich die Decke vom Fußende nach oben über sie hinweg und ... *Klatsch!*

Das nasse Handtuch klebte wie eine zweite Haut an Kats nackten Beinen. Ein Kreischen, wie es die Welt noch nicht gehört hat, erfüllte den fast möbellosen Raum.

»Madison Clark!«

Es war nie gut, wenn sie meinen vollen Namen benutzte, aber diesmal schien ich wirklich zu weit gegangen zu sein. Mit ungeahnter Energie sprang sie auf und stürmte auf mich zu. So perplex, wie ich war, kam ich gerade noch dazu, mich abzuwenden, als unsere Körper schon aufeinanderkrachten. Bei meinem Plan hatte ich nicht bedacht, dass Kat bereits mehrere Selbstverteidigungs- und Angriffskurse zur Vorbereitung für ihre Ausbildung absolviert hatte. Sie wirbelte uns herum, zog mir die Beine weg und platzierte mich mit dem Rücken auf den Boden. Ihr fieses Lächeln war das Letzte, was ich sah, ehe mir das nasse Handtuch mitten ins Gesicht klatschte.

Ich schrie. Und lachte. Beides gleichzeitig, was sich ziemlich irre anhörte. Kat stimmte mit ein. »Jetzt sind wir quitt«, flötete sie und half mir auf. Ihr Blick lag jedoch weiterhin wachsam auf dem Handtuch, das ich jetzt wieder in der Hand hielt.

»Sind wir dann so weit?«, fragte ich.

»Du willst das wirklich durchziehen?«

Ungläubig blinzelte ich sie an. »Hätte ich es sonst auf mich genommen, die Löwin zu wecken?«

Sie zuckte mit den Achseln und grinste, bevor sie ernst erwiderte: »Das ist gut.«

Augenrollend verließ ich das Zimmer. »Mach keine große Sache draus!«, rief ich ihr über die Schulter zu.

»Ich meine ja nur ...« Ein dumpfer Aufprall ertönte und ich fragte mich, was Kat diesmal kaputt gemacht hatte. Zum Glück gab es nicht mehr viel, das zu Bruch gehen konnte.

Nur kurze Zeit später erschien sie bei mir in der Küche. »Du hättest mich auch einfach verschlafen lassen können.« Sie unterdrückte ein Gähnen mit dem Handrücken. »Sag mir wenigstens, dass du ...« Sie hatte den Satz nicht mal zu Ende ausgesprochen, da landete schon eine dampfende Tasse Kaffee vor ihr auf dem Tresen. Der betörende Duft entlockte ihr ein entzücktes Seufzen. »Du bist ein Schatz.«

»Erinnere dich daran, wenn ich dich das nächste Mal wecke.«

Kat streckte mir die Zunge heraus, was ich nur mit einer Grimasse kommentierte. Ich ließ meine Freundin in Ruhe ihren Kaffee trinken und ging zurück auf die Veranda, wo ich zuvor die To-do-Liste aktualisiert hatte. Außerdem war auch die Einkaufsliste länger geworden. Neben Werkzeug, Farbe und Pinsel hatte ich ebenfalls eine Auflistung von Möbeln erstellt, die ich gerne für die verschiedenen Räume anschaffen wollte. Eine Pinnwand auf Pinterest sorgte für die richtige Inspiration. Wenn ich mit der *Blauen Hortensie* fertig war, würde sie ihrem Namen alle Ehre machen.

»Was schreibst du da?«, fragte Kat plötzlich über meine Schulter hinweg. Sie hatte sich lautlos angeschlichen. Wie ein Ninja.

»Ich plane den Umbau.«

»Hm ...« Kat ging hinüber zum linken Korbsessel und ließ sich mit ihrem Kaffee dort nieder. Sie schaute stur geradeaus zum See, der im Sonnenlicht beinahe blendete.

»Spuck's schon aus, Frau Psychologin«, platzte es aus mir heraus.

Sie sah mich einen Moment lang an, ehe sie anmerkte: »Das wird mehr Zeit in Anspruch nehmen, als geplant war.«

»Das sagtest du bereits«, murrte ich. »Stört es dich so sehr?«

»Liegt es an Matt?«

»Wie kommst du darauf?«

Sie verzog genervt den Mund, ging aber nicht auf meine Gegenfrage ein. »Du wolltest das Haus so schnell wie möglich loswerden. Und jetzt? Willst du hier einziehen? Ich dachte, unser Platz wäre in Seattle.«

Um Kat nicht länger ansehen zu müssen, schlug ich den Notizblock zu und legte ihn beiseite. »*Dein* Platz ist in Seattle«, flüsterte ich, ohne aufzublicken. Meine Freundin rutschte nervös auf dem Stuhl herum. »Deiner denn nicht?« Sie sprach genauso leise. Als wäre es eine Wahrheit, die wir beide nicht laut auszusprechen wagten, weil sie dann nicht mehr zu leugnen sein würde.

»Ich weiß es nicht.« Ich drückte die Schultern durch und wandte mich ihr wieder zu. Sah ihr direkt in die Augen. »Aber ich werde es herausfinden müssen.«

Zu meiner Überraschung nickte Kat. »Okay.«

»Okay?«

»Solange du dich am Ende für mich entscheidest«, witzelte sie.

Doch mir kam es so vor, als würde sie es so meinen. Zumindest teilweise. War sie eifersüchtig auf Matt?

»Du solltest dich langsam fertig machen«, erinnerte ich sie und deutete auf ihre strubbeligen Haare. Erschrocken weiteten sich ihre grauen Augen, die im hellen Licht des Morgens beinahe silbern wirkten.

»Du hast recht.« Sie drückte mir die halb leere Tasse in die Hand, wobei der Inhalt gefährlich hochschwappte, und verschwand eilig im Haus. Genüsslich trank ich den restlichen Kaffee für Kat aus. Sie brauchte nie viel von dem »ungesunden Zeug«.

Nur ein paar Schlückchen, um den ersten Schock des Erwachens zu verkraften. Umso besser für mich.

Kapitel 25

Matt

Es ist ein weitverbreiteter Irrglaube, dass sich Angler nur in der Nähe von Gewässern wohlfühlen.

Matt war fünfzehn Minuten früher in der Gemeinde, als nötig gewesen wäre. Normalerweise kam er immer auf die Sekunde genau und verschwand danach auch zügig wieder. Doch heute ... heute war alles anders.

Madison würde kommen.

Und sein bester Freund.

Arons Besuche konnte er an einer Hand abzählen. Er schaute meist den Stream im Anschluss. Noch war er allerdings nicht da und Matt kam sich blöd vor, allein in der Ecke am Eingang zu stehen. Die Frau des Pastors hatte ihn herzlich begrüßt. Kaum hatte sie nach Simon gefragt, hatte er die Unterhaltung jedoch so schnell wie möglich beendet.

Um vier Minuten vor neun waren Madison und Kat noch immer nicht aufgetaucht. Vielleicht würden sie ja doch nicht kommen? Er hätte Mads heute Morgen noch mal schreiben sollen.

»Hi, Matt.« Grace' glockenklare Stimme riss ihn aus seinen Gedanken.

»Hi, Grace«, erwiderte er und wandte sich der schrill gekleideten Frau zu. Insgeheim fragte er sich, in welchem Universum ein Pullunder zu Cowboyboots passen würde. »Schön, dich zu sehen.«

»Ja, ebenfalls. Jetzt, wo wir Freunde sind.«

»Sind wir das?« Die Frage war heraus, ehe er darüber hatte nachdenken können. Was war er nur für ein Idiot!

Grace versuchte zwar, sich die Enttäuschung nicht anmerken

zu lassen, doch ihr Lächeln verblasste. »Nun ja«, stammelte sie. »Ich dachte, du und Maddie uuuund ich –«

»Ja klar«, unterbrach er sie schnell. »Es freut mich, dass du es auch so siehst.« Er lächelte sie an.

Ungläubig blinzelnd erwiderte sie es in einer abgeschwächten Form. »Ich hatte gehofft ...«

»Ja?«

Sie atmete tief durch. »Ich hatte gehofft, euch allen heute den Garten zeigen zu können.«

Matt presste die Lippen zusammen, um nicht genervt zu wirken. Natürlich wollte sie das, ihm erging es mit seinem Hobby ja nicht anders. Leider neigte sie nur manchmal dazu, andere mit zu vielen Informationen zu überrollen. »Grace, ich ...«

Doch in diesem Moment schweifte Grace' Blick ab. Das strahlende Lächeln von zuvor kehrte zurück, als sie offenbar jemanden entdeckte. Sie ließ Matt links liegen und stürmte auf zwei Personen zu. Nein, drei. Hinter den beiden Frauen erspähte Matt seinen besten Freund. Aron grüßte ihn von Weitem mit erhobener Hand, doch sein Grinsen gefror, als er Matts Gesicht registrierte. Grace begrüßte alle nacheinander mit einer Umarmung. Sogar der sonst so unnahbare Aron ließ sich darauf ein. Danach winkte sie die Neuankömmlinge zu Matt herüber. Auch er umarmte die Frauen. Zuerst Kat, da sie am nächsten stand und alles andere zu auffällig gewesen wäre. Nachdem er Madison kurz an sich gedrückt und vielleicht einen Moment verweilt hatte, um ihren Pfirsichduft einzuatmen, klopfte er seinem Kumpel etwas zu fest auf den Rücken.

»Wir haben Viertel vor gesagt«, knurrte er ihm ins Ohr.

»Sorry, Mann«, erwiderte Aron leise. »Hab verschlafen.«

»Hättest du dir nicht *ein Mal* einen Wecker stellen können?«

»Alter, ich hab mir *zehn* Wecker gestellt«, konterte sein Freund.

Matt konnte es nicht fassen, dass er so viele Alarmsignale verschlafen hatte.

»... die Idee ist einfach großartig«, hörte er Madison sagen.

Kat pflichtete ihr bei.

»Was ist großartig?«, mischte sich Aron in die Unterhaltung der Mädels ein.

»Die Scheune in einen Gottesdienstraum zu verwandeln«, erklärte Grace.

Da hatten sie allerdings recht. Matt fand die Location ebenfalls sehr cool – irgendwie heimelig dank der alten Holzbalken. Alles andere war jedoch modernisiert worden. Es gab eine Bühne mit voll ausgestattetem Equipment für die Band, eine Leinwand darüber, die Liedtexte oder auch Bibelverse anzeigte, und gemütliche Kinosessel anstelle von unbequemen Holzstühlen. Die drei großen Scheunentore waren durch riesige Glasfronten ausgetauscht worden, sodass der ganze Saal von Sonnenlicht durchflutet wurde. Getrocknete Gewürzbündel hingen von den Dachschrägen hinab und schlossen den Kreis von Alt zu Modern und zurück zum Natürlichen.

»Suchen wir uns doch einen Sitzplatz«, schlug Madison vor. »Ich glaube, es geht bald los.«

Matt folgte ihr, Kat und Grace. Noch nie hatte er sich an einem Ort so richtig gefühlt wie in diesem Moment.

Kapitel 26

Maddie

Es heißt, jeder Autor kann auf ein bestimmtes Buch zurückblicken, das seine Laufbahn geprägt hat. Oder eben nicht – dann muss er es selbst schreiben!

Grace' Gartentor war wie der Kleiderschrank nach *Narnia*. Als ich durch den Rosenbogen hindurchtrat, hätte ich schwören können, an einem anderen Ort und in einer anderen Zeit gelandet zu sein. Zwar hatte ich nie viel für Fantasy-Geschichten übrig gehabt, doch die Werke von C. S. Lewis hatte selbst ich verschlungen.

Grace hatte in ihrem Garten kleine mit Natursteinen eingefasste Beete angelegt, die sie mit Heilkräutern, Gemüse und Blumen bestückt hatte. Staudenpflanzen waren mit Kräutern kombiniert, von denen ich noch nie gehört hatte. Während ich an einem gigantischen Salbei vorbeilief, wehte ein Windstoß mir seinen unvergleichlichen Duft in die Nase. Hinter den Beeten gab es ein riesiges Feld mit Lavendel, das eine Biegung machte und damit auf natürliche Weise den Obstgarten begrenzte. Die teilweise sehr ausladenden Baumkronen spendeten angenehmen Schatten vor der Mittagshitze. Viele der Gemeindebesucher schlenderten mit einem Kaffee durch den Garten. Sie beklagten sich über die hohen Temperaturen, wollten es sich aber anscheinend trotzdem nicht nehmen lassen, alles anzusehen. Die Schmetterlinge und Bienen hingegen liebten die Hitze. Überall summte und brummte es. In einer schattigen Ecke fand ich Heidelbeersträucher. Sie trugen bisher nur halb reife Früchte, und dass es Heidelbeeren waren, wusste ich auch nur, weil Grace alles – wirklich alles – in diesem Garten mit einem Fähnchen beschriftet hatte.

Nachdem Kat sich sorgfältig mit einer Sonnenschutzcreme

Faktor 50 eingecremt hatte, tapste sie stumm hinter mir her. Als eine Biene ihr zu nah kam, rettete sie sich allerdings leicht panisch hinter Aron. Matt schenkte mir ein Lächeln, doch er wandte sich gleich wieder Grace zu, die ihm erklärte, wie man einen Apfelbaum beschnitt. Schmunzelnd setzte ich meinen Weg durch den Obstgarten fort. Hier und da begegneten mir Männer und Frauen – Gemeindemitglieder –, die Grace bei der Pflege der Pflanzen halfen und sich dafür Kräuter, Früchte oder Gemüse mit nach Hause nehmen durften.

Als ich eine Bank unter einer Mispel erreichte, ließ ich mich seufzend darauf nieder. Der Baum schirmte die Sonne ab, doch hin und wieder blitzten ihre Strahlen hindurch. Ich legte den Kopf in den Nacken und blickte zur Krone hinauf. Blätter wiegten sich in einer sanften Brise. Tiefer Frieden überkam mich und ich schloss die Augen und ließ die Predigt Revue passieren. Pastor Briggs hatte über die Kraft der Gemeinschaft gesprochen, die ich gerade in den letzten Tagen so stark erleben durfte. Gott hat uns als Teil seiner Familie erschaffen. Wir brauchen einander. Nicht nur um bestimmte Lebenslagen besser zu meistern, sondern auch um im Glauben zu wachsen. Während ich so darüber nachdachte, kam mir ein Gedanke: So musste sich auch Jane Austen auf ihren zahlreichen Spaziergängen gefühlt haben. Die Natur war ein wahrer Herzensöffner. Ich spürte, wie die Liebe geradezu in mich hinein- und aus mir heraussprudeln wollte.

»Das sieht gemütlich aus.« Ich fuhr zusammen.

»Sorry, ich wollte dich nicht erschrecken«, entschuldigte sich Matt.

Lächelnd sah ich ihn an. »Schon gut.«

»Ist da noch Platz für mich?«, fragte er und deutete auf die Bank.

»Na klar.« Ich rückte ein wenig zur Seite, doch er setzte sich dicht neben mich.

»Was für ein schöner Ausblick«, sagte er.

Da hatte er recht. Wir befanden uns auf einem Hügel, dessen

freie Wiesenfläche hinab zum Flowing Lake führte. Erst jetzt bemerkte ich, dass es eine bunte Wildblumenwiese war. Sie wirkte beinahe gemalt, so perfekt sah sie aus. Rot. Blau. Lila. Gelb. Weiß. Alle Farben waren vertreten.

»Aber dieser Anblick ist auch nicht schlecht.« Kurz dachte ich, Matt würde jetzt *mich* ansehen, und spürte, wie meine Wangen heiß wurden, doch er hatte nun ebenfalls den Kopf in den Nacken gelegt und blickte ins Blätterdach hinauf. »Ich kann verstehen, warum du das dem Landschaftspanorama vorziehst.« Sein Ton triefte vor Sarkasmus. »Auaaa«, heulte er, als ich ihm einen leichten Klaps gegen den Oberarm versetzte. Wir schwiegen wieder und jeder hing seinen eigenen Gedanken nach.

»Welcher der Three Lakes ist dein liebster?«, fragte ich irgendwann.

Matt räusperte sich und rieb sich schüchtern über den Nacken. »Der Storm Lake.«

»Und wieso?«, wollte ich wissen. Keine Ahnung, womit ich gerechnet hatte. Vielleicht damit, dass der Fischbestand dort am abwechslungsreichsten war oder dass es an der Nähe zu seiner Hütte lag, aber nicht mit ...

»Weil du da jetzt wohnst.«

Die Antwort war so schnell gekommen, dass sie weder gelogen noch einstudiert wirkte, und sie warf mich völlig aus der Bahn. Mehrmals öffnete ich den Mund, um etwas darauf zu erwidern, aber alles, was ich sagen wollte, blieb mir im Hals stecken. Mein Herz dagegen raste davon, bereit, einen Marathon zu bewältigen, nur um sich nicht diesen neuen Gefühlen stellen zu müssen.

»Maddie!«, rief Kat entfernt und ich hätte schwören können, dass ein Hauch von Hysterie in ihrer Stimme mitschwang.

Eilig sprang ich auf, froh über die Rettung aus dieser peinlichen Situation. »Hier drüben!« Matt erhob sich ebenfalls von der Bank. »Sie ist ein wenig bemutternd, oder?«, fragte er.

Ich verdrehte demonstrativ die Augen. »Ein wenig? Du hast ja keine Ahnung.«

Wir gingen zurück in die Richtung, aus der Kats Stimme gekommen war. »Sie war für mich da, als meine Mom starb«, fügte ich hinzu. »Ohne Kat wäre meine Jugend ganz schön trostlos verlaufen.«

»War dein Dad denn nicht für dich da?«

»Na ja ...« Ich stockte. Was konnte ich erzählen? Würde er, wenn ich ihm die Wahrheit erzählte, verstehen, wie sehr ich Frank für sein Hobby gehasst hatte? Dass wir uns so weit entfremdet hatten, dass ich sogar als eine der Letzten von seiner Krankheit erfahren hatte?

»Frank und ich standen uns nicht so nahe.« Ich schüttelte selbst den Kopf über die vage Aussage. Ein Kloß bildete sich in meinem Hals, den ich eilig mit einem Schlucken loszuwerden versuchte. »Nach Moms Tod hat er viel gearbeitet und jede freie Minute hier am See verbracht.«

»Hat er dich denn nicht mitgenommen?«

»Anfangs schon, aber ...«

»Aber?«

»Als ich alt genug war, wollte ich lieber bei Kat in der Stadt bleiben. Bin dann irgendwann bei ihr eingezogen.«

»Warum?«

Weil ich es gehasst habe, mit ihm zum Angeln herzukommen. Doch das sprach ich nicht laut aus und musste zum Glück auch keine Ausrede erfinden, denn da tauchte wie gerufen Kat vor uns auf. In ihren Haaren klebten Gräser und auf ihrer Wange war ein Schmutzfleck. Die weit aufgerissenen Augen ließen sie wie eine Wahnsinnige erscheinen.

»Kat!«, entfuhr es mir in gespielter Entrüstung. »Ich war doch höchstens fünfzehn Minuten weg.«

»Haha. Sehr witzig.« Sie pustete sich eine Haarsträhne aus dem Gesicht und verschränkte die Arme vor der Brust. Das Pflaster um ihren abgebrochenen Fingernagel war ebenfalls ziemlich schmutzig. »Während ihr zwei Turteltauben euch weggeschlichen habt, haben wir Unkraut gejätet.« Bei dem Wort *Turteltau-*

ben war ich zusammengezuckt. Daran, wie Matt sich neben mir versteifte, erkannte ich, dass es ihm genauso unangenehm war.

»Fakt ist, Grace ist wie ein Kriegsgeneral aus alten Zeiten, und es wäre besser, wenn wir abhauen, solange sie noch mit Pastor Briggs spricht.«

Matt lachte, wandte sich mir zu und deutete mit dem Daumen auf Kat. »Ich mag sie! Sie sagt, was sie denkt.«

»Ja«, bestätigte ich. »Nur leider zu oft und meistens ungefragt.«

»Hey«, beschwerte sich Kat. »Ich stehe direkt neben dir, du alte Lästerbacke.«

»Es ist kein Lästern, wenn die betreffende Person alles mit anhören kann«, verbesserte ich sie.

»Du hast recht. Das nennt man Mobbing.«

Matt und ich tauschten einen amüsierten Blick.

Kat musterte uns argwöhnisch. »Können wir dann endlich fahren?«

»Ja«, gab ich nach und wollte ihr folgen, als Matt einwarf: »Apropos *fahren*, Kat. Ich habe eben Tuck getroffen. Er fragt, wie lange du noch vorhast, deinen Wagen vor seiner Bar zu parken.«

Kat erstarrte. Ganz langsam drehte sie sich wieder zu uns um. Ihre Wangen waren genauso rot wie meine, wenn ich nervös war. »Woher will er wissen, dass das mein Auto ist?«

»Weil das hier ein Dorf ist. Ein neuer Wagen, ein neues Stadtmädchen ... eins plus eins ...«

»Jaja, schon gut«, brummte sie. »Ich fahre ihn später weg.«

Und mit *ich* meinte sie ganz sicher *mich*.

Kapitel 27

Maddie

Sogenannte »Easter Eggs« – versteckte Überraschungen – sind in Fortsetzungen von Büchern genauso beliebt wie bei Videospielen.

Wir schafften es, uns tatsächlich aus dem Staub zu machen. Wir eilten durch den Garten und warfen Grace von Weitem einen Abschiedsgruß zu, Feiglinge, wie wir waren. Zu meiner Überraschung strahlte Grace jedoch übers ganze Gesicht und schenkte uns eine Kusshand, ehe sie sich wieder Pastor Briggs zuwandte.

Matt sammelte unterwegs Aron ein. Es wäre zwar schön gewesen, mit den Männern noch etwas zu Mittag zu essen, doch es erschien mir Grace gegenüber unfair, also lehnten wir dankend ab. Stattdessen beschlossen wir, uns bei Dämmerung am Wasser zu einem Lagerfeuer zu treffen. Grace antwortete auf den Vorschlag via WhatsApp schon ein paar Minuten später mit Begeisterung.

Den Rest des Mittags verbrachten Kat und ich damit, das Wohnzimmer mit Folie auszulegen und abzukleben, um anschließend mit dem Streichen anfangen zu können. In Snohomish kauften wir alles, was dafür nötig war; Bratwürstchen und Marshmallows für den Abend holten wir jedoch bei Bill.

»Du siehst gut aus, Mädchen«, bemerkte der alte Ladenbesitzer.

»Ich fühle mich auch besser«, gab ich lächelnd zu. »Erinnerst du dich noch an Kat?« Ich schob meine Freundin vor mich.

Kat warf einen genervten Blick über die Schulter, bevor sie Bill begrüßte, der die Arme vor seiner Schürze verschränkte. »Warst du nicht diese eingebildete Großstadtgöre, die sich über die mangelnde Auswahl in meinem Laden beschwert hat?«

»Dad«, erklang die warnende Stimme seines Sohnes. Jay stieg von der Leiter im nächstgelegenen Gang, um zu uns herüberzukommen. Er war seinem Vater wie aus dem Gesicht geschnitten. Eine vage Erinnerung an ein Versteckspiel im Laden schoss mir durch den Kopf. »Du vergraulst noch unsere *schöne* Kundschaft.« Er zwinkerte Kat verschwörerisch zu. »Darf ich den Ladys eine Flasche Wein als Entschädigung für das unhöfliche Verhalten meines Vaters anbieten?«

Kat prustete unauffällig in ihre Hand. Ein Schnauben hinter mir in der Schlange ließ mich neugierig den Kopf dem Kunden zudrehen. Ein Mann mit Vollbart fixierte mit düsterem Blick Bills Sohn oder den Mitarbeiter dahinter. Seine dunklen Haare reichten ihm bis über die Schulter und er hatte die obere Haarpartie zu einem kleinen Knoten am Hinterkopf zusammengebunden. Während ich ihn musterte, bedankte sich Kat für das Angebot, lehnte es jedoch ab.

»Bist du fertig?«, fragte der Mitarbeiter in genervtem Tonfall, da er immer noch die Leiter festhielt. Seine Hände zitterten sichtlich, als er sie losließ.

»Ja, fast. Draußen müssen wir noch mal ran.« Zusammen verließen sie den Laden durch die Vordertür.

Bill sah seinem Sohn hinterher. »Jay installiert überall Kameras«, brummte er in seinen ergrauten Bart. »Außerdem soll ein neuer Fernseher her. Mit *Flatscreen* oder so.«

»Das ist doch gut«, meinte Kat.

Grummelnd wandte er sich uns wieder zu. »Dieser Firlefanz ist überflüssig.«

»Hängt das mit den Einbrüchen in der Gegend zusammen?«, fragte der Mann hinter mir.

Bill nickte zustimmend. »In Cathcart gab es letzten Monat einen Einbruch.«

»Was wurde denn gestohlen?«, hakte der Kunde hinter uns nach.

»Nichts von Wert, soweit ich weiß«, erwiderte Bill und kratzte sich das Kinn. »Ich kenne Larry, dem der Laden gehört. Mehl, Zucker, Salz und andere Backzutaten.«

»Der Dieb wollte wohl einen Kuchen backen«, flüsterte Kat in mein Ohr.

»Ich mag nicht mehr der Jüngste sein, aber ich höre immer noch so gut, wie ich spreche, Miss Kathrine.«

Bill nahmen die Einbrüche anscheinend mehr mit, als ich vermutet hätte. Vielleicht lag es daran, dass er den Besitzer kannte, oder aber er befürchtete gar, der Nächste zu sein.

Der Mann hinter mir grunzte. Kats reumütige Miene verwandelte sich in ihren Todesblick, als sie sich zu ihm umdrehte. »Lass gut sein«, flüsterte ich. Wir bezahlten, wobei sie höflich versuchte, Bills schlechten Eindruck von ihr aufzuwerten, indem sie den ausstehenden Betrag aufrundete. Als wir den Laden verließen, rief der Inhaber mich mit einem Pfiff zurück.

»Das ist für deine Freundin«, erklärte er und schob mir einen kleinen, kalten Gegenstand in die Hand. »Ich habe den Eindruck, dass sie ihn brauchen wird.« Er sah mich eindringlich an. »Du wirst wissen, wann.«

Stirnrunzelnd senkte ich den Blick darauf. Zuerst war ich irritiert, aber dann nickte ich. »Danke, Bill.«

Ein kurzes Telefonat mit Grace klärte den weiteren Ablauf des Nachmittags. Wir holten sie ab und fuhren zur Bar.

»Wollt ihr etwas trinken?«, fragte Grace irritiert.

Es folgte ein kurzer, peinlicher Moment, nachdem die hochintelligente Powerfrau namens Kathrine Thompson unserer neuen Freundin von ihrer größten Schwäche erzählte: ihrer panischen Angst vorm Autofahren. Denn es war unbedingt nötig, dass Grace mein Auto zur *Blauen Hortensie* fuhr, während ich Kats dorthin überführen durfte.

»Wie bist du hierhergekommen, wenn du dich nicht einmal traust, die paar Meter zu fahren?«, platzte es aus Grace heraus.

»Ganz einfach«, erklärte Kat und warf mir einen wütenden Blick zu. »Mir blieb keine andere Wahl.«

Ich schnappte laut nach Luft, verkniff mir aber jeden Kommentar.

Grace sah uns abwechselnd an. »Ist das ein Witz?«

»Leider nein«, stöhnte ich. »Also, können wir auf dich zählen?« Kat sah Grace erwartungsvoll an.

»Na klar.«

»Aber kein Wort zu den anderen«, warnte Kat.

Grace verschloss ihren Mund mit einem imaginären Schlüssel. Die Vereinbarung war besiegelt.

Zurück im Haus nahmen wir uns die lange Wand rechts von der großen Fensterfront vor. Streichen war noch nie etwas gewesen, was ich gerne tat, aber mit meinen beiden Freundinnen machte es beinahe Spaß. Vor allem, da es Grace irgendwie schaffte, aus Kat einen halbwegs normalen Menschen zu machen, der nicht bei jeder Kleinigkeit eine halbe Krise durchlebte. Wir alberten herum, erzählten uns Geschichten aus der Highschool und grölten die *Spice-Girls*-Songs im Radio mit, denn es war *Spice Girls Afternoon,* wie die Radiosprecherin freudig verkündet hatte. Kat sah so anders aus. Im Garten hatte sie schon mit angepackt und auch jetzt waren ihre Jeansshorts mit Farbe bekleckert und die blonden Haare weiß gesprenkelt. Bei ihr sah es wie ein neuer Modetrend aus der City aus. Selbst ihre Einwände bezüglich des Lagerfeuers – »Darf man das überhaupt in der Wildnis?« – hatte sie aufgegeben.

Wildnis. Kat hatte nicht die geringste Ahnung davon, was Wildnis bedeutete. Der Nachmittag verflog in Windeseile. Das Radio spielte gerade einen alten Song von Metallica, als ich angetippt wurde. Erschrocken fuhr ich herum, denn ich hatte beide Mädels im Blick, die ebenfalls mit Streichen beschäftigt waren. Zumindest größtenteils. Grace schwang manchmal ihren Pinsel zu einer fiktiven Gitarre, was für Farbspritzer an ihrem ganzen Körper sorgte.

Es war Matt – mit Pepper, der sofort seinen haarigen Kopf in meine freie Hand drückte. Ich versuchte, mein verrückt gewordenes Herz zu beruhigen. *Es ist nur Matt!* Doch es hämmerte unbeeindruckt von dieser Tatsache – oder gerade deswegen – weiterhin wie wild in meiner Brust.

»Die Tür stand offen«, erklärte er.

Hinter ihm trat nun auch Aron ein und sah sich neugierig um. Weit waren wir nicht gekommen, dennoch konnte ich auf jeden Fortschritt stolz sein.

»Ja, wir lüften wegen der Farbe.«

»Das ist klug.« Er sah sich in dem Raum um und dann zur offenen Küche hinüber.

»Es ist noch Kaffee da«, raunte ich ihm zu.

Er lachte und zeigte mir sein Grübchen. »Sehr zuvorkommend.«

Während er hinüberging, musste er mehreren Farbeimern und unseren verteilten Malutensilien ausweichen.

»Hallo, du Hübscher«, begrüßte Kat den Australian Shepherd.

Ich sah, wie sich Aron überrascht umdrehte, dann jedoch erkannte, dass nicht er gemeint war. Wenn mich nicht alles täuschte, zeigte er deutliche Anzeichen von ... *Verliebtheit*. Dabei kannte er Kat seit gerade Mal zwei Tagen. Mein erster Eindruck von ihm und das, was Matt erzählt hatte, wollten so gar nicht zu dem Mann passen, den er in Kats Gegenwart abgab.

Grace ging neben Kat in die Hocke, um den Hund ebenfalls zu begrüßen. Überglücklich, so viel Aufmerksamkeit zu erhaschen, warf er sich auf den Rücken und streckte ihnen den Bauch entgegen. Grinsend sah ich dabei zu, wie Aron Kat anbot, das farbbesudelte Pflaster zu wechseln. Und schon verwandelte sie sich zurück in das Großstadtgirl. »Autsch«, jaulte sie, als er es vorsichtig entfernte. Grace warf mir einen vielsagenden Blick zu, den ich mit einem Augenrollen bestätigte.

»Wollt ihr noch weiterstreichen oder sollen wir los?«, fragte Matt aus der Küche. Er lehnte sich mit dem Unterarm auf den Tresen und nahm einen Schluck aus der blauen Krümelmonstertasse, die noch aus meiner Kindheit stammte.

»Also wollt ihr das durchziehen?«, fragte Kat unsicher.

Als würden wir einen Überfall planen oder jemanden aus dem Gefängnis befreien wollen. Unweigerlich landeten meine Gedanken wieder bei Russell Crowe.

»Es ist nur ein Lagerfeuer, Kat. Beruhig dich«, mahnte Grace und rieb ihr sacht über den Rücken.

»Ja, lasst uns aufbrechen«, beschloss ich und warf die Farbrolle in den Eimer, was ich sofort bereute. Zähflüssige Farbe schoss mir entgegen und ein Klecks landete direkt auf meiner Wange. Na super! Einmal zum Affen machen: Check!

Pepper bellte aufgeregt.

»Haha«, machte Kat und zeigte mit ihrem neu bepflasterten Finger auf mich. Aron warf ihr einen amüsierten Seitenblick zu.

Grace hingegen stieß ihr den Ellenbogen in die Seite. »Dir ist das vorhin auch passiert«, hörte ich sie flüstern.

Während wir gemeinsam aufräumten, kam Matt mit einem Tuch zu mir herüber. »Darf ich?«, fragte er.

Ich schluckte nervös, bekam aber keinen Ton heraus und nickte nur zustimmend. Mit ruhiger Hand umfasste er mein Kinn, während er mit der anderen die besprenkelte Wange abtupfte. Er wirkte ganz auf den Fleck konzentriert, doch dann hob sich sein Blick und mein Herzschlag glich auf einmal dem Flügelflattern eines Jungvogels. Nur beim Anblick seiner Augen. Das war nicht normal, oder?

Matts Hand verharrte und ich sah, wie er schluckte. Tausend Gedanken schossen mir durch den Kopf, einer verwirrender als der andere. *Er ist so fürsorglich. Ob er auch dieses seltsame Ziehen zwischen uns spürt? Könnten wir* füreinander *bestimmt sein?* Die Bewegung in seinem Rücken lenkte schließlich meine Aufmerksamkeit von ihm weg. Auch er sah über die Schulter. Die Geste ähnelte jener, die so typisch für ihn war, doch diesmal stand tatsächlich Aron hinter ihm und fragte: »Seid ihr dann so weit?« Seine Augen funkelten amüsiert.

Matt räusperte sich und ließ mein Kinn los. »Let's go«, verkündete er und war schneller zur Vordertür heraus, als Pepper ihm folgen konnte.

Kapitel 28

Maddie

Every Farmie needs a Townie.
Um die Dynamik zwischen Charakteren
spannend zu gestalten, braucht es Kontraste.

Kat googelte auf dem ganzen Weg zum Wasser, ob es tatsächlich erlaubt war, in »*freier Wildbahn*« ein Feuer zu entzünden. Dabei interessierte es sie nicht im Geringsten, dass es Matt mit seinem Chef abgesprochen hatte. Als Kat hangabwärts stolperte und sich beinahe den Fuß verstauchte, nahm Aron ihr das Handy unter großem Protest ab. »Augen geradeaus«, befahl er.

Kat sprang in die Höhe, doch er streckte seine Arme über den Kopf, sodass meine über einen Kopf kleinere Freundin keine Chance hatte. Die Sonne verschwand gerade hinter den Baumkronen, als wir das Wasser erreichten. Die magische Zeit des Zwielichts begann. Matt und Aron hatten im Laufe des Nachmittags eine Feuerstelle vorbereitet. Große Steine formten einen Kreis, in dessen Mitte trockenes Holz zu einer nahezu perfekten Pyramide aufgestellt war. Fünf altersschwache Klappstühle standen drum herum und weiter abseits entdeckte ich eine Kühlbox, deren blaue Farbe von Sonne und Witterung schon ganz ausgeblichen war. Matt ging in die Hocke, um das Feuer zu entfachen. Stöhnend ließ ich meinen schweren Rucksack über die nach hinten ausgestreckten Arme zu Boden gleiten. Kat bezirzte derweil Aron, damit er ihr das Handy zurückgab.

»Was bekomme ich dafür?«, fragte er surrend.

Da war es mit Kats charmanten Überzeugungsversuchen vorbei. »Ich sag dir, was du dann *nicht* bekommst«, entgegnete sie grimmig. »Eine Backpfeife!«

Grace ließ sich lachend auf einem der Stühle nieder.

Aron hob einen Finger ans Kinn und setzte eine nachdenkliche Miene auf. »Wie wäre es mit einem Date?«, fragte er.

»Vergiss es«, erwiderte Kat.

»Ach, komm schon. Matt und Maddie können ja mitkommen.«

»Und ich?«, warf Grace empört ein.

Kat blieb eisern. »Nein.«

»Einen Kuss auf die Wange?«

»Übertreib's nicht«, warnte Kat. Ihre Zornesfalte erschien.

»Ich hätte auch Mund sagen können.«

»Aron!« Matt schaute seinen Freund eindringlich an und schüttelte kaum merklich den Kopf. Es sah aus wie eine Warnung.

»Weißt du was? Behalte es.« Kat kam zu mir herüber und setzte sich auf den Stuhl. »Männer sind Idioten«, murmelte sie.

»Dieser ganz besonders«, stimmte Matt ihr zu.

Das entlockte ihr ein kleines Lächeln, das sie sofort wieder aus ihrem Gesicht verbannte, um Aron die spitze Zunge herauszustrecken. Kleinkind-like.

»Weißt du …«, bemerkte ich und setzte mich ebenfalls. Matt blies mehrmals ins Feuer und es begann behaglich zu knistern. »Ein Abend ohne Handy wird dir bestimmt guttun.«

»Verräterin«, zischte sie.

»Stadtkind«, gab ich zurück.

Doch als die Flammen höher schlugen, bekamen selbst ihre Augen einen freudigen Glanz.

Während es immer dunkler wurde, machten Matt und ich uns daran, Kartoffeln in Alufolie zu packen und sie entlang der Steine zu positionieren.

»Ich bin schon sehr gespannt auf die Marshmallows«, verkündete Kat. Aron musterte sie schräg von der Seite. »Hast du denn noch nie welche gegessen?«, fragte er vorsichtig.

»Quatsch. Jeder kennt doch Marshmallows vom Feuer«, erwiderte Grace und machte eine wegwerfende Handbewegung. Als sie allerdings sah, wie Kat sich auf ihrem Stuhl zu winden begann, erstarrte sie. »Oder, Kat?«

Im Schein der Flammen war es zwar unmöglich zu erkennen, aber ich hätte meine Hand dafür in besagtes Feuer gelegt, dass sie vor Scham rot anlief.

»Also kennen schon ...«, erklärte sie.

»Aber du hast noch nie selbst welche gehabt«, beendete Aron ihren Satz. In seiner Stimme lag kein Spott, nicht einmal der Hauch einer Verurteilung. Höchstens Bedauern.

»Nein«, bestätigte Kat.

»Dann kennst du auch keine S'mores?«

Kat schüttelte den Kopf.

»Wie kann das sein?«, fragte Grace und lachte verlegen.

»Ich bin eben ein Townie«, erklärte Kat und zuckte mit den Achseln. »Ihr sagt es doch selbst andauernd.«

Früher hatte ich Kat oft beneidet. Um die perfekt gerundeten, kleinen Ohren. Den reichen Vater, der mit ihr teure Urlaube machte. Oder der das Studium bezahlte. Er hatte Kat im Prinzip alles gegeben, was sie sich wünschte. Doch auch sie hatte einen Mangel zu beklagen, erkannte ich nun. Mein Vater war zwar nicht so für mich da gewesen, wie ich es gebraucht hätte, nachdem Mom gestorben war, aber er hatte mir gezeigt, was die Natur zu bieten hat. Lagerfeuer, Camping ... selbst das Angeln bezeugte die vielfältige Schönheit von Gottes Schöpfung. Kat kannte nur die Stadt, die teuren Hotels, die Beauty-Salons.

»Every Farmie needs a Townie«, witzelte ich. *Jedes Landei braucht ein Stadtkind.* »Und umgekehrt.«

»Du wirst es einfach lieben!« Aron griff nach dem angespitzten Haselnussstock und klaute mir die Tüte Marshmallows aus dem Rucksack.

»Hey, die sind für später!«, protestierte ich.

Doch er war flink. Gekonnt spießte er das Schaumbällchen auf und hielt es über das Feuer. »Du musst es gleichmäßig drehen und aufpassen, dass es nicht verkokelt.« Er führte es Kat vor.

Als Aron ihr den Stock überreichte, lächelte sie ihn an. »Danke«, flüsterte sie.

»Nicht dafür. Das war schließlich ein Notfall«, winkte er ab. Doch er rieb sich in einer Verlegenheitsgeste den Nacken – offenbar eine Angewohnheit, die er mit seinem Freund teilte.

»Ein Stadtmädchen-Notfall?«, fragte sie.

»So könnte man es nennen«, antwortete er.

Grace warf mir mal wieder einen vielsagenden Blick zu, den ich mit einem Achselzucken kommentierte.

Matt stupste mich an der Schulter an. »Willst du auch gleich zum Nachtisch übergehen oder sollen wir die Würstchen machen?«, fragte er.

»Würstchen«, entschied ich.

Er musterte mich mit hochgezogenen Augenbrauen. »Interessant«, verkündete er.

»Eine Frau nach seinem Geschmack«, hörte ich Aron meiner Freundin zuraunen.

Kat kicherte, was so gar nicht zu ihrem knallharten Psychologinnen-Image passte.

Matt ignorierte den Spruch seines Freundes und verteilte die Würstchen. Jeder außer Kat nahm sich eins.

Ich klemmte meinen Spieß zwischen zwei der Steine. »Die perfekte Rutenhalterung«, verkündete ich und zwinkerte Matt zu.

»Ich muss ja zugeben, dass es mich überrascht, dass Matt nicht heimlich seine Angel mitgebracht hat«, witzelte Grace.

»Mach dir nichts vor. Einen Platz weiter liegt sie aus«, bemerkte Aron.

Matt warf seinem Freund einen bösen Blick zu.

»Ist das wahr?«, fragte ich.

»Nein«, sagte er prompt.

»Es ist schön, dass Matt endlich jemanden gefunden hat, der seine Angelleidenschaft teilt.« Aron sah mich eindringlich an.

Bildete ich es mir nur ein oder hörte ich da einen zweifelnden Unterton heraus?

»Ja, das ist wirklich schön«, bestätigte Kat. Es war klar, dass sie darauf ansprang. »Nicht wahr, Maddie?«

Natürlich zahlte sie mir den Kommentar mit dem Handy ausgerechnet jetzt heim. Ich unterdrückte das Bedürfnis, ihr den Stock mit dem Marshmallow aus der Hand zu schlagen, und setzte ein gespieltes Lächeln auf. »Ja, wir hatten neulich wirklich eine gute Zeit«, sagte ich betont beiläufig. Kein einziges Wort war gelogen. Dennoch, das schlechte Gewissen nagte an mir wie ein Löwe an seiner noch lebenden Beute. Es quälte mich. Aber ich hatte Angst, was Matt sagen würde, wenn ich ihm erzählte, dass unsere Freundschaft auf einer Lüge aufbaute. Außerdem – was verband uns denn außer dem Angeln?

»Finde ich auch«, bestätigte Matt. Doch sein Blick verriet mir, dass ihm das Thema nicht behagte.

»Seit wann angelst du schon?«, hakte Aron nach.

»Müssen wir jetzt vom *Angeln* reden?« Kats nörgelnde Stimme war oscarreif. Sie rümpfte die Nase. »Ich will jetzt nicht an stinkenden Fisch denken.« Sie begutachtete den goldbraunen Marshmallow. »Kann ich ihn jetzt essen?« Freudig hielt sie Aron das gute Stück vors Gesicht. Er wich lachend zurück. »Ja, der ist fertig.«

Kat quiekte glücklich. Doch ihr Lächeln verwandelte sich in Unsicherheit. »Äh, und wie esse ich den jetzt?«

»Muss man dir denn alles erklären?«, fragte ich und nahm ihr den Stock ab. »Entweder du beißt direkt rein ...« Ich machte es ihr als Trockenübung vor. »Aber Achtung, er kann sehr heiß sein!«, warf Grace ein.

»Oder«, fuhr ich fort, »du zupfst dir etwas mit den Fingern ab.«

Kat nahm den Stock unentschlossen zurück und entschied sich für Methode Nummer eins. »Das Zeug klebt ja«, nuschelte sie.

Aron beobachtete sie grinsend beim Essen.

Ich beugte mich zu ihr vor: »Und?«

Kat kaute und kaute und kaute. »Oha, ich liebe es«, seufzte sie.

»Lieben? Was wirst du dann erst zu den S'mores sagen?«, fragte Aron und zog Kekse und Schokolade aus seiner Tasche.

»Du hast nicht wirklich ...«, begann Grace.

»Oh yes!«, unterbrach Aron. »Von heute Abend an werde ich dein Held sein, Kathrine Thomson.«

Unter Kats genervtem Blick bräunte er zwei weitere Marshmallows. Währenddessen stellte Matt seine kleine Bluetooth-Box auf, die er mit dem Handy verband. Kurz darauf lief leise Campfire-Musik im Hintergrund. Kat spießte den nächsten Marshmallow auf, aber der geriet schnell in Vergessenheit, als sie sah, wie Aron seine beiden zusammen mit der Schokolade zwischen zwei Graham-Cracker packte.

»Möchtest du?«, fragte er.

Kats Augen wurden kugelrund. »Die Dinger sind bestimmt total ungesund«, murmelte sie. Wir nickten.

»Ich hab eigentlich einen strikten Ernährungsplan – damit ich's zum FBI schaffe ...« Kat starrte immer noch sehnsüchtig auf Arons S'more. »Aber für euch mache ich eine Ausnahme.«

»Für *uns*?«, fragte ich ungläubig.

»Ja klar. Wessen Idee war denn das Lagerfeuer?«

Grace biss in ihr Würstchen. »Bestimmt nicht deine.«

Kat zuckte nur mit den Achseln und nahm dankend den S'more von Aron entgegen. »Ein Hoch auf den Gruppenzwang«, verkündete sie.

Kapitel 29

Matt

Wenn man bei Nacht die Rute auswirft, scheint es fast,
als könnte man Sterne angeln.

Während *Cat's in the Cradle* von Harry Chapin lief, strafte Matt seinen besten Freund ununterbrochen mit zornigen Blicken. Aron besaß die Frechheit, eine seiner Augenbrauen fragend nach oben zu ziehen. Als verstehe er nicht, warum Matt wütend war. Dabei hatte er Madison vor allen anderen auf den Zahn gefühlt.

Ja, sie beide wussten, dass die Frau ihm etwas vorspielte. Matt war aber sicher, dass sie bis auf diese Sache mit dem Angeln ehrlich zu ihm war. Sie kannten nicht die ganze Wahrheit und es genügte ihm vorerst zu wissen, dass ihr merkwürdiges Verhalten mit dem zerrütteten Verhältnis zu ihrem Vater zu tun hatte. Er ahnte, warum sie gelogen hatte. Und zwar nicht, weil sie ihm schaden wollte. Es hatte mehr mit ihrem Stolz zu tun. Um ihr Vertrauen zu gewinnen, war es absolut nicht sinnvoll, sie vor allen anderen als Lügnerin zu entlarven. Wenn Matt in ihrer Lage wäre, würde er direkt dichtmachen.

Bei Arons Fragen hatte sie sich neben ihm merklich angespannt. Am Ende hatte sie ihren Freundinnen, die für sie in die Bresche gesprungen waren, dankbare Blicke zugeworfen. Die beiden waren also eingeweiht. Zumindest Kat schien über die ganze Sache nicht erfreut zu sein. Schließlich hatte sie mitgestichelt, auch wenn sie Mads am Ende trotzdem zu Hilfe gekommen war. Das nannte er eine wahre Freundin. Kat war vielleicht sein Schlüssel zu Mads Gedanken. Nicht weil sie Ahnung von Psychologie hatte, sondern weil sie die Frau war, die Madison am nächsten stand. Er beschloss, Kat baldmöglichst einen Besuch abzustatten. Sie konnte ihm bestimmt erzählen, was Vater und Tochter auseinandergebracht hatte.

»Da ist der *Große Wagen*«, raunte Madison ihrer besten Freundin zu. Diese rückte dichter an Mads heran, um ihrem ausgestreckten Finger zu folgen. »Wow«, flüsterte sie ehrfurchtsvoll.

Aron beobachtete die beiden ebenfalls, während er sich mit Grace unterhielt. Wenn Matt nicht alles täuschte, hatte Kat es ihm ganz schön angetan. Damit machte er es seinem Herzen allerdings nicht gerade leicht. Er war ein naturverliebter Sternenforscher, Kat dagegen eine verwöhnte junge Frau aus der Großstadt. Die einzige Gemeinsamkeit war vermutlich ihr brillanter Verstand. Durch Madisons Erzählungen wusste er, welch ausgezeichnete Noten Kat schrieb. Mit Sicherheit brauchte es für Erfolg in ihrem Beruf auch viel Intuition, aber es gehörte schon mehr dazu.

Dass Aron hochintelligent war, hatte sich bereits in der Grundschule offenbart. Er war in Matts Stufe gewechselt, als er acht war und Aron sieben. Er hatte direkt die erste Klasse übersprungen und auch später noch einmal höher versetzt werden müssen. Schließlich hatte er ein Jahr früher als Matt den Highschool-Abschluss gemacht.

»Zeigst du mir noch ein Sternbild?«, fragte Kat.

Madison sah ratlos zu Aron hinüber. »Darum musst du unseren Doktor der Sternenkunde bitten. Ich erkenne nur das eine.«

Aron stand auf und verbeugte sich dankend vor Madison und ihrer Freundin. »Ich stehe den Damen gerne zur Verfügung.« Aron sah zum Nachthimmel. »Welches soll es denn sein?«

Grace kicherte. »Das spielt keine Rolle. In der Stadt sieht man überhaupt keine Sterne. Egal welches du ihr zeigst, sie wird es noch nicht kennen.«

Kat streckte ihr die Zunge heraus, erhob sich aber ebenfalls und entfernte sich mit Aron vom Feuer, um das Firmament besser betrachten zu können. »Vielleicht sollten wir uns dafür mal privat treffen«, schlug Aron vor.

Kat schnaufte. »Netter Versuch, Sternenflüsterer.«

Grace schnappte sich ihre Wurst und folgte den beiden.

»*Kat*flüsterer würde ihm besser gefallen«, raunte Matt Madison zu.

Sie kicherte hinter vorgehaltener Hand. »Aron sollte sich keine Hoffnungen machen«, warnte sie ihn leise.

»Warum?«, fragte Matt, ebenfalls mit gesenkter Stimme. »Ist er etwa nicht gut genug für sie?«

Sie warf ihm einen tadelnden Blick zu. »Kat kann momentan keine Beziehung gebrauchen. *Sie konzentriert sich voll und ganz aufs FBI.*« Den letzten Satz setzte sie in Anführungszeichen, die sie in die Luft malte.

»Und das ist ihr wichtiger als alles andere?«

»Ist so ein Kindheitsdings«, erklärte sie und nickte gedankenverloren, ging aber nicht näher darauf ein.

»Was ist mit dir, Madison Clark?«

Verblüfft sah sie ihn an. »Mit mir? Was soll mit mir sein?«

»Was ist dir wichtig?«

Mads überlegte einen Moment. »Ich weiß es nicht.«

»Wie das? Gibt es bei dir kein ... wie nanntest du es ... Kindheitsdings?«, hakte er nach.

Sie versteifte sich. »Nein.«

»Was ist es dann? Das Angeln?« Matt zuckte innerlich zusammen. Eigentlich hatte er das Thema nicht mehr ansprechen wollen. Er konnte es aber offenbar einfach nicht sein lassen.

Madison senkte den Blick, beugte sich vor und griff nach ihrem Stock, um das Würstchen zu wenden. »Das ist nicht vergleichbar«, wich sie seiner Frage aus. Eine Strähne fiel ihr ins Gesicht. Unwillkürlich nahm er sie zwischen Daumen und Zeigefinger, um sie ihr hinter dieses äußerst niedliche Ohr zu klemmen. Überrascht hob sie ihren Blick.

»Das Schreiben«, begann Matt. »Das bedeutet dir etwas, oder?«

Mads stieß die Luft aus. Hatte sie sie angehalten? Warum war sie so nervös? »Das ist lächerlich.«

»Wieso denn?«

»Weil es ein unrealistischer Wunsch ist.«

»Das stimmt doch gar nicht«, protestierte er.

Kat, die mit den anderen beiden etwas abseits den Nachthimmel absuchte, sah kurz zu ihnen herüber, um sich zu vergewissern, dass bei ihnen alles in Ordnung war.

»Wünsche erscheinen immer so lange unrealistisch, bis sie in Erfüllung gehen«, sagte Matt.

Sie sah ihn forschend an. »Von wem stammt das Zitat?«

Er räusperte sich. »Von mir.«

»Darf ich das in meinem Buch verwenden?«, fragte sie lächelnd.

»Das ist die richtige Einstellung.« Er zwinkerte ihr zu.

»Eine Sternschnuppe!« Kats Kreischen ließ sie beide aufspringen. Im letzten Moment sah Matt den leuchtenden Schweif über den nachtblauen Himmel sausen.

»Fang jetzt bloß nicht an, dir etwas vom Universum zu wünschen«, stöhnte Grace.

»Warum sollte sie sich bei einer Sternschnuppe etwas wünschen, wenn sie zu dem beten kann, der sie erschaffen hat?«, fragte Aron und flüsterte Kat anschließend etwas ins Ohr, das ihre Augen zum Leuchten brachte.

Madison schnaubte abfällig. »Aberglaube hält sich eben hartnäckig.«

»Du kannst dir trotzdem Wünsche zugestehen«, raunte Matt aus einem Impuls heraus in ihr Ohr. »Fest an das eigene Glück zu glauben, ist der erste Schritt zum Erfolg.«

Langsam drehte sie ihm den Kopf zu. Ihre Gesichter waren nur wenige Zentimeter voneinander entfernt. Dann schloss sie die Augen und Matts Welt geriet ins Wanken. Sein eigener Wunsch – sie zu küssen – erschien auf einmal alles andere als unrealistisch. Doch er hielt inne, kämpfte gegen das Verlangen an und ließ den Moment verstreichen.

Kapitel 30

Maddie

Gebet ist eine Schnittstelle zwischen Mensch und Gott so wie eine Agentur zwischen Autor und Verlag.

In dieser Nacht lag ich noch lange wach und dachte über Matts Worte nach. Darüber, was ich mir wünschte. Ich hatte nichts für den Aberglauben bezüglich Sternschnuppen übrig. Aber wie Aron angemerkt hatte, konnte ich Gott in einem Gebet durchaus von meinen Wünschen erzählen. Das Problem dabei war, dass ich nicht gerne für mich selbst betete. Vielleicht lag es daran, dass ich nicht selbstsüchtig erscheinen wollte. Oder daran, dass ich glaubte, es nicht wert zu sein, dass Gott mir half. Und bevor ich enttäuscht wurde, versuchte ich es gar nicht erst. Matts Ermutigung hatte mich jedoch erkennen lassen, dass ich mir selbst im Weg stand. In dem Glauben, einer Niederlage entgehen zu können, indem ich es gar nicht probierte, hatte ich längst verloren. Aber das Spiel war noch nicht vorbei. Ich war gerade mal fünfundzwanzig. Und selbst wenn ich schon siebzig, grauhaarig und voller Falten gewesen wäre, hätte ich immer noch damit beginnen können, mich als Mensch wertzuschätzen. Außerdem gab es jemanden, der für mich auf der Ersatzbank saß und geduldig darauf wartete, dass ich das einsah. Der jederzeit bereit war, für mich aufs Feld zu kommen und jede Niederlage in einen Sieg zu verwandeln. Alles, was ich tun musste, war, es zuzulassen. Die gleichzeitig einfachste und schwerste Entscheidung im Leben. Aufzuhören, es eigenständig zu versuchen. Einzusehen, dass es okay war, sich helfen zu lassen.

Noch bevor der Morgen graute, zog ich mich an, kochte Kaffee und hinterließ Kat einen Zettel: *Bin am Wasser. Will allein sein.*

Sie würde wissen, was das bedeutete. Falls sie überhaupt wach wurde, während ich weg war. Irgendwie bezweifelte ich das.

Der nachtschwarze See war ein Spiegel für das große Himmelszelt. Unzählige Sterne tummelten sich darin. Ab und an entlarvte eine Bewegung im Wasser das Trugbild, der Himmel sei zur Erde gefallen. Und ich erkannte, dass ich selbst eine Illusion lebte. In Zeiten der Unruhe – wie ich sie gerade durchlebte – zeigte sich die Realität. Worauf gründete mein Fundament? Trotz meines jungen Alters war ich verbittert vom Leben.

Ich war sauer, weil meine Mutter zu früh gestorben war.

Ich war sauer, weil ich Frank die Schuld daran gab und er nicht der Vater gewesen war, den ich gebraucht hatte.

Ich war sauer, weil auch er mich letzten Endes verlassen hatte.

Ich fühlte mich betrogen.

All diese Aussagen begannen mit einem Ich.

Ich. Ich. Ich.

Nun wollte ich von mir wegschauen.

Der Boden unter mir war kalt und feucht. Das Feuer des vergangenen Abends war längst erloschen, obgleich es in der Kohle immer noch glimmte. Ich zog den Saum meines Hoodies so weit wie möglich herunter und setzte mich darauf. Als ich die Thermoskanne öffnete, stieg mir der herrliche Duft gerösteter Bohnen in die Nase. Tief einatmend, goss ich eine Tasse Kaffee ein und hielt ihn dann mit beiden Händen auf meinen Knien umklammert. Die Wärme spendete Trost und schenkte Mut, trotzdem nahm ich mir noch Zeit, die Natur auf mich wirken zu lassen. Zuerst streifte mein Blick wieder über den See. Leichter Dunst hob sich in einer weiteren Nuance des Morgens vom Wasser ab. Wie ein Schleier schwebte er oberhalb des Spiegels. Vereinzeltes Gequake ließ mich an die vergangenen Stunden und das Nachtkonzert der Kröten zurückdenken. Kat hatte sich darüber beklagt, sich aber im Laufe des Abends an das Geräusch gewöhnt und es bei all der Aufregung vergessen. Ich musste schmunzeln, als ich an unseren Camping-Versuch von damals zurückdachte.

Es war ein froschgeplagtes Jahr gewesen und Kat nah dran, eine französische Spezialität aus den Viechern zu machen.

Umgangssprachlich nannte man es die *Blaue Stunde,* die Zeit, kurz bevor die Sonne aufging. Ein Phänomen, das auch bei bewölktem Himmel beobachtet werden konnte, so wie heute. Kleine bis mittelgroße Wolkenfetzen zogen langsam über den immer heller werdenden Horizont. Wäre Aron anwesend gewesen, hätte er mir bestimmt erklären können, wie die graublaue Färbung zustande kam. Aber er war nicht hier. Ich war allein – zumindest physisch.

Ich nahm einen Schluck des heißen Kaffees und atmete erneut tief durch. Dann steckte ich meine Hand in den Rucksack und zog die Gästebibel der *Blauen Hortensie* heraus. Der Einband war aus grauem Leinen, aber über die Jahre und durch die verschiedenen Nutzer stark in Mitleidenschaft gezogen. Sichtbare Fingerabdrücke bedeckten die Kanten, wo sie beim Lesen gehalten worden war. Mehrere kleine Löcher, von denen feine Linien ausgingen, legten die Vermutung nahe, dass ein Tier – vielleicht eine Katze – dem Buch eins mit den Pfoten übergezogen hatte. Jede Unebenheit, jeden Fleck und jedes Loch betrachtete ich eingehend und erfand dazu eine passende Geschichte. Es gefiel mir, dass sie ein Zeugnis dafür war, wie viele Menschen sie gelesen hatten.

Bevor ich das Buch aufschlug, schloss ich die Augen. Mein stummes Gebet war holprig, eingerostet, doch je mehr Zeit ich investierte, desto einfacher wurde es. Als ich die Bibel schließlich willkürlich in der Mitte aufklappte, stockte mir der Atem.

Eine Gänsehaut überzog meinen Körper, obwohl mir dank des Kaffees nicht mehr kalt war. Tränen liefen mir heiß über die Wangen, als ich das Buch zuschlug, die Tasse abstellte und das Kinn auf die Knie bettete. Ich umschlang die Beine fest mit den Armen und meine Nase war vom Weinen schon bald so verstopft, dass ich durch den Mund atmen musste, um überhaupt noch Luft zu bekommen.

Als ich mich wieder einigermaßen gefangen hatte, ging ich zurück zum Haus. Die Sonne erhob sich gerade über den Tannen, als ich die Verandatür aufschob, die ich offensichtlich nicht ganz geschlossen hatte. Zumindest konnte ich mir wirklich nicht vorstellen, dass Kat bereits aufgestanden war. Lautlos schlich ich in den Flur und lauschte an ihrer Zimmertür. Nichts zu hören. Sie schlief immer noch tief und fest. Den Zettel, den ich für sie hinterlassen hatte, zerknüllte ich und warf ihn in den Küchenmülleimer. Mit einem Cappuccino aus dem Vollautomaten betrachtete ich unser Werk vom Vortag und machte mich dann an die Arbeit. Um Kat nicht aufzuwecken, steckte ich mir die kabellosen Kopfhörer in die Ohren und spielte eine *Spotify*-Playlist ab, die laut Beschreibung für *Work Sessions* gelobt wurde. Die Musik war beruhigend, um nicht zu sagen einschläfernd. Definitiv nicht das, was ich suchte. Bestimmt zehn Minuten scrollte ich durch andere Playlists, doch ich fand nichts Passendes für mich. Ich vermisste das Radio. Zu viel Auswahl überforderte mich. Deshalb war ich auch eine der wenigen, die kein Netflix oder einen vergleichbaren Streaming-Dienst nutzten. Letzten Endes gab ich mein Lieblingslied *Fix You* von Coldplay in das Suchfeld ein und aktivierte die Dauerschleife. Fast drei Stunden später war der Wohn- und Essbereich fertig gestrichen, zumindest im ersten Durchgang. Mein Magen, der bisher ja nichts außer Kaffee bekommen hatte, meldete sich lautstark zu Wort. Ich wusch die Farbrollen und Pinsel aus, schnappte mir den Schlüssel aus der Schale und fuhr zu Bills Laden.

»Guten Morgen«, begrüßte mich der Mitarbeiter hinter der Theke. Es war der junge Mann, der Jay beim Befestigen der Kameras geholfen und den ich mit Grace in der Bar gesehen hatte.

»Hi«, antwortete ich schnell und eilte durch den Laden. Von Bill oder seinem Sohn fehlte jede Spur, während ich Eier, Speck,

Sirup und Cornflakes zusammensuchte. Alles, was ein gutes Frühstück ausmachte, landete in meinem Korb.

»Du bist eine Freundin von Grace, oder?«, fragte mich der Verkäufer, als ich den Korb vor ihm auf den Tresen abstellte.

»Stimmt.«

»Bist du neu in der Gegend?«, hakte er nach, während er die Artikel nacheinander scannte.

»Kann man so sagen.«

Er nickte. »Dann sind wir schon zu zweit. Bin vor wenigen Wochen hergezogen.«

»Cool«, gab ich knapp zurück. Ich wollte mich beeilen, damit das Frühstück fertig war, wenn Kat aufstand.

»Ich heiße Travis.« Er grinste auf eine Weise, die anzüglich wirkte.

Irritiert zog ich die Augenbrauen hoch.

»Lass uns zusammen essen gehen. Morgen Abend um acht, ich hole dich ab.«

»Äh!« Ich war so verblüfft, dass ich zunächst nicht wusste, wie ich auf sein herrisches Verhalten reagieren sollte.

»Wo wohnst du?«

Das ging zu weit. Ich klappte den Mund zu und verschränkte die Arme vor der Brust. Angriffsstellung, wie Kat es nennen würde. »Danke für das Angebot, aber nein.«

»Nein?«

»Genau«, bestätigte ich in entschiedenem Ton.

Travis presste den Kiefer so fest zusammen, dass ich seine Zähne knirschen hörte. Seine rot umränderten Augen blitzten unter zusammengezogenen Brauen hervor. »Das macht dann dreiundzwanzig Dollar, neunzehn Cent«, knurrte er.

Schnell legte ich fünfundzwanzig Dollar auf den Tresen und stürmte aus dem Laden. Mit dem Restgeld konnte er machen, was er wollte.

Zu Hause angekommen, entschied ich mich für Pancakes mit Ahornsirup. Nach der unangenehmen Situation im Laden brauchte selbst ich eine gute Portion Süßes. Aus Erfahrung rührte ich den Teig allerdings nur mit der halben Zuckermenge an. Einmal hatte ich für Kat Pfannkuchen nach Moms Rezept zubereitet. Nach alter Tradition, wie meine Oma sie in Deutschland gemacht hatte. Doch sie waren ihr nicht süß genug gewesen ... und außerdem zu dünn. Seitdem hatten wir uns auf ein amerikanisches Rezept geeinigt, in das ich weniger Zucker tat, bei dem Kat die fehlende Süße aber mit Sirup ausgleichen konnte. Süßspeisen waren nun mal ihre Achillesverse.

Gerade als ich den letzten Löffel Teig in die Pfanne gab, hörte ich es in Kats Zimmer laut rumpeln. Kurz darauf ging die Dusche an.

Mein Handy vibrierte in der Handtasche, die noch bei der Haustür lag. Bevor ich loslief, wendete ich den Pancake und stellte den Herd aus. Die Resthitze würde ausreichen. Wenige Momente später nahm ich den Anruf entgegen. »Hi, Matt!«

»Hi, Mads!«

»Das klingt komisch«, sagte ich lachend.

»Wieso denn?«, widersprach er. »Matt und Mads. Hört sich für mich wie ein unschlagbares Dreamteam an.«

Ich lächelte in den Hörer. »Wenn du es sagst. Warum rufst du an?«

»Ich habe heute Nachmittag keine Termine und wollte dir anbieten, die restlichen Möbel mit dem Pick-up abzuholen.«

»Wirklich? Das wäre toll.«

Im Hintergrund hörte ich Stimmen und Pepper, der sie mit seinem Bellen übertönte. »Ja, schick mir einfach ein Foto vom Abholschein.«

»Ich fahre gleich nach dem Frühstück mit Kat nach Snohomish.«

»Gegen Speis und Trank bauen Aron und ich sie dir auch gleich auf.«

»Aron will also wirklich helfen?«, fragte ich verblüfft.

»Kat ist noch da, oder?«

»Ja«, antwortete ich gedehnt.

»Dann will er definitiv helfen.«

Ich kicherte. »Was hat das zu bedeuten, Matt?«

»Das musst du schon Aron fragen.«

Ich atmete lautstark ein und aus. »Ich mische mich da lieber nicht ein.«

»Gute Entscheidung.«

»Dann sehen wir uns später. Tausend Dank noch mal.«

»Gern. Bye!«

»Wobei mischst du dich besser nicht ein?«

Erschrocken fuhr ich herum. Kat stand angelehnt im Türrahmen.

»Deine Haare sind nass«, lenkte ich ab.

Sie zuckte mit den Schultern.

»Und du bist ungeschminkt«, ergänzte ich.

Kat stieß sich ab und schlenderte mit einem koketten Hüftschwung auf den Hocker am Küchentresen zu. »Ich bin dem Duft des Paradieses gefolgt«, erklärte sie und zog übertrieben laut die Luft durch die Nase ein. Dann seufzte sie. »Ich lieeeebe Pancakes!«

Offenbar, denn es kam selten vor, dass Kat ihr Zimmer ungeschminkt verließ. Selbst wenn ich die einzig anwesende Person war.

»Ich weiß, Süße.«

»Warum sagst du *Süße*?« Misstrauisch beobachtete Kat mich dabei, wie ich an ihr vorbei zurück in die Küche ging und den letzten Pancake auf dem Turm platzierte.

»Das ist ein Kosewort«, erklärte ich.

»Oder sagst du es, weil du Süße verteilen musst, da du sie im Pancake vernachlässigt hast?«

Ich warf ihr einen gespielt genervten Blick zu. »Es ist genauso viel Zucker drin wie sonst auch.«

Da ich den Esstisch ebenfalls verkauft hatte, mussten wir am Küchentresen essen. Ich stellte den Teller mit den Pancakes zwischen uns. Kat bekam von mir eine Tasse Kaffee und ein Glas Orangensaft. Sie griff nach ihrer Gabel und piekste äußerst enthusiastisch mehrmals in den Pfannkuchen, den sie sich auf den Teller gezogen hatte. Anschließend ertränkte sie alles in einer Lache aus Sirup.

»Und, bist du ausgeschlafen?« Ich schielte demonstrativ auf die Küchenuhr, die längst Mittag zeigte.

»Es fiel mir etwas schwer, wieder einzuschlafen, nachdem du mich geweckt hattest«, bemerkte sie, bevor sie einen Schluck Kaffee nahm. Sie verzog das Gesicht und bediente sich anschließend an den Zuckerwürfeln.

Seit wann brauchte sie selbst dafür dieses ungesunde Zeug?

Ich seufzte. »Eigentlich hab ich mir die größte Mühe gegeben, dich nicht aufzuwecken.«

»Was wolltest du dann in meinem Zimmer?«, fragte Kat.

»Ich war nicht in deinem Zimmer.«

»Doch.«

»Nein«, protestierte ich und Kat warf mir einen skeptischen Blick zu. »Ehrlich, Kat. Warum sollte ich dich anlügen?«

Meine Freundin ließ die Gabel sinken. »Ich hätte wetten können, dass die Tür aufgegangen ist und ich Schritte gehört habe.«

»Das hast du bestimmt geträumt«, beruhigte ich sie, doch sie schien nicht ganz überzeugt. Zumindest gab sie einen missmutigen Laut von sich.

»Danke jedenfalls für das Frühstück«, sagte sie und stupste mich mit der Schulter an, eine Aufforderung, bei unserem Ritual mitzumachen.

»Danke, dass du hier bist«, erwiderte ich.

Wir würden uns nun gegenseitig aufzählen, wofür wir die andere gerade am meisten wertschätzten. Wofür wir dankbar waren.

»Danke, dass du meine beste Freundin bist.« Kat sah mich so

offen an, wie sie das ungeschminkt wohl bei niemandem sonst tun würde. Sie war so wunderschön.

»Danke, dass *du* meine beste Freundin bist«, gab ich zurück.

»Das kannst du laut sagen«, beendete Kat das Spiel und machte sich über ihren Pancake her.

Kapitel 31

Maddie

*Gutes Buch-Marketing weckt beim Leser den Wunsch,
Teil der Geschichte zu sein.*

Die Männer kamen am späten Nachmittag mit den Möbeln bei uns an. Nachdem Kat und ich mittags im Einrichtungshaus weitere Einkäufe getätigt hatten, war Grace zu uns gestoßen. Wir waren den ganzen Tag mit dem Streichen beschäftigt. Auch die Decke im Wohnzimmer war nun an der Reihe und ich war unendlich dankbar, in hochwertige Farbe investiert zu haben, denn selbst damit würden wir zwei- oder vielleicht sogar dreimal über das dunkle Holz streichen müssen, um es deckend weiß zu bekommen. Das Ergebnis würde jedoch alles Geld und jeden Mehraufwand wert sein. Der große Raum mit der Panoramafront wirkte schon nach der ersten Schicht viel heller, ja nahezu lichtdurchflutet trotz der Bäume rund um das Haus. Grace verliebte sich noch mehr in die *Blaue Hortensie* und ich mich ganz neu. Keine Ahnung, ob es an den Menschen oder dem Ort lag – vielleicht an beidem –, aber ich fühlte mich richtig wohl hier. Anders als damals. Mir schien, als würden die traurigen Erinnerungen mit frischen, wohltuenden überschrieben werden.

Die darauffolgenden Tage verliefen nach einem festgesetzten Schema: aufstehen, ans Wasser gehen, Bibel lesen, heimlich angeln üben, streichen, essen, schlafen.

Täglich, meist gegen Mittag, kam Aron vorbei. Er erledigte das, was gerade anstand. Von Möbelaufbauten übers Streichen, Bodendielenreparieren bis hin zu Essensbesorgungen. Er war sich für nichts zu fein. Und auch Matt half, wann immer er Zeit fand. Leider hatte er davon in dieser Woche nur sehr wenig, da einige Angeltouren für seine Gäste anstanden. Am Mittwoch fragte er mich, ob ich ihm am Abend dabei Gesellschaft leisten wolle. Unter den Anglern sei auch eine Frau, die sich über meine Anwesenheit freuen würde. Zu meiner eigenen Überraschung hätte ich sehr gerne zugesagt, aber dieses ganze Angelthema machte mir immer mehr zu schaffen. Jedes Mal, wenn ich eine weitere Gelegenheit, Matt über die Wahrheit aufzuklären, verstreichen ließ, erschien es mir noch unmöglicher, den Mut dafür aufzubringen. Ich versuchte, mir selbst einzureden, dass es mittlerweile auch keine Rolle mehr spiele. Schließlich angelte ich ja jetzt. Warum also das, was immer sich zwischen uns entwickelte, gefährden? Doch nicht zuletzt das schlechte Gewissen verriet, dass ich mir nur etwas vormachte. Kat und Grace hatten sich gegen mich verbündet und stichelten, wann immer sich die Gelegenheit dazu bot. Es wurde Zeit.

Allein in meinem Zimmer, übte ich, was ich ihm sagen wollte.

»Hey, Matt, ich hab gelogen. Eigentlich habe ich Angeln gehasst. Aber jetzt nicht mehr.« Nein, das war zu drastisch.

»Hi, Matt! Haha, witzige Geschichte: Bevor ich dich kannte, hab ich nicht geangelt.«

In Gedanken antwortete Matt jedes Mal mit denselben Sätzen: »Du hast mich angelogen« und »Also hatte ich recht!« Stolz und Scham hielten mich davon ab, ihm endlich reinen Wein einzuschenken. Mal abgesehen davon, dass ich Wein überhaupt nicht mochte. Aber nur weil Matt speziell in meinem Fall recht behielt, konnte er das ja nicht auf alle Frauen beziehen. Diese Gastanglerin war doch der beste Beweis dafür. Und nur weil ich das Missverständnis nicht geklärt hatte, hieß es noch lange nicht, dass ich insgesamt eine unehrliche Person war.

»Ich bin platt«, antwortete ich schließlich auf seine Einladung, was nicht gelogen war. »Das nächste Mal.«

Die Absage machte mich dennoch traurig. Um mich abzulenken, lud ich Grace für einen Filmabend zu uns ein. Sie besorgte auf dem Weg zur *Blauen Hortensie* ein paar Snacks und wir bestellten asiatisch. Der neue Fernseher stand noch auf dem Boden und das Wohnzimmer war alles andere als wohnlich, aber wir machten das Beste daraus. Grace loggte sich mit ihren Netflix-Zugangsdaten ein, während Kat aus sämtlichen Kissen des Hauses eine Art Bodencouch drapierte. Da es weiterhin intensiv nach Farbe roch, schoben wir die Panoramatüren weit auf, sodass für genügend Frischluft gesorgt war. Ein Gewitter grollte in größerer Entfernung. Obwohl ich die Stimmung liebte, hoffte ich, dass es vorbeiziehen würde, damit Matt eine erfolgreiche Angeltour verbuchen konnte.

Grace bestand darauf, *To All the Boys I've Loved Before*, die Verfilmung eines Buches von Jenny Han, anzusehen. Ich hatte schon viel Positives darüber gehört, auch wenn ich es selbst nicht gelesen hatte, also stimmte ich zu. Vorzuschlagen, wir könnten uns einen Jane-Austen-Film anschauen, wagte ich nicht. Kats warnender Gesichtsausdruck ließ mich ihre Antwort bereits erahnen.

Sie stimmte Grace' Vorschlag unter der Voraussetzung zu, als Nächstes *Grease* zu sehen, ihren Lieblingsfilm, obwohl sie Musicals normalerweise verabscheute.

Alles war vorbereitet, als die Essenslieferung kam. Wir schnappten uns Stäbchen und Getränke und kuschelten uns zusammen in die Kissen.

»Also, wenn du jetzt eine Anglerin bist«, begann Kat und führte sich genüsslich eine in Wasabi und Sojasoße getunkte California Roll in den Mund, »bedeutet das dann kostenloses Sushi bis an mein Lebensende?«

»Wenn du den Fisch selbst plattmachst, hol ich ihn dir gerne an Land«, konterte ich prompt.

Grace prustete los, als sie Kats Blick bemerkte. »So läuft das nun mal, Sweetie«, erklärte sie. »Was du essen willst, musst du vorher ...« Eine unmissverständliche Geste folgte.

»Hast du deshalb nur Gemüse in deinem Garten?«, blaffte Kat.

»Möglich. Aber es ist ja auch nicht *mein* Garten.«

Kat ging auf Grace' Bemerkung nicht ein und starrte stattdessen ihr Essen an. »Ich weiß nicht, ob ich das könnte.«

»So lernst du dein Essen aber zu schätzen«, erwiderte ich leise. Allerdings verstand ich zu gut, was sie meinte. Seitdem ich mich mit dem Angeln beschäftigte – jeden Abend schaute ich mir vor dem Schlafengehen weitere Videos an –, sank mein Wunsch nach Fleisch- und Fischprodukten und so war auch mein grünes Curry vegetarisch. Es würde bestimmt nicht einfach werden, einen Fisch zu töten, aber das gehörte zum Angeln dazu. Und ich wusste, dass es die beste Methode war, Fisch zu *essen*. Das Tier lebte glücklich bis zum Schluss in seinem natürlichen Lebensraum. Dann ging es ganz schnell. Ein Schlag auf den Hinterkopf – betäubt – Kehlenschnitt – tot. So weit in der Theorie.

Grace drückte einen Knopf auf der Fernbedienung. »Es geht los«, flüsterte sie und beendete somit unsere ernste Unterhaltung.

Der Film eröffnete die Handlung mit einem Tagtraum der Protagonistin. Sie erzählte von heimlichen Küssen und einer verbotenen Liebe. Es war zum Schmachten und Dahinschmelzen. Definitiv ein Film für mich.

»Lara Jean erinnert mich an irgendjemanden«, flüsterte Kat Grace ins Ohr und grinste mich dabei frech an.

Ein Fußtritt sollte sie in ihre Schranken weisen. Leider traf ich Grace' Bein, da sie zwischen uns lag und ich zu ungelenk war.

»Auuuuaaa«, jaulte sie, obwohl es überhaupt nicht fest gewesen war. »Was kann ich denn dafür? Außerdem hat Kat recht. Du bekommst den gleichen abwesenden Blick, wenn dich eine Situation oder ein Ort begeistert – wenn dich die Inspiration so richtig packt.«

Ich wollte noch einmal nachtreten, aber als ich genauer darüber nachdachte, klang es beinahe wie ein Kompliment. »Jedenfalls träume ich nicht vom Freund meiner Schwester«, schnaubte ich.

»Nein, dafür aber bestimmt von Matt«, erwiderte Grace mit wackelnden Augenbrauen. Wie auf Kommando hatte bei seinem Namen ein Donnern eingesetzt.

»Hey!« Ich schnappte mir ein Kissen und zog es ihr über den Kopf.

Kat brachte geistesgegenwärtig die leeren Essensbehälter aus meiner Reichweite und drückte auf *Pause*. Es war ein Moment, für den wir uns vielleicht geschämt hätten, wenn uns jemand so gesehen hätte. Ein Moment, in dem wir uns ganz fallen ließen und die Kinder von früher zum Vorschein kamen. Und während wir uns mit Kissen bewaffneten und kreischend zum Angriff übergingen, wurde es mir plötzlich klar: Das hier war auch einer der Gründe, warum ich die Abreise mit der Renovierung weiter hinauszögerte. Hier konnte ich eine andere Version meiner selbst sein. Nicht Madison, nicht Maddie. Hier war ich Mads. Keine Ahnung, ob es die Mads war, die Frank in mir gesehen hatte, oder eine andere ... eine neue. Eine, die sich schleichend, aber unaufhaltsam in einen Mann verliebte, dessen Lieblingshobby das Angeln war. Also fast in eine jüngere, aber zweifellos besser aussehende Ausgabe meines Vaters. Und ich war mir nicht sicher, ob mir das gefiel. Wohingegen ich mir absolut sicher war: Matt gefiel mir.

Ein auf mich zurasendes rosa Blümchenkissen mit flatternden Rüschen riss mich aus meinen Gedanken. Schnell duckte ich mich darunter hinweg und holte zum Gegenschlag aus.

Als uns schließlich die Puste ausging, zog Grace Nachos und Popcorn aus ihrem Rucksack. Kat drückte wieder auf *Play*. Atemlos lauschten wir dem Geschehen. Bei jeder liebenswürdigen Geste des Hauptdarstellers seufzten wir im Kollektiv. Wir schlugen die Hände über dem Kopf zusammen, weil Lara Jean nicht kapierte, was Sache war, und verdrückten am Ende glückselig ein paar Freudentränen, als hätten wir selbst gerade unsere große Liebe geküsst. Natürlich gab Letzteres keine von uns zu.

Das erste Gewitter war ohne Regen vorbeigezogen, doch schon grollte es erneut in der Ferne. Heftiger Wind fuhr in die Bäume vor der Veranda. Laub und kleine Ästchen fielen auf den Holzboden.

»Wir machen besser zu«, murmelte ich und hievte mich vom

Boden hoch. Unter Ächzen und Stöhnen wurde mir bewusst, dass ich nicht mehr achtzehn war. Vielleicht lag es auch an meiner mangelnden sportlichen Betätigung.

»Ich hole uns neue Getränke. Macht ihr schon mal an?«, fragte Kat und verschwand hinter dem Tresen.

Grace salutierte und suchte nach *Grease*. Bevor ich die Schiebetür zuzog, spähte ich zum Wasser hinunter. Es war mittlerweile dunkel. Dunkler als normalerweise um diese Uhrzeit. Ein kurzer Blick zum Himmel zeigte mir eine geschlossene Wolkendecke. Eine Bewegung am Rande des Sichtfeldes erregte meine Aufmerksamkeit.

»Hältst du nach jemand Bestimmtem Ausschau?«, fragte Grace plötzlich neben mir.

Erschrocken trat ich einen Schritt zur Seite. »Grace! Hör auf, mich zu erschrecken!«

Sie grinste. »Und, kannst du ihn sehen?«

»Nein«, knurrte ich. Dennoch scannte mein Blick den Bereich in der Hoffnung, Matt zu entdecken. Nichts. »Sie werden sicher längst nach Hause gegangen sein.«

»Vielleicht zieht das Gewitter vorbei. Wie vorhin.«

Ich spähte erneut in den brodelnden Himmel. In der Ferne blitzte es. »Nein«, überlegte ich laut. »Dieses Mal nicht.«

»Woher willst du das wissen?« Neugierig musterte Grace die Umgebung.

Ich ließ mir Zeit mit meiner Antwort und schloss die Schiebetür. Das Klicken vermittelte Sicherheit und dennoch fühlte ich mich auf seltsame Weise entblößt. Als würde man uns beobachten. Mit einem Lächeln, mit dem ich das plötzliche Unbehagen überspielen wollte, wandte ich mich ihr zu. »Nenn es Intuition.«

»Uuuh!«, machte Grace und hob verschwörerisch die Hände. »Frau Autorin weiß, wie man Spannung aufbaut.«

»Natürlich«, gab ich schulterzuckend zurück und ging auf Kat zu, die mit zwei ihrer selbst gemachten *Shirley Temple*, einem alkoholfreien Cocktail aus Ginger Ale und Grenadine, auf uns zukam. Während ich das kribbelnde Gefühl, beobachtet zu werden, abschüttelte, nahm ich ihr beide Gläser ab, um eines davon an Grace weiterzureichen. Kat huschte schnell zurück in die Küche und holte ihr eigenes.

»Auf uns, Mädels?«, fragte sie.

»Ja, auf die Storm Lake Sisters!«, erwiderte Grace und hob ihr Glas.

»Ja, das klingt gut. Auf die Storm Lake Sisters«, bestätigte Kat.

Das Klirren unserer Gläser wurde von einem lauten Donnergrollen begleitet. Und als wäre es ein Signal gewesen, öffneten sich im gleichen Augenblick die Schleusen des Himmels.

Kapitel 32

Matt

Wer bei Gewitter angelt, fordert den Blitz heraus.

Schon den ganzen Abend schwebte das miese Wetter wie ein Damoklesschwert über den Anglern. Drei Stunden hatten sie gehofft und gebangt, vom Regen verschont zu bleiben. Doch Matts Gebete waren nicht erhört worden. Starkregen prasselte geräuschvoll auf das Vordach seines Zeltes. Blitz und Donner wechselten sich ab und verwandelten den Himmel in ein düsteres Lichtspiel aus Blau-, Grau- und Schwarztönen. Sein Unterschlupf hatte ihm bisher immer gute Dienste geleistet, deshalb lehnte er sich auch jetzt auf seiner Isomatte zurück und vertraute darauf, dass er dem Wolkenbruch standhielt. Von den Zelten der anderen konnte man das jedenfalls nicht behaupten. Bereits nach wenigen Minuten standen sie unter Wasser. Während seine Gäste hastig die Lagerstätten abbrachen und dabei laut schimpften, las Matt die eingehende Nachricht auf seinem Handy.

Alles ok?

Er grinste unwillkürlich. Madison musste wohl an ihn gedacht haben. *Bei mir schon. Die anderen gehen unfreiwillig baden.*

Wie gut, dass ich nicht dabei bin.

Wieso? In meinem Zelt wärst du trocken und sicher, antwortete er und schickte einen zwinkernden Smiley hinterher.

Du wirst nicht ernsthaft weiterangeln, oder?

Wieso denn nicht?

Er hatte schon des Öfteren bei einem Unwetter geangelt. Nicht unbedingt währenddessen, aber davor und danach allemal.

Mit einem Gewitter ist nicht zu spaßen. Willst du wirklich am Wasser bleiben? UNTER BÄUMEN???

Matt lachte angesichts der Großbuchstaben und des Smileys mit aufgerissenen Augen. Die Ruten hatte er aus Sicherheitsgründen eingeholt und würde sie erst anschließend wieder ausbringen. Erfahrungsgemäß bissen die Fische nach einem ausgiebigen Regenguss besonders gut, das wollte er sich nicht entgehen lassen. Sein Auto stand zu weit weg, um mal eben schnell dort Unterschlupf zu suchen. Er überlegte, wie hoch die Wahrscheinlichkeit war, vom Blitz getroffen zu werden.

MATT???

Würdest du einem obdachlosen Angler Zuflucht anbieten?, fragte er freiheraus.

Immer, kam prompt Madisons Antwort. *Du musst nur schiefen Gesang über dich ergehen lassen.*

Matt schickte ein Fragezeichen in den Chat.

Grace und Kat haben Grease *angemacht.* Der Verdrehte-Augen-Smiley brachte ihn zum Grinsen. Er konnte sich die Frauen richtig gut vorstellen, wie sie zusammen *You're the One That I Want* in die Fernbedienung grölten.

Ah! Ein Mädelsfilmabend. Da möchte ich echt nicht stören.

Tut dus nicht, schrieb Madison so schnell, dass sich Tippfehler einschlichen. *Im Gegenteil: Du rettest mich. Wir treffen uns auf der Veranda. Bis gleich!*

Matt schnaubte. Er wollte sich nicht aufdrängen ... anderseits hatte Madisons Sorge ihn angesteckt. Mit gerunzelter Stirn registrierte er, wie der nächste Blitz den Himmel erleuchtete. Der Donner ließ zwar noch einige Sekunden auf sich warten, doch das Gewitter kam rasch näher. Umso besser, dann würde es auch schneller wieder vorbei sein und er konnte weiterangeln. Die Frauen müssten ihren Abend also hoffentlich nicht allzu lange für ihn unterbrechen. Er zog sich die Kapuze seiner Regenjacke über und sprintete den Abhang zur *Blauen Hortensie* hinauf. Zum Glück lag der beste Angelplatz des ganzen Sees nicht weit von Mads' Haus entfernt.

Kapitel 33

Maddie

*Metaphern, Vergleiche, Symbolik ... sind ja schön und gut.
Manchmal wäre es jedoch zielführender,
auf stilistische Mittel zu verzichten.*

Als Matt auf dem kleinen Trampelpfad vor meinem Haus in Sicht kam, saß ich längst mit zwei Tassen Kaffee in den Händen auf dem linken Korbsessel und wartete auf ihn. Kurz hatte ich seine hochgewachsene Gestalt für jemand anderen gehalten, doch als er bald darauf den Lichtkegel der Verandabeleuchtung erreichte, beruhigte sich mein wild schlagendes Herz. Die Schiebetür war einen Spalt weit geöffnet und die Stimmen meiner Freundinnen drangen etwas gedämpft zu uns nach draußen. Trotz Regenkleidung war Matt von Kopf bis Fuß durchnässt. Eine Lache bildete sich dort, wo er auf den Holzdielen stand.

»Hi«, begrüßte er mich leise. Sein verlegenes Grinsen zeigte das kleine Grübchen, das ich mittlerweile so sehr mochte. Dass er in den letzten Tagen viel beschäftigt gewesen war, bewies sein unrasiertes Kinn. Der Dreitagebart ließ ihn älter erscheinen.

»Hi«, flüsterte auch ich und stand auf, um ihm eine der dampfenden Tassen entgegenzustrecken, die er mir mit einem dankbaren Seufzen abnahm.

Aus dem Wohnzimmer ertönte ein Kreischen, dann wurde der Fernseher lauter geschaltet. Kat fing lauthals an, John Travoltas Part von *Summer Nights* zu singen. Am liebsten hätte ich die Tür zugezogen, doch ich hielt tapfer durch, bis Grace die weibliche Stimme übernahm.

Matt stieß einen leisen Pfiff aus. »Grace ... kann singen«, bemerkte er. Er klang, als hätte er es ihr nicht zugetraut.

Ich schnaubte. »Ja, im Gegensatz zu Kat.«
Just in diesem Moment warf mir Kat über die Schulter einen bösen Blick zu.

»Sie kann mich unmöglich gehört haben«, sagte ich mit noch weiter gesenkter Stimme, während ich näher an Matt herantrat.

»Vielleicht hat sie Superkräfte«, mutmaßte er. »Irgendwie jagt sie mir Angst ein.«

Ich schnaubte, denn er war nicht der Erste, der das sagte.

Wir standen noch eine Weile schweigend da und genossen die Darbietung meiner Freundinnen. Als es zum romantischen Höhepunkt kam, räusperte ich mich. »Warte hier, ich besorge dir trockene Kleidung.«

Ohne Matt die Möglichkeit zu einer Erwiderung zu geben, schob ich mich durch die Tür und verschwand in Franks altem Zimmer. Da ich die Umzugskartons sorgfältig beschriftet hatte, fand ich schnell, wonach ich suchte. Keine zwei Minuten später war ich zurück. Bevor ich nach draußen trat, beobachtete ich Matt, der mit dem Rücken zu mir stand und die Unterarme auf dem Geländer der Veranda abgestützt hatte. Langsam und in kleinen Schlucken trank er von dem Kaffee, während er hinaus in den Regen und zum See blickte. Blitze erhellten in immer kürzeren Abständen den Horizont. Der Himmel glich einem brodelnden Kessel. Ich konnte nicht mehr sagen, wann der eine Donner aufhörte und der nächste begann. Froh darüber, dass Matt hier und nicht dort unten am Wasser war, trat ich neben ihn. Er wandte sich mir zu, verlagerte dabei sein Gewicht und lehnte schließlich mit dem Ellenbogen an der Brüstung. Eine seiner Augenbrauen wanderte fragend nach oben, als er den dunklen Pullover und die schlichte braune Stoffhose sah.

»Die gehörten Frank«, erklärte ich. Mein Mund wurde trocken bei den Worten.

»Ich weiß. Es …« Er stockte und betrachtete den Sweater. »Es war sein Lieblingspullover.« Er wies auf den kleinen Forellenaufnäher. »Du musst das nicht tun«, flüsterte er und fing meinen

Blick mit seinen blauen Augen auf. »Kaffee allein macht mich schon glücklich.«

Skeptisch musterte ich ihn. Es kostete mich einiges an Selbstbeherrschung, ihn nicht zu fragen, warum er so gut über Franks Kleidung Bescheid wusste. *Ich* hatte nicht gewusst, dass es sein Lieblingspullover gewesen war.

»So einfach bist du also gestrickt?«, fragte ich stattdessen und ignorierte den gemeinen Biss der Eifersucht.

Matt entging nicht, dass ich ihn das schon einmal gefragt hatte. »Manchmal«, antwortete er genauso wie damals.

Lächelnd drückte ich ihm das Bündel in die freie Hand. »Zieh dich um. Frank hätte es so gewollt. Ein Angler hilft dem anderen.«

Matt zwang sich, mein Lächeln zu erwidern, doch es schien ihm überaus unangenehm zu sein. Dennoch gehorchte er, verschwand im Inneren und zog sich in der Gästetoilette um. Grace und Kat applaudierten mir stumm. Wofür auch immer. Dann machte Kat eine auswerfende Bewegung und kurbelte an einer imaginären Rolle. Ob ich mir Matt angelte, schien sie wohl zu fragen. Sehr witzig.

Als Matt zurückkam, taten die beiden so, als hätten sie in der Zwischenzeit weiter den Film verfolgt. Ich erlaubte mir, ihm nur ins Gesicht zu sehen. Er hatte einen ausdrucksstarken, breiten Kiefer, der durch den Bart nun noch mehr betont wurde. Als er lächelte, erwischte ich mich dabei, wie ich nach dem Grübchen Ausschau hielt.

»Du kannst ruhig zu ihnen reingehen«, sagte er. »Ich warte hier, bis das Gewitter vorbei ist, dann verschwinde ich wieder und lass euch in Ruhe.«

»Ich bin gern hier draußen«, erwiderte ich und ließ mich als Beweis in den Korbsessel fallen. *Loungemöbel wären nicht schlecht,* dachte ich und machte mir eine mentale Notiz.

Matt setzte sich ebenfalls. Bisher hatte ich es vermieden, ihn in der neuen Kleidung zu betrachten. Doch jetzt, wo er neben mir saß – auf dem Platz, den Frank so geliebt hatte –, blieb mir gar nichts anderes übrig. Der Anblick dieses Mannes in der alten Garderobe meines Vaters war auf merkwürdige Weise schmerzlich und heilsam zugleich. Es raubte mir einen kleinen Moment den Atem, aber nur so lange, bis ich Matt erneut ins Gesicht sah und sich ein neues Bild über meine Erinnerungen schob.

»Alles in Ordnung?«, fragte er. »Du siehst aus, als hättest du einen Geist gesehen.« Während er die Worte aussprach, wechselten seine Gesichtszüge von heiter zu bestürzt. Offenbar sauer auf sich selbst, murmelte er ein paar unverständliche Kraftausdrücke.

Ich unterdrückte ein Lachen. Es machte Spaß, ihm dabei zuzusehen, wie er meinetwegen die Fassung verlor.

»Entschuldigung«, presste er hervor. »Manchmal denke ich nicht nach, bevor ich spreche.«

Jetzt konnte ich mein Lachen nicht mehr verstecken. »Das habe ich gemerkt.«

Matt rieb sich mit der freien Hand nervös über den Nacken. In der andern hielt er wieder die Tasse, die er für den Kleiderwechsel auf dem Beistelltisch abgestellt hatte. Sein Kaffee war fast ausgetrunken. »Spielst du auf unsere erste Begegnung an?«, fragte er.

Bei seinen Worten zog sich mein Magen krampfhaft zusammen und meine Hände wurden klamm. Um mich an etwas festhalten zu können, griff auch ich nach meiner Tasse. Leider war sie leer und ich konnte die Antwort nicht mit einem Schluck hinauszögern. »Mag sein«, erwiderte ich in gespielt lockerem Ton.

»Ich war damals ein Idiot«, erklärte Matt.

In der Hoffnung, das Thema damit zu beenden, zuckte ich mit den Schultern. So, als wäre es nicht weiter schlimm und längst vergessen.

»Du hast also was gut bei mir.« Sein eindringlicher Blick verursachte mir eine Gänsehaut.

»Das bezweifele ich, so viel, wie du mir mit dem Haus hilfst.« Ich stand auf. »Noch Kaffee?«, fragte ich und wies auf meine leere Tasse.

Matt sah in den Regen hinaus. »Einer geht noch.«

Schnell huschte ich ins Haus. Nicht dass er noch mal auf das Thema unserer ersten Begegnungen zurückkommen konnte. Doch ehe ich ganz im Inneren verschwand, meinte ich ihn leise irgendetwas über Stolz und Vorurteil murmeln zu hören.

Kapitel 34

Maddie

Wenn die Konflikte des Protagonisten den Leser emotional mitfiebern lassen, dann hat der Autor seinen Job erfüllt.

Wenn es den perfekten Moment gegeben hatte, Matt die Wahrheit zu sagen, dann war er gestern Abend gewesen. Diese Erkenntnis traf mich, als ich in dieser Nacht wach im neuen Bett lag (zusammen mit der, dass ich so spät keinen Kaffee trinken sollte). Und sie verfolgte mich auch am Morgen, während ich mit meiner Angelausrüstung zum See stiefelte. Nachdem ich nicht mehr schlafen konnte, wollte ich Matts Theorie überprüfen, laut der Fische nach einem Unwetter aktiver waren. Außerdem hatte ich mir vorgenommen, Kat zum Abendessen selbst gefangenen Fisch zu servieren. Forelle würde sich bestens eignen, daher benutzte ich Franks Forellenköder. Das Auswerfen beherrschte ich ja mittlerweile weitestgehend. Dennoch war ich mehr als glücklich, dass Matt bereits verschwunden war, als ich den Angelplatz erreichte. Zuschauer brauchte ich nun wirklich keine.

Der Morgen nach einem Gewitter hatte seinen ganz eigenen Zauber. Als hinge die Elektrizität noch in der Luft, vibrierte mein ganzer Körper vor Aufregung. Als stünde etwas Großes bevor. Der Geruch von Laub und Regen durchdrang meine Gedanken und im Geiste spann ich schon eine neue Geschichte. Die Inspiration packte mich – so wie Grace es genannt hatte –, während ich mehrere Würfe machte und in den Sonnenaufgang blickte. Ich legte die Angel beiseite und zog das Notizbuch hervor. Für Flüssignahrung in Form von Kaffee hatte ich natürlich gesorgt. Es war zu einem Ritual geworden, die erste Tasse des Tages am Wasser zu trinken.

Nicht immer angelte ich.

Nicht immer las ich in einem Roman.

Nicht immer schrieb ich meine Gedanken nieder.

Aber jedes Mal, wenn ich hierherkam, fühlte ich tiefen inneren Frieden.

Mein Handy vibrierte und ein neuer Gruppenchat ploppte auf.

Grace Evans hat den Betreff zu »Storm Lake Sisters« geändert.

Kat Thompson wurde hinzugefügt.

Hi, Mädels, schrieb Grace und fügte einen grinsenden Smiley und eine Sonne an. *Heute ist Shopping angesagt. Wir denken uns jetzt Kats Jubel dazu, Maddie. Sie schläft bestimmt noch. Aber nur zur Info: Ich komme gegen 15 Uhr bei euch vorbei und dann besorgen wir unsere Outfits für die Fair.*

Grace schickte uns das GIF einer tanzenden Frau.

Aye, aye, Ma'am!, antwortete ich.

Von Kat kam natürlich keine Erwiderung.

Mit einem Schmunzeln steckte ich das Handy wieder weg. Nervös tippte ich mit dem Ende des Kulis auf den Block. Worüber wollte ich schreiben? Welche Botschaft sollte mein neues Projekt transportieren?

Ich begann damit, Stichpunkte aufzuschreiben. Dabei verfolgte ich keinen Plan ... Ich hatte nicht mal ein Ziel vor Augen. Nein, ich schrieb einfach meine Gefühle nieder. Denn ich hatte das Bedürfnis, sie rauszulassen. Sie von allen Seiten zu betrachten. Auf die Art konnte ich sie analysieren.

Tell me more, sagte ich zu den Worten auf dem punktkarierten Papier, was mich unweigerlich an *Grease* erinnerte. Mein Lächeln war die Erwiderung.

Gegen 12 Uhr antwortete Kat in der Gruppe: *Toller Name. Tolle Idee. Lieb beides.* Sie schickte drei rosa Herzen hinterher.

Das hieß wohl, sie war endlich aufgewacht. Kurz darauf hörte ich das Wasser in ihrem Bad angehen. Frisch geschminkt und fertig gestylt kam sie vierzig Minuten später zu mir in die Küche spaziert. Sie sah erholt aus.

»Was hast du vor?«, fragte sie, ohne mich zu begrüßen. Typisch Kat.

»Wonach sieht es aus?«, fragte ich zurück.

»Du packst Umzugskartons ... Heißt das, du hast dich entschieden, nach Seattle zurückzukehren?« Kats Stimme klang hoffnungsvoll.

Vom Boden aus warf ich ihr einen genervten Blick zu. »Nein«, erwiderte ich und pustete mir eine lose Strähne aus dem Gesicht. »Ich werde die Küchenschränke abhängen und hortensienblau streichen«, verkündete ich stolz. Kat verzog den Mund zu einer Grimasse, während sie eine Tasse unter den Kaffeeautomaten stellte. »Das geht nicht so einfach«, erklärte sie. »Man muss das Holz erst abschleifen, bevor man es streichen kann.«

»Woher weißt *du* denn das?«, fragte ich verblüfft.

»Das hat mir Aron erklärt, als ich die Türrahmen streichen wollte.«

»Hm«, machte ich und versuchte, in dem ausdruckslosen Gesicht meiner Freundin nach versteckten Hinweisen zu suchen. Sie war manchmal ein Rätsel, das ich nur zu gern durchschauen würde. »Wie auch immer. Ich werde es tun. Dann sieht die Küche nicht mehr so altbacken aus und macht dem Namen des Hauses alle Ehre.«

Kat zuckte mit den Schultern, schob sich auf einen Barhocker und nahm einen großen Schluck Kaffee. »Was ist mit der Tür?«

Erschrocken sah ich auf. Ich wusste genau, welche Tür sie meinte, dennoch fragte ich: »Was meinst du?«

»Willst du die nicht überstreichen?«

»Auf gar keinen Fall!«, entfuhr es mir.

Während sie mich musterte, zupfte ein kleines Lächeln an ihrem linken Mundwinkel. Die Psychologin in ihr konnte es nicht lassen. Immer wieder versuchte sie mit vagen Anspielungen zu erreichen, dass ich mich der Vergangenheit stellte. Und sie hatte sogar Erfolg damit. Denn schon dachte ich an die handbemalte Tür zur Abstellkammer, die ein Gemälde vom See zierte. Momentan war sie mit Folie abgedeckt, um sie vor Farbspritzern zu schützen. Bisher hatte ich es vermieden, mir das Werk meiner Mutter genauer anzusehen, und letztlich Matt darum gebeten, sie abzukleben. Ich konnte mich noch sehr gut an die Ferien erinnern, als Mom sich Pinsel und Farbe geschnappt und verkündet hatte, sie bemale jetzt die Tür, da ihr die Leinwände ausgegangen seien. Es war jener Sommer, in dem sie starb.

Kat stellte ihre Tasse auf dem Tresen ab. Das Geräusch katapultierte mich zurück in die Realität. »Brauchst du Hilfe?«

»Das ist die letzte Kiste«, seufzte ich und stemmte mich von den Knien hoch. »Wenn Aron später vorbeikommt, werde ich ihn bitten, die Schränke abzuhängen.«

»Es nervt ein bisschen, dass er jeden Tag hier aufkreuzt«, bemerkte Kat und verschränkte dabei die Arme vor der Brust.

Ich kam zu ihr herüber und lugte in ihre Tasse. »Darf ich?«

Kat nickte. »Bin fertig.«

Ich nahm den ersten Schluck und verzog das Gesicht. »Hast du da etwa schon wieder Zucker reingemacht?«

Unschuldig lächelte sie mich an. »Nur ein wenig.«

»Kat, dein Zuckerkonsum nimmt überhand.«

»Es sind ja auch schwere Zeiten«, seufzte sie. In der Tat war Kat irgendwie ... nicht ganz sie selbst, seit sie erfahren hatte, dass sie diese eine Prüfung eventuell wiederholen musste. Anstatt sie also weiter auszuschimpfen, kam ich auf das Thema von zuvor zurück. »Warum stört es dich, dass Aron vorbeikommt?« Mein normaler Tonfall täuschte über die Neugierde hinweg. Schnell nahm ich einen neuen, kaum genießbaren Schluck, damit mich meine Miene nicht verriet. »Es stört mich nicht direkt«, entgegnete sie hastig. »Es ist voll nett von ihm, dir zu helfen, ohne Frage, aber ...«

»Aber?«

»Ich fühle mich so beobachtet, wenn jeden Tag Fremde ins Haus kommen.«

»Aron ist doch kein Fremder!«, verbesserte ich sie. »Außerdem beobachtet dich keiner.«

Kat senkte den Blick und betrachtete ihre perlmuttfarbenen Nägel. Ihr Finger war mittlerweile gut verheilt.

»Du weißt, dass du großartig aussiehst, oder, Kat?«, fragte ich. Manchmal vergaß ich, wie es in ihr drin aussah.

Kat lächelte verwegen und sah mir direkt ins Gesicht. »Und du weißt, dass du deine Ohren nicht verstecken musst, oder, Maddie?«

Erwischt! Ich spürte, wie mir die Hitze in die Wangen stieg. Nur in Kats Gegenwart trug ich die Haare zusammengebunden, ohne mich wegen meiner Segelohren unwohl zu fühlen.

»Lenk nicht ab«, ermahnte ich mit erhobenem Zeigefinger. »Was läuft da zwischen Aron und dir?«

»Nichts«, sagte sie, ohne den Blick zu senken. »Ich mag es nur nicht, wie er mich ansieht.«

»Wie sieht er dich denn an?«, wollte ich wissen.

Sie zuckte erneut mit den Schultern. »Als *sähe* er mich.«

Stirnrunzelnd beugte ich mich dicht zu Kat vor. »Ich sehe dich auch, Süße.«

Kat stieß mich lachend weg. »Mach dich nur lustig über mich.« Sie sprang vom Hocker und zeigte auf die Kisten. »Wohin sollen die?«

»In Franks Zimmer.«

»Ist da überhaupt noch Platz?«, fragte sie überrascht. Neben dem neuen Bett, das wir in eine Ecke geschoben hatten, parkten wir dort alle verbliebenen Möbel.

»Wenn nicht, auch kein Problem. Ist ja nicht so, als hätte das Haus nicht genügend andere Zimmer ...« Ich schnappte mir die erste Kiste Geschirr und lief voraus.

»Zu viele Zimmer für eine junge, alleinstehende Frau«, ergänzte Kat. »Seit wann nennst du es eigentlich *Haus*?«

Gute Frage. Wann war aus der Angelhütte ein Haus geworden? Wenn ich so weitermachte, würde es noch zu einem Zuhause werden. Unwillkürlich musste ich lächeln. Dieser Gedanke war nicht so Angst einflößend, wie er es noch vor zwei Wochen gewesen wäre. Das verbuchte ich als einen Sieg.

»Netter Versuch, Frau Psychologin«, gab ich über die Schulter zurück. »Ich lass mich von dir nicht therapieren.«

Grace kam auf die Minute genau. Sie musste eine Uhr mit Weckerfunktion im Inneren ihres Gehirns verbaut haben. Generell schienen ihre Tage komplett durchgetaktet zu sein. Ich hatte ihr einmal über die Schulter geschaut, als sie etwas in ihren Taschenkalender eingetragen hatte. Dort hatte ich einen Blick auf mehrere To-do-Listen erhaschen können. Das an sich war ja nichts Ungewöhnliches, schließlich erstellte ich ebenfalls solche Listen. Doch bei Grace war jeder Punkt mit einer Uhrzeit versehen. An manchen Stellen war eine Bemerkung angefügt: *+/- fünf Minuten*, zum Beispiel unter dem Punkt: *Meeting mit Pastor Briggs*.

Das Kostüm-Shoppen mit Grace verlief so ähnlich, wie Kat mir das Arbeiten im Gemeindegarten beschrieben hatte. Sie führte uns von einem Laden zum nächsten und hakte dabei die Punkte auf ihrer neuen Liste ab. Im ersten Geschäft besorgten wir uns Unter- und Überkleider. Es waren einfache Gewänder, da ich mich nicht in schicke Barock-Abendgarderobe zwängen wollte. In einem anderen Laden gab es Secondhand-Schmuck, der nicht nur im passenden Stil, sondern noch dazu supergünstig war. Danach machten wir eine kleine Kaffeepause in einem niedlichen Café, dessen Einrichtung an das Wohnzimmer einer Urgroßmutter erinnerte. Schwere Polstermöbel, geräuschschluckende Teppiche und es roch, als wäre hier alles hundert Jahre alt. Wenn das überhaupt reichte. Aber der Kaffee ... Es war der beste, den ich je getrunken hatte. Grace und ich verboten Kat, Zucker hineinzugeben. In einem unachtsamen Moment schaffte sie es dennoch, einen ganzen Löffel darin zu versenken.

Als wir gingen, schickte ich Matt ein Foto vom Türschild und nahm ihm das Versprechen ab, dieses Café zeitnah mit mir zu besuchen.

»Der Kaffee in *Sophie's Little Sconery* ist noch mal besser«, erklärte Grace, aber das würde ich erst glauben, wenn ich ihn probiert hatte.

Im Anschluss ergatterten wir in einem kleinen Kaufhaus sogar ein Mieder für Kats Outfit. Die Stimmung war ausgelassen und sobald Grace' Punkte vollständig abgehakt waren, entspannte sie sich sichtlich. Wir redeten über Filme, Musik, Schauspieler ... über alles Mögliche. Wir fragten uns, wie Matt und Aron sich wohl kleiden würden. Ob sie, wie wir, eher aus der Mittelschicht stammen oder ob sie vornehme Herrschaften imitieren würden. Grace fantasierte über Matt und mich als Mr Darcy und Elizabeth Bennet. Der Gedanke war lustig und irgendwie stellte ich mir Matt genau so vor. Ich lächelte heimlich in mich hinein.

Vor dem Friseursalon blieb Kat plötzlich abrupt stehen. Im Schaufenster sah ich ihr ernstes Gesicht und ein Anflug von Sorge überkam mich.

»Alles in Ordnung?«, flüstere ich ihr zu.

Grace bemerkte unseren Stimmungswechsel, murmelte irgendetwas von Make-up und hüpfte weiter zur Drogerie. Sie gab uns den Freiraum, ungestört zu reden.

»Ja«, antwortete Kat nach einer Weile. »Ich überlege nur ... ach nichts.«

»Sicher?«, wollte ich wissen. »Ich bin für dich da, wenn du reden willst.«

Kat wandte mir ihr hübsches Gesicht zu. Ein ironisches Grinsen zierte ihre Mundwinkel. »Wer will jetzt wen therapieren?«, fragte sie.

Lachend hakte ich mich bei ihr unter und wir folgten Grace in den parfümgeschwängerten Laden. Obwohl Make-up das Letzte war, was wir brauchten. Kat besaß davon mehr als genug. Und das Kostüm sollte die einzige Verkleidung sein, die ich am kommenden Wochenende tragen wollte.

Kapitel 35

Matt

*Manche Erfahrungen sollte man loslassen.
Der Angler behält ja auch nicht den Müll,
nur weil er ihn aus Versehen an Land gezogen hat.*

An dem Tag vor dem Festival machte Matt früher Feierabend. Es war ein verrückter Freitagmorgen gewesen, an dem er eine verstopfte Toilette von Klopapier befreien und ein vom Sturm beschädigtes Dach hatte reparieren müssen. Vor wenigen Stunden hätte er nicht daran geglaubt, überhaupt einmal fertig zu werden, geschweige denn früher als üblich. Aber wie durch ein Wunder hatte nach der Mittagspause alles reibungslos geklappt. Pepper, der auf der Veranda des Bürogebäudes döste, sprang freudig auf, als er Matt kommen hörte. Das rote Halstuch lag neben ihm auf dem Boden.

»Du Rabauke«, tadelte er den Hund. »Sitz«, wies er ihn an, während er vor Pepper in die Hocke ging. Mit geübten Handgriffen band Matt ihm das rote Tuch erneut in einem ordentlichen Dreieck um den Hals. »Braver Junge. Hast du Lust, jemanden zu besuchen?«

Ein knappes *Wuff* reichte ihm als Antwort. Matt öffnete die Verandatür und fand Roger, den Campinghofbetreiber, hinter seinem Schreibtisch vor.

»Ich würde für heute Feierabend machen«, informierte er ihn.

»Tu das, Junge. Viel Spaß auf dem Fest morgen.«

Er bedankte sich und stempelte seine Karte. Pepper saß bereits schwanzwedelnd vor der Fahrertür, als Matt die Stufen hinabkam. So aufgeregt, wie er hechelte, war es fast, als wüsste er, wohin sie jetzt fahren würden. Es war schon wieder viel zu lange her …

»Hallo, Millie, finde ich Simon in seinem Zimmer?«, fragte Matt die Betreuerin, als er den großen Gemeinschaftsraum der Wohneinrichtung betrat. Millie schenkte den Bewohnern dem Geruch nach gerade Kaffee aus. In der Fernsehecke lief ein aufgezeichnetes Footballspiel der *Seahawks*, das sich ein afroamerikanischer Mann im Rollstuhl ansah.

»Oh, Matt!« Die ältere Frau lächelte erfreut. »Wie schön, dich zu sehen.«

»Ich hatte in den letzten zwei Wochen viel zu tun.« Matt hatte immer das Bedürfnis, sich und seine Abwesenheit zu erklären.

»Du musst dich doch nicht entschuldigen«, sagte die ältere Dame und trat um den langen Tisch herum. »Und ja, er ist im Zimmer und schaut seinen Lieblingsfilm.«

Matt stöhnte. »Das war zu erwarten.«

»Nicht wahr?«, erwiderte Millie schmunzelnd. »Er hat sich gut eingelebt, Matt, und macht große Fortschritte. Du brauchst ihn wirklich nicht jede Woche besuchen kommen.«

Nachdem Simon das Wohnheim hatte wechseln müssen und nun in Matts Nähe wohnte, waren das willkommene Neuigkeiten.

»Was für Fortschritte?«, fragte Matt und ignorierte den Rest.

»Andrew und er sind gute Freunde geworden. Oft gehen sie auf dem Gelände gemeinsam spazieren.«

»Andrew?«, hakte er nach.

»Andrew Jackson«, sie deutete auf den Mann im Rollstuhl, der sich das Spiel ansah. »Seit einem Autounfall vor einem halben Jahr sitzt er im Rollstuhl. Er ist deutlich älter als Simon, aber ein genauso großer *Seahawks*-Fan«, fügte sie leiser hinzu. Bei dem Wort *Autounfall* hatten sich Matts Eingeweide unangenehm zusammengezogen. Er konnte Gott so dankbar sein, dass Simon damals nicht ein ähnliches Schicksal erlitten hatte.

»Andrew ist geistig recht fit. Er nimmt deinen Bruder ein bisschen an die Hand und leitet ihn an. Im Gegenzug hilft Simon ihm mit dem Rollstuhl. Hält die Tür für ihn auf oder schiebt ihn die steile Einfahrt hinauf.«

Matt lächelte. »Das klingt nach Simon. Vielen Dank, Millie. Ich würde gerne mit ihm essen gehen und bringe ihn dann spätestens um acht wieder zurück.«

»Ich trage es gerne für den Spätdienst ein. Viel Spaß!«

Matt bedankte sich. Durch die automatisch sich öffnende Tür gelangte er zu den Aufzügen und zum Treppenhaus. Zwei Stufen auf einmal nehmend, klopfte er keine Minute später an Simons Zimmertür. Sie war wie immer unverschlossen. Auf ein »Herein!« brauchte er nicht zu warten, trotzdem kündigte er sich gerne an, bevor er den Raum betrat. Mit dem Rücken halb zur Tür gewandt, saß sein Bruder auf dem Ohrensessel und schaute – wie sollte es auch anders sein – *Ein Königreich für ein Lama*.

»Hi, Simon.«

Beim Klang der bekannten Stimme drehte sein Bruder sich um, sprang in der nächsten Sekunde auf und stürmte mit zwei großen Schritten auf ihn zu. Simon warf sich in Matts Arme und drückte so fest zu, als hätten sie sich jahrelang nicht gesehen. Es versetzte Matt einen Stich. Er hätte früher kommen müssen.

»Hi, Kumpel, wie geht's?«, fragte er und überspielte damit seine traurige Stimmung.

»Guuuut«, antwortete Simon. Er zog oft die Vokale in die Länge.

Im Film steuerten das Lama und sein Gefährte auf einen Wasserfall zu. Simon wandte sich um und lachte übertrieben laut.

Gemeinsam schauten sie einen Moment der Handlung zu, ehe Matt fragte. »Hast du Hunger?«

Simon machte ein zustimmendes Geräusch und grinste, woraufhin Matt den Fernseher ausschaltete und seinen Bruder aus der Zimmertür schob.

»Uuuh«, machte Simon, als sie den Gemeinschaftsraum durchquerten und er das *Seahawks*-Spiel sah.

Andrew drückte auf *Pause*. »Schaust du mit?«, fragte er.

Doch Simon schüttelte vehement den Kopf und zeigte auf Matt.

»Hi, ich bin Matt, Simons Bruder«, stellte er sich vor und streckte dem Rollstuhlfahrer die Hand entgegen. »Simon und ich gehen gemeinsam was essen.«

Andrew schlug ein. »Cool«, erwiderte er und wandte sich wieder seinem Spiel zu. »Dann viel Spaß, Simon. Iss nicht zu viel.«

Simon winkte grinsend, wobei es mehr ein Wedeln mit der Hand war. Matt konnte sich ein Lächeln über Andrews Bemerkung nicht verkneifen. Sein Bruder war so dünn wie ein Strohhalm, schaufelte sich aber von allen die größten Portionen rein. »Schlechter Futterverwerter«, hatte seine Mutter immer behauptet.

Als Pepper sie kommen sah, lief er aufgeregt auf der Vorderbank im Kreis, bis Matt endlich die Autotür öffnete und er herausspringen konnte. Er riss Simon dabei beinahe mit um und schleckte ihm anschließend die Hände ab. Sein Bruder jaulte vor Freude und Matt nahm sich einen Moment Zeit, um das Glück einzufangen. Es war so einfach, Simon zu erfreuen. Essen, Kinderfilme, Football … Seinetwegen hatte er sich einen Hund angeschafft. Zum einen, weil sich sein Bruder so sehr darüber freute, sodass er wochenlang mit einem breiten Lächeln herumgelaufen war. Zum anderen, weil die Fellnasen so heilsam wie eine Therapie sein konnten. Bei Simon hatte der Hund Wunder gewirkt. Pepper hatte ihm dabei geholfen, besser auf Fremde zugehen zu können. Mit ihm an seiner Seite fühlte sich Simon sicher.

»Wollen wir los?«, fragte Matt. Er schnippte mit den Fingern und der Australian Shepherd sprang wieder in den Wagen. Sein Bruder folgte und Matt bildete das Schlusslicht.

»Let's go!«, sprach Matt die beinahe zeremoniellen Worte und Simon wiederholte sie, wie immer, wenn sie einen gemeinsamen Ausflug unternahmen.

Kapitel 36

Maddie

*Wie praktisch es wäre,
die Charaktereigenschaften einer starken Buchfigur
wie eine Rüstung anlegen zu können.*

»Bitte lächeln«, forderte Kat uns auf, während sie ihr Smartphone zückte.
Wir posierten, was das Zeug hielt. Kussmünder, Grimassen, Pokerfaces ... und dabei lachten wir ohne Unterlass. Normalerweise hasste ich Fotos von mir, aber das Kostüm – so schlicht es auch war – machte etwas mit mir und meinem Selbstbewusstsein. Wir standen gemeinsam vor dem großen Spiegel im Flur und ich fühlte mich wie aus der Zeit gefallen. Mit meinen blonden Haaren und dem recht schlichten fliederfarbenen Überkleid auf grauem Grund sah ich ein wenig wie Elizabeths Schwester aus der Verfilmung von *Stolz und Vorurteil* aus. Grace war enttäuscht gewesen, dass sie mir keine kunstvolle Hochsteckfrisur zaubern durfte. Stattdessen umschmeichelten große Locken mein Gesicht und Schultern. Kat dagegen trug ihre Haare in einem Dutt. Ein kleiner Hut saß seitlich auf ihrer Frisur, während kurze, gelockte Strähnchen darunter hervorlugten. Das Mieder ihres weinroten Kleides verlieh ihr ein schönes Dekolleté. Ihr weiter Rock bauschte sich, als sie sich im Kreis drehte und das Outfit präsentierte.

Grace' Kleid bestand ebenfalls aus Über- und Unterkleid. Kunstvolle Borten, die sie gestern Abend in letzter Sekunde noch eigenhändig aufgestickt hatte, zierten die Säume des schlichten beigen Untergewandes. Das dunkelblaue Übergewand, das an eine Schürze erinnerte und mit zwei großen, runden Broschen gehalten wurde, ließ ihre Wespentaille zur Geltung kommen.

Komplettiert wurde ihr Aussehen durch eine kunstvolle Flechtfrisur, die aus ihr eine waschechte Wikingerbraut machte.

Erst das Klopfen an der Haustür erinnerte mich daran, warum wir überhaupt so zurechtgemacht waren. Mir schlug sofort das Herz bis zum Hals.

»Showtime, Mädels!«, verkündete Grace und betrachtete sich ein letztes Mal im Spiegel. Mit energischen Schritten ging sie zur Tür und öffnete sie.

Arons Pfiff ließ Kat neben mir erröten. Er begrüßte uns mit einem Nicken, fixierte dabei aber nur Kat mit einem äußerst intensiven Blick. Matt folgte seinem Freund ins Haus. Das breite Lächeln lockte sein Grübchen hervor und mein Atem stockte automatisch. Matt trug ein eng anliegendes Leinenhemd, dessen dunkelblaue Farbe seinen Augen schmeichelte. An dem Gürtel um seine Hüfte hatte er ein Trinkhorn befestigt. Meine Vorstellung von Mr Darcy traf er nicht, aber es wäre gelogen gewesen zu behaupten, dass mir sein Auftreten als Wikinger weniger gefiel.

»Hallo«, begrüßte er mich.

Nur *mich*, wie ich mit Herzflattern feststellte.

»Hi«, erwiderte ich verlegen.

Matts Blick löste sich von meinem Gesicht und wanderte an meinem Körper abwärts. Meine Wangen und Ohren fühlten sich heiß an, als er wieder aufschaute und sagte: »Du siehst gut aus.«

Aron stieß ihm den Ellenbogen in die Seite.

Matt räusperte sich. »Wunderschön«, verbesserte er sich. »Du siehst wunderschön aus.«

Jetzt wollte ich nur noch im Erdboden versinken.

Zum Glück kam mir Kat zu Hilfe. »Das ist der Jane-Austen-Stil«, erklärte sie und deutete mit ausgebreiteten Armen auf mich, bevor sie zu Grace hinüberschwenkte. »Und das der Wikinger-Stil.«

»Und wie nennt sich dein Stil?«, fragte Aron.

»Kat-Stil, ist doch klar.« Sie verschränkte die Arme vor der

Brust, was ihr Dekolleté nur umso mehr betonte. Arons Blick blieb jedoch auf Kats leicht gerötetes Gesicht geheftet.

Meine Freundin schluckte, was der einzige Hinweis darauf war, dass sie nicht so ein großes Selbstbewusstsein besaß, wie sie ihr Umfeld gerne glauben ließ.

»Ihr seht gleich aus«, bemerkte Grace. Fragend sahen die beiden Männer zu ihr, woraufhin sie mit dem Finger zwischen ihnen hin und her deutete. »Ihr tragt einfach nur unterschiedliche Hemdfarben.«

Grace hatte recht. Während Matts Tunika dunkelblau war, hatte sich Aron für dasselbe Modell in Dunkelrot entschieden.

»Was ist das Problem?«, fragte Aron.

»Wir tragen jedes Jahr das Gleiche«, fügte Matt hinzu.

Grace verdrehte demonstrativ die Augen. »Männer«, flüsterte sie Kat hörbar ins Ohr.

Wir kicherten – umso mehr, als die beiden sich verständnislose Blicke zuwarfen.

»Lasst uns gehen«, beendete ich die Unterhaltung. Wenn wir weiterhin so untätig herumstanden, bekäme ich noch einen Anfall.

Kat holte unsere Taschen und wir verließen das Haus. Aron hatte auf meine Freundin gewartet und ich hörte, wie er ihr zuflüsterte: »Wir passen farblich wirklich gut zusammen.«

Ich presste fest die Lippen aufeinander, um bloß nicht loszulachen, und beeilte mich, mit Matts langen Schritten mitzuhalten. Grace' amüsiertes Grinsen verriet, dass sie Arons Kommentar ebenfalls mitbekommen hatte. Was hätte ich dafür gegeben, Kats Antwort darauf zu hören!

Die Fahrt nach *Merrywick,* der erfundenen Mittelalterstadt, dauerte etwas mehr als eine Stunde. Die Parksituation sei problematisch, berichteten uns verkleidete Fußgänger, die aus der Richtung kamen, in die wir wollten, aber nur stockend vorankamen. Immer mehr Leute parkten ihre Autos auf dem mit Gras bewachsenen Seitenstreifen und machten sich zu Fuß auf den Weg. Kein Wunder, selbst mit offenen Fenstern heizte sich unser Auto in der Mittagssonne ganz schön auf.

»Sollen wir auch laufen?«, fragte Grace, die sich mit Kat und mir die Rückbank teilte.

»Bist du verrückt?«, entgegnete Kat prompt und streckte ihren Fuß in die Höhe. »Mit diesen Schuhen laufe ich keine Meile.«

Aron drehte sich zu uns um. »Ich kann dich tragen«, bot er an.

Von meiner Sitzposition aus konnte ich sehen, wie Matt spöttisch grinste, während er den Blick stur geradeaus auf die Straße gerichtet hielt. Doch Aron schien es vollkommen ernst zu meinen.

»Das hättest du wohl gern!«, blaffte Kat, woraufhin er sich achselzuckend wieder nach vorne wandte.

»Du könntest doch auch barfuß laufen«, schlug Grace vor.

Ich war froh, dass sie zwischen uns saß, denn Kats darauffolgender Blick war mörderisch und ich wollte da in nichts hineingeraten.

»Dann eben nicht«, murmelte Grace und drehte sich mir zu. »Stadtmädchen«, formte sie mit den Lippen. Schmunzelnd sah ich aus dem Fenster und betrachtete die *Fair*-Besucher, die an uns vorbeiliefen, während wir wieder einmal stehen bleiben mussten. Es war eine bunte Masse, die Epochen waren durchmischt, doch trotzdem wirkten sie wie eine Einheit. Eine geschlossene Gesellschaft, die gemeinsam ihre Leidenschaft für vergangene Zeitalter zum Ausdruck brachte.

»Wir könnten auch zuerst zu unserer Unterkunft«, schlug Kat vor.

»Die ist noch nicht so weit«, antwortete ich, bevor sich irgendjemand verplappern konnte. Kat wusste noch nicht, dass wir zelten würden. Ich hatte ihr nur gesagt, dass sich die Männer um eine Übernachtungsmöglichkeit gekümmert hatten. Zum Glück hatte Matt die Campingausrüstung unter einer Plane verstaut – der Vorteil eines Pick-ups.

Während wir nur sehr langsam vorankamen, stieg unsere Vorfreude dafür umso mehr. Wir machten uns gegenseitig auf Leute in besonders coolen Outfits aufmerksam und als die ersten Zelte auf den umliegenden Feldern in Sicht kamen, wurde sogar Kat ganz hibbelig.

»Park hier«, wies sie Matt an.

Dieser warf einen grimmigen Blick über seine Schulter zurück. »Ich bin nicht euer Chauffeur«, brummte er, doch er nutzte gehorsam die nächste Parklücke.

»Ich bin so aufgeregt«, entfuhr es mir, als ich ausstieg.

Grace hakte sich bei mir unter. »Und ich erst.«

Matt half Kat trotz ihrer gebieterischen Art beim Aussteigen mit dem ausladenden Rock. Arons mürrischer Miene nach hätte er das gern übernommen. Die Männer schulterten die Rucksäcke, in denen sich Sandwiches und Getränke befanden, und schon waren wir mittendrin. Gaukler und Musiker kreuzten unseren Weg. Eine als Elfe verkleidete junge Frau pustete Seifenblasen durch den Kreis, den sie mit Daumen und Zeigefinger formte. Voller Staunen sah ich ihr nach.

»Gefällt es dir?«, fragte Matt, der sich zurückfallen ließ, um neben mir herzugehen.

»Ob es mir gefällt?«, wiederholte ich ungläubig. »Ich weiß jetzt schon, dass heute der schönste Tag seit Monaten wird.«

Bei der elektrisierenden Atmosphäre um uns herum beschlich mich die eigenartige Ahnung, dass dies ein Tag der Veränderung werden würde.

Kapitel 37

Maddie

*Wie eine berühmte Autorin einst sagte:
Schreibpausen regen die Kreativität an.*

»Erst ein Metbier, dann zum Schmied und im Anschluss zum Essensstand.«

Wir waren noch keine Minute auf dem Hauptgelände, als Aron schon anfing, übers Essen zu reden.

»Wir haben Sandwiches dabei«, erinnerte Grace ihn.

»Du kannst auf einer *Renaissance Fair* keine Sandwiches essen«, empörte sich Aron.

Matt nickte zustimmend.

»Aber«, begann Grace, doch Kat unterbrach sie sofort: »Wir können ja von beidem essen.«

»Sollen wir uns nicht erst einmal umschauen?«, fragte ich.

»Das macht mehr Spaß mit einem kühlen Drink in der Hand«, erklärte Aron und wieder nickte Matt.

»Offenbar habt ihr mehr Erfahrung als wir«, bemerkte Kat. »Schön, hätten wir das also geklärt. Dann mal her mit den Getränken.«

Aron beugte sich zu ihr herab. »Dein Wunsch sei mir Befehl«, säuselte er in ihr Ohr.

Mit großen Augen sah ich zu Matt auf, der mir gegenüberstand. Sein Gesichtsausdruck spiegelte all die Gefühle wider, die ich selbst spürte: Verwunderung, Fremdscham, Belustigung.

»Dann mal los«, erwiderte Kat zu meiner Überraschung.

Während ich den beiden nachschaute, wie sie sich einen Weg durch die Menge zum Getränkestand bahnten, trat Matt neben mich, um ihnen mit dem Blick folgen zu können.

»Na, der legt sich ganz schön ins Zeug, was?«, bemerkte ich scherzhaft, doch es klang eine Spur eifersüchtig.

»Er ist sehr offensiv. So habe ich ihn schon lange nicht mehr erlebt«, überlegte Matt laut. »Sollte ich mir eine Scheibe von ihm abschneiden?«

Ich schluckte nervös und wandte mich ihm zu. »Ob du ... was?«

Er rieb sich über den Nacken. »Ich überlege nur, ob ich mehr ...«

Grace' Kreischen unterbrach unser Gespräch.

»Was ist los?«, wollte ich wissen.

Aber sie packte mich bereits am Arm und riss mich mit. »Da vorne!«, schrie sie. »Eine Kräuterstube!«

Mehrere Tontöpfe mit alten, ursprünglichen Heilpflanzen zierten die Auslage des überdachten Verkaufsstands und im Inneren gab es tütchenweise getrocknete Kräuter zu kaufen, außerdem jede Menge Bücher über Pflanzenarten, die längst in Vergessenheit geraten waren.

»Was ist ...?« Etwas außer Atem kam Matt neben mir zum Stehen. »Oh!«

Ich warf ihm einen amüsierten Blick zu. »Wenn es hier einen Angelstand geben würde, wärst du nicht anders.«

»Und du nicht?«, fragte er herausfordernd.

»Ähm ...« Ich räusperte mich. »Bei Literatur wohl eher.«

»*Stolz und Vorurteil* und so.«

»Genau, obwohl ich bezweifle, dass es hier einen Jane-Austen-Stand gibt. Aber ich nehme alles, was ich kriegen kann: Heldenbücher, Sagendichtung oder Minnesang werden sich hier bestimmt finden lassen.«

»Bitte sag mir, dass das nicht dein Ernst ist, Maddie«, ertönte Kats Stimme hinter mir. Erschrocken fuhr ich herum. Aron und Kat hielten fünf mit einer dunklen Flüssigkeit gefüllte Tonkrüge in den Händen.

»Einmal Metbier für alle!« Aron streckte seinem Freund einen Krug entgegen.

Beinahe feierlich übergab mir Kat ebenfalls eins der Getränke.

»Grace!«, rief Aron. »Wir wollen anstoßen!«

Überrascht sah sie auf und lächelte dann übers ganze Gesicht, als sie zu uns kam und den letzten Krug entgegennahm. »Es ist schön, Freunde zu haben.« Sie hatte es nur geflüstert, aber wir hatten sie alle gehört.

»Auf die Freundschaft«, griff Matt es als Trinkspruch auf.

»Auf die Freundschaft«, wiederholten wir unisono.

Die Krüge klirrten, als wir sie in der Mitte unseres Kreises zusammenstießen. Das Getränk war erfrischend. Herb und süß zugleich und ich hätte mich wirklich an den Geschmack gewöhnen können, wenn ich nicht sofort den Alkohol gespürt hätte. Eins würde definitiv ausreichen.

»Wo ist Pepper eigentlich?«, fragte ich, während ich mit Matt zwischen den Ständen umherschlenderte und er wieder einmal über die Schulter zurückblickte. Grace war ohne ein Wort verschwunden, was ihr gar nicht ähnlich sah, und Aron hatte Kat dazu überredet, mit ihm den Waffenschmied aufzusuchen. Mit Waffen war Kat ja bestens vertraut.

»Bei meinen Eltern und meinem Bruder«, erklärte Matt. »Hier sind nur Blindenhunde erlaubt. Aber Pepper wäre sowieso viel zu hibbelig und würde allen Besuchern die Hände abschlecken.«

»Oh ja, das wäre sicher witzig«, erwiderte ich lachend. Ich konnte mir den aufgeregten Hund zwischen den Zelten nur allzu bildlich vorstellen.

»Für dich vielleicht. Mir wäre es unangenehm und ich hätte nur halb so viel Spaß.«

Das konnte ich verstehen.

»Außerdem tut es Simon gut, Zeit mit Pepper zu verbringen.«

Kurz erstarrte ich. Eigentlich hatte ich Matt auf seinen Tick ansprechen wollen, doch er hatte noch nie den Namen seines Bruders erwähnt oder mit mir über ihn gesprochen. Schnell nahm ich einen Schluck Metbier, um meine Überraschung zu verbergen. »Pepper tut sicher jedem gut«, antwortete ich vage.

»Ja, doch Simon besonders.«

»Wieso?«, purzelte die Frage aus mir heraus. Mir war klar, dass ich unglaublich neugierig klang. Aber seine Aussage schrie nur so danach, dass ich nachhakte.

»Er ...«, begann Matt. »Sicher weißt du schon, dass er geistig eingeschränkt ist.«

Ja, das wusste ich. Doch wie sollte ich darauf reagieren, ohne Grace als Tratschtante dastehen zu lassen?

»Ich habe davon gehört«, gab ich ehrlich zu. »Aber die Leute reden viel. Und ...«

Matt blieb abrupt stehen und streifte mit den Fingern meinen Handrücken. »Was?«

»Ich würde gerne von dir erfahren, was los ist. Sofern du bereit bist, mit mir darüber zu reden.«

Ein sanftes Lächeln erschien auf Matts Mund und er wurde mutiger, indem er meine Hand umdrehte und seine Finger mit meinen verschränkte. Ich ließ es zu und so setzten wir uns Händchen haltend in Bewegung. Er sah mich nicht an, und bevor er anfing zu erzählen, machte er wieder seinen Schulterblick. »Bei der Geburt hatte Simon die Nabelschnur um den Hals.« Er atmete hörbar ein und aus. »Der diensthabende Arzt war nicht direkt vor Ort und die Hebamme hat es an den Messungen nicht gleich erkannt. Als er schließlich auf die Welt kam, war er schon ganz blau.«

Ich wusste nicht, was ich darauf erwidern sollte. Da war so schrecklich viel Trauer und Schmerz in Matts Stimme. »Das tut mir leid«, flüsterte ich, fühlte mich aber einfach nur dumm dabei. Ein »Tut mir leid« klang für mich nicht angemessen.

»Zunächst haben wir es nicht bemerkt«, fuhr er fort, ohne auf meine Mitleidsbekundung einzugehen. Es kam mir so vor, als müsse er die Geschichte in einem Rutsch erzählen. Wie ein

Pflaster, dass man besser mit einem Ruck abriss – schmerzhaft, aber schnell.

Ich streichelte mit dem Daumen über seinen Handrücken, um ihn zu ermutigen. Matt sollte unbedingt wissen, dass ich für ihn da war.

»Er krabbelte etwas später als andere Kinder, fing später an zu sprechen ... aber alle Kinder sind so unterschiedlich. Die Ärzte meinten, das wäre normal.«

Wir kamen an einem Lager vorbei. Schausteller saßen um ein Feuer herum, während kleine Kinder aufgeregt Fangen spielten. Ihr Lachen verlieh Matts Geschichte einen besonders herben Beigeschmack.

»Als es schließlich nicht mehr zu leugnen war, wurde es besser«, schloss er mit rauer Stimme. »Wenn du eine Diagnose hast, kannst du einen Plan schmieden, um besser damit umzugehen.« Matt sah mich mit diesen unergründlichen blauen Augen an. Natürlich lagen in seinem Blick all die Sorgen und Zweifel bezüglich Simon. Doch da war noch mehr. Etwas, das ich nicht deuten konnte.

»Manchmal weigern wir uns, eine Diagnose anzunehmen«, sagte Matt in eindringlichem Ton. »Wir verdrängen die Wahrheit.«

Plötzlich wurde mir unbehaglich zumute. Ich wollte Matt meine Hand entziehen, doch er hielt sie fest. So als wäre ich sein Anker, um in der Gegenwart zu bleiben.

»Das muss eine harte Zeit für dich und deine Eltern gewesen sein.«

»Das war es«, bestätigte er. »Ich fühle mich für ihn verantwortlich. Aber ich weiß, dass wir mit unseren Ängsten und Sorgen nicht allein sind. Weißt du, Gott begegnet mir am meisten in meinen Tälern.«

Täler – *Mehrzahl.*

»Hm«, machte ich.

»Madison.«

Wie Matt meinen Namen seufzte, beunruhigte mich. Als wäre ich Segen und Belastung zugleich. Mich beschlich das Gefühl, dass wir nicht länger über ihn und seine Familie sprachen. Wo war nur die freudige Ausflugsstimmung geblieben?

Er musterte mich mit gerunzelter Stirn. Sah meine verkrampfte Haltung und er musste spüren, dass ich seine Hand nicht länger hielt. Wenn er jetzt seine Finger öffnete, würde sie schlapp hinabfallen.

»Danke fürs Zuhören«, sagte er schließlich und zog unsere Hände an seinen Mund. Es war eine unfassbar zärtliche Geste, als er meinen Handrücken küsste. Seine Lippen waren viel weicher, als ich mir je erträumt hätte. Und die Wärme, die von ihm abstrahlte, fehlte mir schon im nächsten Augenblick. In meiner Magengegend breitete sich ein merkwürdiges Gefühl aus.

»Wenn du jemals über irgendetwas reden möchtest«, fügte er hinzu, »bin ich für dich da.«

Ich verstand nicht so recht, warum es jetzt um mich ging. Wir hatten doch von Simon gesprochen. Aber mir fehlte in diesem Moment sowieso die Klarsicht, um auch nur einen vernünftigen Gedanken zu formen. Also nickte ich und wir setzten unseren Weg fort, vorbei an Essensständen, Teestuben und Backwaren. Bis wir schließlich den Turnierplatz erreichten und der Tag ins absolute Chaos stürzte.

Kapitel 38

Maddie

Allgemein gilt es als ungeschriebenes Gesetz, dass jedes Kapitel die Handlung voranbringen muss. Doch Leser mit detektivischem Spürsinn schätzen gerade solche Kapitel, die diesem Gesetz auf den ersten Blick zu widersprechen scheinen.

»Du bist betrunken«, hörte ich Grace zu dem fremden Mann sagen, der mit dem Rücken zu uns stand. »Bitte lass mich los.«

»Was geht hier vor?«, verlangte Matt in gebieterischem Ton zu erfahren. Doch während wir näher kamen, erklärte sich die Situation von selbst. Der Mann, der kein Fremder war, sondern mir irgendwie bekannt vorkam, hielt Grace am Oberarm fest und versuchte, sie mit sich zu ziehen. Das Gesicht meiner Freundin war kreidebleich und ich sah Panik in ihrem Blick, die von Erleichterung und Dankbarkeit abgelöst wurde, als sie uns sah.

»Lass sie sofort los!«, befahl Matt und gab meine Hand frei, um mich hinter sich zu schieben.

Doch ich war keine Frau, die den Kampf scheute und von der letzten Reihe aus zusah. Besonders nicht wenn meine Freundin in besagten Kampf involviert war. Sofort trat ich wieder einen Schritt nach vorne.

»Verzieh dich, Alter«, entgegnete der Kerl und schüttelte Matts Hand von der Schulter. »Das geht dich nichts an.«

Auch die Stimme kam mir bekannt vor. Sie sorgte dafür, dass sich meine Nackenhaare aufstellten.

»Aber *mich* geht es etwas an«, antwortete eine ruhige Stimme. »Lass sie sofort los, Travis!«

Ich musste die Person nicht sehen, um die unverhohlene Warnung hinter den Worten zu hören. Dennoch lehnte ich mich neugierig an Matt vorbei, um einen Blick auf den Neuankömmling zu werfen, der so leise und gleichzeitig mit so viel Autorität sprechen konnte. Der Unbekannte kam mir ebenfalls vage vertraut vor, ich konnte ihn aber nicht zuordnen. Dafür wusste ich jetzt, wohin Travis gehörte: Er war Bills aufdringlicher Verkäufer.

Endlich ließ er Grace' Arm los und trat auf den anderen Mann zu. Schnell wich Grace zurück und ergriff Halt suchend meine ausgestreckte Hand. Matt positionierte sich derweil hinter Travis. Ich zog Grace schützend an die Seite und drückte ihre Finger.

»Was soll das, Mann?«, fragte Travis Matt über die Schulter hinweg. Offenbar gefiel es ihm gar nicht, von den beiden Männern eingekeilt zu werden. »Ich mische mich doch auch nicht bei dir und deinem Mädchen ein.«

Travis ruckte mit dem Kinn in meine Richtung. Das flatternde Gefühl von vorhin, während Matt meine Hand geküsst hatte, kehrte für einen Moment zurück. *Sein Mädchen.* Schnell versuchte ich, die für diese Situation völlig unangebrachten Gedanken zu verdrängen.

»Travis!«, rief der Unbekannte, um dessen Aufmerksamkeit wiederzuerlangen.

Der große Platz füllte sich allmählich, da bald das erste Ritterturnier beginnen sollte. Mittlerweile beobachteten uns einige Augenpaare.

»Lass sie in Ruhe. Sie will dich nicht.«

Travis' Gesicht verzerrte sich zu einer vor Zorn brodelnden Grimasse, bevor er herumfuhr und sich ohne Vorwarnung auf den Mann stürzte. Ein erschrockener Ausruf entfuhr meiner Freundin. Ich ließ ihre Hand nicht los, selbst als Grace nach vorne sprang, um dem Unbekannten ... ja, was wollte sie eigentlich tun? Hilfe brauchte er jedenfalls nicht. Er wich Travis' Angriff blitzschnell aus, tauchte unter dem Schlag hinweg und stand uns für einen Wimpernschlag lang gegenüber. Ein spöttisches Grinsen umspielte seinen Mund, und bevor er dem nächsten Hieb auswich, indem er sich wie ein Wirbelwind zur Seite drehte, zwinkerte er Grace schnell zu. Doch Travis taumelte ungebremst vorwärts, direkt auf uns zu. Ohne zu wissen, wie, landete ich plötzlich an Matts Brust, der mich sogleich schützend mit seinen Armen umschlag. Ich konnte nicht sehen, was weiter geschah, doch ich hörte Grace' erschrockenen Ausruf, gefolgt von Grölen und Jubelrufen. Um uns herum bildete sich ein Kreis aus Schaulustigen. Matt schob mich an seine rechte Seite und legte einen Arm um meine Schulter. Mit dem Gewicht seines Körpers drängte er mich vorwärts. Währenddessen fasste er mit der anderen Hand nach Grace' Arm. Der Turnierplatz war inzwischen so voll wie eine Tanzfläche. Als wir den Rand des Getümmels erreichten, glaubte ich noch immer, Travis wütende Rufe zu hören.

Hand in Hand und Arm in Arm fanden wir schließlich Kat und Aron. Oder besser gesagt: Sie fanden uns. Mit aufgerissenen Augen stürmten sie auf uns zu.

»Was ist passiert?«, fragte Kat außer Atem.

»Wir haben von einer Massenschlägerei gehört«, erklärte Aron.

»Wie konntet ihr so schnell davon erfahren?« Grace' Stimme klang fest und keineswegs so, als wäre sie vor wenigen Minuten gegen ihren Willen angefasst worden.

»Auch im Mittelalter hat der Buschfunk schon bestens funktioniert«, bemerkte Kat sarkastisch.

»Besonders im Mittelalter«, betonte Aron. »Die Leute hatten ja noch kein Fernsehen und nichts Besseres zu tun.«

»Was du nicht sagst«, blaffte Matt. Sein bissiger Tonfall war nur einer der Hinweise darauf, dass die Situation Spuren bei ihm hinterlassen hatte. Düstere Schatten lagen um seine Augen und ein Muskel an seinem ausgeprägten Unterkiefer zuckte, weil er die Zähne zu fest aufeinanderpresste.

»Und wie es heutzutage ebenfalls üblich ist, hat der Buschfunk auch in diesem Fall stark übertrieben«, erklärte Grace.

»Was ist denn nun passiert?«, hakte Kat nach. »Du siehst blass aus, Maddie.«

»Ich?«, fragte ich ungläubig. »Grace ist diejenige, die belästigt wurde.«

»Du wurdest belästigt?« Kat wechselte augenblicklich in ihren Psychologinnenmodus. Ihre Stimme klang auf einmal viel sanfter. Interessiert, aber nicht drängend. Selbst wenn sie wollte, könnte sie es nicht lassen.

»Halb so wild«, sagte Grace und machte dabei eine wegwerfende Handbewegung. »Travis versucht immer wieder, bei mir zu landen. Ich komme schon klar mit ihm.« Sie streifte sich eine der kleinen geflochtenen Strähnen hinters Ohr. »Nur heute war er irgendwie anders.«

»Er war betrunken«, bestätigte ich.

Matt neben mir gab einen unbestimmten Laut von sich.

Erst jetzt fiel mir auf, dass ich mich immer noch an ihn klammerte. Ich nutzte die Gelegenheit, um mich von ihm zu lösen. »Was ist?«, fragte ich.

»Der war mehr als nur betrunken.«

»Was soll das heißen?«, wollte Kat wissen.

Aron schien zu verstehen. »Drogen?«

Matt nickte. »Ich kann mich irren, die erweiterten Pupillen und sein Auftreten deuten aber schon stark darauf hin.«

»Sollten wir dem Kerl nicht helfen?«, fragte Grace plötzlich dazwischen.

»Wem?«, erwiderte Kat spöttisch. »Travis? Wir sind doch keine Drogenberater.«

»Nein. Ich meinte dem anderen.«

»Welchem anderen?«

Grace stöhnte genervt. »Na, mit dem er sich geprügelt hat – meinetwegen.«

»Der kam ganz gut allein zurecht«, versicherte Matt ihr. »Er konnte jedem von Travis' Schlägen mit Leichtigkeit ausweichen.«

»Aber ...«

»Nichts aber. Hoffen wir einfach, dass sie diesem Travis Hausverbot erteilen.« Kat straffte ihre Schultern. »So ein Verhalten darf nicht toleriert werden. Wer weiß, wozu ihn die Drogen noch verleiten.«

Ich wusste genau, worauf Kat anspielte. Ihr war deutlich anzusehen, dass ihr Gedankenkarussell voll in Fahrt war.

Aron nickte. »Gehen wir was essen«, schlug er vor. »Mit vollem Bauch hebt sich gleich die Stimmung.«

Kapitel 39

Maddie

Das Schreiben mit Feder und Tinte auf Pergament
hatte durchaus seinen Charme.

Aron behielt recht. Während wir uns durch den *Food Court* schlemmten – uns Truthahnkeulen, Essiggurken und Fleischpasteten teilten –, geriet der unangenehme Zwischenfall immer weiter in Vergessenheit. Drei in merkwürdiger Bademode gekleidete, blau geschminkte Frauen mit Locks tanzten zu Trommelmusik an unserem Stehtisch vorbei die Gasse hinab. »Ligeia, Peisinoe und Aglaope sind den Tiefen des Meeres entstiegen, um euch mit Trommeln, Tanz und ihrem herzergreifenden Gesang in die Zeit der mythischen Sagenwelt zu entführen. Von den Seefahrern sowohl verehrt als auch verhasst, haben sie unzähligen Liebenden das Leben entrissen. Haltet eure Seelen fest, sonst werdet ihr sie in den Händen der Sirenen verlieren«, stellte ein mitgenommen aussehender Matrose die drei Frauen vor und verteilte dabei eifrig Flyer im Schriftrollenstil.

Grace ergatterte eins und rollte es auf. »Heute Abend ist ihre nächste Vorstellung.«

»Da müssen wir hin«, verkündete Kat, die ihr über die Schulter linste. »Die Geschichten mochte ich als Kind total gerne.«

»Von mir aus gern«, antwortete Aron und schob sich eine saure Gurke in den Mund.

»Was meinst du, Maddie?«, fragte Grace und stupste mich von der Seite an.

»Bin dabei.«

Matt nickte, als sich alle Blicke ihm zuwandten. »Wenn ihr unbedingt wollt.«

Grace und Kat begannen, den Flyer genaustens zu studieren. Aron beobachtete sie mit einem zufriedenen Grinsen, während er immer weiter Essen in sich hineinschaufelte.

Ich lehnte mich zu Matt hinüber. »Wo möchtest du denn gerne als Nächstes hin?«

»Ich würde gerne zum Bogenschießen«, sagte er zögernd. »Habe da noch eine Rechnung offen.«

Aron tat so, als müsste er sich räuspern.

Irritiert sah ich zwischen den beiden hin und her.

»Was ist los?«, wollte Kat wissen und klopfte Aron – etwas zu fest – auf das breite Kreuz. Es schien ihr hämische Freude zu bereiten. Doch Aron störte es nicht im Geringsten.

»Ach nichts«, erwiderte er auffällig unauffällig.

Mein Argwohn war erweckt. »Was geht hier vor?«

Matt boxte seinem Kameraden gegen die Schulter. »Dich als Freund und man braucht keine Feinde mehr.«

Aron brach in schallendes Gelächter aus. »Matt ist immer noch frustriert, weil er mich nicht besiegen kann.«

»Ich besiege dich«, hielt Matt dagegen.

»Uuuh ... das klingt nach einer Herausforderung«, kommentierte Grace.

»In deinen Träumen, Barnett. In. Deinen. Träumen.«

Matt trat dicht an seinen Freund heran. »Wollen wir wetten?«

»Okay, okay«, unterbrach ich den Hahnenkampf der beiden Männer, indem ich mich zwischen sie schob. Leider nicht ohne dabei den Tisch anzurempeln und die Hälfte unserer Getränke zu verschütten. »Vergessen wir mal nicht, dass wir zum Spaß hier sind.«

»Es wird Spaß machen, dich erneut in die Knie zu zwingen«, verkündete Aron über mich hinweg.

Ich konnte Matts aufgeregten Herzschlag im Rücken spüren.

»Irgendwie sind alle Männer gleich«, murmelte Kat Grace zu, woraufhin Aron den Kopf drehte, um sie anzugrinsen. »Niemand ist wie ich, Kätzchen.«

»Kätzchen?«, wiederholten Grace, Kat und ich zeitgleich.

Während wir anderen lachten, verengten sich Kats Augen zu Schlitzen. »Nenn mich noch einmal Kätzchen, *Sternensänger*, und ich gebe dir eine Löwin.«

Aron zog erstaunt die Augenbrauen nach oben. Dann zwinkerte er ihr zu. »Ich werde darauf zurückkommen, *Stadtmädchen*.«

»Auf zum Bogenschießen!«, rief Grace, bevor die Situation eskalieren konnte.

Schnell tranken wir unsere Becher aus, beseitigten die Sauerei und folgten dann den Wegweisern Richtung Turnierplatz. Doch kurz davor führte eine Abzweigung in ein kleines Wäldchen.

Wir kamen an einer riesigen Scheune vorbei, die von den Betreibern wunderbar in die mittelalterliche Kulisse eingebettet worden war. Ein blumenumrankter Holzthron stand inmitten des großen Eingangs. Eine blonde Frau mit Feenflügeln saß darauf. Zu ihren Füßen erkannte ich unter anderem die Fee, die wir bei unserer Ankunft mit den Seifenblasen gesehen hatten.

Neben mir wühlte Grace in ihrer Umhängetasche und zog die Geländekarte hervor. »Der Feenhof«, las sie vor. »Feenkönigin Tanaquil Glorianna und ihre Tochter Aurelia laden ein, um die Kleinsten zu begeistern. Tanz, Musik und Bastelarbeiten.«

Als ich mich genauer umsah, konnte ich die verschiedenen Stationen erkennen. An einem Stand wurden Gesichter bemalt und an einem anderen Flügel gebastelt.

»Simon hätte hier seinen Spaß«, bemerkte Matt neben mir.

Ich wandte mich ihm zu. »Wirklich?«

»Ja.« Matt kratzte sich verlegen im Nacken. »Er ist wie ein Kind. Eine seiner beiden Leidenschaften sind Disney-Märchen.«

»Ein Königreich für ein Lama«, erinnerte ich mich.

»Genau.« Matts Lachen war ansteckend.

Ich bemerkte die Liebe in seinem Blick, während er von Simon sprach.

»Und was ist seine andere Leidenschaft?«, fragte ich neugierig.

Aron hatte offenbar genug gesehen und setzte sich wieder in

Bewegung. »Die *Seahawks*«, flüsterte er mir im Vorbeigehen ins Ohr.

Doch bevor ich darauf eingehen konnte, hakte sich Kat bei mir unter. »Hier will ich eines Tages heiraten«, hauchte sie ehrfürchtig.

Mein Blick kehrte zurück zur Scheune. »Das ist bestimmt sehr teuer«, bemerkte ich. Aber ich konnte ihren Wunsch nachvollziehen. Es war die perfekte Location. Allerdings würde Kat dafür erst einmal einen Mann benötigen. Um alles andere würde sich ihr Vater natürlich kümmern. Es gab nichts, was ihm zu teuer wäre, kein Wunsch, den er seiner Tochter verwehren würde.

»Sollen wir weitergehen?«, fragte Matt.

Aron war schon nicht mehr zu sehen.

»Geh schon vor«, schlug Grace handwedelnd vor. Ihr wehmütiges Seufzen war preisverdächtig. »Und lass uns Mädels noch einen Moment träumen.«

Wir träumten nicht lange, da wurden wir bereits von einer Horde Fangen spielender Feen, Satyren, Zwergen und Elfen eingekesselt. Fluchtartig suchten wir das Weite und fanden die Männer voneinander abgewandt stehend am Ende der Schlange zum Bogenschießen vor. Offenbar war ihre Freundschaft auf Pause gesetzt, solange der Wettkampf bevorstand.

Kapitel 40

Matt

Kleinvieh macht auch Mist: Nicht immer gewinnt derjenige, der den größten Fisch angelt, sondern manchmal auch der, der die meisten Fänge erzielt.

Letztes Jahr war es eine Schande gewesen, gegen Aron zu verlieren. Dieses Jahr, so stellte Matt fest, war es Demütigung und Folter zugleich. Und was noch viel schlimmer war: Madison sah das ganze Ausmaß seines Versagens.

»Es sieht leichter aus, als es in Wirklichkeit ist«, bemerkte sie, als sie hinter den anderen an der Scheue vorbei zurück zum Turnierplatz gingen. In einer halben Stunde würden die Amazonen zu Pferd mit ihrer Show starten.

»Versuchst du, mich zu trösten?«, fragte Matt hoffnungsvoll. Die Vorstellung, dass sie sich um ihn sorgte, gefiel ihm. Das war niedlich und es brachte ihn zum Lächeln. Trotz der Niederlage.

»Ich konnte die Bogensehne nicht einmal zurückziehen«, erklärte sie.

»Du bist ja auch ...«

»Schwach?«, unterbrach sie ihn mit skeptisch erhobener Augenbraue.

»Ungeübt! Ich wollte *ungeübt* sagen«, murrte er.

Mads schmunzelte. »Keine Panik. Ich *bin* schwach *und* ungeübt. Jedenfalls hast du zweimal mitten ins Schwarze getroffen.«

»Und Aron sechsmal.«

Mads stieß ihn schnaubend mit der Schulter an. »Dafür aber nicht in die Mitte davon. Was soll's, dann hast du eben nicht gewonnen. Und ich würde einiges dafür geben, eine Angel so auswerfen zu können wie du. Vergleiche dich nie mit anderen«, riet sie ihm.

Sie mochte recht haben. Aber das einzusehen, war nicht leicht für ihn. Aron war ihm schon als Kind in fast allen Disziplinen überlegen gewesen. Zudem war sein Freund hochintelligent und wusste immer, was er wollte. Und ganz offensichtlich wollte der nerdige, wortkarge Physiker neuerdings Kat – *Kätzchen* – Thompson. So sehr, dass er die alte Nervensäge von früher herauskehrte. Damals war er der Klassenclown gewesen und hatte alle Mädchen ihrer Jahrgangsstufe – und der darüber – genervt, nur um ihre Aufmerksamkeit zu erregen. Manchmal wusste Aron einfach nicht, wann er zu weit ging. Dann war er wiederum viel zu verschlossen, sodass sein Verhalten mit Desinteresse verwechselt werden konnte. Aron lebte in Extremen. Seine offene Art war ihm zum Verhängnis geworden und seitdem er auf die Schnauze gefallen war, hatte sich einiges verändert … Bis diese Frauen in ihrer beider Leben getreten waren.

»Ich mag dich, so wie du bist.«

Der Satz katapultierte Matt augenblicklich in die Gegenwart zurück. »Kannst du das wiederholen?«, bat er.

Madison errötete und sah schnell zu Boden. Ihre Haare fielen nach vorne und verdeckten ihr Gesicht. »Ich mag dich«, flüsterte sie. »Trotz deiner Macken.« Matt blieb stehen, um ihre Hand zu ergreifen. Unsicher hob sie den Kopf und sah auf. Es gefiel ihm, wie sie ihn mit ihren großen Augen ansah. Es gefiel ihm, dass sie seinetwegen verlegen war – auf gute Art natürlich. Und es gefiel ihm, dass er ihr gefiel. Nein – er liebte es. Liebte *sie*, aber das wagte er nicht laut auszusprechen.

»Ich mag dich auch«, sagte er stattdessen und schob ihr eine Haarsträhne aus dem Gesicht. Matt lächelte, als er dabei eines ihrer Segelohren freilegte. Diese Frau hatte so viele Facetten. Manchmal war sie sanft und niedlich, so wie jetzt. Aber es schlummerte eine Kämpferin in ihr, die meist zum Vorschein kam, wenn anderen Unrecht widerfuhr. Doch dann fiel ihm auf, dass sie ihrem Geständnis noch etwas angefügt hatte. »Von welchen Macken sprichst du?«, platzte die Frage aus ihm heraus.

Madison lachte. »Wo soll ich nur anfangen ...?«

»Doch so viele?«, murmelte Matt.

»Ach nein. Deine Macho-Ansichten hast du ja größtenteils revidiert.«

»Du hast mich eines Besseren belehrt.« Er zwinkerte ihr mit einem schiefen Grinsen zu.

Sie biss sich verlegen auf die Unterlippe. Eindeutig rang sie mit sich und ihren nächsten Worten.

»Sag's einfach«, ermutigte er sie.

»Da ist dieser Tick von dir«, begann sie.

»Tick?« Kurz hatte er wirklich geglaubt, sie würde bei der Erwähnung ihrer ersten Begegnung endlich das Angelthema ansprechen.

»Du schaust immer über die Schulter, als müsstest du nachschauen ...« Sie brach ab.

Überrascht hob Matt die Augenbrauen. Es war ihr aufgefallen?

»Das ist wohl eine alte Angewohnheit«, wand er sich heraus. Und gelogen war es nicht. Dennoch hatte er das Bedürfnis, ihr den Grund anzuvertrauen. »Früher war ich immer mit Simon unterwegs.«

Sie schien zu verstehen, denn sie nickte. »So was in der Art dachte ich mir schon.«

»Und du magst mich trotz dieses Ticks und der verschrobenen Ansichten?«, kam er zurück auf das eigentliche Thema.

Auf einmal begannen Maddies Lippen zu beben und ihre Augen füllten sich mit Tränen. Instinktiv legte er ihr seine Hand an die Wange.

»Was ist los?«, flüsterte er. Mit Stolz nahm er wahr, wie sie seiner Berührung entgegenkam – wie sie das Gesicht in seine Handfläche schmiegte.

Madison atmete tief durch. »Erinnerst du dich noch an unsere Unterhaltung bezüglich unrealistischer Wünsche?«

Er nickte langsam. »Ja.«

Erneut knibbelte sie mit den Zähnen nervös an ihrer Unterlippe. Offenbar hatte sie keine Ahnung, was diese Geste mit ihm anstellte. Er wollte sie küssen. Augenblicklich.

»Nun ...«, druckste sie herum.

Matt richtete sich auf und versuchte sich auf ihre Worte zu konzentrieren.

»Seitdem ich hier bin, werden es immer mehr.«

»Hier? Du meinst auf der *Fair*?«, neckte er.

Maddie lachte, was ihn von seinen anderen Gedanken – von *seinen* Wünschen – ablenkte.

Energisch schob sie seine Hand fort, ließ sie aber nicht los, sondern verschränkte stattdessen ihre Finger mit seinen. »Nein, ich meine damit die Zeit am See«, erklärte sie.

»Und was sind das für unrealistische Wünsche?«, fragte Matt.

Mit fest aufeinandergepressten Lippen und hochrotem Kopf sah sie zu ihm auf. *Oh Mann ...* das Knistern zwischen ihnen war wieder zurück. Wie sollte er sich da beherrschen?

»Na, sag schon«, ermutigte er sie. »Vielleicht sind sie ausgesprochen gar nicht so unrealistisch, wie du jetzt vielleicht denkst.«

Sie schwieg weiterhin. Doch Matt gab nicht auf. Wenn Aron so direkt sein konnte, dann schaffte er das ebenfalls. Und diese Frau war das Wagnis, sich zum absoluten Vollidioten zu machen, allemal wert.

»Haben diese Wünsche ...«, er räusperte sich, »... möglicherweise etwas mit ... mir zu tun?«

Madison ließ kurz das Kinn sinken. Ein Nicken? War das ein Nicken? »Ich ...«

»Was tut ihr da?« Kats Ruf hallte die Straße herauf.

Maddie fuhr erschrocken zusammen und er hätte ihre Freundin erwürgen können.

Aron lehnte feixend an einer Kastanie, an der die beiden am Wegesrand warteten.

Maddie und er setzten sich wieder in Bewegung.

»Was ist los?«, hakte Kat nach, als sie sie erreichten.

Grace war offenbar wieder verschwunden. Ob sie sich wie das fünfte Rad am Wagen fühlte?

»Nichts, wir haben uns nur unterhalten«, erklärte Mads.

Doch ihrer Freundin schien ihr hochrotes Gesicht nicht zu entgehen. »So nennst du das?«

»Wie würdest du es denn sonst nennen?«, blaffte Madison sie an.

Kats Lächeln war wie weggewischt. »Sorry«, stieß sie hervor. »Ich wollte dich nur aufziehen.«

Madison überging den Kommentar schulterzuckend. »Wo ist Grace wieder hin?«

»Sie sprach davon, uns Plätze für die Amazonen-Show zu sichern.«

»Jepp. Sie ist schon vorgegangen«, bestätigte Aron. »Sollen wir dann auch los oder braucht ihr noch etwas Zeit zum Turteln?«

»Aron«, warnte Matt ihn.

Dieser hob entschuldigend die Hände, aber sein Grinsen bewies, dass es ihm keineswegs leidtat.

»Gehen wir«, beendete Madison das wortlose Blickduell, hakte sich bei Kat unter und zog sie ohne ein weiteres Wort mit sich.

Kapitel 41

Maddie

Fantasy-Geschichten schlagen oft eine Saite in uns an, von der wir gar nicht wussten, dass sie existiert.

Die Show der Amazonen war beeindruckend gewesen und ich hätte im Anschluss gerne dem Feuerspucker zugesehen. Doch wir mussten die Zelte aufbauen, ehe es dunkel wurde. Später würden wir ja aber auch noch die Show der Sirenen sehen.

Kat wusste noch nichts von ihrem Glück, als Matt sich verabschiedete, um unsere Taschen aus dem Wagen zu holen. Es gab keine schonende Methode, es ihr beizubringen. Somit beschloss ich, einfach den Campingplatz für mich sprechen zu lassen.

»Haben wir uns verlaufen?«, fragte meine Freundin, als wir durch die Zeltreihen hindurchtapsten. Nah an der *Fair* gab es nicht viel Platz zwischen den einzelnen Schlaflagern, aber Matt hatte versprochen, dass es weiter abseits besser wurde.

»Nein, wieso?«, entgegnete Aron unschuldig. Er ahnte nicht, dass Kat nicht informiert war. Eigentlich wusste das niemand außer mir.

»Hast du es ihr nicht gesagt?«, flüsterte Grace mir hinter vorgehaltener Hand zu.

Kat, die vor uns herging, blieb stehen und sah aus schmalen Augen zu uns zurück. »Mir was gesagt?«, hakte sie nach und blieb stehen. Sie hatte wirklich gute Ohren. Ihr drohender Tonfall wollte gar nicht zu ihrer wunderschönen Aufmachung passen. Es müsste verboten sein, gut aussehend und Angst einflößend zugleich zu sein.

Tief ein- und ausatmend, wappnete ich mich für den bevorstehenden Kampf. Aron, der uns anführte und nun bemerkte, dass wir zurückgeblieben waren, kam ein Stück zurück in unsere Richtung.

»Wir campen hier«, informierte ich Kat.

Statt »Was?« oder »Wie bitte?« fragte sie: »Wo?«

»Na hier. Auf der *Fair*.« Mit einer ausladenden Armbewegung zeigte ich ihr das Gelände.

»Du meintest *Camping*, als du sagtest, die Männer kümmern sich um unsere Unterkunft?«

Aron zog den Kopf zwischen die Schultern.

»Ja. Matt hat die Zelte besorgt.«

Kats Ohren zuckten, weil sie ihre Kiefer so fest aufeinanderpresste. Sie wandte sich wieder nach vorn zu Aron. »Und du hast nichts gesagt?«

In seiner typischen Art streckte er verteidigend die Hände nach oben. »Du hast nicht gefragt«, erklärte er. »Außerdem«, fügte er hinzu, »hatte ich keine Ahnung, dass du nichts davon wusstest.«

Kats Kopf lief rot an und ich konnte erahnen, wie wütend sie war.

»Ist es denn so schlimm, eine Nacht draußen zu verbringen?«, fragte Aron gedämpft.

Meine Freundin schüttelte den Kopf. »Darum geht es nicht«, antwortete sie leise. »Hättet ihr mich gefragt, hätte ich vielleicht herumgenörgelt ...«

»Vielleicht?«, warf Grace ungläubig ein.

Doch Kat überging ihren Einwurf, obwohl das Zucken ihres Mundwinkels mir verriet, dass sie ihn definitiv gehört hatte. »Aber ich hätte mitgemacht. Mich im Unklaren darüber zu lassen, war nicht richtig.« Kats eindringlicher Blick traf mich, bevor sie sich abwandte und zu Aron aufschloss. Er legte ihr besänftigend einen Arm um die Schultern und führte sie zu einer etwas lichteren Stelle. Anschließend schickte er Matt unseren Standort.

Dann warteten wir stumm, und obwohl Kat besonnener reagiert hatte, als ich befürchtet hatte, kam ich mir wie die mieseste Freundin aller Zeiten vor.

Erneut.

Solange die Männer unsere Zelte aufbauten, versuchte ich unauffällig an Kats und Grace' Unterhaltung teilzunehmen. Ich lachte, wenn Kat lachte, und stimmte ihr in allen Punkten zu. Egal ob es um die schöne Scheue oder um den zu wenig gesüßten Crêpe ging, den sie während der Amazonen-Show von Aron spendiert bekommen hatte.

Als Grace sich entschuldigte, um zur Toilette zu gehen, sah Kat mich durchdringend an. »Ich weiß, was du vorhast«, sagte sie kühl.

»Ach ja?«, gab ich möglichst unbeteiligt zurück. »Was denn?«

»Du willst mir Honig ums Maul schmieren, damit ich dir verzeihe.«

»Und klappt es?«, fragte ich hoffnungsvoll. Es gab keinen Grund, es zu leugnen. So wusste sie jedenfalls, dass es mir leidtat.

Ich sah, wie sich ein zartes Lächeln um ihren Mund bildete. »Vielleicht.«

»Fertig«, verkündete Aron im selben Moment.

Voller Erwartung betrachteten wir unsere Schlafplätze. Kat verschränkte die Arme vor der Brust. Auch wenn sie sich gegenüber Aron allergrößte Mühe gab, ihren Unmut zu verbergen ... *Ich* registrierte ihn. Das nigelnagelneu aussehende größere Zelt sollte für uns Frauen sein. Es war geräumig und besaß wie Matts einen kleinen Vorraum für das Gepäck. Im Inneren waren drei selbstaufblasende Schlafmatten ausgebreitet.

»Sieht ... *nett* aus«, bemerkte Kat und zog die Schuhe aus, um die Matratze auszutesten.

Matt warf mir einen unsicheren Seitenblick zu, den ich mit einem Schulterzucken kommentierte. Ich betrat ebenfalls das Zelt, um neben Kat in der Mitte Platz zu nehmen.

»Für eine Nacht wird es gehen, meinst du nicht?«, flüsterte ich.

»Natürlich«, bestätigte sie. »Es ist ja nur für eine Nacht.«

Ich hatte das Gefühl, dass sie sich selbst Mut zureden musste.

»Oh, das sieht gemütlich aus«, verkündete Grace begeistert, als sie zurückkam. Mit einem aufgeregten Quieken ließ sie sich auf die übrige freie Matratze plumpsen.

»Hey«, schrie Kat, »Schuhe aus! Wir wollen hier schließlich *schlafen*.« Das letzte Wort betonte sie so, als könne sie es selbst kaum glauben.

»Verstaut eure Sachen«, hörten wir Matt aus dem Nachbarzelt rufen. »Dann können wir gleich wieder los.«

»Aye, aye, Sir!« Aron salutierte und verschwand aus dem Zelteingang, um Matt zur Hand zu gehen.

»Alles klar, Kat?«, fragte Grace vorsichtig.

»Wieso denn nicht?«, erwiderte Kat unschuldig. »Ist ja nicht so, als hätte ich noch nie in einem Zelt geschlafen.«

Stimmt, sie hatte schon in einem Zelt die Nacht verbracht.

Einmal.

Mit mir.

Und deshalb wusste ich auch, wie das wahrscheinlich ausgehen würde.

Gänsehaut jagte meinen Körper hinab und wieder hinauf, als die Sirenendarstellerinnen uns im schwindenden Tageslicht ein letztes Mal aufforderten, während der gesamten Show auf unsere Seelen achtzugeben.

Mir gefielen solche Aussagen nicht. Sie wurden so lapidar ausgesprochen, doch meiner Meinung nach lag eine Wahrheit darin, die den meisten nicht bewusst war. Da mich als Kind Geschichten bereits sehr hatten mitnehmen können, fasste ich sie als eine Warnung auf.

Durch ihren dreistimmigen Kanon erzeugten die Frauen die Illusion eines Halls unterhalb der Wasseroberfläche. Es regte meine Fantasie an und ich befand mich augenblicklich auf dem Grund eines tiefen Ozeans. In ihrem ersten Lied, dessen Anfang a cappella gesungen wurde, stellten sie sich vor. Mit ihren wunderschönen Stimmen zogen sie meine ganze Aufmerksamkeit auf sich. Nur vage nahm ich überhaupt wahr, dass mir Matt einen Krug Limo in die Hand drückte. Mit dem Einsetzen der Trommeln wechselte das Lied von mystisch zu bedrohlich. Die Sirenen verabschiedeten sich vom Sonnenlicht und begrüßten Aigaion, der in der griechischen Mythologie der Gott der Meeresstürme war. Mit ihren Armen simulierten Ligeia, Peisinoe und Aglaope die aufkommenden Wellen. Ihr Tanz und die dazugehörigen Klänge waren perfekt aufeinander abgestimmt. Die Geschichte der Matrosen, die durch den Sturm zu ihnen in den Tod »herabfielen«, wie sie es beschrieben, ging mir unglaublich nahe. Peisinoe sang von dem Frieden, den sich die Sterbenden ersehnten, aber niemals bekommen würden.

»All hope is lost.« Die Liedzeile fühlte sich so falsch an. Denn Hoffnung war meines Erachtens die größte Stärke der Menschheit. Ohne Hoffnung ... Das wollte ich mir gar nicht vorstellen. Ich wusste genau, wo meine lag. Im vergangenen Jahr hatte ich es vergessen – oder verdrängt. Doch auch wenn ich wütend und enttäuscht gewesen war, hatte ich dieses Wissen trotzdem im Herzen bewahrt. Ich erinnerte mich an diese Hoffnung. Und dieses Gefühl ließ mich *loslassen*. Zumindest einen Großteil von dem, was mich gefangen hielt. Auf einmal verspürte ich einen tiefen inneren Frieden, den ich unbedingt mit meinen Mitmenschen teilen wollte. Ich schlang einen Arm um Kat und lehnte mich glücklich an sie. Sie drehte leicht den Kopf, um mir ins Gesicht zu sehen, und zog irritiert die Brauen hoch, aber dann erwiderte sie das Lächeln. Mit der freien Hand umschloss ich Matts Finger. Er drückte meine kurz, doch er sah mich nicht an. Dafür verriet mir sein nervöses Schlucken, dass ihn die Zuwendung alles andere als kaltließ. Wie ich ihm bereits offen mitgeteilt hatte, *mochte* ich ihn. Und ich glaubte, dass er mich ebenfalls mochte. Das Flattern in meinem Brustkorb erschwerte es mir, ruhig stehen zu bleiben. Plötzlich hatte ich das große Bedürfnis zu rennen, zu lachen, zu schreien. Das Glück, das ich in diesem Augenblick empfand, wollte hinaus in die Welt.

Die folgenden Songs waren größtenteils melancholisch. Sie erzählten Geschichten von Menschen, die ihr Lebtag geschuftet und nichts von ihrer Arbeit geerntet hatten. Niemand erinnerte sich an sie. Das Leben war vergänglich und das Meer niemals voll.

Während der gesamten Vorstellung riss meine gute Laune über die Erkenntnis meiner eigenen Hoffnung nicht ab. Am Ende applaudierten wir mit Händen und Füßen. Kat jubelte laut und Grace pfiff sogar durch Daumen und Zeigefinger.

Aron, der das gesamte Schauspiel über ruhig und in sich gekehrt hinter Kat gestanden hatte, wirkte beinahe erleichtert, dass es endlich vorbei war. »Wollen wir gehen?«, fragte er knapp.

Es war zwar schon dunkel, aber wir beschlossen, noch nicht zum Lager zurückzukehren. Etwas abseits des Food Courts gab es ein kleines Holzfällerlager. Hier standen Tische mit Bänken um riesige Lagerfeuer herum, über denen allerlei Köstlichkeiten gekocht wurden. Alten Kesseln entströmten bekannte, aber auch exotische Düfte. Ein ganzes Schwein briet an einem Drehspieß nahe dem Feuer, an dem wir uns niederließen.

»Ist alles okay mit dir?«, fragte Grace Aron, weil er so wortkarg war. Zwar hatte Matt mir seinen Freund zu Anfang genau so beschrieben, dennoch war es für uns sehr ungewöhnlich, ihn so still zu erleben.

»Mhm«, machte er gedankenverloren und sah in die Flammen.

»Überlegst du, ob du davon noch was reinkriegst?«, fragte Kat und stupste ihn mit der Schulter an.

Die beiden saßen uns gegenüber.

Arons Lächeln kehrte zurück, als er meine Freundin von der Seite betrachtete. »Sag nur, du versuchst meinen Gedanken auf den Grund zu gehen, Kätzchen?«

Instinktiv zog ich den Kopf ein, während Grace scharf die Luft einsog.

»Träum weiter«, knurrte Kat. Doch auch sie sah besorgt aus.

»Diese Runde geht auf mich«, verkündete Matt und stellte einen großen Krug mitten auf den Tisch. Während er sich links von mir auf der Bank niederließ, berührten sich unsere Oberschenkel. Er platzierte fünf Becher vor uns, die er auf einem kleinen Holztablett mitgebracht hatte.

»Ist das nicht der Typ von vorhin?«, fragte Grace und wies auf eine Truppe junger Leute, die im Schneidersitz um eines der anderen Lagerfeuer saßen.

Ich folgte ihrem Blick und entdeckte den Mann, der uns bei dem Zwischenfall mit Travis zu Hilfe gekommen war. Er wirkte unverletzt, zumindest der Teil seines Gesichtes, der dem Feuer zugewandt war. Ein breites Grinsen zog seinen Mundwinkel nach oben, als ihm eine Gitarre überreicht wurde.

»Es scheint, als hättest du dir umsonst Sorgen gemacht«, bestätigte Matt meine Gedanken.

Der Mann schien die Schlägerei schon längst vergessen zu haben.

»*Er* hat dir geholfen?«, fragte Kat ungläubig und wandte sich uns wieder zu. Sie und Aron hatten sich äußerst auffällig zu dem Fremden umgedreht.

Grace nickte. »Kennst du ihn?«

»Nein«, antworte Kat prompt. »Es wundert mich nur ...« Weiter kam sie nicht, denn in diesem Moment begann der Mann auf der Gitarre zu spielen. Seine Finger bewegten sich flink über die Saiten. Ihm dabei zuzusehen, war beruhigend und aufwühlend zugleich. Die Melodie kam mir bekannt vor, doch der Text war mir fremd. Mit rauchiger Stimme erzählte er uns die Geschichte eines jungen Mannes, dem der Teufel viele Angebote unterbreitete. Ihm wurde das Universum und ewiges Leben versprochen, aber er lehnte es ab, weil es bedeuten würde, die Liebe aufzugeben. Ob er die Liebe zu Gott, einer Frau oder die Liebe im Allgemeinen meinte, blieb sein Geheimnis. Mich berührte dieser Song. Und nicht nur mich. Ich sah, wie Kat näher an Aron heranrückte. Grace stand sogar auf und schlenderte mit ihrem Becher zu dem Feuer hinüber. Das Stück endete, indem es in eine neue Melodie überging. Der Text war auf Spanisch verfasst und ich verstand leider nicht sehr viel. Später würde ich Kat nach der Bedeutung fragen.

»Du siehst glücklich aus«, bemerkte Matt leise, um die anderen nicht auf uns aufmerksam zu machen. Ich wandte mich ihm zu und wollte etwas darauf erwidern, doch er fuhr gleich fort: »Als du mir die ersten Male begegnet bist, hat dein Lächeln nie ganz echt gewirkt. Das hat sich geändert.«

Mein jetziges Lächeln gefror. »Wirklich?«, fragte ich fassungslos.

Er nickte langsam und rückte näher. »Franks Lächeln war genauso. Als würde er sich das Glück, das er empfand, nicht zugestehen.«

»Wie gut kanntest du meinen Vater denn?«, platzte die immer wieder aufkommende Frage aus mir heraus.

»Jeder hier kannte Frank.« Matt nahm eine Abwehrhaltung ein.

Ein Stück weit wusste ich, dass er sicher recht hatte. Doch irgendwas an seinen Aussagen ließ mich vermuten, dass das nur die halbe Wahrheit war. Was maßte er sich außerdem an, ein Urteil über Frank und mich zu fällen? Wir hatten uns gerade erst kennengelernt.

»Madison.« Matts Stimme klang traurig. »Wieso glaubst du, dass er dich nicht geliebt hat?«

Mir klappte vor Erstaunen der Mund auf. Hatte ich es hier mit einer männlichen Version von Kat zu tun oder waren meine Gedanken und Gefühle einfach für jedermann lesbar?

»Wie hätte er mich lieben können? Mich, die ihm die Schuld an dem Tod meiner Mom gegeben hat«, erwiderte ich und bereute es sofort. Was hatte Matt an sich, dass ich in seiner Gegenwart mehr preisgab als üblich?

»Das musst du mir erklären«, bat er.

Ich muss gar nichts, protestierte meine trotzige innere Stimme. Doch ich wollte es. Noch etwas, das mich wunderte. »Wir hatten nie ein sehr inniges Verhältnis. Das Angeln war ihm immer das Wichtigste und ich habe das gehasst. Anstatt mit mir zu spielen, ging er lieber ans Wasser. Wenn er ein schlechtes Gewissen hatte, nahm er mich mit und wir haben das gemacht, was *er* tun wollte.«

Matt hörte nur zu. Es überraschte mich, dass er nicht nachfragte, ob ich das Angeln denn nicht auch geliebt hatte.

»Nachdem meine Mom starb, gab ich ihm die Schuld daran – an allem.« Ich atmete ein paarmal tief durch. »Keine Ahnung, ob er nach ihrem Tod je glücklich war«, gestand ich und kam damit auf den Anfang unserer Konversation zurück. Ich schämte mich ein wenig für diese Aussage. Es war nicht leicht, mich selbst mit der Wahrheit zu konfrontieren. Franks Leben war mir egal geworden. Doch der Schmerz in meiner Brust bewies den Wunsch, die Antwort auf diese Frage zu wissen. Jetzt war es dafür allerdings zu spät. »Inwiefern hatte er Schuld an ihrem Tod? Ich dachte ...«

»Was dachtest du?«

Er schluckte. »Ich habe gehört, es war ein Autounfall.«

»Wäre er an dem Tag des Unfalls mit ihr gefahren, wie er es versprochen hatte, wäre meine Mutter vielleicht noch am Leben«, hauchte ich. Mom hatte vor ihrem Tod unter Migräneattacken gelitten, die ihre Sehkraft beeinträchtigten. Die Zeit am See sollte zu ihrer Erholung dienen, stattdessen wurde sie ihr zum Verhängnis. »Sie hatte Kopfschmerzen und ich glaube, dass sie nicht fahrtauglich war.«

»Verstehe«, sagte Matt so leise, dass ich ihn kaum hörte.

»Wäre mein Vater am Steuer gewesen, würde sie vielleicht

noch leben«, fügte ich hinzu, woraufhin er nichts erwiderte. Sein Blick sprach jedoch Bände.

»Was?«, fragte ich.

»Vielleicht hast du recht. Vielleicht wäre der Unfall aber auch so oder so passiert und er wäre mit ihr gestorben.«

Mein Atem stockte. Eigentlich war ich ein Mensch, der dieses Gedankenkarussell von »hätte, wäre, wenn« nicht oft zuließ, da es letztendlich zu nichts führte. Aber in Bezug auf Moms Unfall war ich dagegen machtlos. Wie oft hatte ich überlegt, ob er hätte verhindert werden können, wäre Frank nicht angeln gegangen. Doch nie hatte ich einen Gedanken darauf verwendet, was noch Schlimmeres hätte passieren können, wenn er mit meiner Mom in dem Unfallauto gefahren wäre. Ich schüttelte den Kopf. Die ganzen »Hättes« und »Wäres« machten mich fertig. Als wäre meine Vergangenheit ein schlecht geschriebener Entwurf, mit dem ich jetzt leben musste.

»Hast du ihm vergeben?«

Das war eine ziemlich persönliche Frage. Aus einem Reflex heraus wollte ich Nein sagen. Frank war schuld und unsere Beziehung seitdem im Eimer. Doch Matts Sichtweise auf die Situation ließen Zweifel in mir aufkommen. Wie wäre es mir ergangen, wenn ich an jenem Tag beide Elternteile verloren hätte? War es möglicherweise eine Bewahrung gewesen, dass Frank eine Verabredung gehabt hatte?

»Bisher nicht, nein.« Ehrlich gesagt hatte es diese Option für mich überhaupt nicht gegeben.

»Vergeben ist schwer.« Matt rückte näher an mich heran. »Aber nachtragend zu sein, führt oft nur dazu, dass man selbst am meisten darunter leidet.«

Ich lachte freudlos auf. »Sagt ja schon das Wort. Man trägt jemand anderem was hinterher.«

»Genau.« Matt legte einen Arm um meine Schulter. »Ich denke, du solltest das an Gott abgeben. Schließ Frieden mit deinem Vater und lass den Rest los.«

Frank vergeben ... mit einem tiefen Atemzug tat ich es. Wahrscheinlich passierte es auch gar nicht in diesem Augenblick, sondern hatte schon viel früher begonnen. Es war ein Prozess gewesen, der mit der Ankunft am Storm Lake in Gang gesetzt worden war. Doch wie sollte ich mich mit einem toten Menschen versöhnen? Traurigkeit ließ meine Kehle trocken werden, so sehr, dass auch Schlucken nicht viel half. Die Stimme, die daraufhin meinen Mund verließ, war nur ein Krächzen. »Ich wünschte, ich hätte es ihm gesagt, bevor ...«

»Sag es ihm«, unterbrach Matt und ergriff zusätzlich meine Hand, um unsere Finger miteinander zu verschränken. »Sag es ihm trotzdem.«

Wie stellte er sich das vor? Es war eine Sache, jemandem zu verzeihen. Es demjenigen aber zu sagen, eine ganz andere. Erst recht, wenn der Betreffende tot war.

»Vielleicht ...«, antwortete ich vage und mein Lächeln kehrte zurück, als ich Matt ansah und das Grübchen entdeckte, »... ein andermal.«

Er selbst lächelte noch breiter und der zweite Song endete mit den Worten »no más secretos«.

Kat seufzte auf der Bank gegenüber und legte ihren Kopf auf Arons Schulter. Ich registrierte, wie er sich versteifte, doch Kat schien nicht zu bemerken, dass es ihm unangenehm war.

»Wovon hat das Lied gehandelt?«, sprach ich den Gedanken laut aus.

»Von zwei Liebenden«, flüsterte Matt in mein Ohr.

Die plötzliche Nähe ließ mich alles andere vergessen. Ich sah dem Mann neben mir erneut ins Gesicht. Seine Lippen schwebten nah über meinen. »Zwei Liebende, deren Geheimnisse sie eingeholt haben. Es kostete sie nicht nur beinahe ihre Liebe, sondern auch das Leben.« Matt sah mich eindringlich an. »No más secretos«, wiederholte er die letzte Liedzeile.

»Keine Geheimnisse mehr.« Das verstand sogar ich.

»Genau«, bestätigte Matt und schluckte nervös. »Wollen wir

uns darauf einigen, Mads?« Sein Mund kam meinem immer näher.

Mein Herz stolperte und holperte in meiner Brust. Es ging über Bord wie die Seemänner in dem Schauspiel, nur dass es keinem Sirenengesang folgte. Und es gab noch einen entscheidenden Unterschied zwischen den Matrosen und mir. Wenn ich fiel, dann niemals tiefer als in Gottes Hand.

Ich sprang also in unbekannte Tiefen, als sich unsere Lippen immer näher kamen. Verlor den Boden unter den Füßen, während ich mich Matt entgegenlehnte in der freudigen Erwartung dieses Kusses. Es jagte mir keine Angst ein. *Er* jagte mir keine Angst ein. Weder dass er der erste Mann war, der ein Gefühl der Schwerelosigkeit in mir auslöste, noch der Umstand, dass ich ihn erst seit wenigen Wochen kannte. Es kam mir so vor, als wäre er schon immer da gewesen. Als wüsste er ganz genau, was in mir vorging. Als verstünde er mein paradoxes Verhältnis zu Frank – die Gedanken, die mich seinetwegen quälten. Er sah hin, wenn sein Blick mich traf. Genauso wie Grace betrachtete er mehr als nur die äußere Hülle eines Menschen. Und auch jetzt wusste er offenbar, wie ich mich fühlte, denn seine großen Hände legten sich auf meine Oberarme. Um mir Halt zu geben oder damit ich nicht abhob?

Wenn wir springen, so schien er mir sagen zu wollen, *dann im Tandemflug.* In diesem kurzen Moment dachte ich, er würde alles über mich wissen. *No más secretos?*, hatte er gefragt. Die Schuldgefühle, die ich bis eben erfolgreich verdrängt hatte, spülten wieder an die Oberfläche. Sofort schlug ich sie nieder, denn Matts Frage forderte keine Geständnisse und keine Wiedergutmachung – nur das Versprechen, dass ich in Zukunft ehrlich zu ihm sein würde.

»No más secretos«, versprach ich deshalb. Es waren nur drei gehauchte Worte, in einem schlechten Spanisch obendrein. Aber sie fühlten sich wie ein Neuanfang an. Worte, die wie eine Brücke zwischen uns lagen und die im Rausch unseres ersten Kusses verhallten.

In den schlaflosen Morgenstunden der vergangenen Tage hatte ich mir diesen Kuss oft vorgestellt. Aber er war anders, als ich ihn mir ausgemalt hatte. Es war kein sanftes Aneinanderherantasten. Der Kuss war nicht unsicher, fragend oder gar zögernd. Nein, Matt presste seine Lippen so fest auf meine, als müsse er seinen Standpunkt mit Nachdruck deutlich machen. Madison Clark war ihm wichtig. Das hier war nicht nur ein Flirt, er meinte es ernst. Genau wie ich. Das wollte er mir mit diesem Kuss unmissverständlich sagen. Und ich stimmte ihm in aller Dringlichkeit zu. Jede Faser meines Körpers, mein ganzes Sein, sehnte sich danach, ihm die gleiche Gewissheit zu vermitteln. Unwillkürlich erwiderte ich seinen Kuss mit derselben Entschlossenheit. Und gemeinsam stürzten wir uns in dieses neue Abenteuer. Zwei Seelen, die einander gerade erst kennengelernt hatten, die jedoch bereit waren, einander alles von sich zu geben. Kompromisslos. Unverletzt, unverbraucht und unnachgiebig. Aber was am wichtigsten war: voller Hoffnung.

Kapitel 42

Matt

*Der bereits besetzte Angelspot kann einem Angler,
der genau dort angefüttert hat, echt den Groove versauen –
aber manchmal führt es ihn auch
zu neuen, unerforschten Gewässern.*

Nach dem Kuss war nichts mehr wie zuvor. *Nichts.* Als besiegelte er das Ende von etwas Altem und den Beginn von etwas völlig Neuem – Wunderschönem. Dieser Kuss trennte Matts Leben in ein Davor und ein Danach und er wollte auf keinen Fall wieder zurück. Niemals.

No más secretos. Was hatte er sich nur dabei gedacht?

Vor dem Kuss war ihm das Versprechen ernst gewesen. Er hatte wirklich angenommen, die Vergangenheit würde ihn nicht länger interessieren. Doch *nach* diesem Vorgeschmack auf tiefe Verbundenheit musste er unbedingt wissen, warum Mads weiterhin eine Lüge lebte. Er erkannte mittlerweile, dass ihr Schauspiel aus purem Stolz heraus geboren worden war – aber nicht, warum sie nicht endlich reinen Tisch mit ihm machte. War ihr Ehrlichkeit so wenig wert?

Er wollte einfach alles über sie erfahren. Deshalb fiel es ihm auch so schwer, den restlichen Abend schweigend zuzubringen. Sie nicht auf dem von unzähligen Feuern in kunstvoll verzierten Metallkörben erleuchteten Rückweg beiseitezunehmen und sie nach all ihren Gedanken und Gefühlen zu fragen. Nachdem sie ihm anvertraut hatte, was sie und Frank entzweit hatte, wurde sein Gehirn nur von weiteren Fragen geflutet. Er brannte auf Antworten. Doch er wollte immer noch, dass *sie* zu *ihm* kam. Es war ein Dilemma. Noch dazu, da sie genauso auf seine Offenbarungen zu warten schien. Während des Kusses hatte Madison seine Narbe am Hinterkopf berührt. War es ihr überhaupt aufgefallen? Zumindest hatte sie nicht danach gefragt. Es kostete ihn bereits einiges an Überwindung, den Autounfall zu erwähnen, der *sein* Leben von einer Sekunde zur nächsten in eine andere Richtung gelenkt hatte. Wie würde sie erst reagieren, wenn sie hörte, dass es Frank gewesen war, der ihm durch diese schwere Zeit geholfen hatte? So sah nämlich die zweite Seite der Medaille aus. Nicht nur Maddie hatte Geheimnisse. Er musste ihr gegenüber genauso ehrlich sein. Aber das konnte warten, oder? Um den Zauber dieser besonderen Nacht willen. Emotionen – positive sowie negative – fühlten sich zu vorangeschrittener Stunde immer viel intensiver an. Letztere könnten ihrer noch so frischen Beziehung leicht ein schnelles Ende bereiten. Doch Matt sonnte sich aktuell lieber in den erfreulichen Nebenwirkungen. Verliebt sah die Welt schöner aus, Musik klang besser, selbst die Sterne am Firmament schienen heller zu strahlen als jemals zuvor. Er hatte das Gefühl, dass an diesem Abend alles möglich wäre. Als könnte ihm jeder Streich gelingen. Kurz dachte er daran, Aron erneut zum Bogenschießen herauszufordern, nur um diese Theorie zu überprüfen.

Aron! Seit der Show hatte sein Freund sich merkwürdig benommen. Bei nächster Gelegenheit würde er ihn darauf ansprechen. Bestimmt hatte sein Verhalten etwas mit Kat zu tun. Vor ein paar Tagen hatte Matt es endlich mal geschafft, diese vor der *Blauen Hortensie* abzufangen und auf Madisons Verhältnis zu ihrem Vater anzusprechen. Ihr war es äußerst unangenehm gewesen, mit ihm über ihre Freundin zu sprechen. Eigentlich hatte sie sich größtenteils um klare Antworten herumgewunden. Doch letztendlich war Kats Botschaft eindeutig ausgefallen: *Gib ihr Zeit. Sie wird dir alles erzählen, sobald sie dazu bereit ist.*

Madison besaß das besondere Privileg, eine Freundin zu haben, die sich mit Psychologie auskannte. Über ein halbes Jahr lang hatte er selbst wegen des Autounfalls einen Therapeuten aufsuchen müssen. Auch wenn der Vorfall schon Jahre zurücklag, zogen sich bei den Erinnerungen noch heute seine Eingeweide zusammen. Erst die vielen Gespräche mit Frank hatten ihn verstehen lassen, dass seine Gefühle normal waren. Matt wollte – obwohl er nicht über Kats Kompetenz verfügte –, dass Maddie mit ihrem Kummer und den Sorgen zu ihm kam. So wie er damals zu ihrem Vater gegangen war. Und Kat hatte recht. Dieser Abend hatte gezeigt, dass Mads begann, sich ihm zu öffnen.

»Das war ein schöner Tag.« Die Worte durchbrachen sein Gedankenwirrwarr.

Mit weit aufgerissenen Augen sah er Madison an. Wann hatten sie die gesamte Wegstrecke zurückgelegt?

Verlegen räusperte er sich. »Ja, fand ich auch. Trotz meiner Niederlage.« Bevor Mads einen Schritt näher an ihn herantrat, sah sie sich um. Doch die anderen beiden Frauen waren schon im Zelt verschwunden und Aron tauchte gerade ins Dickicht ab, vermutlich, um sich zu erleichtern oder um die Sterne zu betrachten.

»Ich hatte lange nicht so großen Spaß«, flüsterte sie, obwohl sie allein waren. So allein, wie es eben ging, wenn man sich auf einem Zeltplatz befand. »Was ich sagen will ... Danke für die Einladung.«

Selbst im Schein der Fackel glaubte Matt, ihre Wangen erröten zu sehen. Als fühlte sie sich ertappt, senkte sie ihren Blick auf die Füße.

»Es freut mich ...« Ein kurzer Schulterblick und er setzte noch mal neu an. »Es freut mich, dass du dir das Glück zugestehst.«

Sie sah wieder auf. »Das verdanke ich dir.«

»Mir?«, fragte er ungläubig.

Sie lachte und ergriff seine Hand. »Ja, aber verrate es bloß nicht Kat.«

»Wird sie dann eifersüchtig auf mich?«, neckte er sie.

»Das ist sie längst«, erwiderte sie.

Madison war keine kleine Frau, doch um ihn zu küssen, musste sie trotzdem auf die Zehenspitzen gehen. Ihre Lippen legten sich sanft auf seine. Dieser Kuss war kein Statement wie jener zuvor. Er besaß weder Feuer noch Leidenschaft, dafür gab er ihm aber das Gefühl, geliebt zu sein.

So schnell der Kuss begann, so endete er auch wieder. Erst als Matt die Abwesenheit ihrer Wärme spürte, realisierte er, dass sie sich schon von ihm abgewandt hatte und die letzten Meter zum Zelt spazierte.

Mit der Hand am Reißverschluss drehte sie sich noch mal zu ihm um. »Gute Nacht, Matt.«

Ihr Lächeln ließ ihn das Herz in der Brust erstarren. Eine eisige Vorahnung schien Besitz von seinem Körper zu ergreifen und er wollte diesen Moment einfrieren. Einfangen wie ein Foto, das man ab und an herausholte und ansah. Die Sorge, Mads zu verlieren und nie wieder diese rosigen Wangen, die leicht abstehenden Ohren und ihr Lächeln zu sehen, ließ seinen Brustkorb ganz eng werden.

»Träum süß«, wünschte er mit atemloser Stimme und hoffte inständig, dass sie verstand, dass sie sein Herz in den Händen hielt. Matt war sich seiner Verantwortung ebenfalls bewusst. Er musste ihr von Franks Auftrag, sich um sie zu kümmern, erzählen. Von Vaterliebe, die über den Tod hinausging. Aber der Entfremdung der beiden lagen weitaus tiefere Verletzungen zugrunde, als Matt geahnt hatte. Denn sie hatte mit dem Tod ihrer Mutter zu tun. Es ging hier nicht länger nur darum, ob er Maddie als Freundin verlieren könnte. Wenn sie auf die falsche Weise von der Wahrheit erfuhr, würde sie das hart treffen.

Nein, sie durfte es noch nicht herausfinden. Um ihretwillen – zumindest redete er sich das ein. Sie begann sich doch gerade erst auf eine Aufarbeitung ihrer Gefühle einzulassen. Matt blieb erneut nichts anderes übrig, als ihr Angel-Theater weiter mitzuspielen. Ihr die Geheimnisse zu lassen, während er seine eigenen ebenfalls noch wahrte. Er schenkte ihr einen Vertrauensvorschuss und hoffte inständig darauf, dass sie den Gefallen zu gegebener Zeit erwidern würde. So viel also zum Thema »*No más secretos*«.

Kapitel 43

Maddie

*Wortneuschöpfungen sind das Privileg
eines jeden Schriftstellers.*

Ein kräftiger Schlag gegen den Oberarm weckte mich.

»Du schnarchst«, verkündete Kat übertrieben laut.

Dabei hatte ich vor allem wegen ihrer abwechselnden Schnarch- und Grummelphasen die halbe Nacht wach gelegen.

Ich blinzelte. Die Sonne war aufgegangen und die Luft im Zelt war aufgeheizt und abgestanden.

»Stimmt doch, oder, Grace?«

Ich linste an meiner besten Freundin vorbei und sah, wie Grace das Schlafanzugoberteil gegen ein schwarzes Top tauschte. »Ja, hört sich an, als wolltest du Bäume fällen.«

Langsam, ganz langsam, setzte ich mich auf. »Wollt ihr mich ärgern?«, presste ich zwischen zusammengebissenen Zähnen hervor. »*Du* hast die ganze Nacht geschnarcht und geplappert.« Mein Zeigefinger bohrte sich in Kats Schlüsselbein. »Gib es zu, das hast du mit Absicht gemacht. Und jetzt willst du es mir in die Schuhe schieben.«

»Wovon redest du?«, fragte meine beste Freundin und wandte sich erneut an Grace – ihre neue Verbündete, wie es schien. »Weißt du, wovon sie spricht?«

Grace schüttelte den Kopf und öffnete die Zelttür, nur um sie gleich wieder zu schließen, nachdem sie hinausgetreten war. Aber ich konnte das kleine Grinsen in ihrem Mundwinkel nicht übersehen, das irgendwie mehr sagte als tausend Worte.

»Frag doch einfach, was du fragen willst«, forderte ich sie mit einem Seufzen auf.

Freudig klatschte sie in die Hände. »Habt ihr euch geküsst?«
Typisch Kat. Sie wusste immer, welche Fragen sie stellen musste, um mich aus der Fassung zu bringen. Manchmal fragte ich mich, ob Menschen, die sich mit Psychologie beschäftigten, alle um sich her anders wahrnahmen als der Rest der Welt, denn irgendwie schien es so, als wären sie für Kat wie Bücher, in denen sie nach Belieben lesen konnte.

»Du wirst rot, Maddie. Das heißt ja, oder?«

Ich lachte verlegen. »Ja, wir haben uns geküsst.«

Sie schlug sich jeweils eine Hand an Stirn und Herz. »Sie werden so schnell erwachsen«, kommentierte sie und erntete dafür einen Knuff in die Schulter. »Hey!«, maulte sie gespielt. »Ich darf mich doch wohl noch für meine beste Freundin freuen.«

»Dich über sie lustig machen, trifft es wohl eher«, gab ich zurück.

Kat packte meine Oberarme und riss mich in eine kräftige Umarmung. »Ach Maddie«, seufzte sie. »Ich freue mich für dich.«

»Aber?«, hakte ich nach.

Sie wich ein Stück zurück, um mir ins Gesicht zu sehen. »Wieso glaubst du, dass es ein Aber gibt?«

»Weil Kathrine Thompson immer was hinzuzufügen hat.«

Erst sah sie beleidigt aus, dann nickte sie jedoch. »Da ist was dran«, gab sie zu. Ihr Lächeln wurde sanfter. »Das ist jetzt eine bedeutende Sache zwischen euch«, stellte sie fest und ich stimmte ihr zu.

Auf einmal hatte ich das starke Bedürfnis zu schlucken.

»Du weißt, was das heißt, oder?«

Ja, das wusste ich. Mit einem zustimmenden Laut schmiegte ich mich erneut in ihre Wärme. Behutsam streichelte sie mir über das Haar.

»Was ist, wenn er mich doch nicht will, wenn er mich besser kennt?«

»Süße, es gibt keine Garantie, dass eure Beziehung für immer hält. Mit Gott an eurer Seite seid ihr aber bestens gewappnet.«

Sie hatte recht. Matt glaubte an Gott. Natürlich schützte das keineswegs vor Enttäuschungen, aber es bedeutete sehr wohl etwas. Zum Beispiel, dass er nicht direkt aufgeben würde, wenn es Probleme gab ... wenn ich ihm von unserem Missverständnis erzählte, das ich nicht aufgeklärt hatte.

»Woran denkst du?«, fragte Kat.

»Ich werde es ihm erzählen.« Damit wollte ich sagen: diesmal wirklich.

»Das ist gut«, entschied Kat. Sie brauchte keine Erklärung, um zu wissen, was ich meinte.

»Und wenn ich ihn dadurch verliere? Was ist, wenn er mich nur mag, weil ich angele?«, fragte ich erneut wie ein Kind die Mutter – von Beginn an meine heimliche Angst in Bezug auf ein Geständnis.

»Denkst du wirklich, dass er dich nur deswegen mag?« Kat schnaubte, doch ihr Blick war immer noch sanft. »Maddie, er mag dich wegen deiner Persönlichkeit und nicht wegen eines Hobbys oder sonst etwas, was du tun könntest. Du musst dir seine Liebe nicht erarbeiten.«

Hm, irgendwo habe ich das schon mal gehört ...

»Genauso wenig wie du dir Gottes Liebe und Gnade erarbeiten kannst«, fügte sie hinzu.

Ah, daher kannte ich das Prinzip. So wahr und entwaffnend logisch.

»Und wenn er mich nicht mehr will, weil ich ... gelogen habe?«

»Dann ist es dennoch der richtige Weg.« Sie holte tief Luft. »Aber ich glaube nicht, dass er sich von einer kleinen Lüge abschrecken lässt. Matt macht auf mich nicht den Eindruck, ein Mann zu sein, der abhaut, wenn's schwierig wird.«

Ich lehnte mich zurück, um sie anzusehen. »Woher willst du das wissen?«, fragte ich überrascht. Normalerweise hielt sich Kat mit lobenden Worten zurück. Die Art und Weise, wie sie sich auf die Unterlippe biss, verriet mir, dass es mehr als nur ihre Einschätzung war.

»Hast du mit ihm geredet? Was weißt du?«, verlangte ich mit Nachdruck zu erfahren. Dabei schüttelte ich ihren Körper an den Oberarmen. Schon seit Matt gestern von Simon erzählt hatte, fragte ich mich, ob er ... *mehr* wusste. Und dann am Feuer. *No más secretos.*

»Kat, hast du etwa ...?«

Sie schnalzte mit der Zunge. »Nein, ich habe ihm nichts verraten. Und ja ... Natürlich hab ich Erkundigungen über ihn eingeholt. Was denkst du denn?« Sprachlos starrte ich sie an.

»Schau mich nicht so an. Das hätte dir klar sein müssen.«

»Mir war *nicht* klar, dass du deine Beziehungen spielen lässt, um dich in die privaten Angelegenheiten deiner Freundin einzumischen.«

»Beste Freundin«, verbesserte Kat. »Oh bitte, Maddie. Du weißt genau, dass ich nicht tatenlos danebenstehe, wenn meine *beste Freundin*« – sie betonte die beiden Wörter mit solch einer Leidenschaft, dass mein Ärger augenblicklich verpuffte – »sich in einen ihr bis dato fremden Mann verliebt.«

Offenbar kannte Kat mich besser als ich mich selbst und hatte sofort durchschaut, dass ich mich in Matt verliebte.

»Du glaubst, ich liebe ihn?«, hakte ich nach.

»Ja«, krächzte sie und ich sah Tränen in ihren Augen schimmern. Einordnen, ob es Tränen der Freude oder der Trauer waren, konnte ich nicht. »Deshalb hast du mir auch nichts von ihm erzählt.«

»Das stimmt nicht«, warf ich ein.

Doch Kat schüttelte den Kopf, als wolle sie meine Beschwichtigungen nicht hören. »Du dachtest, ich wäre eifersüchtig und würde ihn dir auszureden versuchen.«

Verlegen biss ich mir auf die Unterlippe, plötzlich unsicher, ob sie recht hatte oder nicht.

Kat seufzte und zeigte ein schwaches Lächeln. »Ich bin dir nicht mehr böse. Vermutlich hätte ich ihn dir wirklich ausreden wollen.«

Ich wagte es nicht, ihr zuzustimmen, aber ich widersprach auch nicht. »Jedenfalls kann es nicht schaden, wenn man eine Freundin hat, der genauso viel am eigenen Herzen liegt wie einem selbst. Und die ein wenig aufpasst, dass es nicht verletzt wird.« Sie stupste mich spielerisch an.

»Und, was hast du herausgefunden?«

»Zuerst muss ich noch klarstellen, dass ich mein Studium und damit meine Beziehungen zum FBI nicht missbraucht habe«, erklärte sie mit erhobener Hand. Sie sah aus, als wolle sie einen Schwur leisten. Es fehlte nur, dass sie die andere auf ihre Bibel legte.

»Meine Fähigkeit für gute Recherchearbeit war mir allerdings sehr nützlich ...«

»Kat!«, unterbrach ich sie, lauter als nötig. Erschrocken lauschte ich, denn das Zelt der Männer war schließlich nicht weit von unserem entfernt. Wir sollten besser flüstern.

»Sag mir endlich, was du in Erfahrung bringen konntest«, zischte ich.

Und was Kat mir erzählte, versetzte mich in Staunen.

Kapitel 44

Maddie

Tipps für den Weg zur Buchveröffentlichung:
Rückschläge sind Teil der Reise (siehe auch: Heldenreise).

Nachdem wir uns alle frisch gemacht und von Matt über dem Gasbrenner gekochten Kaffee überreicht bekommen hatten, bauten wir die Zelte ab. Kat half mit, wo sie konnte, auch wenn sie mehrfach betonte, dass sie keinen weiteren Fingernagel einbüßen wolle.

»Hast du schon einmal was von selbsterfüllender Prophezeiung gehört?«, fragte Grace, während sie die Zeltstäbe einklappte und verstaute.

Kat streckte ihr zur Antwort die Zunge heraus.

Auf der Fahrt nach Hause hielten wir an einem kleinen Diner am Rande des Highways und gönnten uns ein ausgiebiges Frühstück. Kat bekam Pancakes mit Sirup, die ihre miese Stimmung angesichts der frühen Uhrzeit hoben. Matt, Grace und ich entschieden uns für Toast mit Bacon und Ei, während Aron gefühlt alles, was auf der Speisekarte zu finden war, bestellte. In weiser Voraussicht orderte Matt eine ganze Kanne Kaffee, denn so schlecht, wie wir auf dem harten Boden geschlafen hatten, würde jeder von uns mindestens eine weitere Tasse brauchen. Solange wir auf das Frühstück warteten, verstrickte Grace meine beste Freundin in ein Gespräch über das Anpflanzen von Kürbissen. Aron wirkte noch übermüdeter als der Rest von uns und enthielt sich schon seit unserem Aufbruch jeder Konversation.

Ich sah mich in dem Restaurant um und zückte kurz entschlossen mein Handy.

»Was tust du da?«, fragte Matt, der mir gegenübersaß.

»Bitte lächeln«, forderte ich ihn auf und drückte den Auslöser. Eigentlich hatte ich den Raum fotografieren wollen. Mit seinem schwarz-weiß gefliesten Boden, den roten Polsterbänken und der Leuchtreklame oberhalb der Fensterfront sah er aus wie aus den Sechzigern. Er erinnerte mich an einen Besuch von Tante Charlotte vor ein paar Jahren. Mein Dad und ich hatten sie vom Flughafen abgeholt und waren mit ihr in einem Diner in Seattle essen gegangen, der diesem nicht unähnlich gewesen war.

»Hier sieht es so aus wie im Film«, hatte Charlotte verblüfft festgestellt. »Und ich dachte, das wäre nur so ein Klischee.«

Ich mochte Klischees. Und das hatte ich ihr auch geantwortet.

Auch dieser Laden hier war etwas Besonderes. Die Wand am Eingang war komplett mit Baumscheiben verschiedenen Durchmessers gekachelt. Außerdem waren die Retro-Deckenlampen einer Fabrikbeleuchtung nachempfunden, nur ohne das Zahnarztlicht. Meine Fotografie fing das alles genau so ein. Zudem lächelte mich ein gut aussehender Mann am Rande des Bildes freudestrahlend an. Ein gelungener Schnappschuss, von dem ich mir Abzüge machen würde. »Dieser Ort«, sagte ich zu Matt, »strahlt eine ganz eigene Atmosphäre aus. Stell dir vor, es wäre ein düsterer Oktobernachmittag, die Beleuchtung geht an. Draußen wabert der Nebel ... Der Highway ist wie leer gefegt. Nur vereinzelt weht der Wind ein einsames Blatt über den Asphalt.«

»Maddie«, hauchte Grace und ich wandte mich den beiden neben mir auf der Bank zu. Ihrem Gesichtsausdruck nach zu urteilen, hatten sie mitgehört. Grace schüttelte sich, als müsse sie die Vorstellung, die ich mit meinen Worten ausgelöst hatte, loswerden.

»Mich gruselt's, obwohl die Sonne scheint«, bemerkte Kat und Grace nickte heftig.

»Du hast eine Gabe ...«, begann sie, doch in diesem Moment kam die Bedienung mit dem Frühstück.

Wir lächelten und bedankten uns.

»Du solltest das Schreiben wirklich zu deinem Beruf machen.«

»Deswegen habe ich Literatur studiert«, bemerkte ich trocken.

»Grace hat recht«, warf Kat ein. »Was hast du denn seitdem daraus gemacht?«

Wir begannen zu essen. Dass Grace die Hände zum Gebet faltete, registrierte ich zu spät. Jetzt kam ich mir unhöflich und äußerst undankbar vor. Während Grace' stumm ihre Lippen bewegte, waren wir anderen schon fleißig am Kauen. Ich nahm mir vor, beim nächsten Mal ein gemeinsames Tischgebet zu sprechen.

»Falls du dich erinnerst«, kam ich auf das Thema von zuvor zurück, »ist mein Vater in der Zwischenzeit gestorben.«

»Ja, ich erinnere mich«, flüsterte sie und lehnte sich bei mir mit der Schulter an. Wortloser Beistand. Es war schon über ein halbes Jahr her, und nicht einmal damals hatte ich wirklich geweint. Und dennoch füllten sich plötzlich meine Augen mit Tränen.

»Ich war da«, ergänzte sie. Es waren die gleichen Worte, die sie in der *Blauen Hortensie* zu mir gesagt hatte. Bezüglich der glücklichen Momente, an die ich mich nicht erinnern konnte. Oder wie Matt richtig festgestellt hatte – nicht erinnern *wollte*.

Grace knibbelte an ihrer Lippe, ehe sie ihren Planer aus dem Rucksack zog. Sie ließ den Stift zwischen ihren Fingern kreisen und sah mich hoffnungsvoll an. »Vielleicht hilft es, wenn wir ein bisschen planen?«, schlug sie vorsichtig vor. »Wir machen einen Schlachtplan – eine To-do-Liste«, fügte sie aufgeregter hinzu.

Kat und ich tauschten einen überraschten Blick.

»Zucker«, nuschelte Kat und tränkte ihren Pancake mit Sirup. »Ich ertrage die Kriegsgeneralin am frühen Morgen nur mit Zucker.«

Von der anderen Seite des Tisches grunzte es. In Matts Augen funkelte Belustigung, während Aron sich gerade noch so ein Grinsen verkniff. Wir alle wussten mittlerweile, wie schnell Grace in ihren Listenwahn verfallen konnte.

»Punkt Nr. 1«, zählte sie auf. »Auspacken.«

»Echt? Daraus machst du einen eigenen Punkt?«, hakte Aron ungläubig nach. Es war das erste Mal, dass er sich heute an einer Unterhaltung beteiligte. Langsam befürchtete ich schon, den Grummel-Aron kennenzulernen, von dem Matt mir berichtet hatte.

»Wieso denn nicht?«, entgegnete Grace verwirrt. Dann tat sie seinen Kommentar mit einer Handbewegung ab und fuhr unbeirrt fort: »Punkt Nr. 2 …«

»Duschen«, unterbrach Kat sie.

»Oh ja«, stimmte ich ihr zu,

Grace schüttelte lächelnd den Kopf, notierte es aber.

»Punkt Nr. 3 …«

»Mittagessen«, schlug Aron vor.

»Jetzt ist aber mal Schluss«, fauchte Grace. »Ich bin hier die Listen-Lady.«

»Die was?«, fragte Matt.

Anstatt zu antworten, ließ sich Grace nur zu einem feurigen Blick herab.

»Da bekommt selbst Matt Angst, sieh mal, wie bleich er wird«, flüsterte mir Kat ins Ohr und ich unterdrückte ein Kichern.

»Punkt Nr. 3«, wiederholte Grace. »Zeitungen in Snohomish und Umgebung raussuchen, die für Maddie infrage kommen.«

»Wie bitte?«, blafften Kat und ich gleichzeitig. Mir fiel die Gabel aus der Hand und aus dem Augenwinkel bemerkte ich, wie sich Matt in seinem Sitz aufrichtete.

»Wenn du die *Blaue Hortensie* schon so aufwendig renovierst, dann kannst du doch auch gleich hier einziehen, anstatt sie zu verkaufen«, meinte Grace.

»Verkaufen?«, hörte ich Matt fragen.

Als ich ihn ansah, lieferten sich auf seinem Gesicht Überraschung und Enttäuschung ein Gefecht um die Vorherrschaft. Wir hatten zwar nie explizit darüber geredet, dass ich die *Blaue Hortensie* verkaufen wollte, ein Geheimnis hatte ich allerdings nicht daraus gemacht. Ich konnte verstehen, dass ihm die Vorstellung, ich könnte zurück nach Seattle gehen, missfiel, aber hatte er ernsthaft gedacht, ich wollte von Anfang an in das Angelhaus einziehen?

»Ich ...«

»Du kannst dich ja mal umhören und dir trotzdem alle Optionen offenhalten.« Kat war immer so diplomatisch. Auch wenn ihr der Gedanke, ich könnte hierherziehen, sichtlich schwerfiel, lehnte sie ihn nicht gleich ab. Matt dagegen sah so aus, als würde er aus allen Wolken fallen.

Gerade als ich etwas Beschwichtigendes sagen wollte, erhob er sich. »Entschuldigt mich.« Er verließ so schnell den Diner, dass ich ihm nicht einmal etwas hinterherrufen konnte.

Aron ließ Matts Reste einpacken. Wir fanden ihn an seinen Pickup gelehnt und telefonierend vor. Als er uns entdeckte, beendete er das Gespräch.

»Können wir aufbrechen?«, fragte er in unterkühltem Ton.

»Jepp«, bestätigte Aron und drückte ihm die Doggybag gegen die Brust.

»Alles in Ordnung?« Grace warf ihm einen fragenden Blick zu, während sie einstieg.

»Ja, ich habe es allerdings eilig. Ein Kunde zahlt das Doppelte, wenn ich ihn heute Abend zum Nachtangeln mitnehme. Dafür muss noch einiges vorbereitet werden.«

»Du arbeitest auch sonntags?«, fragte Kat erstaunt.

»In Ausnahmefällen.« Matt zuckte mit den Schultern und stieg ein, wobei er die Fahrertür kräftiger zuschlug, als nötig gewesen wäre.

Die letzten vierzig Minuten unserer Fahrt verliefen unangenehm schweigsam. Irgendwann schaltete Aron das Radio ein, wofür ich ihm unendlich dankbar war. Grace sang leise mit und ich konzentrierte mich auf ihre wunderschöne Stimme, um nicht länger über Matts Verhalten nachzugrübeln. Er konnte mir meinen Ursprungsplan doch nicht wirklich vorwerfen?! Als ich hergekommen war, hatte ich ja nicht einmal von seiner Existenz gewusst. Seitdem hatte sich viel verändert und ich konnte selbst nicht mehr sagen, wohin ich eigentlich gehörte.

Kapitel 45

Matt

Und dann reißt die Angelschnur und dein Tag ist im Eimer.

Matt war wütend. Und er hatte jedes Recht dazu, obwohl Madison das offensichtlich anders sah. Ihr verwirrter Gesichtsausdruck verriet ihre Gedanken. Es war ihre Entscheidung, was mit der *Blauen Hortensie* geschah. Doch sollte sie nicht auch berücksichtigen, was Frank davon gehalten hätte, das Haus zu verkaufen? Es war für Matt schon schwer mit anzusehen gewesen, wie sie die Möbel austauschte und die Räume umgestaltete – zumindest hatte sie ein Händchen dafür. Hätte er allerdings gewusst, was sie letztlich mit dem Umbau bezweckte ... dann wäre er nicht im Traum auf die Idee gekommen, ihr auch noch dabei zu helfen, von hier zu verschwinden. Und nun? Ihr Plan, das Haus loszuwerden, hatte sich wohl kaum aufgrund von zwei Küssen in Luft aufgelöst. Obwohl er sich das wünschte. Genauso, wie dass er als Madisons Freund ein Mitspracherecht bekäme. Denn seine Motive beruhten natürlich längst nicht mehr nur auf der Freundschaft zu ihrem Vater. Schließlich hatte er ihr dieses kleine – okay monströse – Detail über Franks und seine Vergangenheit aus einem bestimmten Grund verschwiegen: Sie hätte ihn sich ihm gegenüber nie geöffnet. Und er wollte ihre Zuneigung schon viel länger, als er sich selbst eingestanden hatte. Vielleicht schon vom ersten Tag an.

Das schlechte Gewissen nagte an ihm. Egal, was er tat, um sich während der Fahrt mental auf den Angelabend vorzubereiten, seine Gedanken kehrten immer wieder zum gleichen Punkt zurück. Und bis sie am Ziel waren, gab er Mads nicht einmal die Gelegenheit, sich zu erklären. Stattdessen setzte er sie und ihre

Freundinnen wortlos an der *Blauen Hortensie* ab und düste mit Aron davon.

»Hast du heute Abend wirklich einen Kundentermin?«, fragte sein Freund ihn, nachdem er von der Hauptstraße abgebogen war.

Mit tief gerunzelter Stirn sah Matt ihn von der Seite an. »Denkst du, ich lüge wegen so einem Mist?«

»Welchem Mist denn genau?«, hakte Aron nach und Matt war unendlich dankbar dafür, wieder auf die Straße sehen zu müssen und so dem anklagenden Blick zu entgehen. Er presste die Lippen aufeinander, um nichts Unbedachtes zu erwidern.

»Du bist sauer, weil Maddie das Haus vielleicht verkauft, stimmt's?«

»Wenn es so offensichtlich ist, warum fragst du dann?«, knurrte er.

»Die Frage, die sich mir dazu stellt, ist: Bist du sauer, weil dir das Haus so viel bedeutet oder das Mädchen?«

Beides, dachte er, schwieg aber.

Aron kannte die Antwort längst. »Als dein bester Freund muss ich dir sagen, dass du unfair –«

»Ist es denn fair von ihr, mich wegen des Angelns anzulügen?«, brauste er auf.

Aron atmete tief durch. »Nein. Aber das eine hat mit dem anderen nichts zu tun. Du hättest sie längst darauf ansprechen können.«

»Ach ja?«

»Ja. Warum tust du es nicht einfach?«

Matt hielt am Seitenstreifen an. Die Straße führte mitten durch den Wald und verheißungsvoller Nebel waberte in den Gipfeln der Kiefern. Vor seinem inneren Auge sah er Madison, wie sie Stift und Notizblock zückte, um diesen Augenblick für spätere Schreibsessions – wie sie es nannte – festzuhalten.

»Du willst sie prüfen«, erkannte Aron. Sein messerscharfer Verstand schien eins und eins zusammenzuzählen. »Du willst prüfen, ob ihr Ehrlichkeit und Vertrauen wichtig sind.«

»Das ist es nicht nur«, entgegnete Matt. »Es stimmt, ich wünsche mir, dass sie zu mir kommt. Dass sie es mir erzählt, weil sie es *will*. Und nicht weil ich ihr keine andere Wahl lasse. Aber ...«

»Ja?«

»Sie wird fragen, woher ich wusste, dass sie gelogen hat. Ich möchte nicht so tun, als wäre es anders, sonst wäre das genauso unehrlich.«

Matt mied den Blick seines Freundes, doch er konnte ihn wie einen Boxhieb spüren, der ihn dazu drängen sollte weiterzureden.

»Ich verstehe das Problem nicht. Du meintest doch, es wäre offensichtlich, wenn man ihr beim Angeln zusieht.«

»Ich wusste es aber schon, bevor ich sie zum ersten Mal mit der Angel in der Hand erlebt habe.«

»Was? Woher?«

»Ich kannte Frank eventuell etwas besser, als ich ihr weisgemacht habe.«

Aron sog die Luft ein, denn er ahnte wohl, was Matt damit andeutete. »Wie gut?«

»Er war der Angler, mit dem ich unterwegs war, als du im Ausland warst.« Endlich wagte er es, Aron ins Gesicht zu sehen. Nur um gleich betreten wieder wegzuschauen, da diesem so ganz untypisch für ihn die Kinnlade herunterklappte. »Du willst mir also erzählen, dass dein geheimnisvoller Ersatzvater Frank *Madisons* leiblicher Vater war?«

Matt nickte, obwohl er vor seinem Freund nie wirklich ein Geheimnis daraus gemacht hatte. »Eventuell macht es mir Sorgen, wie sie reagiert, wenn sie es erfährt«, gestand er.

»Zu Recht. Im Ernst, wie konntest du ihr das verschweigen? Selbst ich hab mitbekommen, dass Maddie durch ihren Vater irgendwelche tiefgreifenden Verletzungen davongetragen hat, die mit mangelnder Liebe und einer nicht erfüllten Vaterrolle zu tun haben.«

Das konnte Aron unmöglich selbst festgestellt haben.

»Hast du etwa mit Kat über sie gesprochen?« Mit Sicherheit würde es Mads nicht gefallen, dass ihre beste Freundin mit Aron ihre Vergangenheit analysierte. Da sie gegenüber Matt jegliche Aussage verweigert hatte, konnte er es sich kaum vorstellen. So nervös, wie Aron aber plötzlich anfing, mit dem Bein zu wippen, war er sich da nicht mehr ganz so sicher.

»Jedenfalls kannst du ihr das mit der – nennen wir es Angel-Lüge – nicht krummnehmen, wenn du ihr selbst etwas derart Wichtiges verschweigst. Und dass sie das Haus loswerden wollte oder immer noch will, wohl auch nicht.«

»So wichtig ist das nun auch wieder nicht«, versuchte Matt es kleinzureden.

»Komm mir nicht so, Mann. Du willst mir erzählen, dass es nichts Weltbewegendes ist, dass Frank für dich *der* Vater war, nach dem sich das Mädchen ihr halbes Leben lang gesehnt hat?«

Wenn Aron es so ausdrückte, fühlte er sich gleich eine ganze Spur mieser. Leider war es die Wahrheit. Madisons Spiel war nicht annähernd so falsch wie sein eigenes.

»Es kommt noch schlimmer.«

Arons nervöses Beinwippen kam zum Erliegen. »Wie kann das alles noch schlimmer werden?«

Matt atmete tief durch und beschloss, das Pflaster mit einem Ruck abzuziehen. »Vor seinem Tod hat mir Frank das Versprechen abgenommen, mich um Mads zu kümmern. Sollte sie hierherkommen, sollte ich ihr dabei helfen, diesen Ort« – er wies mit der Hand auf das, was hinter der Frontscheibe lag – »so zu sehen, wie er es getan hat.«

»Du meinst den Ort, den sie als Hauptgrund seiner Abwesenheit betrachtet?«, fragte Aron in sarkastischem Ton. »Den Ort, an dem er lieber Zeit mit dir als mit ihr verbracht hat?«

»Weißt du, was ich nicht verstehe, Aron?« Matt wartete die Rückfrage nicht ab. »Warum deine Lehrer immer der Meinung waren, dass dir bei all deiner Intelligenz zwischenmenschliche Klarsicht fehle. Offenbar fällt es dir doch ziemlich leicht zu durchschauen, was in oder zwischen anderen vor sich geht.« Matt meinte es absolut ernst, auch wenn er genervt klang.

Aron zuckte mit den Schultern. »Versteh ich auch nicht. Bei anderen fällt mir der Durchblick erschreckend leicht.«

»Bei anderen fällt einem der Durchblick immer viel leichter«, kommentierte Matt. »Wie wäre es, wenn wir zur Abwechslung mal über dich sprechen.«

»Musst du dich nicht noch fürs Angeln vorbereiten?«

»Netter Versuch, Kumpel. Erzähl mir, was da zwischen dir und Kat läuft.«

»Nichts.« Die Art und Weise, wie Aron das Wort betonte beziehungsweise *nicht* betonte, sagte mehr aus, als es ein ganzer Satz vermocht hätte.

»Du wünschst dir aber, dass da was läuft, oder?«

Aron zuckte erneut mit der Schulter und wandte seinen Blick aus dem Seitenfenster. »Spielt das eine Rolle? Kat scheint nicht interessiert zu sein.« Er hielt inne und schüttelte kaum merklich den Kopf, als hätten ihn die eigenen Worte irritiert. »Und trotzdem ... manchmal habe ich das Gefühl, sie möchte sich auf meine Annäherungsversuche einlassen, aber dann erinnert sie sich plötzlich, warum sie es besser nicht tun sollte.«

»Wegen ihrer FBI-Pläne«, bestätigte Matt. Dass sein Freund wieder bereit war, einer Frau zu vertrauen, hieß schon etwas. »Du wirst es dennoch nicht gut sein lassen, oder? Sie scheint es dir echt angetan zu haben. Du warst lang nicht mehr so ... gesellig.«

Aron lachte gezwungen und rieb sich den kurz rasierten Nacken. »Ich leg mich ganz schön ins Zeug, um sie umzustimmen. Aber je näher ich ihr komme, desto weniger lässt sie mich an sich ran. Versteckt ihre Gefühle vor mir.«

»Vielleicht ist sie nicht die Art von Frau, die sich von Witzen und coolen Sprüchen beeindrucken lässt. Außerdem – wer sagt denn, dass sie Gefühle für dich hat?«

»Witze und coole Sprüche geben mir aber die Sicherheit, die

ich brauche. Ich bin nicht der Typ für Romantik und Liebesschwüre.«

»Mit deinem Verhalten lockst du aber die falsche Art von Frau an«, warnte Matt. »Und das weiß Kat sicher auch. Sie wird sich vor einem vermeintlichen Frauenheld hüten.«

Aron fuhr zu ihm herum. »Welche Art Frau ich damit anlocke, musst du mir nicht sagen, Alter.«

»Dann ist es ja gut.« Matt klopfte ihm freundschaftlich auf den Rücken.

Arons Blick wanderte vom Armaturenbrett wieder nach draußen. »Ich will mich nicht irgendwann fragen müssen, ob sie die *Eine* gewesen wäre. Ob ich mehr hätte tun können.« Er seufzte leise. »Es ist die Art, wie sie sich vor anderen gibt – so scharfsinnig, aber manchmal auch so … unsicher? Als würde sie etwas verbergen. Trotzdem hat sie oft diesen Blick, als könnte sie alles durchschauen. Ich weiß nicht, wie ich es anders beschreiben soll, aber es scheint mir, als wäre da mehr, als man sieht. Und ich möchte unbedingt herausfinden, was.«

Matt verstand seinen Freund. Besser, als ihm lieb war. Denn jemanden zu lieben, hieß, sich vollständig zu öffnen und darauf zu vertrauen, dass das Gegenüber trotz der sonst verborgenen Seiten blieb.

»Du solltest mit Maddie reden«, kam Aron auf Matts eigene Schwierigkeiten zurück. »Hör dir an, was sie zu sagen hat. Ich wette, ihre Pläne sind mittlerweile gar nicht mehr so sehr in Stein gemeißelt.« Er sah ihn eindringlich an. »Dräng sie nicht zu einer verfrühten Entscheidung. Stattdessen solltest du ihr die Wahrheit sagen.«

»Und wenn sie nicht hierbleibt?« Die zweite Frage, die Matt umtrieb, wagte er nicht auszusprechen. Was, wenn Maddie ihn wegen der Geschichte mit Frank hassen würde?

»Mann, Matt, jetzt komm mal wieder runter! Seattle ist nicht der Mond. Selbst wenn sie dorthin zurückkehrt, heißt das nicht, dass sie dich verlässt.«

Wenn er den Gedanken zuließ, war da etwas dran. Aron verbrachte ebenfalls die meiste Zeit des Jahres über in Seattle. Trotzdem sahen sie einander sehr regelmäßig. Aber da war ja auch noch das andere Problem. Das *Mein-Vater-hatte-dich-lieber-als-mich*-Problem. Denn genau das würde es sein, was die dunklen Selbstzweifel-Stimmen Madison einredeten. Dabei hatte Frank in all der Zeit bloß nicht gewusst, wie er sich seiner Tochter nähern sollte.

Matt würde darüber beten. Er glaubte fest an Gottes Eingreifen. In diesem Fall müsste er Matt allerdings schon ein kleines Wunder spendieren.

Kapitel 46

Maddie

Umfragen und Studien zufolge können die wenigsten Autoren von ihren Buchverkäufen leben. Die meisten haben zusätzliche Einkommensquellen, sei es durch Journalismus, Lehrstellen oder andere Berufe.

»Hier«, sagte Grace und übergab mir einen dicken Stapel Zeitungen. Der Duft nach Druckerschwärze zog mir in die Nase. Dazu kam ein verführerischer Duft nach Backwaren aus der weißen Tüte, die sie ebenfalls mitgebracht hatte.

»Puh«, stieß ich hervor, während meine Knie unter der Last leicht einknickten. »Das sind ganz schön viele.«

»Hab alle gekauft, deren Namen mir was sagen.«

Während Kat und ich uns Nummer eins und zwei von Grace' To-do-Liste gewidmet hatten, war sie selbst in der Zwischenzeit nach Hause gefahren, um das Gleiche zu tun. Obwohl sie Aron dafür angemeckert hatte, war von ihr »Mittagessen« als Punkt 2.1 notiert worden und sie hatte uns neben den ganzen Zeitungen auch eine Kleinigkeit von *Sophie's Little Sconery* besorgt.

Ich war unschlüssig, was ich von der Idee halten sollte, mich bei einer hiesigen Zeitung initiativ zu bewerben. Aber bei dem Gedanken, dauerhaft in die *Blaue Hortensie* einzuziehen und somit in Matts unmittelbarer Nähe bleiben zu können, wurde mir ganz warm in der Magengegend. Und gleichzeitig etwas flau.

Ich folgte Grace und Kat ins Wohnzimmer, das dank des neuen Anstrichs viel freundlicher wirkte, gerade an so einem nebligen Tag wie heute. Es war perfektes Wetter zum Schreiben und ich würde die Abendstunden gerne dafür nutzen, sofern Kat und Grace es zuließen.

»An die Arbeit, Storm Lake Sisters!«, verkündete Grace nach dem Essen und drückte jeder von uns eine Zeitung in die Hand.

»Nach was genau halten wir jetzt Ausschau?«, fragte Kat zögernd.

»Na, danach, welcher Stil zu unserer Maddie passt. Vielleicht ist ja auch eine Stelle ausgeschrieben.«

»Das wäre zu einfach«, murmelte ich und schlug die erste Doppelseite auf. Vielleicht machte mir die Vorstellung, ein so eindeutiges Zeichen zu bekommen, sogar Angst.

»Gottes Wege sind oft unergründlich«, verkündete Grace mit hoheitsvoller Geste. »Aber manchmal treffen sie dich auch wie ein Schlag aufs Auge.« Sie veranschaulichte ihre Worte, indem sie sich mit der Faust in die eigene Hand boxte.

»Sehr poetisch, Grace«, bemerkte Kat und Grace grinste breit.

»Ich weiß. Danke. Wenn du also mal Hilfe bei einer Formulierung brauchst«, wandte sie sich an mich, »weißt du, wen du fragen kannst.«

Ich lächelte in mich hinein und begann einen Artikel der *Snohomish Times* zu lesen. Es ging um die Einnahmeprognosen der nächsten Monate. Nichts, worüber ich schreiben wollte, also übersprang ich die gesamte erste Doppelseite.

Grace neben mir lachte und übertönte die leise Klaviermusik aus dem Radio.

»Was ist?«, fragte ich neugierig und versuchte, über ihre erhobene Zeitung zu linsen.

»Der *Herald* ist sehr informativ, aber trotzdem humorvoll geschrieben.«

»Worum geht's?«, wollte ich wissen, doch Kat unterbrach uns.

»Hört euch das an.« Sie richtete sich gerade auf und las vor: »Nach einer Serie von Einbrüchen in Snohomish und Mill Creek im vergangenen Jahr war in den letzten Monaten ein trügerischer Frieden eingekehrt. Obwohl die Polizei vom Snohomish County im Februar noch von ›der Ruhe vor dem Sturm‹ sprach, hat nach der monatelangen Pause niemand mehr mit weiteren Einbrüchen gerechnet. Als vor wenigen Wochen ein Kleinmarkt in Cathcart überfallen wurde, ging die Polizei nur zögerlich von denselben Tätern aus. Anstatt Geld oder anderer Wertgegenstände, wie es zuvor der Fall war, wurden hier lediglich Mehl und Zucker entwendet. Nach dem Einbruch in der Ortschaft Storm Lake vergangene Nacht, bei dem sich die Beute ebenfalls auf Backzubehör beschränkte, sieht die Polizei mittlerweile keinen Zusammenhang mehr mit den Diebstählen im letzten Jahr. Dies teilte uns der hiesige Polizeisprecher Rob Palmer in einer Stellungnahme in den frühen Morgenstunden mit. Nach dem *Konditor* – wie er in sozialen Netzwerken bereits genannt wird – werde aber mit Hochdruck gefahndet. Das sichergestellte Videomaterial dürfte zur zeitnahen Aufklärung beitragen.«

»*Was?*«, entfuhr es Grace.

»Sprechen die von Bills Laden?«, fragte ich fassungslos.

»Deshalb standen vorhin so viele Autos auf dem Parkplatz! Ich habe mich schon gewundert. Sonntags ist bei Bill eigentlich kaum was los.«

»Ich google das mal.« Schnell zog ich das Handy aus der Hosentasche. Eine Nachricht von Matt ploppte auf meinem Display auf und ich öffnete unseren Chat.

Schon das von Bills Laden gehört?

Kein Wort zu seinem Verhalten am Morgen.

Gerade davon in der Zeitung gelesen. Weißt du, ob es ihm gut geht?, fragte ich und hielt unbewusst die Luft an, als Matt zu tippen begann.

Nein, aber Aron und ich werden gleich mal hinfahren.

Ich atmete seufzend aus. *Wir kommen auch*, antwortete ich sofort.

Meinst du, das ist klug?

Wieso denn nicht?, wollte ich wissen.

Nur so. Wir sehen uns dann dort.

Ich schickte ihm einen Daumen nach oben und schob das Handy zurück in meine Gesäßtasche.

»Und?«, fragten mich die zwei anderen gleichzeitig, als ich aufsah.

Stimmt, ich hatte ja im Internet weitere Informationen einholen wollen. Ich spürte, wie mir die Hitze in die Wangen schoss, als ich erklärte: »Matt weiß auch nichts Näheres. Er und Aron fahren zu Bill. Ich hab ihm gesagt, dass wir auch kommen.«

Kat verzog das Gesicht.

»Matt und Aron sind mit Jay befreundet«, bemerkte Grace. Ich ahnte, worauf sie hinauswollte: Als Freunde seines Sohnes waren die beiden willkommen. Kat dagegen empfand Bill als frechen Snob. Grace war eine Kundin, der man Neugier unterstellen würde. Ich hingegen war die Tochter von Frank, seines guten alten Freundes.

»Ihr habt recht«, schloss ich. »Ich fahre allein hin.«

»Bist du dir sicher?«, erkundigte sich Kat leise.

Grace knabberte auf ihrem Daumennagel herum. Ich konnte mir vorstellen, dass sie auch aus einem anderen Grund nicht gerne mitwollte – aus Angst, Travis wiederzusehen.

»Ja«, antwortete ich entschlossen und stand auf. »Ich schreibe euch, wenn ich Neuigkeiten habe.«

»Gut«, sagte Kat. »Und bei dieser Zeitung hier« – sie hob die ausgebreiteten Doppelblätter demonstrativ an; *Early Bird News*, las ich in großen Lettern – »wird sich definitiv beworben.«

Der Name des Blattes gefiel mir jedenfalls. Ob es Sinn hatte und überhaupt das Richtige für mich war ... darüber konnte ich mir später Gedanken machen. Am besten, *nachdem* Matt und ich ein klärendes Gespräch geführt hatten.

Kapitel 47

Maddie

Literaturstudenten und ihre Vorliebe für den Genremix – wenn Liebesgeschichte und Krimi Hand in Hand gehen.

Zwei Streifenwagen des *Snohomish Police Department* und der Jeep des *Snohomish County Sheriffs* standen vor Bills Lebensmittelgeschäft, als ich eintraf. Zudem tummelten sich auf dem Parkplatz Reporter und Schaulustige, die vorgaben, die angeschlossene Tankstelle nutzen zu wollen. Matts Pick-up war nirgends zu sehen, also beschloss ich, allein reinzugehen. Der Laden war nicht abgeriegelt. Es befanden sich sogar einige Kunden darin, die von Jay und einem weiteren Mitarbeiter bedient wurden. Von dem Sheriff und der Polizei war niemand anwesend. Trotz des Unmuts der Menschen drängte ich mich an der Schlange vorbei nach vorne. »Wo ist er?«, fragte ich Bills Sohn.

Jay antwortete nicht, deutete aber mit hochrotem Kopf in Richtung einer Tür, auf der *Staff only!* stand.

Ich klopfte mehrmals an und wartete auf Bills »Herein« – vergebens. Ein kleiner Flur führte links zu einer Personaltoilette und rechts ins Büro. Es sah genauso unordentlich aus wie in meiner Erinnerung.

»Bist du allein?«, fragte ich überrascht, als ich Bill hinter seinem Schreibtisch vorfand.

Er machte Anstalten aufzustehen.

»Bleib ruhig sitzen«, sagte ich und setzte mich ihm gegenüber. Er war ein Gentleman, wie man ihn heute kaum noch außerhalb von historischen Romanen antraf. Immer wenn eine Dame den Raum betrat, erhob er sich oder deutete zumindest eine Verbeugung mit dem Kopf an, so wie jetzt.

»Ja«, seufzte er und ließ sich wieder auf den Stuhl plumpsen. »Die Polizei hat soeben das Videomaterial gesichert und gibt nun Interviews hinterm Haus.«

»Jay hat mich durchgewunken. Wie geht es dir denn?«, wollte ich wissen. »Hast du die Täter gesehen? Wurdest du verletzt?« Mein Blick scannte Bill, soweit es der Schreibtisch zuließ, von oben bis unten ab.

»Mads, Kindchen. Beruhige dich. Mir geht es gut. Die Alarmanlage hat um 3 Uhr heute früh einen Einbruch gemeldet. Die Polizei war noch vor uns hier.«

»Die Presse anscheinend auch«, bemerkte ich. »Ich habe davon in der Zeitung erfahren.«

»Aasgeier«, murrte der alte Mann.

Wer konnte es ihm verübeln? Was würde er wohl dazu sagen, wenn er wüsste, dass ich tatsächlich mit dem Gedanken spielte, selbst Journalistin zu werden? »Und weiß man schon, wer es war?«

»Der *Konditor*«, antwortete Bill und setzte das Wort dabei in Anführungszeichen. »Die Polizei hat uns und die meisten Mitarbeiter stundenlang befragt. Zumindest durfte ich den Laden gegen Mittag dann öffnen.«

»Zum Glück hat Jay die Kameras angebracht.«

»Es war dunkel«, schnaufte Bill. »Es würde mich wundern, wenn man auf den Aufnahmen jemanden identifizieren kann.«

»Hast du sie dir nicht angeschaut?«

»Mir wurde davon abgeraten. Ich werde zum Vorspielen ins Präsidium gebeten, wenn es an der Zeit ist.« Ich nickte. Das war nachvollziehbar. »Hast du denn einen Verdacht?«

Bill presste fest die Lippen aufeinander. Sein Schnurrbart folgte der Bewegung. »Ich werde nicht mit Beschuldigungen um mich werfen, die sich im Nachhinein vielleicht als falsch erweisen.«

»Bill, wenn es irgendetwas gibt, was ich tun kann ...«

»Dann werde ich dich nicht behelligen«, beendete er meinen Satz.

Empört schnappte ich nach Luft, doch er ließ mich gar nicht erst zu Wort kommen. »Ich weiß zu schätzen, dass du vorbeigekommen bist ... aber du musst dich nicht ... verpflichtet fühlen, nur weil dein alter Herr und ich ...«

»Bill!«, brauste ich auf. »Du beschämst mich. Ich habe stundenlang hier in deinem Büro oder hinter dem Tresen verbracht, um mir *Seahawks*-Spiele mit euch anzusehen und euch dabei zuzuhören, wie ihr euch wegen Angeködern streitet. Am Ende hast du mir jedes Mal einen Lolli zugesteckt, wenn mein Vater nicht hingeschaut hat. Glaubst du wirklich, in all den Jahren wärst du mir nicht ans Herz gewachsen?« Kurz war ich überrascht von der Heftigkeit der Glücksgefühle, die diese verschollen geglaubte Erinnerung in mir auslösten. Kat hatte mal wieder recht gehabt. Es gab eine Zeit, in der ich glücklich gewesen war. Mit Frank. Hier an diesem Ort. Ich spürte, wie sich ein vorsichtiges Lächeln auf meine Züge schlich.

»Schade, dass Jay bei seiner Mutter aufgewachsen ist und so selten hier war. Ihr hättet euch gut verstanden«, bemerkte Bill.

Irritiert über den Themenwechsel sah ich mich um. Als hätte er sich angeschlichen, stand plötzlich sein Sohn im Türrahmen. Hinter ihm ragte die große Gestalt von Matt auf.

»Travis war wohl auf der *Fair*«, teilte Jay seinem Vater mit. »Matt sagt, er war dort in einen Streit verwickelt.«

»Das stimmt.« Ich wirbelte wieder herum, um Bill eindringlich anzusehen. »Er hat meine Freundin Grace belästigt.«

Bill seufzte so betrübt, dass mir das Herz schwer wurde. »Also werde ich ihm kündigen müssen.«

»Vater, ich hatte dich davor gewarnt, Straftätern eine zweite Chance zu geben.«

»Er ist ein Straftäter?«, platzte es aus mir heraus.

Doch Bill machte nur eine wegwerfende Handbewegung. »Kleinere Delikte. Und was die zweite Chance betrifft ...«, er hob den Kopf und begegnete dem Blick seines Sohnes, »die haben wir alle irgendwann einmal nötig.«

Nervös schluckend sah ich über die Schulter zu den Männern. Jay senkte betreten das Kinn, doch Matt sah mich unverwandt an.

Erst Bills Schlag mit der flachen Hand auf den Tisch katapultierte mich aus meiner Starre heraus.

Ächzend stand Bill von dem alten Drehstuhl auf. »Dann werde ich mal dem Sheriff mitteilen, dass sie die Suche nach Travis einstellen können, weil er ein Alibi hat.«

»Ich begleite dich«, erklärte Jay und verließ mit seinem Vater den Raum. Wir folgten den beiden.

Im Laden wartete Aron auf uns. Gemeinsam gingen wir über den Parkplatz und zu Matts Auto, das er neben meinem geparkt hatte.

»Ganz schön aufregend«, bemerkte Matt.

»Welcher Dieb interessiert sich denn für Zucker und Mehl?«, überlegte ich laut. »Das alles ergibt doch gar keinen Sinn.«

»War vielleicht eine Mutprobe«, mutmaßte Aron.

»Eine Mutprobe?«, wiederholte ich.

»Ja«, pflichtete Matt ihm bei. »Kriminelle Banden verlangen so etwas oft als Initiationsritus.«

»Das ist doch verrückt und sinnlos zugleich.«

Aron schnalzte mit der Zunge. »Wem sagst du das.«

»Was hat euch Jay erzählt?«, fragte ich die beiden.

»Nichts Spektakuläres. Der Alarm ging los. Die Polizei wurde benachrichtigt. Als sie eintrafen, waren die Täter schon über alle Berge«, berichtete Matt. »Und Bill?«

»Sagt das Gleiche.« Ich seufzte.

»Ist alles okay?«, fragte Matt und Aron zog sein Handy aus der Tasche, um die Nachrichten auf seinem Display zu checken. Dabei trat er hinter den Pick-up und ich ahnte, dass er das nur als Vorwand nutzte, um uns etwas Privatsphäre zu geben.

»Du siehst blass aus«, fügte Matt an und schob mir wie so oft in letzter Zeit eine Haarsträhne hinters Ohr.

Ich kämpfte gegen den Drang an, mein Segelohr zu verstecken. »Ja, es ist nur ... beängstigend, wenn so was quasi vor der eigenen Haustür passiert. Erst recht ...« Helens Anruf kam mir wieder in den Sinn.

Matts sorgenvoller Blick bewies, dass mir der Schreck ins Gesicht geschrieben stand. »Was ist?«

Irritiert schüttelte ich den Kopf. »Wahrscheinlich ist es nichts. Aber offenbar hatte sich letztens unter die Möbelpacker ein Fremder gemischt. Es wurde nichts entwendet, aber gruselig ist es trotzdem.«

Matt fuhr mit dem Daumen meinen Kieferknochen entlang. »Soll ich Aron bitten, dass er heute Nacht bei euch schläft?«, fragte er und verzog gequält das Gesicht. »Ich würd es ja selbst tun, aber mein Kunde ...«

Sein Angebot rührte mich und ich war erleichtert, dass er wieder mit mir redete. Zugegebenermaßen ging abends in letzter Zeit des Öfteren die Fantasie mit mir durch. Es war nicht ohne, in einem Haus zu wohnen, dessen Wände zum Großteil aus Fensterglas bestanden. Erst recht nicht, wenn man morgens immer wieder neue Fußspuren in Hausnähe vorfand. Die Gardinen mussten so schnell wie möglich angebracht werden. Angesichts der jüngsten Ereignisse war ich meinem Vater sehr dankbar für die Alarmanlage.

»Ach, nicht nötig«, verneinte ich mit einem halbherzigen Lachen und versuchte dabei, meine schaurigen Gedanken zu überspielen. »Kat und ich kommen schon gut allein zurecht. Sie hat einen Kurs im lautlosen Nahkampf belegt. Mach dir also keine Sorgen.«

»Ich mache mir aber Sorgen, Mads«, gestand er und trat mit dem nächsten Atemzug dichter an mich heran. »Seitdem ich dir zum ersten Mal begegnet bin, gehst du mir nicht mehr aus dem Kopf.« Seine Stimme war nur noch ein Flüstern. »Ich sorge mich, wenn du lächelst ohne Freude dahinter. Ich sorge mich, wenn du über Frank sprichst, als wäre er kein Teil von dir. Und ich sorge mich, wenn du so blass aussiehst wie die vornehmen Damen aus *Stolz und Vorurteil*.«

So viele Fragen und Gedanken schwirrten mir bei Matts Worten durch den Kopf. Er sorgte sich um mich? Er dachte seit unserem ersten Treffen an mich? Doch die einzige Frage, die ich zu stellen wagte, war: »Du hast *Stolz und Vorurteil* gelesen?«

Er lachte und stupste meine Nase mit seiner an. Warmer Atem streifte meine Haut. »Der schnellste Weg ins Herz einer Frau führt über ihre Lektüre«, murmelte er. Wusste er auch, wie sehr er *mein* Herz mit diesen Worten ins Stolpern brachte?

»Du willst dieses kaputte Ding?«, fragte ich atemlos.

»Habe ich das nicht deutlich gemacht?«, entgegnete er und streifte meinen Mund mit seinen Lippen.

»Doch«, hauchte ich. »Aber ...«

»Aber?« Ich konnte mich kaum konzentrieren, so sehr brachte mich seine Nähe aus dem Konzept. Jetzt oder nie. Es war an der Zeit, mit der Wahrheit herauszurücken.

»Matt?«, rief Aron hinter dem Auto.

Wir schreckten angesichts der Unruhe in seiner Stimme zeitgleich auf. Vorbei war der Moment der Offenbarung, doch ich bekam noch nicht einmal Zeit, um es zu bedauern, denn in diesem Augenblick taumelte ein übernächtigt aussehender Travis über den Parkplatz auf das Geschäft zu. Matt schob mich hinter sich, trotzdem erhaschte ich einen kurzen Blick auf Travis' Gesicht, das mit grünen und blauen Blutergüssen überzogen war.

»Fahr nach Hause, Madison.«

»Was? Ich ...«

Matt umfasste meinen Oberarm und drehte mich zum Corolla um. Er zog die Fahrertür auf, doch bevor er mich hineindrängte, öffnete er die Beifahrertür seines Pick-ups und ein Pepper kam zum Vorschein, der auf dem Sitz geschlafen hatte und mit flatternden Ohren den Kopf hob. Ein Blick auf unsere angespannten Gesichter genügte dem Hund und er war in Alarmbereitschaft.

»Du begleitest sie«, befahl Matt und deutete auf die offene Fahrertür.

Ehe ich Einspruch erheben konnte, sprang der Australian Shepherd auch schon in mein Auto.

»Du übertreibst doch«, bemerkte ich, als Matt mich bat einzusteigen.

»Ich übertreibe nicht«, antworte er knapp und beugte sich hinab, um mir einen schnellen Kuss auf den Mund zu drücken. Dann schlug er die Tür zu und klopfte zwei Mal auf das Autodach. »*Fahr!*«, formten seine Lippen.

Kapitel 48

Maddie

Wer im Verlag veröffentlichen möchte, braucht Ausdauer, denn die Prüfzeiten sind oft lang. Und selbst manch ein Klassiker bekam zunächst eine Absage.

»Was ist passiert?« Meine Freundinnen stürmten auf mich zu, als ich mit Pepper zur Haustür hereinkam. Sie waren gerade dabei, die Gardinenstangen anzubringen. Das musste Telepathie gewesen sein. Grace sprang von dem Holzstuhl, den ich selbst per Hand abgeschliffen hatte. Kat war jedoch als Erste bei mir.

»Ich konnte kurz mit Bill sprechen.« In wenigen Sätzen wiederholte ich, was der Ladenbesitzer mir berichtet hatte. Als ich von Travis erzählte, versteifte sich Grace. Pepper lag auf der Fußmatte am Eingang. Ob er sein Herrchen vermisste?

»Er sah ziemlich mitgenommen aus«, bemerkte ich.

»Dann hat dieser Typ ihn ganz schön vermöbelt«, überlegte Kat.

»Und spielt danach Gitarre am Feuer, als wäre nichts gewesen? Das kann ich mir nicht vorstellen«, widersprach ich.

Grace nickte bedächtig. »Das wäre doch irre.«

»Hab schon psychotischere Dinge miterlebt«, murmelte Kat.

Das war leider wahr. Wir wohnten in der größten Stadt im Nordwesten der USA. In Seattle gab es eine ganze Menge gestörter Menschen.

Wir warteten den halben Nachmittag. Um uns die Zeit zu verkürzen, hängten wir die Gardinen auf, nur um festzustellen, dass sie viel zu lang waren. Also nahmen wir sie gleich wieder ab, denn Grace erklärte sich dazu bereit, sie mit ihrer Nähmaschine zu kürzen. Als Gegenleistung forderte sie ein Abendessen in Tucks Bar. Eine Abmachung, bei der ich nur gewinnen konnte.

Gerade als wir Essen ordern wollten, klopfte es an der Haustür. Grace, die schon das Telefon in der Hand hielt, um die Bestellung aufzugeben, vollführte eine Bewegung, als wolle sie es im Notfall zum Schlagstock umfunktionieren. Pepper bellte und sprang wie ein Flummi an der Tür hoch.

»Ich wette, das ist Matt«, bemerkte Kat. Sie machte nicht einmal Anstalten, von unserer Bodencouch aufzustehen.

»Hundeflüsterin, oder was?«, kam es von Grace, aber sie schien sich zu entspannen.

Also ging ich zur Haustür. Kat behielt recht. Es war Matt. Und er war klatschnass. Aus seinen Haaren tropfte der Regen auf den Boden und als ich ihn an seiner Jacke ins Haus zog, schmatzten seine Schuhe.

»Bist du etwa gelaufen?«, fragte Grace ironisch.

Matt verzog das Gesicht. »Sie haben die Straße gesperrt.«

Grace klappte der Mund auf.

Also war er tatsächlich zu Fuß gegangen. Die ganze Strecke. Durch den Regen. Um zu mir zu kommen.

Mein Herz flatterte, doch ich bemühte mich, es mir nicht anmerken zu lassen. »Was ist denn passiert, nachdem ich gefahren bin?«

»Hat Aron es nicht erzählt? Sie haben Travis festgenommen.«

»Hat er doch etwas mit den Einbrüchen zu tun?«, wollte Grace wissen.

»Das weiß ich nicht, aber ...«

»Und wo ist Aron?«, unterbrach Kat ihn alarmiert. Sie stand auf, um näher zu treten, was nicht einfach war, da Pepper aufgeregt hechelnd um uns herumlief.

Matt fing ihn am Halstuch ein und brachte ihn damit zur Ruhe. »Ist er denn noch nicht hier angekommen?« Er sah sich nach seinem Freund um. »Aron ist eine gute Stunde vor mir aufgebrochen.«

Augenblicklich fühlte ich mich an jenen Tag zurückversetzt, als die Welt meines jüngeren Ichs aus den Fugen geraten war.

»Wo ist deine Mom?« Die Frage katapultierte mich aus der spannenden Geschichte, die ich gerade las. Es war Abend geworden und ich saß immer noch auf der Veranda, mittlerweile mit einem neuen Buch. Die Sonne war längst hinter den Bäumen versunken und tauchte den Himmel in einen roten Schein.

Frank sah mein fragendes Gesicht. »Ist sie denn noch nicht zurück?«, hakte er nach.

»Nein«, erwiderte ich, beunruhigt von der Sorge in seiner Stimme. Eisige Kälte anstelle von Blut durchströmte auf einmal meine Adern. Sie sollte ein Vorbote der Taubheit sein, die nur darauf wartete, ihre Krallen wie ein gefährliches Raubtier in sein Opfer zu graben.

Bis heute war ich noch nicht gänzlich frei davon.

Blinzelnd wandte ich mich Kat zu. Bleich um Mund und Nase zog sie ihr Handy hervor und tippte wie wild auf dem Display herum, bevor sie es ans Ohr hob. Es klingelte. Dann nahm jemand den Anruf entgegen.

»Wo steckst du?«, blaffte Kat.

Grace und ich tauschten einen überraschten Blick. Kat hatte Arons Nummer?

»Aha. Und eine kurze Nachricht wäre nicht drin gewesen?«

Ich hörte, dass Aron antwortete, konnte aber keins seiner Worte verstehen.

»Na gut. Wie du meinst. Matt ist da und wir bestellen Pizza. Kommst du auch?« Kats abgehackte Sätze ließen sie wie einen Roboter klingen. »Okay. Bis gleich.« Sie legte auf.

Wir starrten meine Freundin an, doch sie zuckte nur mit den Schultern. »Alles okay. Er hatte noch was zu erledigen.« Ihr Gesichtsausdruck bewies jedoch das Gegenteil. Nämlich, dass es für sie absolut nicht okay war. »Möchtest du auch Pizza?«, fragte ich Matt, der Mühe hatte, seine nasse Jacke auszuziehen.

»Gerne. Eine Mushroom-Pizza. Darf ich bei dir duschen?«

»Na klar«, antwortete ich und wies ihm den Weg in mein Zimmer.

Im Wohnzimmer hörte ich Kat und Grace diskutieren. Matts ganze Haltung zeugte von Erschöpfung. Aus einem mir unbekannten Grund mied ich den Anblick seines Gesichts.

»Hier ist das Bad.« Ich zeigte auf die Tür, doch er war schon zielstrebig darauf zugegangen. »Frische Handtücher sind im Schrank. Ich lege dir Kleidung von meinem Vater raus«, fügte ich leicht irritiert hinzu.

Matt wandte sich um und trat an mich heran, unsere Hände fanden einander wie von selbst. Endlich wagte ich es, ihn anzusehen. So viel Ungesagtes tränkte die Luft und erschwerte uns das Atmen. Sein Brustkorb hob und senkte sich genauso schnell wie mein eigener. Der Einbruch änderte nichts daran, dass wir dringend miteinander sprechen mussten.

»Dusch erst mal. Dann iss was«, schlug ich vor. »Und dann reden wir.«

Er nickte und drückte ermutigend meine Finger. »Klingt nach einem guten Plan.« Ein angedeutetes Lächeln bildete sich um seinen Mund. Das Grübchen brachte es jedoch nicht hervor.

Beim Verlassen meines Zimmers schloss ich die Tür hinter mir. Grace war dabei, Teller vor den Sitzkissen zu verteilen. Kat dagegen war nicht zu entdecken. Die Verandatür stand offen und Wasser prasselte vom Vordach auf die Holzdielen. Der Duft von Regen erfüllte den Raum.

»Kann ich noch was helfen?«, fragte ich und kam mir merkwürdig vor, weil es ja eigentlich mein Haus war.

»Die Gläser fehlen noch.«

Ich nickte und holte sie aus der Küche. Außerdem schaltete ich die Kaffeemaschine ein, um eine Tasse für Matt zu ziehen. Auf dem Weg zurück ins Zimmer sammelte ich Franks Kleidung zusammen, die ich Matt schon einmal geliehen hatte. Sauber und gebügelt hatte er sie mir zurückgebracht. Jetzt roch sie nicht mehr nach meinem Vater. Und obwohl dieser Umstand mir im ersten Moment einen Schreck eingejagt hatte, war es mittlerweile in Ordnung.

Matt war noch im Bad und ich beeilte mich, die Sachen auf das Bett und die dampfende Tasse daneben auf den Nachttisch zu stellen. Als das Wasserrauschen erstarb, begann mein Puls zu rasen und ich floh schnell aus dem Raum.

»Wo ist eigentlich Kat?«, fragte ich Grace, die auf dem Boden saß und Notizen in ihr Heft kritzelte.

»Auf Toilette? In ihrem Zimmer? Unterwegs nach Seattle?«, spekulierte sie. »Sie schien durcheinander, also habe ich sie in Ruhe gelassen.«

»O-kay«, antwortete ich gedehnt.

Dieser Sonntag war mit Abstand der merkwürdigste der vergangenen Jahre. Kaum vorstellbar, dass wir erst gestern einen so schönen, sonnigen Tag auf der Fair verbracht hatten. Zumindest passte sich das Wetter unserer Stimmung an. Ich hörte Schritte den Flur hinabkommen. Matt rubbelte sich im Gehen mit einem kleinen Handtuch die Haare trocken, während er mit der freien Hand aus der Tasse trank. Über der Hose trug er nur das weiße T-Shirt. Allein bei dem Anblick fröstelte es mich und ich kuschelte mich tiefer in meinen Cardigan. Es war zwar Sommer, aber bei Regenwetter fielen die Temperaturen hier manchmal um ganze zehn Grad.

»Es ist gleich sechs. Schalt mal bitte die News ein«, forderte er Grace auf.

Sie griff nach der Fernbedienung neben sich und machte den Fernseher an. Es war der richtige Sender eingeschaltet. Erst kurz vor Ende wurde in wenigen Sätzen über den neusten Einbruch berichtet. Es hieß, dass aus ermittlungstaktischen Gründen genauere Informationen einbehalten würden.

Als ich hinter mir ein schnaufendes Geräusch vernahm, fuhr ich herum. Kat stand im Türrahmen ihres Zimmerflurs.

»Standardsatz«, kommentierte sie.

Grace schaltete in dem Moment aus, als es an der Tür klingelte.

»Das muss die Pizza sein!«, jubelte Kat. Sie öffnete die Haustür, doch es war kein Pizzabote, sondern Aron, der breit grinsend im

Eingang stand. Von seinem Regenschirm tropfte es. Eine Pfütze bildete sich auf der kleinen Holzbrücke. Dank Arons Hilfe war sie mittlerweile Naturholzfarben anstatt Grün. Nächste Woche würde ich mir im Baumarkt einen Lack in Hortensienblau aussuchen. Grace hatte von mir den wichtigen Auftrag erhalten, die schönsten blauen Hortensien von der anstehenden Herbstmesse zu besorgen. Die wollte ich in großen Kübeln vorm Eingang platzieren. Dann würde das Haus seinem Namen endlich alle Ehre machen.

»Oh!«, entschlüpfte es Kat. »Du bist es.«

Aron zog irritiert die Augenbrauen hoch. »Du hast mich doch eingeladen.«

»Bestimmt nicht«, entgegnete sie und kehrte zu uns ins Wohnzimmer zurück. Aron hatte große Mühe, den Regenschirm zusammenzuklappen, ohne alles nass zu machen. Anschließend zog er die Regenjacke aus. »Die Straße ist wieder freigegeben«, verkündete er feierlich. Dann klingelte es erneut und diesmal war es wirklich der Pizzabote.

Nachdem wir bei Radiomusik das Essen zu uns genommen hatten, sah Matt auf die Uhr. Seine gute Laune schlug um. Er musste zu seiner Angeltour, auch wenn Grace und Kat versuchten, ihn zu überreden, den Termin abzusagen und stattdessen mit uns Monopoly zu spielen – das einzige Spiel, das wir von früher noch im Haus hatten. Doch Matt war ein Mann, der zu seinem Wort stand. Kurzfristige Absagen sahen ihm nicht ähnlich. Ehrlich gesagt kam mir das gerade gelegen. Ob wir nun heute oder morgen über unsere Zukunft redeten … Jedenfalls gab ich Matt die Schlüssel meines Autos, sodass er wenigstens trockenen Fußes zu Hause ankam. Aron hingegen blieb und spielte mit uns mehrere Stunden, in denen wir viel lachten und die Reste von Grace' mitgebrachten Scones verdrückten. Sie übernachtete in einem der kleineren Gästezimmer. Aron, der anbot, aus Sicherheitsgründen ebenfalls dazubleiben, schickten wir fort. Sichtlich erleichtert verabschiedete er sich, um zu arbeiten.

Kapitel 49

Matt

*Nach unausgesprochenen Worten zu angeln,
ist eine Herausforderung, die nur zu meistern vermag,
wer selbst bereit ist, zum Köder zu werden.*

»Dusch erst mal. Dann iss was. Und dann reden wir.«
Er hatte geduscht. Sie hatten gegessen. Doch zu Punkt drei waren sie nicht mehr gekommen. Stattdessen hatte er arbeiten müssen. Am Sonntag. Kat hatte recht gehabt – er hätte den Kundentermin nicht annehmen dürfen. Aber als er den Anruf erhalten hatte, war er so wütend gewesen. Wütend und enttäuscht. Jetzt musste er die Konsequenzen tragen. Frank hatte ihm einmal gesagt, er solle müde oder im Zorn keine Entscheidungen treffen. Wie gut, dass ihm derartige Ratschläge immer erst im Nachhinein einfielen. Während Madison und ihre Freunde Brettspiele spielten – was bestimmt mit viel Spaß verbunden war –, tapste er stattdessen mit seiner schweren Angelausrüstung durch den Regen. Sein Kunde, ein Mann mit seinem sechzehnjährigen Sohn, folgte ihm dichtauf. Zumindest war kein Unwetter gemeldet.

Es war aber nicht nur Matts Schuld, dass es nicht zur Aussprache gekommen war. Das Problem war, dass er und Mads fast nie allein waren. So schön es war, von ihren gemeinsamen Freunden umgeben zu sein, so störend konnte es werden, wenn es um persönliche Angelegenheiten ging. Bisher waren sie nur beim Angeln unter sich gewesen. Und das auch nur, weil die anderen nichts dafür übrig hatten. Sein Plan stand also fest: Er musste die Frau dazu bringen, noch mal mit ihm angeln zu gehen.

Nachdem er die Regenplane aufgespannt und die Ruten ausgebracht hatte, studierte er eingehend die Wetter-App. Am nächsten Tag würde es noch vereinzelt zu Regenschauern kommen, am Dienstag war dagegen strahlender Sonnenschein angekündigt. Matt öffnete seinen Chat mit Madison.

Gehst du Dienstagfrüh mit mir angeln?, fragte er.

Baust du dann morgen die neuen Möbel mit mir auf?, schrieb sie sofort zurück.

Deal, antwortete er. *Ich komme direkt nach der Arbeit vorbei. Soll ich dir den Wagen morgen früh schon wieder bringen?*

Nicht nötig. Wir erwarten morgen Vormittag die Lieferung. Also werden wir sowieso zu Hause bleiben.

Es entging ihm nicht, dass sie die *Blaue Hortensie* als ihr Zuhause bezeichnete. Das schenkte ihm Mut und Hoffnung.

Okay. Dann bis morgen Nachmittag. Behalte die Möbelpacker im Auge.

Erinnere mich doch nicht daran. Erst recht nicht nachts.

Ich bin ganz in der Nähe, sollte was sein. Du kannst dich jederzeit melden.

Danke! 😊 *Das ist lieb. Aber eigentlich galt meine Sorge dir. Mit Kat kann es eh kein Einbrecher aufnehmen. Grace und Aron sind auch noch da.*

Sie schickte ein Foto von sich und den anderen beim Monopoly-Spielen. Matt lachte, da Aron eine denkwürdig griesgrämige Miene zog. Anscheinend war er am Verlieren. Nach Matts Bogenschießen-Niederlage war das eine richtige Genugtuung. Er sandte zwei lachende Smileys in den Chat. Danach beobachtete er, wie Madison mehrmals tippte und den Text offenbar wieder löschte.

Sein junger Gast neben ihm schnaubte. Ob es ihm missfiel, dass er so lange am Handy hing, anstatt Tipps zu geben, oder ob ihn das Angeln an sich nervte, war Matt völlig egal. Als der Chat leer blieb, schickte er ein ziemlich schlechtes Blitzlichtfoto von seiner Angelrute. Immerhin bewirkte es, dass Mads den Mut fand, ihren Text abzuschicken.

Viel Erfolg. Du fehlst hier.

Matt starrte eine ganze Weile auf das angefügte Herz, ehe ihm klar wurde, dass Mads weiterhin online war und mit Sicherheit auf eine Erwiderung wartete.

Und du fehlst hier, antwortete er, obwohl er ihr eigentlich noch viel mehr sagen wollte.

Für heute Abend mussten diese vier Worte genügen.

Kapitel 50

Maddie

Es gibt Momente im Leben, da fühlt man sich wie ein leeres Buch – hübsch anzusehen, doch ohne Inhalt.

Die neuen Wohnzimmermöbel kamen mit einer Speditionsfirma, die offenbar nicht darauf vorbereitet war, die schweren Gegenstände von einem Schotterparkplatz über einen klitschnassen und rutschigen Waldweg zu einem Haus am See tragen zu müssen. Kat hatte es zwar bei der telefonischen Bestellung mehrmals betont, doch das glaubte uns keiner der fünf grummelnden Männer. Ihre Stimmung hob sich nicht einmal, als Kat ihnen versprach, Trinkgeld und eine gute Google-Bewertung zu geben. Zumindest hatten sie eine Regenpause erwischt. Doch diesen Kommentar verkniff ich mir angesichts ihrer mürrischen Gesichter. Es half auch nicht gerade, als ich sie bat, mir ihre Ausweise zu zeigen, um die Personendaten zu notieren. Es war Kats Idee gewesen und in Anbetracht der jüngsten Ereignisse das Klügste, was wir tun konnten.

»Die können froh sein, wenn ich die Schimpfwörter nicht ihrem Vorgesetzten melde«, flüsterte mir Kat ins Ohr, während wir jeden Einzelnen ganz genau im Auge behielten.

»Sie haben es ja gleich geschafft«, bemerkte ich seufzend.

»Und wir auch. Gerade jetzt wäre ich sehr dankbar, wenn Matt und Aron hier wären. Die da sehen so aus, als wollten sie uns mit dem Zeug gleich erschlagen.«

»Du übertreibst«, entgegnete ich. »Der eine lächelt doch sogar manchmal.«

»Das ist das irre Grinsen eines Serienkillers«, bemerkte Kat. »Und nur damit du es weißt: Du *unter*treibst.«

Vermutlich hatten wir beide nicht unrecht.

»Matt wirkte gestern Abend recht versöhnlich«, wechselte Kat das Thema. Ich stöhnte innerlich. »Wir sind morgen zum Angeln verabredet …«

»Du willst es ihm sagen, stimmt's?« Kat kannte mich und meine Körpersprache wirklich zu gut.

Ich nickte. »Ja. Das Angeln ist vermutlich nur ein Vorwand, um allein zu sein. Aber ehrlich gesagt freue ich mich auch darauf.«

Wir traten einen Schritt zur Seite, als einer der Muskelmänner mit einem neuen Möbelstück hereinkam und den Boden mit Schlamm beschmutzte. Ich wagte nicht, ihn darauf anzusprechen, und würde nun gleich erst einmal putzen müssen.

»Alles okay?«

»Ja«, antwortete ich und sah dem Mann hinterher, während er durch die Haustür verschwand. »Ich weiß noch nicht, wie oder wann –«

»Du wirst die richtigen Worte finden«, unterbrach mich Kat. »Und den richtigen Zeitpunkt wählen. Ich bete dafür.«

»Weißt du, was ich glaube?«

Kat sah mich neugierig an.

»Er weiß es längst.«

»Meinst du echt? Und wieso hat er nichts gesagt?«

»Im besten Fall will er mich nur prüfen«, mutmaßte ich.

Kat warf mir einen finsteren Blick zu. »Und im schlimmsten Fall?«

»Ich weiß es nicht.« Mein Seufzen hätte Teil eines tragischen Bühnenstückes sein können.

»Geh doch nicht immer vom Schlimmsten aus, Maddie. Vielleicht möchte er dir nur die Gelegenheit geben, es selbst richtigzustellen.«

»Das würde ihn zu perfekt machen, meinst du nicht?«, witzelte ich.

»Wenn es so ist, musst du ihn sofort heiraten.«

Unser Lachen erstarb, als der nächste Möbelpacker auftauchte. Es war der mit dem Serienkillergrinsen. Nervös schluckte ich. Und diesmal hatte es nichts mit Matt und der Angelgeschichte zu tun.

Matt kam am späten Nachmittag vorbei und half mir mit dem Aufbauen, während Grace mit Kat in der Küche eine Kochaktion mit dem Gemüse aus ihrem Garten startete. Nach dem überwiegend ungesunden Essen der letzten Tage war das eine willkommene Abwechslung. Mittlerweile waren die Küchenschränke neu lackiert und wieder eingeräumt, sodass sie sich austoben konnten.

Die Couch war zügig aufgebaut. Sie war ausladend, bequem und ein totaler Blickfang. Auch der passende Couchtisch stand schnell am richtigen Platz. Doch das schwebende Sideboard für den Fernseher mit indirekter Wandbeleuchtung ... Nun, dafür hätte es eigentlich eines Waffenscheins bedurft. An einer spitzen Schraube schnitt ich mich böse in den Handrücken. Kat rannte auf der Suche nach einem Pflaster hysterisch durch das Haus, während Grace in der Küche fluchte, weil der Herd angeblich unberechenbar war. Verkokelter Geruch drang uns in die Nase, was Matt wiederum dazu veranlasste, die Schiebetür weit zu öffnen. So viel, wie wir in den vergangenen Tagen aufgrund von Farbe und Chemikalien hatten lüften müssen, war Kat zum Glück mittlerweile landlufterprobt. Es würde mich nicht wundern, sollte sie von nun an öfter die Stadt verlassen. Zumindest solange ich fuhr.

Ich blieb nicht die einzige Verletzte: Die Halterung war für die dünne Holzwandkonstruktion offenbar ungeeignet – darüber hätte ich mich besser im Vorfeld schlaugemacht – und daher krachte uns die ganze Montage samt Fernseher herunter. Erst im letzten Moment gelang es Matt, den Fernseher zu retten. Dafür zog er sich jedoch eine gemeine Schramme an der Schläfe zu, denn das Sideboard besaß keinen Eckenschutz. Zumindest eine Warnung in Bezug auf Kinder wäre in der Anleitung angebracht gewesen.

Ziemlich lädiert und zudem äußerst frustriert saßen wir am Ende des Tages auf der Couch und verspeisten Kats und Grace' selbst gemachten Cobb Salad mit selbst gebackenem – recht hartem – Brot als Beilage. Das Hähnchenbrustfilet sah zerfleddert aus, da Grace mit viel Liebe versucht hatte, die angebrannten Stellen zu entfernen. Doch Matt und ich enthielten uns jeder spitzen Bemerkung bezüglich ihrer Kochkünste. Schließlich mussten wir unser Mahl weiterhin auf der Couch einnehmen, da wir Hobbyhandwerker es nicht geschafft hatten, uns bis zum Esstisch vorzuarbeiten. Kat und Grace würden keine Kochshow gewinnen, Matt und ich kein Heimwerkerduell.

Man sollte sich stets seiner Grenzen bewusst sein.

Kapitel 51

Maddie

Es heißt, Schriftsteller wären Meister der Täuschung.
Doch auch sie müssen sich irgendwann
der Wahrheit stellen.

Man sollte sich stets seiner Grenzen bewusst sein.
Schlauer Spruch. Allerdings bemerkte man manchmal erst, dass sie überschritten worden waren, wenn es schon zu spät war. Als ich am nächsten Morgen aufwachte und mich für die Angeltour mit Matt fertig machte, gestand ich mir ein, dass dies bei mir der Fall war. Ich konnte ihm nicht in die Augen sehen und erklären, dass ich ihm die ganze Zeit nur etwas vorgespielt hatte. Es würde unsere Beziehung zerstören – und mich ebenfalls.

Wenn Kat doch nur der gleichen Meinung gewesen wäre! Dann hätte ich sie trotz der jungen Morgenstunden aufwecken und mir ihre Bestätigung abholen können. Aber nachdem sie mir fürs Wecken den Kopf abgerissen hätte, hätte sie nur wiederholt, was sie mir gestern Abend immer wieder mit Blicken deutlich gesagt hatte: »Sag. Es. Ihm. Endlich.«

Tief im Inneren war mir klar, dass sie recht hatte. So sehr, dass ich mich selbst für mein feiges Verhalten hasste. Gott wusste, wie leid es mir tat, doch ich besaß nicht den Mut, es vor Matt laut auszusprechen. Kat würde behaupten, es läge an meinem Stolz. Aber sie hatte keine Ahnung, wie es sich anfühlte, großen Mist zu bauen und danach dafür geradestehen zu müssen. Kat machte nie Fehler, jedenfalls nicht *so große*.

Es klopfte an meiner Zimmertür. Erschrocken fuhr ich herum, erblickte mich selbst im Spiegel und hätte beinahe einen Luftsprung gemacht. Durch die Einbrüche war mein Nervenkostüm ganz schön dünn geworden. Mit noch wild pochendem Herzen ging ich zur Tür und wunderte mich, wie Matt überhaupt ins Haus gekommen war. Doch als ich sie öffnete, stand Kat vor mir. Im Nachthemd, ungeschminkt und mit hochgeschobener Schlafmaske auf der Stirn.

»Ich habe mir extra einen Wecker gestellt«, verkündete sie gähnend, »um dir zu sagen, dass ich dir bis ans Ende deiner Tage Zucker in den Kaffee schmuggeln werde, wenn du jetzt einen Rückzieher machst.«

Blinzelnd starrte ich sie an. Ein Atemzug verging. Zwei Atemzüge. Drei. Ohne Vorwarnung sprang ich nach vorne und warf mich in ihre Umarmung. »Ich hab dich lieb, Kat. Weißt du das?«

Langsam und schlaftrunken schlossen sich Kats Arme um meinen Rücken. »Ich dich auch.«

»Ich weiß«, erwiderte ich. Tränen stiegen mir in die Augen.

»Du schaffst das, Maddie. Ich bin hier, wenn du danach reden willst.«

Sie meinte wohl, falls es schiefging – wenn Matt mir nicht verzieh.

Ich nickte und löste mich von ihr. »Kein Weg zurück«, flüsterte ich. Hoheitsvoll presste sich Kat eine Faust auf die Brust. »Der Blick nach vorn.«

»Das Vergangene lässt sich nicht ändern. Aber die Zukunft liegt in unserer Hand«, schlossen wir unisono.

Kat und ich hatten vor Jahren mal ein Seminar zum Thema »Selbstakzeptanz« besucht. Wir hatten uns am Anfang über diese Phrase lustig gemacht. Sie war uns so abgedroschen erschienen, bis wir am eigenen Leib erfahren hatten, wie schwer es war, diesen Worten wahrhaftig Folge zu leisten.

Die Zeit war knapp, nachdem Kat es sich nicht hatte nehmen lassen, für mich zu beten. Doch ich wagte es nicht, ohne Kaffee aus dem Haus zu gehen. So schlecht geschlafen hatte ich weder im Zelt noch vor dem Ausflug zur *Fair*. Bei der Erinnerung an das Festival wurde mir warm und kalt zugleich. Warm, weil ich an Matts Kuss, das damit verbundene Versprechen und den schönen Tag dachte. Kalt, da ich befürchtete, unsere gemeinsame Zeit könnte vorbei sein, bevor sie überhaupt richtig angefangen hatte. Von Matts Entscheidung, wie er mit meiner Lüge umging, hing alles Weitere ab. Ich konnte mir nicht vorstellen, in der *Blauen Hortensie* wohnen zu bleiben, wenn er mir heute die Freundschaft kündigte.

»Er kündigt dir nicht die Freundschaft«, nuschelte ich vor mich hin, als ich die Verandatreppe hinab zum Schuppen ging.

Ich konnte meinem Vater so dankbar sein, dass er mir fertig gepackte Taschen hinterlassen hatte. Sonst wäre ich mit Sicherheit zu spät gekommen.

Matt und ich trafen uns an seiner Lieblingsangelstelle. Diesen Titel hatte der Platz nicht erlangt, weil er dort so erfolgreich war, sondern weil ich gleich in der Nähe wohnte. Ich rief mir solche und andere Bemerkungen von Matt ins Gedächtnis, um mir selbst Mut zu machen. Wir bedeuteten einander sehr viel. Ich hoffte inständig, dass seine Gefühle mir gegenüber stärker waren als die Zweifel, die mein dummes Verhalten vielleicht in ihm wachrufen würde.

»Guten Morgen«, schallte es vom Ufer herauf, noch ehe ich unten angekommen war.

Freudiges Bellen empfing mich. Als Pepper zwischen den Bäumen hervorgehüpft kam, stahl sich trotz der Anspannung ein Lächeln auf meine Lippen.

»Guten Morgen, ihr zwei!«, begrüßte ich sie und ging in die Hocke, um den Hund hinter den Ohren zu graulen.

»Bekomme ich auch eine Umarmung?«, fragte Matt und trat an mich heran. Langsam richtete ich mich auf und legte den Kopf in den Nacken, um ihm ins Gesicht zu sehen. Er lächelte einladend, doch das fehlende Grübchen ließ vermuten, dass er genauso nervös war wie ich. Heute wollten wir über *uns* reden. Und die Zukunft. Aber zunächst musste ich die Vergangenheit klären.

»Mads, alles okay?«

Starrte ich ihn etwa immer noch an?

»Äh, ja. Natürlich.« Schnell drückte ich meinen Körper an seinen, um die Hitze zu verbergen, die mir in die Wangen schoss. Ich hörte seinen kräftigen, stetigen Herzschlag, der so überhaupt nicht im Einklang mit meinem eigenen war. Dankbar für die Wärme, verharrte ich noch ein bisschen in Matts Umarmung.

»Willst du deine Angel selbst auswerfen? Oder soll ich das machen?« Sein Atem streifte mich, während seine Wange an meinem Scheitel ruhte.

Es fühlte sich richtig an, und trotzdem erstarrte ich bei seinen Worten. »Wieso fragst du?«, wagte ich das Thema anzusprechen.

Vielleicht lagen Kat und ich mit der Vermutung, er könne bereits Bescheid wissen, gar nicht so falsch.

»Wenn ich mich recht entsinne, gab es da schon mal ein paar Hänger«, antwortete er und ich vernahm die Belustigung in seiner Stimme.

Ich fuhr zurück. »Du hast mich beobachtet?«

Matts Lachen schwand und er wurde vollkommen ernst. Er zuckte leicht mit der rechten Schulter. So als wäre das alles nichts Außergewöhnliches. Weder die Hänger noch dass er mir hinterherspioniert hatte.

»Ist doch okay. Das passiert eben. Anfängern wie auch Profis.«

Sein Kommentar klang nach einer Steilvorlage. Also schob ich Scham und Zorn beiseite, denn der Augenblick der Wahrheit war gekommen. Ich spürte ein leichtes Zupfen in meiner Brust, als würde ich an einer unsichtbaren Schnur vorwärtsgezogen werden. Direkt auf Matt zu. Vielleicht spielte meine Fantasie mir Streiche, aber es kam mir wie der Tritt in den Hintern vor, den man in Komödien oft von der besten Freundin erhält, nur auf liebevollere Weise.

Ich räusperte mich, öffnete den Mund ... Matt sah mich erwartungsvoll und abwartend an. Seine Haltung strahlte Wohlwollen, Vertrauen und Offenheit aus. Es tat mir im Herzen weh, diesen aufrichtigen Mann belogen zu haben. Warum war das alles so kompliziert geworden?

»›Anfänger‹ trifft es eigentlich ganz gut«, ließ ich die Worte schließlich aus mir herauspurzeln. Während der vielen schlaflosen Nachtstunden hatte ich mir tausend mögliche Einführungssätze überlegt – dies war keiner von ihnen. Improvisation und Spontanität waren noch nie meine Stärke gewesen, doch ich vertraute auf Kats Gebet.

»Was meinst du?«, fragte Matt, weniger verwirrt, als ich erwartet hätte.

»Bevor ich herkam ... Ich kann mich nicht erinnern, wann ich das letzte Mal geangelt habe. Man könnte mich also durchaus eine Anfängerin nennen.«

Matts Miene verriet nichts. Und er sagte auch nichts. Er wartete einfach nur ab, was ich zu sagen hatte.

»Ich kam her, weil ich das Haus meines Vaters geerbt habe. Nicht um zu angeln. Und ich hatte es auch nicht vor.« Je mehr ich preisgab, umso leichter kamen mir die Worte über die Lippen. »Der Plan war, das Haus zu renovieren und höchstbietend zu verkaufen ...«

Matt ließ geräuschvoll die Luft aus seinen Lungen strömen und fuhr sich mit beiden Händen durchs Haar. Die ersten Sonnenstrahlen tauchten den Horizont in warme Farben. Aber ich konzentrierte mich vollkommen auf den Mann vor mir. Darauf, die richtigen Worte zu finden, um ihn nicht zu verlieren.

Zart lächelnd fuhr ich fort: »Ich hatte noch keinen Fuß auf die Brücke gesetzt, da begegnete ich schon dir. Und diese Begegnung hat alles verändert, Matt.« Ich trat einen Schritt auf ihn zu. Dadurch ermutigt, dass er nicht vor mir zurückwich, ergriff ich eine seiner Hände, die immer noch seinen Nacken umschlossen, und zog sie zu mir herab. »Du hast so steif und fest behauptet, Frauen würden nicht angeln, dass du mir das Gefühl gegeben hast, die Frauenwelt verteidigen zu müssen, indem ich dir das Gegenteil beweise.«

Matt wich meinem anklagenden Blick aus. Ich wusste, dass er sich dafür schämte. »Es war falsch von mir, dich in dem Glauben zu lassen, ich würde angeln.«

»Du ...«, Matt sprach so leise, dass ich mich ihm entgegenlehnen musste, um ihn zu verstehen, »... hast gar nicht direkt gesagt, dass du angelst.«

»Nein«, bestätigte ich. »Aber du hast es angenommen. Und ich habe mitgespielt, anstatt das Missverständnis aufzuklären.«

Er sah mich unvermittelt an. Weder Wut noch Enttäuschung zeichneten seine Züge. Nur Neugier. »Warum hast du daran festgehalten?«

»Am Anfang habe ich mir eingeredet, es wäre wirklich nur, weil ich dir beweisen müsste, dass Frauen es genauso draufhaben wie Männer ... aber ...«

»Sprich weiter!«, forderte er sanft.

»Ich glaube, ich habe mich gleich im ersten Augenblick in dich verliebt. So arrogant und selbstgerecht du mir auch erschienen bist, hast du mich auch fasziniert.«

Matt ließ zu, dass ich ihm die Fingerspitzen auf die Wange legte. »Deine Augen ... Sie erinnern mich an meine Mom. Aber ... dann auch wieder nicht.« Ich zog die Hand zurück und wandte mich dem See zu. »Ich wollte dir nahe sein. Auch wenn das bedeutete, angeln zu gehen. Und ich wollte meinem Vater nahe sein ... glaube ich.«

»Also magst du das Angeln überhaupt nicht?«, fragte Matt hinter mir. Eingehend betrachtete ich den still daliegenden See. Die Enten, die Blubberbläschen der atmenden Fische an der Wasseroberfläche, die Bäume rundherum, die in einer sanften Brise wehten. Seit meiner Kindheit hatte ich die Natur geliebt. Und diesen Ort. Erst mit Moms Tod hatte sich das geändert. Aber gerade hier war ich in den vergangenen Wochen meinem Schöpfer ganz nah gekommen. Das schönste Gefühl. Und direkt am Storm Lake, wenn ich angelte, war dieses Gefühl besonders ausgeprägt.

»Mittlerweile mag ich es sehr«, gestand ich.

Matt trat dicht hinter mich und legte seine Arme um mich. Einige Sekunden hielt ich den Atem an, dann gestattete ich es mir, in diese Umarmung zu sinken. Es war ein gutes Zeichen, dass Matt weiterhin meine Nähe suchte.

»Was heißt ›mittlerweile‹?«, wollte er wissen. Er bemerkte jedes Detail und achtete genau auf seine Wortwahl.

Seufzend holte ich Luft. »Genauso wie meinen Vater habe ich auch lange Zeit dem Angeln die Schuld an Moms Tod gegeben.«

»Wieso?«

»Der Tag, an dem es passierte ... als er sie hätte fahren sollen ...« Ich schluckte schwer, um die in mir aufsteigenden Tränen aus meiner Stimme zu verbannen. »Frank war hier.« In diesem Moment der Offenbarung war es leichter, meinen Vater mit Vornamen anzusprechen. Es aus sicherer Distanz zu betrachten. »Er war angeln. Das war ihm immer wichtiger als alles andere.«

»Nein«, hauchte Matt in mein Ohr. »Das stimmt nicht. Er wusste nicht, was passieren würde. Ich kannte ihn. Freundschaft hatte bei ihm immer Vorrang. Wieso sollte es bei seiner Familie anders gewesen sein?«

»Weil er sich schon vor Moms Unfall kaum für mich interessiert hat. Ich glaube, dass er sich in Wahrheit immer einen Sohn gewünscht hatte, mit dem er angeln gehen kann. Und als ich ihm dann auch noch die Schuld an ihrem Tod gegeben habe, wurde ihm die Beziehung zwischen uns zu anstrengend. Überall höre ich, was Frank doch für ein toller Freund war. Tja ... das ist nicht dasselbe wie ein guter *Vater*. Jeder andere Mensch hat von ihm mehr Aufmerksamkeit bekommen als ich, seine eigene Tochter.«

Er hatte nie versucht, mich für sich zurückzugewinnen. Er hatte mich einfach gehen lassen, als ich zu Kat hatte ziehen wollen.

»Frank hat mich aufgegeben«, flüsterte ich.

»Er ... vielleicht hat er geglaubt, dass du das brauchst. Einen Schuldigen und einen Schlussstrich.«

Die nächsten Minuten standen wir still da. Matt hielt mich weiterhin fest umschlungen, während die Sonne durch die Baumwipfel brach und den See in eine schillernde Glitzerdecke verwandelte. An der Art, wie sich sein Brustkorb manchmal deutlicher an meinen Rücken drückte, ahnte ich, dass Matt noch etwas sagen wollte. Doch er schwieg und gab damit seinen Worten die Möglichkeit, auf mich zu wirken. Ich prüfte sie auf Richtigkeit, glich sie mit der Version meines Vaters ab, die ich vor und nach Moms Unfall zu kennen geglaubt hatte.

»Ich wünschte ...«, krächzte ich. »Ich wünschte, ich könnte mit ihm reden. Ich würde ihm gerne sagen, dass es mir leidtut, dass ich ihn für ihren Tod verantwortlich gemacht habe.« Es war schwer, sich eine Schuld einzugestehen. Das hatte ich in Bezug auf Matt bereits erfahren. Aber sich ein Versäumnis eingestehen zu müssen, dass niemals mehr zu berichtigen sein würde, war das furchtbarste Gefühl auf Erden. Hier und jetzt glaubte ich, unter dem seelischen Schmerz zusammenzubrechen. Allein Matts Arme hielten mich weiterhin aufrecht. Ich klammerte mich regelrecht an ihn. Bekam nur noch Luft, weil ich mich seinen Atemzügen anpassen konnte.

Da ich nun einmal ehrlich zu Matt war, konnte er auch das gesamte Ausmaß meines Versagens erfahren. »Ich hätte mehr für ihn da sein müssen. Er hat mir bestimmt erst so spät von seiner Krankheit erzählt, weil er dachte, es würde mich nicht kümmern.«

»Mads ...« Wie er meinen Namen seufzte ... »Es ist sinnlos, darüber zu spekulieren. Du weißt nicht, was er vor seinem Tod gedacht oder gefühlt hat.«

Matts Bemerkung brachte eine Saite in mir zum Klingen. Eine Erinnerung, die ich verdrängt hatte. Ein Schauer durchlief meinen Körper. Stocksteif drehte ich mich in Matts Armen um und ließ seine Unterarme dabei nicht los. Er musterte meine tränennassen Wangen, sah das Entsetzen, das mir ins Gesicht geschrieben stehen musste.

»Was ist?«, fragte er sichtlich überfordert von der Situation. »Soll ich Kat herholen?«

»Der Brief«, hauchte ich nur. Und ohne ihm eine weitere Erklärung zu geben, rannte ich los. Den Berg hinauf, zurück zur *Blauen Hortensie*. Doch mein Herz wusste bereits, was mein Verstand nicht wahrhaben wollte.

Im Wohnzimmer starrte ich atemlos die leere Wand an. Das hohe Regalbrett, auf das ich den Brief zum Einstauben gelegt hatte, war längst fort.

Kapitel 52

Maddie

Schreiben ist eine Form der Therapie.

Wer hätte gedacht, dass dieser Tag so enden würde, obwohl er ja eigentlich gerade erst im Begriff war anzubrechen? Warme Sonnenstrahlen fluteten das Wohnzimmer der *Blauen Hortensie*, ließen die Staubkörner durch die Luft schweben bis hinauf an die mittlerweile weiße Holzdecke. Als ich vor weniger als zwei Stunden aufgestanden war, hatte ich befürchtet, Matt für immer zu verlieren. Nun wurde mir mit jeder Faser meines Körpers bewusst, dass ich einen anderen Menschen verloren hatte.

Meinen Vater.

Und das nicht erst durch seinem Tod. Sondern schon viel früher. Durch seine und meine Entscheidungen der vergangenen zehn Jahre. Wie gelähmt starrte ich die leere Wand an, bis ich Matt draußen meinen Namen brüllen hörte. Dann vernahm ich Schritte auf der Veranda, schließlich stand er hinter mir. Er sagte nichts, regte sich nicht. Wartete einfach nur, ob ich mit ihm sprechen oder weiter in dieser schweigsamen Haltung verharren wollte.

»Was ist los?« Kats Stimme klang alarmiert. Sie erschien, nur in ihren Morgenmantel gehüllt, im Flur. »Maddie?«

Als ich nicht reagierte, wandte sie sich an Matt. »Warum schreist du so herum?«

Er machte offenbar eine Geste, die Kat dazu veranlasste, die Augenbrauen hochzuziehen. Zumindest sah es im Augenwinkel danach aus, denn ich fokussierte weiterhin das nicht vorhandene Regalbrett.

»Süße, was ist passiert?« Langsam kam sie auf mich zu.

Ihre sanfte Stimme ließ mich sie ansehen. Tränen brannten heiß in meinen Augenwinkeln. »Der Brief«, flüsterte ich.

»Du hast ihn endlich gelesen?«, fragte sie hoffnungsvoll. Wahrscheinlich vermutete sie, dass, was auch immer drinstand, mir helfen würde, meine schwierige Beziehung zu ihm und den Verlust zu verarbeiten. Doch wie sollte es das, wenn die Worte gar nicht mehr existierten?

Die Tränen ließen meine Sicht verschwimmen, als ich den Kopf schüttelte. »Nein. Er ist fort.«

»Du zitterst, Maddie.« Ich sah, wie Kat Matt über meine Schulter einen vielsagenden Blick zuwarf, dann legte sich von hinten eine Decke um mich.

Kat geleitete mich zur Couch und ließ sich links von mir nieder, während Matt rechts von mir Platz nahm.

»Ich hatte den Brief auf das Regalbrett gelegt«, erklärte ich schniefend.

»Welches Regalbrett?«, fragte Kat irritiert und sah sich im Raum um. Dann schien sie zu verstehen. »Oh!«, stieß sie hervor.

»Ja«, japste ich. »*Oh* trifft es ganz gut.«

»Madison hat von ihrem Vater einen Abschiedsbrief erhalten«, erklärte Kat über meinen Kopf hinweg. Dabei streichelte sie meinen Arm und zog mich fester an sich. »Sie hat ihn noch nicht gelesen.«

»Oh«, entfuhr es auch Matt.

Ich kam mir wie in einem schlechten Drama vor. Wieso hatten meine Freunde in diesem Augenblick nicht mehr zu sagen außer einem »Oh«?

Weil das Leben eben nicht perfekt war.

Weil es nicht der Feder eines oscarprämierten Hollywood-Drehbuchautors entstammte. Der einer Jane Austen schon gar nicht.

Mittlerweile wunderte es mich nicht mehr, dass Janes Werke alle ein Happy End besaßen, während sie es laut Historikern in ihrem eigenen Leben nie bekommen hatte – zumindest nicht auf offensichtliche Weise. Denn wenn wir uns dazu entschlossen zu glauben, wartete ein Happy End auf uns, das sich kein Schriftsteller der Welt besser ausdenken könnte: die Ewigkeit an Gottes Seite ohne Schmerz, Trauer oder Leid. Das bedeutete zwar nicht, dass der Alltag leichter wurde. Nein, das Leben konnte trotzdem ganz schön anstrengend und schmerzlich sein. Die Hoffnung aber gab allem einen tieferen Sinn. Unsere Existenz auf Erden war also ein Warten darauf, dass selbst das, was verloren schien, am Ende doch noch gut werden würde.

»Wir finden ihn bestimmt. Er muss doch irgendwo im Haus sein«, ermutigte mich Kat. Sie gab nicht so schnell auf.

»Ja, bestimmt hat ihn jemand von uns zur Seite gelegt«, kam Matt ihr zu Hilfe.

»Du kümmerst dich um Aron«, wies Kat den Mann neben mir an. »Wir brauchen Grace und ihre Listen und ihn als zusätzlichen Helfer.«

»Wird gemacht.«

»Dann kochst du Kaffee«, fuhr Kat fort, während ich mir mit einem Taschentuch aus der Box auf dem Couchtisch die feuchten Wangen abwischte.

»Ich geh mich mal umziehen« – das *und schminken* blieb ungesagt. Keine fünfzehn Minuten später stand sie frisch gestylt neben mir und zog mich auf die Füße. »Für Verzweiflung ist es noch zu früh, verstanden?«

Ich nickte.

»Wie lief es mit Matt?«, flüsterte sie mir hinter vorgehaltener Hand ins Ohr. »Besser als erwartet«, beeilte ich mich zu sagen. »Er hat es überraschend gut aufgenommen.«

Kat lächelte angespannt. Als wüsste sie nicht genau, ob sie darüber froh oder unglücklich sein sollte. »Das ist toll.«

Wäre die Situation eine andere gewesen, hätte ich im siebten Himmel geschwebt, weil Matt so einfühlsam gewesen war. Doch stattdessen plante ich eine Suchaktion für den Abschiedsbrief meines verstorbenen Vaters.

Oh ja, und *wie* schmerzlich das Leben sein konnte.

Wir suchten den halben Tag lang. Matt fuhr zwischenzeitlich zur Arbeit, um sich abzumelden und das Angelzubehör wegzubringen. Aron und Grace unterstützten uns tatkräftig, aber nachdem wir das ganze Haus und alle Kisten drei Mal durchsucht hatten, gaben wir auf.

Grace konnte nicht fassen, dass ich ein so wichtiges Dokument einfach auf ein Regal gelegt hatte. Als Aron annahm, ich sei außer Hörweite, behauptete er Kat gegenüber, dass ein Brief meine Trauer wohl kaum lindern würde. Er hatte ja keine Ahnung.

»Typisch Mann«, blaffte Kat ihn an. »Den Abschiedsbrief ihres Vaters zu lesen, hätte ihren Trauerprozess deutlich verkürzt und erleichtert.«

»Hm«, überlegte Aron. »Das glaube ich nicht.«

»Hast du Psychologie studiert oder ich?«

»Ich dachte, du bist durchgefallen.«

Autsch! Der Schlag tat weh. Selbst auf die Distanz und obwohl er nicht in mein Gesicht ging. Ich ahnte, was diese Aussage für Auswirkungen haben würde. Kat hatte weit weniger Selbstbewusstsein, als sie andere glauben ließ.

»Ob das stimmt, steht noch in den Sternen«, erwiderte Kat keck. Und sie hatte recht. Die Prüfungsergebnisse waren den Studenten noch gar nicht zugänglich. Vielleicht hatte ihre Dozentin mit der negativen Geste ein bisschen übertrieben.

»Schöne Wortwahl«, lobte Aron.

»Ich rede ab jetzt nicht mehr mit dir«, verkündete sie und stürmte aus dem Raum – geradewegs in mich hinein. Ein Blick in mein Gesicht verriet ihr, dass ich alles mit angehört hatte. »Komm«, sagte sie und packte mich an der Schulter. »Wir gehen aus.«

Den restlichen Abend verbrachten wir mit Grace in Tucks Bar. Aron war nicht eingeladen und Matt zeigte Loyalität seinem

Freund gegenüber. Um ehrlich zu sein, war ich froh, die nächsten Stunden nur mit meinen Freundinnen zu verbringen. Es war schlimm genug, dass Matt miterlebt hatte, wie kaputt mein Leben war. Da musste er nicht auch noch mitbekommen, wie sehr ich unter den Folgen meiner Fehlentscheidungen litt. Es war nicht fair von mir, ihm zu unterstellen, er würde vielleicht gleich wieder Reißaus nehmen, wenn er sah, wie kompliziert ich war. Doch die Angst davor saß zu tief, als dass ich sie einfach hätte ignorieren können.

Kapitel 53

Matt

Fische können über ihre Haut »hören«.
Dafür sind spezielle Zellen verantwortlich,
die Vibrationen wahrnehmen.

Matt und Aron trafen sich am Freitagabend im *Owl 'n Thistle* zum Essen. Dreimal in der Woche gab es in dem Irish Pub Livemusik. Die Band machte gerade ihren letzten Soundcheck, als die beiden die Bar betraten. Tuck bediente sie und setzte sich im Anschluss kurz zu ihnen. Doch nicht einmal er, als Beinahe-Nachbar von Bill, besaß neue Informationen über den Einbruch.

Sie aßen und genossen die Musik.

Mittlerweile stand Tuck wieder hinter dem Tresen und flirtete mit den weiblichen Gästen. Sein Charme war unvergleichlich.

»Und?«, fragte Aron mit gespieltem Desinteresse und hob seine Bierflasche an den Mund. »Gibt es was Neues bei den Mädels?«

Wie lange er sich diese Frage wohl schon verkniffen hatte? Seit Dienstag war seine Anwesenheit in der *Blauen Hortensie* nicht mehr erwünscht.

»Nein«, seufzte Matt. »Verrätst du mir vielleicht endlich mal, was du eigentlich getan hast, um sie so wütend zu machen?«, wagte er zu fragen. Sie wussten beide, wer gemeint war.

»Ich habe ihr ins Gesicht gesagt, dass sie, weil sie wahrscheinlich durch ihre letzte Prüfung gefallen ist, quasi nicht die Qualifikation besitzt zu bewerten, ob der Brief für Maddie irgendwas geändert hätte.«

»Bist du verrückt?«, fragte Matt ungehalten.

»Offenbar schon.«

»Woher wusstest du überhaupt, dass sie vielleicht durchgefallen ist?«

»Sie hat es mir auf der *Fair* anvertraut.«

»Du bist ein Idiot.«

»Weiß ich auch. Danke vielmals.«

Matt nahm einen großen Zug aus seiner Flasche. »Ich verstehe dich nicht. Erst legst du dich übertrieben ins Zeug, um ihr zu gefallen, und jetzt beleidigst du sie?«

»Können wir das Thema wechseln?«, entgegnete Aron genervt.

»Du hast doch damit angefangen«, konterte Matt. »Seit der *Fair* benimmst du dich seltsam ... *er* als sonst. Was ist los, Mann?«

»Kein Redebedarf«, blaffte Aron.

Nun gut, er würde seinen Freund nicht weiter damit bedrängen.

»Erzähl lieber mal, wie es jetzt mit Madison und dir weitergeht.«

Vielleicht sollte er es doch tun. Besser, als über ihn und Mads zu reden, wäre es allemal. »Das weiß ich noch nicht«, gestand er dennoch kleinlaut.

»Worüber habt ihr dann gesprochen? Sag nicht, ihr seid nicht weiter als vorher ...«

»Doch«, fuhr Matt dazwischen. »Sie hat mir die Wahrheit gesagt.«

»Du meinst die Wahrheit, die du schon kanntest?«, fragte Aron mit hochgezogenen Augenbrauen.

Matt nickte.

»Und was war ihre Begründung? Warum hat sie bezüglich des Angelns gelogen?«

»Ich glaube nicht, dass ich mit dir darüber reden will.«

»Warum denn nicht?«

»Weil ich Mads' frisch gewonnenes Vertrauen nicht missbrauchen möchte.«

Aron schnaubte. »Du bist zu gut für diese Welt, Mann. Ich hoffe, sie hatte einen guten Grund, dich anzulügen.«

»Den hatte sie und mehr brauchst du nicht zu wissen.«

»Gut. Warst du denn auch ehrlich zu ihr? Hast du ihr gesagt, dass Frank so was wie ein Vater für dich war?«

»Weißt du, dafür, dass du selbst kaum mit Antworten rausrückst, hast du ganz schön viele Fra...« Eine Bewegung in Matts Augenwinkel erregte plötzlich seine Aufmerksamkeit. Als er sich der jungen Frau am Tisch in der Ecke zuwandte, fühlte er sich auf merkwürdige Weise ertappt. Wieso und wobei konnte er nicht sagen, aber Grace' Augenbrauen waren zusammengezogen und sie schüttelte missbilligend den Kopf, die Lippen nur eine dünne weiße Linie. »Oh, war sie schon die ganze Zeit hier?«, fragte Aron, der seiner Kopfbewegung gefolgt war. »Warum isst sie alleine?« Er signalisierte ihr mit erhobener Hand, zu ihnen herüberzukommen.

Matt musste gegen den Drang ankämpfen, ihm eine zu verpassen. Bemerkte er denn nicht die gefährlichen Schwingungen, die von Grace ausgingen?

Sie stand auf und ging zur Bar. Dort bezahlte sie mit zwei Scheinen ihre Mahlzeit und verschwand ohne ein Wort. Matt ahnte, dass dies nichts Gutes bedeuten konnte.

»Hat sie uns belauscht?«, fragte er seinen Freund.

»Sie saß mehrere Tische entfernt. Es ist doch unfassbar laut hier drin.« Aron wies auf die Band, die gerade ein Cover von *Wish You Were Here* anstimmte. Die Sängerin traf den richtigen Vibe, der irgendwo zwischen Depression und Hoffnung lag, in Perfektion. Einige Gäste zückten ihre Handys, um die Darbietung aufzunehmen.

»Wie hätte sie uns da hören sollen?«

Aron hatte sicher recht. Dennoch beschlich Matt das Gefühl, dass Grace jedes seiner Worte gehört hatte.

Kapitel 54

Maddie

Leserfeedback, das jedes Autorenherz höherschlagen lässt: »Das kam irgendwie überraschend.«

»Wusstet ihr, dass ich Lippenlesen kann?«, fragte Grace, während wir im Wohnzimmer die gekürzten Gardinen aufhängten.

Ich sah auf meine Freundin hinab, die den Hocker stabilisierte, auf dem ich stand. Aron hatte die Leiter für das Brückenabschleifen gebraucht. Er war noch nicht ganz fertig, somit ließ ich lieber alles an Ort und Stelle stehen. Schließlich war es nicht leicht gewesen, sie an dem steilen Hang so zu positionieren, dass er beim Klettern nicht abstürzte. Kat hatte sich nicht geäußert, ob oder wann Aron seine Arbeit fortführen durfte. Ich verstand ihren Ärger. Mich machte seine Bemerkung ebenfalls wütend. Nicht nur weil er Kats Kompetenz infrage gestellt und ihre Gefühle verletzt hatte, sondern auch weil er sich anmaßte, mich besser zu kennen als meine beste Freundin.

Während Grace und ich kleinere Arbeiten im Haus durchführten, hatte Kat sich mit ihrer Bibel auf die Couch gelümmelt, um uns ständig mit besserwisserischen Kommentaren zu nerven.

»Wieso kannst du Lippenlesen?«, fragte sie jetzt irritiert.

Grace räusperte sich. »Ihr wisst nicht viel von mir«, erklärte sie und knetete dabei ihre Hände.

Da sie den Barhocker nicht mehr festhielt, stieg ich vorsichtshalber davon herunter. »Du erzählst ja auch kaum was«, verteidigte ich uns. Doch in Wahrheit beschlich mich ein schlechtes Gewissen. Meine Gedanken drehten sich so sehr um mich selbst, dass ich es versäumt hatte, Grace besser kennenzulernen. Herauszufinden, warum sie ein solcher Kontrollfreak war oder wieso sie die Arbeit im Garten so liebte.

»Ich meinte das nicht als Vorwurf«, seufzte Grace und ließ sich auf dem Ohrensessel am Fenster nieder. »Meine Schwester ist schwerhörig«, erzählte sie. »Sie hat ein Hörgerät, aber nutzt das Lippenlesen zusätzlich, um die Menschen in ihrer Umgebung besser verstehen zu können. Als wir noch ganz klein waren, haben wir uns oft nur darüber verständigt. Es war so was wie eine Geheimsprache für uns. Die anderen Kinder hielten uns für sonderbar.«

»Das muss schwer für euch gewesen sein«, bemerkte Kat und schlug ihr Buch zu, um Grace ihre ganze Aufmerksamkeit zu schenken.

»Wieso erzählst du uns das gerade jetzt?«, wollte die Psychologin in ihr wissen. Vor meinem inneren Auge richtete Kat wissbegierig ihre nicht vorhandene Brille.

Grace begann auf ihrem Sessel herumzurutschen.

»Raus damit«, befahl ich. Meine Nerven lagen seit Tagen blank. Je mehr Zeit verging, in der ich den Brief meines Vaters nicht finden konnte, umso mehr stieg mein Zerstörungsdrang. Helen anzurufen, um zu fragen, ob sie den Brief bei den Möbeln gefunden hatte, hatte sich ebenfalls als Fehlschlag erwiesen.

»Gestern, nachdem ich hier gewesen war, wollte ich noch einen Happen essen gehen«, begann sie.

»Allein?«, fragte ich überrascht.

»Ja«, antwortete Grace gedehnt und machte eine wegwerfende Handbewegung. »Das spielt jetzt auch keine Rolle.«

Ihr Verhalten war merkwürdig, doch das war ja nichts Neues.

»Jedenfalls waren Aron und Matt auch da«, fuhr sie fort. »Sie haben sich unterhalten.«

Kat begriff als Erste, wo der Hase langlief. Sie grinste breit, als sie sagte: »Du hast sie belauscht.«

»So drastisch würde ich es jetzt nicht formulieren …«

Ich warf ihr einen Blick zu, der unmissverständlich bedeutete: »Ach, komm schon!«

»Na ja, jedenfalls habe ich mitbekommen, wie sie über dich sprachen«, beendete Grace ihr Geständnis.

»Tzz ...«, machte Kat. »Und deswegen die Geheimnistuerei?«

»Nun ja ...«

»Was haben sie über mich gesagt?«, fiel ich ihr ins Wort.

Grace kaute nervös auf der Unterlippe herum. Es war diese bestimmte Art von Zögern, die ich schon einmal bei ihr beobachtet hatte – damals, als sie überlegt hatte, ob sie mir von Matt und seinem Bruder erzählen sollte oder nicht.

»Sag schon!«, drängte ich.

»Er wusste es, Maddie«, brachen die Worte schließlich aus ihr heraus. »Die ganze Zeit über wusste er es.«

»Moment mal«, meldete sich Kat zu Wort. »Du meinst, Matt wusste, dass sie nicht angelt? Woher?«

Grace' Zähne gruben sich noch tiefer in ihre Lippe und ich wusste sofort: Kat hatte mit ihrer Frage ins Schwarze getroffen. Da war noch mehr.

»Grace ...«, sagte ich mit Nachdruck. Meine Stimme war ruhig, aber drängend.

Ihr Blick zuckte zu Kat, als hoffte sie, in ihrem Gesicht die richtigen Worte zu finden. Dann holte sie tief Luft. »So, wie es sich anhörte, standen sich Matt und dein Vater näher, als du wahrscheinlich dachtest. Frank ... muss wohl so was Ähnliches wie Matts Ersatzvater gewesen sein.« In meiner Brust verkrampfte sich etwas. Etwas, das ich Matt gegenüber geöffnet und ihm anvertraut hatte. Der stechende Schmerz zog sich durch meinen Oberkörper, so scharf, dass ich den Atem anhielt. Das Gefühl war schwer zu greifen – eine Mischung aus Verrat, Enttäuschung und einer seltsamen Leere. Mein Körper wankte. Ich griff nach dem Fensterrahmen, um das Gleichgewicht zu behalten.

»Maddie?« Kat sprang von ihrem Platz auf, ihre Stimme voller Sorge.

Ich hob eine Hand, um sie zu stoppen, und rang darum, wieder Luft in die Lungen zu bekommen. »Nur einen Moment bitte.«

Kat hielt inne, aber ich sah, wie sie mich beobachtete, während sie sich stattdessen an Grace wandte. »Er klang auch zu perfekt«, bemerkte sie trocken.

»Na ja, zumindest wissen wir jetzt, warum er Maddies Geständnis so gelassen aufgenommen hat«, fügte sie leiser hinzu.

»Ja«, warf ich ein und klang dabei verletzter, als mir lieb war. »Weil seine eigenen Geheimnisse größer waren als meine.«

Die Stille, die folgte, war dichter als die Luft vor einem Gewitter. Schließlich war es Kat, die sie durchbrach. »Was stört dich an der ganzen Situation am meisten?«, fragte sie ruhig, ihr Tonfall so analytisch, als würde sie mich mit einem ihrer Fallbeispiele abgleichen. In ihrem Blick sah ich jedoch Mitgefühl, gepaart mit der Neugier einer geschulten Beobachterin. Ich spürte, wie mich ihre nächsten Worte überrollten. »Dass Matt dich angelogen hat?« Sie hob eine Augenbraue, so als wöge sie diese erste Möglichkeit ab. »Oder dass du dich die ganze Zeit umsonst so sehr beim Angeln bemüht und letztendlich lächerlich gemacht hast?«

Ich schluckte schwer, was dazu führte, dass sie den Kopf schieflegte. »Oder«, begann sie, »ist es der Gedanke, dass Frank ihm ein besserer Vater gewesen sein könnte als dir?«

Die Erkenntnis traf mich tief. Kats Worte hallten in mir wider, fanden die Stellen, an denen ich am verletzlichsten war. Bestätigten die Befürchtung, die von Anfang an bei Matts Bemerkungen über meinen Vater an mir genagt hatte. Meine Augen verengten sich, als könnte ich Kat mit meinem Blick dazu zwingen, diese Wahrheit zurückzunehmen. Als könnte ich so die hochsteigenden Tränen zurückhalten.

»War ja klar, dass es dir mal wieder gefällt, mich zu analysieren«, fauchte ich. Natürlich wusste ich tief in mir, dass es falsch war, Kat so anzugehen. Doch die Gefühle, die ihre Worte in mir auslösten, brauchten ein Ventil.

Schnell griff ich nach dem halb vollen Glas auf dem Couchtisch und trank einen Schluck, um zu verhindern, dass ich noch mehr sagte. Das Wasser half gegen die aufsteigende Übelkeit.

»Ich versuche nur, dir zu helfen, dir über deine Gefühle klar zu werden«, verteidigte sie sich sanft. Sie kam zu mir herüber und zog mich mit sich auf die Couch. »Du weißt, dass ich dich liebe«, begann sie.

»Ich liebe dich auch«, warf Grace ein.

Beinahe hätte ich vergessen, dass sie auch noch da war.

»Und wir dich auch«, fügte Kat mit ihrer Psychologinnenstimme an Grace gewandt hinzu.

Ich nickte wie ferngesteuert, denn in meinem Kopf überschlugen sich gerade alle möglichen Gedanken: *Er wusste es die ganze Zeit. War mein Vater wirklich für ihn da, während ich mich die ganzen Jahre durch alles allein kämpfen musste? Wie konnte er nur?*

»Aber ich werde nicht die Freundin sein, die dir die Wahrheit verschweigt oder den Kerl schlechtredet, wenn ihr mal Streit habt, Maddie.«

»Kann ich dann diese Freundin sein?«, fragte Grace hoffnungsvoll und zeigte ihr fiesestes Gesicht. »Ich hab ihn schon mit bösen Blicken gestraft, darauf kannst du wetten. Es hat richtig Spaß ...«

»Grace«, mahnte Kat.

Gespielt beleidigt verschränkte Grace die Arme vor der Brust und zog ihre Beine in den Schneidersitz.

»Und ich hätte gedacht, du würdest es begrüßen, dass er es vermasselt hat«, murmelte ich.

Für einen kurzen Moment zuckte Kats Auge und ein Ausdruck erschien auf ihrem Gesicht, der mich befürchten ließ, dass sie meine Bemerkung verletzt hatte. Ihre Augenbrauen zogen sich minimal zusammen, ehe sie sich wieder fasste. »Es geht hier meiner Ansicht nach im Grunde gar nicht um Matt ...«, Kat machte eine Pause, um nach den richtigen Worten zu suchen, »sondern um dich und deinen Vater. Und du solltest jetzt nicht die Verletzung, die du durch Frank erlitten hast, Matt anlasten.« Ihr Lächeln war fast beruhigend, als sie mir aufmunternd den Oberarm tätschelte.

Empört sprang ich auf. Die Wut schoss mir wie ein heißer

Sturm durch die Adern. »Tja, *deine* Ansicht ist nicht *immer* die richtige«, entgegnete ich. Meine Stimme war schärfer, als ich beabsichtigt hatte. »Für mich sind Frank und Matt zwei Seiten derselben Medaille, wenn es um die Verletzungen geht.«

Da ich dramatische Abgänge in Büchern liebte, stürmte ich wie ein Wirbelwind aus dem Raum und schlug die Tür klangvoll hinter mir zu.

Den restlichen Samstagnachmittag verbrachte ich damit, das große Seeblickzimmer meines Vaters herzurichten. Der Verlust des Briefes und die Erkenntnis, wie viel ich zu der Entfremdung zwischen uns beigetragen hatte, ließen mich immer mehr seine Nähe suchen. Auch jetzt, obwohl – oder gerade weil – ich so wütend und enttäuscht war. Zwar sah in diesem Zimmer kaum noch etwas wie früher aus – neues Bett, andere Kommode, größerer Kleiderschrank, frische Wand- und Deckenfarbe –, trotzdem fühlte ich mich hier mit ihm verbunden. Die drei Angeltrophäen platzierte ich auf der Kommode neben dem Foto von meinem Vater und mir, das an Weihnachten vor zwei Jahren entstanden war. Rückblickend betrachtet hatte er da schon krank ausgesehen. Eingefallene Wangen, ledrige, aschfarbene Haut, schlechte Zähne. Man hatte ihm das jahrelange Rauchen förmlich ansehen können. Als ich die Aufnahme eingehend musterte, fragte ich mich instinktiv, ob man ihn damals noch hätte retten können oder ob der Krebs da schon in ihm gewesen war. Als Nicht-Medizinerin wusste ich nicht, wie lange sich eine solche Erkrankung hinziehen konnte. Doch die Vorstellung, dass er an diesem Tag bereits dem Tode geweiht gewesen war, als wir ein für unsere Verhältnisse friedliches Weihnachtsfest gefeiert hatten, jagte mir wahnsinnige Angst ein. Wäre Tante Charlotte nicht extra angereist, hätte ich es wohl wie sonst auch bei Kats Familie verbracht. Nun konnte ich auf diesen

Abend dankbar und mit einem amüsierten Lächeln zurückblicken. Ob Dad Matt wohl davon erzählt hat, dass Tante Charlotte uns bei »Scharade« in ein Team gesteckt hatte? Anfangs hatten wir uns natürlich dagegen gesträubt, aber irgendwann hatte uns der Siegeswunsch doch geeint. Die Zeit musste meinem Vater doch auch etwas bedeutet haben. Oder hätte er sich lieber mit Matt zum Angeln getroffen?

Nach Matts Worten stellte ich nicht nur das, was auf dieser unvergesslichen Momentaufnahme zu sehen war, infrage – das Foto konfrontierte mich auch mit meiner eigenen Sterblichkeit. Mit dem plötzlichen Ende, das einen jeden Menschen immer und jederzeit ereilen konnte.

Ich werde mich nicht fürchten. Der Bibelvers tauchte wieder unvermittelt in meinem Geiste auf. Er erinnerte mich außerdem daran, dass der Tod nicht das Ende war. Daran glaubte ich.

Hoffnung.

Ich atmete tief durch, um die düsteren Gedanken zu verdrängen, und ging zurück zu den Kisten. Einen mit Kleidung gefüllten Umzugskarton klemmte ich mir unter den Arm. Nacheinander trug ich sie alle zu meinem Auto und fuhr damit zur Gemeinde. Grace hatte mir von dem kleinen Umsonstladen berichtet, der jeden Mittwoch und Samstag für zwei Stunden geöffnet hatte. Bedürftige durften sich pro Monat zehn nützliche Dinge kostenlos mitnehmen, sei es Kleidung, Haushaltswaren oder Spielzeug für ihre Kinder. Das Inventar bestand hauptsächlich aus Spenden der Gemeindemitglieder.

Für die Kleidung war die ältere Dame vor Ort sehr dankbar. Allerdings wollte sie von den *Seahawks*-Fanartikeln, die ich auf gut Glück ebenfalls mitgenommen hatte, nichts dabehalten. Über das Online-Inserat hatte ich nur zwei Anfragen erhalten und die waren nicht sehr vertrauenserweckend gewesen. Dabei hatte ich bei den Küchengeräten so gute Erfahrungen mit der Plattform gemacht.

Auf dem Weg nach Hause fuhr ich bei Bill vorbei. Das geschäftliche Treiben hatte offenbar nicht unter den neusten Vorfällen gelitten, im Gegenteil: Der Parkplatz war voller Autos. Bill und sein Sohn waren gerührt von der Anteilnahme der Bewohner, die ihnen ihre Unterstützung durch Kaufkraft zeigten. Viele Produkte waren bereits ausverkauft.

Ich erkundigte mich kurz, ob es etwas Neues gab. Und das gab es in der Tat: Seit Travis aufgetaucht und festgenommen worden war, fahndete die Polizei nun nach dessen Mitbewohner. Mit mehr Informationen rückte der Sheriff aber selbst Bill gegenüber nicht heraus. Ich kaufte das Nötigste für das Abendessen ein: Bacon, Salat und Tomaten für BLT-Sandwiches. Außerdem landete eine Packung Cookies in meinem Einkaufskorb. Für Kat natürlich.

Kapitel 55

Maddie

Niemand mag dramatische Eskalationen –
außer in Geschichten. Da liebt sie eigentlich jeder.

»Wieso ignorierst du meine Anrufe?«, platzte es aus Matt heraus, als ich ihm am Sonntag die Haustür öffnete. Aus gegebenem Anlass hatten wir zu Grace' Unmut beschlossen, dem Gottesdienst heute Morgen fernzubleiben. Kat, die im Wohnzimmer schon seit längerer Zeit auf einen Videoanruf ihres Vaters wartete, sprang hektisch auf und verließ fluchtartig den Raum.

»Das fragst du noch?« Abweisend verschränkte ich die Arme vor der Brust.

»Ja«, antworte Matt. »Wenn du nicht mit mir redest, Mads, woher soll ich dann wissen, dass ich was falsch gemacht habe?«

»*Etwas* falsch gemacht?«, wiederholte ich ungläubig.

Da ich keine Anstalten machte, ihn hereinzulassen, stützte sich Matt seufzend mit beiden Händen rechts und links am Türrahmen ab. Trotzdem blieb ich unnachgiebig.

»Irgendwas muss ich doch getan haben, dass du weder auf meine Nachrichten noch auf meine Anrufe reagierst.«

»Sehr schlau, Sherlock«, konterte ich bissig. »Jetzt musst du nur noch herausfinden, was. Vielleicht kann dir ja Watson dabei behilflich sein. Ach, Moment, der hat ja seine eigenen Probleme.« Demonstrativ nickte ich mit dem Kopf in die Richtung, in die Kat zuvor verschwunden war.

»Madison, bitte. Hat es etwas mit dem zu tun, was Grace in der Bar gehört hat?«

»Wusstest du, dass sie Lippenlesen kann?«

Matt zog irritiert die Augenbrauen hoch. »Woher in aller Welt sollte ich das denn wissen?«, blaffte er zurück. So kannte ich ihn gar nicht. Er provozierte mich allein mit seinem Tonfall. Seine Wut fachte meine umso mehr an.

»Jedenfalls hat sie mitbekommen, dass du mich die ganze Zeit über getäuscht hast.«

Matt öffnete den Mund, doch ich schnitt ihm das Wort ab. »Du wusstest von Anfang an, dass ich keine Anglerin bin, weil du Frank viel besser kanntest, als du mir vorgemacht hast.«

Er riss erschrocken die Augen auf und schnappte ein paarmal nach Luft, entweder vor Empörung oder weil er nicht wusste, was er darauf erwidern sollte. »Hörst du dir überhaupt selbst zu?«, sagte er dann. »Du beschwerst dich ernsthaft darüber, *ich* hätte *dich* getäuscht, obwohl *du* es warst, die von vornherein *gelogen* hat?« Er schnaubte. »Du hast echt Nerven.«

Matt lachte trocken, schüttelte den Kopf und ließ den Blick dann kurz zurück über die Schulter gleiten. Diesmal schien es, als wäre es nicht sein Tick, sondern eher die Verzweiflung, die ihn dazu trieb. »Ich habe dir verziehen, unabhängig davon, was ich getan habe. Warum machst du jetzt so ein Drama, bevor du mir überhaupt die Chance gegeben hast, mich zu erklären?« Er stieß sich vom Türrahmen ab, kehrte mir den Rücken zu und marschierte los. Wollte er einfach gehen?

»Wage es nicht, feige abzuhauen«, warnte ich ihn.

Er drehte sich halb zu mir um. »Jetzt willst du plötzlich, dass ich bleibe, obwohl du mich bis eben noch ignoriert hast?«

»Ich will die Wahrheit, Matt.« Ich wusste nicht, ob es die Klarheit meiner Worte war oder die Resignation, die darin mitschwang, aber er kam wieder zu mir zurück. Dass er die Schultern straffte und schwer schluckte, ließ mich auf alles vorbereitet sein.

»Du hast recht«, begann er. »Ich wusste von vornherein, dass Frank keine angelnde Tochter hat – weil er einer meiner engsten Vertrauten war.«

»Ich wusste gar nicht, dass er eine angelnde Tochter hatte«, das waren ein paar der ersten Worte gewesen, die Matt zu mir gesagt hatte. Und jetzt erkannte ich: Frank hatte mich ihm gar nicht verschwiegen. Matts Aussage hatte sich auf das Angeln bezogen, nicht auf mich als Tochter.

»Dein Vater und ich waren sehr gut befreundet«, erklärte Matt. »Wir waren oft zusammen angeln und haben viel geredet. Wir beide waren einsam und haben uns nach Gemeinschaft gesehnt. Ich hatte damals … Schwierigkeiten mit meiner Familie – und seine Familie …«, Matt deutete auf mich, »… wollte nichts von ihm wissen.« Er lachte gequält. »Ironisch, nicht wahr?«

Der bittere Geschmack von Eifersucht lag auf meiner Zunge. Ich antwortete nicht. Mir fehlten die Worte für das, was er hier offenbarte. War er zu dem Sohn geworden, den sich mein Vater immer gewünscht hatte?

»Er hat oft von dir erzählt. Von der Tochter, die ihn hasst. Doch er hat mir nie gesagt, warum du ihn so verabscheust.«

Nein, das war etwas, das *ich* Matt anvertraut hatte in der Annahme, ich würde ihm damit das Herz ausschütten. Ihm die Geheimnisse, die tiefsten, verborgenen Gefühle meines Ichs offenbaren. Und er hatte beinahe alles schon gewusst.

»Du warst ihm so wichtig, Mads.«

»Nenn mich nicht so!« Den Spitznamen ertrug ich jetzt nicht.

»Er hat dich so sehr geliebt«, flüsterte er, sichtlich eingeschüchtert von der Schärfe in meiner Stimme. Doch seine Worte waren trotzdem zu laut. Ich wollte sie nicht hören.

»Hat er dich beauftragt, mir das zu sagen?«, fauchte ich und anhand von Matts Miene wurde es mir schlagartig bewusst. Das hatte Frank wirklich getan.

»Er hat mich gebeten, ein Auge auf dich zu haben, wenn du seiner Bitte aus dem Testament nachkommst und hier auftauchst.«

Deshalb war er immer wieder auf mich zugekommen, obwohl ich mich wie eine Zicke benommen hatte. Nicht weil er mich hatte kennenlernen wollen, sondern wegen seines Versprechens gegenüber einem toten Mann.

»Ich verstehe.« Mit aufeinandergepressten Lippen fasste ich

nach dem Griff der Tür, doch Matt sprang vorwärts und verhinderte, dass ich sie ihm vor der Nase zuschlagen konnte.

»Madison«, sagte er.

»Nein, schon gut. Ich versteh das«, wiederholte ich. »Dein Projekt ist hiermit abgeschlossen, Matt. Ich brauche niemanden, der sich um mich kümmert.« Eine durch und durch echte Lüge diesmal.

»Du bist doch kein Projekt für mich«, protestierte er. »Meine Gefühle ...«

»Ich. Brauche. Deine. Hilfe. Nicht.« Jedes einzelne Wort entfuhr mir wie ein Pistolenschuss. Der verletzte Ausdruck auf seinem Gesicht gab mir jedoch nicht die Genugtuung, die ich mir wünschte. Der Schmerz über das Offensichtliche überschattete alles. Er wäre mir nie nahegekommen, wenn mein Vater es ihm nicht vorgeschrieben hätte. Mir war klar gewesen, dass unsere Beziehung auf einem kleinen Schwindel meinerseits aufbaute ... aber dieses Lügenkonstrukt, das Matt erschaffen hatte, kannte gar keinen Boden. Trotzdem schaffte er es nun, dass ich mir wie die Antagonistin in einem düsteren Roman vorkam.

Oder wie Yzma, um auf den Film zurückzukommen.

»Mads ... Madison«, verbesserte er sich.

»Es gibt nichts, was du noch sagen könntest, Matt.« Die Tür glitt ins Schloss. Und wie an meinem ersten Tag hier klang dieses Geräusch endgültig.

Ich lauschte und wartete auf die sich entfernenden Schritte, die man selbst bei geschlossener Tür auf der Brücke vernehmen konnte. Doch lange hörte ich gar nichts. Dann ... war plötzlich ein großer Schatten durch die Jalousie zu erkennen.

»Weißt du ...« Matt klang müde. Enttäuscht.

Dafür, dass ich behauptet hatte, es gäbe nichts mehr, was er sagen könnte, um unsere Beziehung zu retten, drückte ich mein Ohr nun ziemlich bemitleidenswert dicht an die angrenzende Wand. Er sollte keinen Anhaltspunkt dafür haben, dass ich ihm immer noch zuhörte.

»Dieses Buch. *Stolz und Vorurteil* – es ist schon erschreckend, dass wir es beide gelesen und nichts daraus gelernt haben.«

Meine Schultern sanken herab, als wäre das Gewicht seiner Worte etwas, was sie nicht länger tragen konnten.

»Dein Stolz und meine Vorurteile haben uns erst in diese Situation gebracht. Lass sie nicht auch der Grund dafür sein, dass wir uns trennen.«

Ich war dankbar, dass er nicht wissen konnte, ob ich noch zuhörte. Denn ich hatte keine Ahnung, was ich darauf erwidern sollte. Seine Gestalt vor der Tür machte eine Bewegung, die einem enttäuschten Kopfschütteln ähnelte. Dann wandte Matt sich ab und ging mit schweren Schritten davon.

Zu spät lugte ich durch die Jalousie nach draußen. Die Brücke war verwaist. Die Wolken am Himmel zogen dahin, Licht und Schatten wechselten sich ab und ich fixierte weiterhin den Pfad zwischen den Bäumen. Doch Matt kam nicht zurück.

»Maddie.« Ich wusste nicht, wie viel Zeit vergangen war, als mich irgendwann Kats sanfte Stimme aus der Starre riss. Sie war mir unerträglich. Und ihr mitleidiges Gesicht erst. Gerade wollte ich nicht hören, dass Matt recht hatte und ich wieder einmal falschlag. Mein Herz fühlte die Schuld, die Schmach, den Schmerz. Ohne ein Wort rauschte ich an Kat vorbei. Tränen brannten hinter meinen geschlossenen Augenlidern, als ich mich in meinem Zimmer mit dem Rücken gegen die verschlossene Tür fallen ließ. Ich hatte angenommen, meine Seele würde in diesem Haus heilen – die Situation würde sich verbessern. Doch in Wahrheit wurde hier alles schlimmer.

Weg hier. So schnell wie möglich.

Anfang der Woche hatte ich noch meine Kleidung in den neuen Schrank einsortiert, nun füllte ich meine Reisetasche mit dem Nötigsten.

Als ich ins Wohnzimmer zurückkehrte, war Grace da. Sie saß auf der Sofalehne und sprang auf, während ich auf die Haustür zusteuerte.

»Maddie, wo willst du hin?«, fragte sie.

Ich hielt inne und drehte mich zu ihr um. Kat lehnte an der Küchentheke und schob kommentarlos eine Tasse Kaffee in meine Richtung. Eine Bitte, eine Einladung, eine Aufforderung.

Kopfschüttelnd wandte ich mich ab, unfähig, in Worte zu fassen, was ich gerade empfand. Ja, ich war sauer auf Matt, enttäuscht von mir selbst – aber was ich wahrhaftig fühlte, ging noch viel tiefer und ließ sich nicht so leicht erklären. Kats Psychologinnensuperkräfte stießen hier an ihre Grenzen. Diese Herausforderung war zu groß für sie.

Sie liefen mir nicht nach, als ich die *Blaue Hortensie* verließ. Da der Kofferraum immer noch mit dem *Seahawks*-Kram gefüllt war, warf ich die Reisetasche auf den Beifahrersitz. Ich setzte mich hinters Steuer, zog den Autoschlüssel aus meiner Hosentasche und … fühlte mich in der Zeit zurückgeworfen. Denn das Zündschloss des Autos glich wieder einem schwarzen Loch. Je länger ich es betrachtete, desto mehr zog es mich an. Als besäße es eine eigene Art Gravitation. Das Déjà-vu traf mich so unvorbereitet, dass ich das Lenkrad packte und heulend die Stirn dagegen sinken ließ. Kats Lieblingssong von Flume kam mir in den Sinn. Die Sängerin beschrieb darin das intensive Bedauern falscher Entscheidungen. Dinge und Momente, die unwiederbringlich verloren gegangen waren. Einmal in meinem Kopf, ging mir das Lied nicht mehr aus dem Sinn.

Es dauerte etwas, doch letztendlich beruhigte ich mich und fuhr los. Erst als ich bei Matt ankam, erkannte ich, dass ich gar nicht auf dem Weg nach Seattle war. Obwohl ich noch nie zuvor bei ihm gewesen war, wusste ich sofort, dass die einsame, windschiefe Hütte am Ende der Waldstraße Matt gehören musste. Bei unseren Gesprächen während der Renovierung hatte ich zwar nur erfahren, dass er in der Wonderland Road wohnte, doch die Suche war schnell beendet. Alte Ruten lehnten an der Hauswand, Kescher trockneten in der Sonne und eine Hundehütte voller Laub erweckte den Anschein, dass sie längst nicht mehr genutzt wurde. Wenn das alles keine Hinweise auf die Bewohner gewesen wären, dann hätte ich anhand des Pick-ups Bescheid gewusst.

Noch während ich aus dem Wagen stieg, öffnete sich bereits das Fliegengitter der Verandatür und Matts vertraute Silhouette trat heraus. Einen Augenblick lang betrachteten wir uns stumm.

Ich werde mich nicht fürchten.

»Hi«, flüsterte ich so leise, dass er mich über die Entfernung unmöglich verstehen konnte.

Doch anhand der Lippenbewegung erkannte er offenbar, was ich gesagt hatte.

»Hallo«, erwiderte er.

Mit wenigen Schritten umrundete ich das Auto und öffnete meinem Kofferraum. Eine Kiste unter dem Arm geklemmt, kam ich auf ihn zu, blieb aber unterhalb der kleinen Treppe stehen. Stirnrunzelnd musterte er die *Seahawks*-Flagge, die zuoberst lag.

»Du hast mal erwähnt, dass dein Bruder ein Fan ist«, erklärte ich kleinlaut.

»Stimmt.«

»Ich habe keine Verwendung dafür. Im Wagen ist noch mehr. Er kann alles haben.«

»Er und sein Mitbewohner werden sich freuen«, presste Matt hervor.

Ich nickte und stellte die Kiste vor seinen Füßen ab. Er blieb reglos in der Tür stehen, während ich die anderen beiden holte und ebenfalls abstellte. Ich wollte so gern mehr sagen, doch ich wusste nicht wie. Also drehte ich mich wortlos um und ging zurück zum Wagen. Als ich den Motor startete, klopfte Matt mit zwei Fingerknöcheln an mein Fenster. Irritiert ließ ich es ein Stück herunter, nur so weit, dass er mir einen Brief hindurchschieben konnte.

»Würdest du mir wohl die Ehre erweisen, diesen Brief zu lesen?«, fragte er. Mir entging nicht, dass er den gleichen Wortlaut verwendete wie Mr Darcy in *Stolz und Vorurteil*, der sein Verhalten mittels eines ehrlichen Briefes erklärte. Schweigend nahm ich das Schreiben entgegen und schmiss ihn in gespielter Achtlosigkeit zu meiner Tasche auf den Beifahrersitz. Der Motor heulte viel zu laut auf und ich fuhr davon. Ich wagte es nicht, in den Rückspiegel zu sehen. Trotzdem glaubte ich zu spüren, wie Matt mir nachsah. Genauso wie ich die Anwesenheit dieses Briefes wahrnahm. Wie ein Körper, der Wärme abstrahlte. Ein Teil von mir wollte ihn lesen. Der andere Teil dagegen fürchtete sich. Doch ich hatte schon einmal den Fehler begangen, die Abschiedsworte eines geliebten Menschen für später aufzuheben – und nun waren sie für immer verloren. Aus meinen Fehlern zu lernen, war wohl das Mindeste, was ich jetzt noch tun konnte.

Als ich die Spannung nicht mehr aushielt, fuhr ich rechts ran. Die Waldstraße war kaum befahren und so hatte ich das Gefühl, mit mir und meinen Gedanken allein zu sein. Ich wappnete mich gegen alles. Zwar glaubte ich nicht, dass Matt in dem Brief ausfallend oder verletzend wurde, doch angesichts meines Verhaltens konnte ich mir nicht sicher sein. Insgeheim wussten wir beide, dass meine negativen Gefühle ihm gegenüber nur wenig mit seinem Fehlverhalten zu tun hatten. Viel mehr war es meine Eifersucht, die eine Beziehung zwischen uns unmöglich machte.

Madison,

ich bin weder ein Mann großer Worte noch ist die Poesie mir zugeneigt. Doch was der Mund nicht auszusprechen vermag, gelingt der Feder vielleicht besser.
Wie unsere Geschichte begann, daran sind wir beide nicht unschuldig. Meine Arroganz stand deinem Stolz in keiner Weise nach. Dass ich dich mit meinem Verhalten verletzt habe, dafür entschuldige ich mich in aller Form. Es war nie meine Absicht,

dir zu schaden. Vielmehr wollte ich dem Wunsch eines alten Freundes nachkommen, der darum bat, diesen für ihn besonderen Ort seiner Tochter entgegen ihrer Vorurteile näherzubringen. Es war wohl ungerecht, dir die Art meiner Beziehung zu ihm zu verheimlichen, aber ich bin fest davon überzeugt, dass du andernfalls mir und der Blauen Hortensie keine richtige Chance gegeben hättest. Sicher weißt du aus eigener Erfahrung, wie schwer es ist, ein Fehlverhalten zuzugeben. Erst recht, wenn man – wie in meinem Fall – tiefe Gefühle für die betreffende Person entwickelt hat und befürchtet, man könne sie durch eine Klarstellung für immer verlieren. Ehrlichkeit und Loyalität sind für mich nicht optional, sie sind fundamental. Ich suche keinen Flirt, Mads, sondern die Frau fürs Leben. Und die habe ich in dir gefunden. Das alles führt jedoch zu nichts, wenn du diese Werte nicht ebenfalls vertrittst. Du hast mir mittlerweile deine Treue bewiesen, und wäre uns der verschollene Brief nicht in die Quere gekommen, so hätte auch ich dir längst mein Geheimnis enthüllt. Wie es ans Licht kam, bereue ich zutiefst. Gerne hätte ich es persönlich erklärt und dich in diesem Zuge wissen lassen, wie viel du Frank bedeutet hast. Wie oft er voller Liebe über dich und deine Mom gesprochen hat. Vielleicht erkennst du nach einer Weile, dass die Zeit, die ich mit ihm verbringen durfte, auch dir noch zum Positiven dienen kann. Bitte vergib mir die Täuschung. Nichts lag mir ferner, als dich zu demütigen.
Wie unsere Geschichte begann, lässt sich nun nicht mehr ändern. Doch wie sie endet, das liegt in unserer Hand. Hab keine Angst, die Gefühle zuzulassen. In Jesaja 41 heißt es: »Fürchte dich nicht, ich helfe dir.« Du bist nicht allein!

Matt

Zitternd und mit bebender Unterlippe las ich die Zeilen immer und immer wieder. Dann ließ ich den Brief sinken. Endlich wusste ich, was zu tun war.

Kapitel 56

Matt

Das Angeln lässt sich wunderbar als Metapher für das Leben anwenden: Leine auswerfen und abwarten, was passiert.

Der Kaffee in seiner Tasse war längst kalt, doch Matt umklammerte sie weiterhin, während er die Auffahrt nicht aus den Augen ließ. Madison war gefahren, ohne sich den Brief durchzulesen. Was hatte er auch erwartet? Wieso sollte sie seinen lesen, wenn sie nicht einmal den ihres Vaters gelesen hatte? Trotzdem konnte er nicht loslassen. Er konnte sich nicht abwenden und hineingehen, obwohl ihn sein Verstand mehrmals dazu aufforderte. Das Bild von ihrer Reisetasche auf dem Beifahrersitz ging ihm nicht aus dem Kopf. Sie war im Begriff, die Three Lakes zu verlassen. Kat hatte ihr unausgesprochenes Duell gewonnen.

Er wollte die Hoffnung nicht aufgeben. Dennoch war sie manchmal trügerisch und Zweifel besaßen große Macht.

Irgendwann setzte er sich auf die Veranda und dachte über alles nach, was passiert war, doch die Straße blieb leer. Schließlich, als Pepper anfing zu bellen, kehrte Matt in die Hütte zurück.

Als er die Tür zum Wohnzimmer öffnete, sprang ihm der Hund aufgeregt entgegen. Doch nur ein Blick in den Raum ließ ihn alles andere vergessen. Es fühlte sich so an, als würde ihm das Herz in der Brust kurz stehen bleiben. Es war erneut die Hoffnung, die es weiterschlagen ließ.

»Nachdem Mr Darcy ihr den Brief gegeben hat, sieht er Elizabeth erst wieder, während sie sein Haus besichtigt«, erklärte Mads und sah sich demonstrativ um. Sie lehnte seitlich der Hintertür, die einen Spaltbreit offen stand, an der Wand. Deswegen war Pepper also so ausgerastet.

Wachhund – von wegen.

Angesichts der Einbrüche sollte er sich angewöhnen, die Türen abzuschließen. Doch wenn er genauer darüber nachdachte – Matt grinste bei Mads' Anblick in sich hinein –, lieber nicht. Wer würde auch schon in dieser Bruchbude Beute erwarten?

Mads sah sich neugierig in dem Zimmer um, ehe ihr Blick zu ihm zurückfand.

»Ich weiß«, antwortete Matt vorsichtig auf ihre vorherige Bemerkung und ging einen Schritt auf sie zu. »Danke, dass du mich aber nicht ganz so lange hast warten lassen.«

»Du hast das Buch also wirklich gelesen«, flüsterte sie.

»Natürlich.«

Tränen traten in ihre Augen. »Es …« Sie schluckte schwer. »Es tut mir so leid, Matt.« Sie wich vor ihm zurück, als er die Hände nach ihr ausstreckte.

»Nein«, sagte sie. »Lass mich das aussprechen.«

Also nickte er.

»Ich war stolz. Du hattest vollkommen recht. Und du hast mich in diesem Stolz verletzt … Aber letztendlich war ich enttäuscht. Enttäuscht von mir selbst, aber auch von dir. Die ganze Zeit habe ich tief in mir drin geglaubt, du seist besser als ich. Zu gut für mich. Und ich hätte mir deine Zuneigung nur ergaunert. Als dann die Wahrheit über Frank und dich herauskam … Ich schäme mich dafür, aber ich war missgünstig und es fällt mir auch jetzt noch schwer, damit umzugehen. Mein Vater hat sich immer einen Sohn gewünscht, mit dem er angeln gehen konnte. Du warst das, was ich nie sein konnte.«

»Das ist nicht wahr«, entgegnete Matt energisch. »Niemals hat Frank so gedacht. Er hat dich geliebt und hat sich die Schuld dafür gegeben, dass du dich zurückgezogen hast. Er hat mir jedoch nie verraten, was zwischen euch passiert ist.«

»Woher willst du dann wissen, was er in Bezug auf mich gefühlt hat?«, fragte sie.

»Weil er es mir gesagt hat. Damals habe ich ihm geraten, dass er dir klarmachen soll, dass er dich vermisst. Aber er glaubte, er könne dir mehr helfen, wenn er der Böse in der Geschichte blieb.«

Ihre Augen weiteten sich.

»Ich war sein Freund, Mads. Aber ich gebe zu, dass ich mir manchmal gewünscht hätte, mit meinem eigenen Vater so reden zu können wie mit ihm«, erklärte er weiter. »Versteh mich nicht falsch, ich habe kein schlechtes Verhältnis zu meinem Vater ... aber auch kein sehr inniges.«

Madison hob fragend die Augenbrauen.

Er winkte ab. »Das ist eine andere Geschichte. Worauf ich hinauswill, ist, dass ich nie der Sohn war, den Frank sich heimlich wünschte, weil sich mit der Tochter, die er hatte, sein größtes Glück schon erfüllt hatte. Doch jetzt, wo ich dich kenne, wäre es mir eine Ehre gewesen, ihn eines Tages meinen Schwiegervater nennen zu dürfen.«

Die Frau vor ihm lächelte trotz der Tränen in den Augen.

Matt erwiderte es. »Wie wäre es«, begann er, überbrückte die Distanz zwischen ihnen und berührte sie an den Oberarmen, »wenn wir noch mal neu starten und uns diesmal an unser Versprechen halten?« Er strich mit den Händen aufwärts über ihre Arme, den Hals hinauf und hoch zu ihrem Gesicht, wo sie auf ihren Wangen zum Liegen kamen.

»Welches Versprechen?«, hauchte sie ihm die Frage entgegen.

Sein Mund war ihrem schon so nahe. Er erwiderte ihren intensiven Blick mit der gleichen Vehemenz. »No más secretos.«

»Keine Geheimnisse mehr«, bestätigte sie.

Kapitel 57

Maddie

Ob beim Schreiben oder beim Kennenlernen –
wer die Spielregeln beherrscht,
hat die besten Chancen auf einen Touchdown.

Seine Hand war plötzlich in meinen Haaren und er zog mich zu sich heran, sodass ich mich auf die Zehenspitzen stellen musste, um seinem Mund mit meinem zu begegnen. Der Kuss ließ alle Anspannung der vergangenen Tage von mir abfallen. Während ich Matt küsste, fühlte ich mich losgelöst von den Dingen, die mich üblicherweise niederdrückten. Mit geschlossenen Augen begann ich, Matt zu *sehen*. Sein Inneres, seine Gefühle, seine Liebe. Mehr als die Berührung unserer Lippen brauchte es dazu nicht. Seufzend legte ich die Finger an sein Gesicht – spürte die Bartstoppeln –, bewegte sie weiter an seinen Hinterkopf, ertastete die Narben. Fühlte – sah – *ihn*.

Und seine rauen Hände an meinem Hals ... der Daumen, der dabei sanft meine Ohren streichelte. Die Berührung, die mir sagte, dass er mich trotz dem, was ich als Makel ansah, schön fand. Er fühlte – sah – *mich*.

Wir begegneten uns bei diesem Kuss auf Augenhöhe.

Als wir uns atemlos voneinander lösten, betrachtete ich Matts beigefarbenes T-Shirt, in dem ich die Hände vergraben hatte.

B.I.G. stand darauf geschrieben. Ich erinnerte mich, dass er es bei unserer ersten Begegnung ebenfalls getragen hatte.

»Sind das die Initialen deiner alten Pfadfinder-Truppe oder die des Angelvereins?«, fragte ich.

»Der Angelverein ist ganz unspektakulär nach dem See benannt. Und ja, ich war früher auch ein stolzes Mitglied der *Royal*

Rangers – gut erkannt, Miss Marple. Aber tatsächlich bedeuten die Initialen was ganz anderes.«

Neugierig wartete ich auf seine Erklärung. Das Funkeln in seinen Augen verriet mir, dass er den Moment der Spannung voll auskostete.

»B.I.G. steht für *Believe in God*«, antworte Matt mit einem Augenzwinkern. Sein Grübchen raubte mir abermals den Atem.

»Ich trage es, um mich immer daran zu erinnern.«

»Vielleicht sollte ich mir auch so ein T-Shirt anschaffen. Um mich – wie du sagst – daran zu erinnern.«

»Bekommst eins zusammen mit dem Bissanzeiger zum Geburtstag«, erwiderte Matt und ich war so dankbar für seinen lockeren Spruch. Für sein Grübchen, das dabei gleich wieder zum Vorschein kam. Für diesen Mann an meiner Seite.

Matt machte Nägel mit Köpfen. Noch am gleichen Abend fuhr er mit mir in das Wohnheim seines Bruders. Wir hatten die Ladefläche voller Fanartikel und ich hoffte, dass dieser Umstand mir einen Bonus einbrachte. Ich wusste bisher so wenig über Simon. Er liebte den Film *Ein Königreich für ein Lama* und die *Seahawks*. Das war nicht viel, deswegen fragte ich Matt die ganze dreißigminütige Fahrt lang aus.

»Was ist sein Lieblingsessen?«

»Welche Farbe mag er?«

»Wovor hat er Angst?«

Pepper, der zwischen uns auf der Fahrerbank saß – er hatte sich nicht dazu bewegen lassen, mit mir den Platz zu tauschen –, wuffte bei jeder weiteren Frage.

Kats und Grace' Anrufe auf meinem Handy ignorierte ich gekonnt. Weder ihre Neugier noch ihren Zorn konnte ich jetzt gebrauchen.

Melde mich später, schrieb ich in unseren Gruppenchat.

»Maddie«, seufzte Matt irgendwann. »Simon wird dich mögen, auch ohne dass du alle Details von ihm kennst.«

»Und wenn er mich nicht mag, weil ich ihm den Bruder wegnehme?«

»So komplex denkt Simon nicht. Er ist wie ein kleines Kind. Kauf ihm ein Eis und du bist bis ans Lebensende seine beste Freundin.«

Ich machte mir für den Notfall eine mentale Notiz. »So einfach ist er also gestrickt?«

Matt hob eine Augenbraue. »Das ist dein Lieblingsspruch, oder?«

Ich lachte nervös. »Wann sind wir da?«

»Jetzt.« Im nächsten Moment bog Matt in eine Nebenstraße ab. Wir fuhren sie ein Stück entlang, bis diese in einer riesigen Auffahrt mit angrenzenden Parkplätzen endete. Ein kleiner Supermarkt war dem Wohnheim angeschlossen, in dem die Bewohner einkauften und zum Teil auch arbeiteten. Im Schaufenster, zu dem ich hinüberschlenderte, nachdem ich einen der Kartons von der Ladefläche geholt hatte, lagen zudem Deko- und Haushaltsartikel zum Verkauf aus, die von ihnen in der Behindertenwerkstatt selbst hergestellt worden waren. Tablet-Halterungen aus Holz, selbst genähte Kinderschürzen, selbst gegossene Kerzen, Schlüsselanhänger, Schmuck, Spielzeug. Für jeden war etwas dabei.

Matt kam zu mir und sah über meine Schulter. »Hast du was Schönes gefunden?«

»Ich finde die Arbeiten bewundernswert. Das wären auch prima Weihnachtsgeschenke.«

Matt nickte und wir gingen auf den Haupteingang zu. »Bist du bereit?«

»Eigentlich nicht«, gestand ich.

Matt schnaubte. »Wie wird es wohl sein, wenn du erst meine Eltern kennenlernst ...«

»Deine Eltern?« Ich blieb abrupt stehen. Daran hatte ich noch gar nicht gedacht. Meine einzige noch lebende Verwandtschaft wohnte in Europa. Es gab niemanden, den ich Matt in unmittelbarer Zukunft vorstellen würde. Doch seine Eltern lebten. Und sie würden mich früher oder später treffen wollen.

»Ja, und meine Schwester«, fügte Matt hinzu.

Ich schluckte.

»Mads? Du kippst aber nicht gleich um, oder?«

Das war gar nicht mal so unwahrscheinlich. Eine Hitzewelle nach der nächsten jagte durch meinen Körper und mir wurde übel.

Matt trat neben mich und legte mir einen Arm um die Schultern. »Du bist so blass.«

Ich lehnte mich an ihn und atmete seinen beruhigenden Duft – eine Mischung aus Aftershave und gerösteten Kaffeebohnen – ein. Wenige Atemzüge später ging es mir bereits besser. Das flaue Gefühl in meinem Magen ließ nach.

»Alles wieder in Ordnung?«

Gedämpftes Bellen drang zu uns. Pepper war augenscheinlich sehr unglücklich darüber, im Auto warten zu müssen.

Ich spürte, wie die Farbe in mein Gesicht zurückkehrte. »Ja«, antwortete ich und lockerte den Griff um den kleinen Karton. Wie an einen Rettungsring hatte ich mich an ihn geklammert. Daran und an Matt, meine Rettungsleine. »Die Vorstellung, deine Eltern kennenzulernen, ist ein wenig ...«

»Beängstigend?«, schlug Matt vor. »Das kann ich mir vorstellen. Du brauchst dir keine Sorgen zu machen. Sie sind sehr liebenswert und werden dich schnell ins Herz schließen.«

Das klang beruhigend, aber wie oft hatte Matt schon Frauen mit nach Hause gebracht? Ich wusste nicht, was mir lieber war – dass er aus Erfahrung sprach oder nur mutmaßte. Beides hatte seine Vor- und Nachteile.

»Und deine Schwester?«, hakte ich nach, da ich nicht länger darüber nachdenken wollte, ob Matt früher ernste Beziehungen gehabt hatte.

Wir setzten uns wieder in Bewegung.

»Ah ... die ist ein anderes Kaliber.« Matt verzog das Gesicht. »Wir haben uns als Kinder schon ständig gezankt. In der Pubertät nahm das noch heftigere Ausmaße an ...«

Obwohl ihm das Treffen mit seiner Schwester mehr Bauchweh zu bereiten schien, glaubte ich irgendwie, dass wir uns wahrscheinlich prächtig verstehen würden.

»Da wären wir«, verkündete Matt und drückte auf einen Wandschalter, der die Tür automatisch öffnete.

»Hallo, Jesse«, begrüßte Matt einen jungen Betreuer.

Jesse saß an einem langen Tisch, der einer Tafel glich, und spielte mit drei Bewohnern Karten. »Hi«, antwortete er knapp und wies mit dem Daumen über seine Schulter.

Im hinteren Bereich des großzügigen Gemeinschaftsraumes war eine Fernsehecke mit Couch und zwei Sesseln gemütlich eingerichtet. Auf dem Flatscreen an der Wand lief ein Footballspiel – nicht die *Seahawks*. Dennoch konnte der junge Mann auf dem Ohrensessel niemand anderes als Matts Bruder Simon sein. Die Ähnlichkeit war verblüffend. Groß, dunkelhaarig und mit ausgeprägtem Unterkiefer – das waren Eigenschaften, die auch auf viele andere zutrafen, aber das kleine Grübchen, das er mit Matt teilte, machte die Verwandtschaft unverkennbar.

»Er sieht aus wie du«, flüsterte ich.

Matt warf mir einen zweifelnden Blick zu.

»Eine schlaksigere Version von dir«, verbesserte ich mich.

Er zeigte mir sein Lächeln und schob mich voran.

Neben der Couch, auf der ein dunkelhäutiger Mann saß, stand ein leerer Rollstuhl. Das musste Andrew sein. Matt hatte mir auf der Fahrt hierher von ihm erzählt.

»Hallo, Simon.«

Sein Bruder fuhr beim Klang von Matts Stimme herum und ein breites Grinsen begrüßte uns. Er sprang von seinem Sessel auf und stürmte am Sofa vorbei auf ihn zu. Matt ließ mich los, um Simon in die Arme zu schließen. Ich trat zurück und gab ihnen die nötige Privatsphäre.

»Simon, ich möchte dir jemanden vorstellen.« Matt machte eine ausladende Geste in meine Richtung. »Das ist Madison. Madison, das ist mein Bruder Simon.«

Unsicher streckte ich dem jungen Mann die Hand entgegen. »Hallo, Simon. Es freut mich sehr, dich kennenzulernen.«

Simon starrte meine Hand an. Er sah mir nicht einmal ins Gesicht. »Was ist das?«, fragte er abgehackt und so, als gebe er sich alle Mühe, die Worte herauszubringen.

Da bemerkte ich, dass er gar nicht meine in der Luft schwebende Hand fixierte, sondern die Kiste, die unter meinem anderen Arm klemmte. Die *Seahawks*-Flagge lugte daraus hervor. »Ach so, ja«, sagte ich und reichte ihm den Karton. »Matt sagte, du seist ein Fan.« Ich klappte den Deckel auf, damit er hineinsehen konnte.

»Madison hat dir Geschenke mitgebracht«, erklärte Matt, da sein Bruder mit großen Augen wie paralysiert auf die Sachen hinabschaute.

»Für mich?«, fragte er und hob endlich seinen Blick zu meinem Gesicht.

Er sah mir in die Augen – und auch wieder nicht. Es war merkwürdig ... Er wirkte so, als würde er sich davor hüten, zu weit zu gehen. Als wolle er nicht zu genau hinsehen. Ich ließ mich davon aber nicht irritieren. Zumindest versuchte ich, meine Verwirrung, so gut es ging, zu überspielen. Breit lächelnd antworte ich: »Ja, und im Auto ist noch mehr.«

»Noch mehr?«, platzte es aus Simon heraus, während er die Sachen von mir entgegennahm. »Andrew!« Er zeigte seinem Freund den Inhalt des Kartons. Dieser nickte erfreut. »Nicht schlecht, Kumpel.«

Simon nahm vor dem Couchtisch auf den Boden Platz und wühlte in der Kiste. Er zog eine Kappe hervor und setzte sie sich auf den Kopf. Der Falke auf dunkelblauem Grund stand ihm ausgezeichnet zu Gesicht. Andrew zeigte ihm einen Daumen nach oben, Matt pfiff anerkennend. Simon durchsuchte weiter die Kiste und bekam auf einmal glasige Augen. Er sah mich wieder an.

»Gefällt es dir nicht?«, fragte ich betroffen.

Er schüttelte den Kopf und zog langsam ein Stück Stoff in dem typischen *Seahawks*-Blau hervor. Es war ein Trikot der Nummer sechzehn. *Lockett.* Ich kannte den Namen des Spielers aus der Presse. Auch wenn ich heute kein großer Fan mehr war ... Ganz abstellen ließ sich das alte Interesse nicht.

»Das ... das ...«, stotterte Simon.

Ich wusste nicht, ob er zu aufgelöst zum Sprechen war oder ob es ihm generell Schwierigkeiten bereitete. Wahrscheinlich war es eine Mischung aus beidem.

»Das ist sein Lieblingsspieler«, kam Matt ihm zu Hilfe.

»Oh«, entfuhr es mir erleichtert. »Wie schön. Dann zieh es doch mal an und schau, ob es passt.« Da Matt in die Kleidung meines Vaters hineinpasste, war ich guter Hoffnung.

Und ich wurde nicht enttäuscht. Es saß etwas locker und würde auch über einen wärmeren Pullover passen. Andernfalls wäre ich sofort losgefahren und hätte ihm seine Größe besorgt. Ich wollte mir seine Enttäuschung gar nicht erst vorstellen.

Aber Simon sah glücklich aus.

Matt sah glücklich aus.

Und ich ... ich war es auch.

Kapitel 58

Maddie

Es gibt Hinweise darauf, dass das Niederschreiben von Gedanken und Sorgen vor dem Schlafengehen helfen kann, den Geist zu beruhigen.

Es war nach 23 Uhr, als mich Matt an meinem Wagen absetzte, den ich vor einer gefühlten Ewigkeit auf der Wonderland Road geparkt hatte, um ihn in seinem eigenen Haus zu überraschen.

»Darf ich darauf vertrauen, dass du uns jetzt nicht Hals über Kopf verlässt?«, fragte er, bevor ich mich verabschiedete.

Draußen war es stockfinster. Das Licht der Scheinwerfer erhellte zwar die Straße, aber jenseits des Lichtkegels versank alles in absoluter Dunkelheit. Im Radio liefen sanfte Klavierklänge.

»Darfst du«, bestätigte ich und legte die Hand auf seine, die auf dem Schaltknüppel ruhte. »Ich werde so schnell nirgendwo hingehen.«

»Dann wirst du dich hier bewerben?«

Die Hoffnung in seiner Stimme brachte mich dazu, ihn küssen zu wollen.

»Ja«, hauchte ich und kam ihm dabei immer näher. »Das werde ich.«

Matts Blick senkte sich auf meine Lippen. Er sah aus, als würde er jedes meiner Worte einsaugen. Dann schüttelte er leicht den Kopf. »Und wenn wir uns streiten?«, hakte er nach. »Wirst du dann einfach deine Tasche packen und zurück nach Seattle laufen?«

»Warum sollte ich laufen, wenn ich ein Auto habe?«, entgegnete ich lachend. Matt sah mich eindringlich an und ich wurde ernst. »Nein, das werde ich nicht. Die Zeit des Weglaufens ist vorbei.«

Nun war Matt es, der sich mir näherte. »Gut«, flüsterte er an meinen Lippen. »Ich habe nämlich vor, mein Leben mit dir zu verbringen, Madison Clark.«

»Und ich das meine mit dir, Matthias Barnett.«

Ich seufzte, während er mich küsste. Einen Moment lang fragte ich mich, warum wir es uns so schwer gemacht hatten, doch als ich seine Hand an meiner Wange spürte, schwebte auch dieser Gedanke davon.

»Geh jetzt«, flüsterte er irgendwann. Ich wusste nicht, wie viel Zeit vergangen war. »Kat wird krank sein vor Sorge.« Er tastete über mich hinweg nach dem Türgriff. »Und was noch schlimmer ist: Sie wird mir die Schuld dafür geben.«

Lachend stieg ich aus.

»Mads«, rief er, bevor ich die Tür zuschlug. »Mein Brief muss ganz schön überzeugend gewesen sein. Ist es nicht so?«

Grinsend lehnte ich meine Wange an den Rahmen der Tür und ließ mir Zeit mit der Antwort. »Ein literarischer Leckerbissen«, schwärmte ich. »Bis auf den einen Satz.«

Matt richtete sich auf. »Welchen?«

»*Ich suche keinen Flirt ...*«, zitierte ich.

»Was ist falsch daran?«

»Im Prinzip nichts ... aber komm schon. Der Rest war sprachlich so schön ausgearbeitet. Dieser Satz wirkt da einfach total aus der Zeit gefallen. *Romanze* hätte gut gepasst oder besser noch: *Tändelei*.«

»Tz«, machte Matt. »Diese Frau hat vielleicht Ansprüche«, sagte er an Pepper gewandt, obwohl der auf der Rückbank eingeschlafen war.

»Gute Nacht, Matt«, verabschiedete ich mich.

»Gute Nacht, Mads«, erwiderte er und grinste, als er mein Augenrollen sah.

Bevor ich den Hausschlüssel ins Schloss der *Blauen Hortensie* steckte, überlegte ich kurz, ob es eine Möglichkeit gab, Kats Wut abzumildern. Ich jonglierte mit den Worten und Erklärungen hin und her. Letztlich kam ich aber zu der Erkenntnis, dass ich um eine Standpauke nicht drum herum kommen würde und sie besser schweigend über mich ergehen ließ, um mich im Anschluss reumütig zu entschuldigen. In letzter Zeit war ich keine besonders gerechte Freundin für Kat. Während sie ihr Großstadtleben aufgegeben hatte, um hier bei mir zu sein und mich zu unterstützen, sorgte ich nur für immer mehr Kummer.

Entgegen meinem eigenen Schlachtplan bewegte ich den Schlüssel trotzdem ganz langsam und leise im Schlüsselloch. Möglicherweise konnte ich mich in mein Zimmer schleichen und mich morgen frisch erholt der Auseinandersetzung stellen. Schließlich war der Tag alles andere als leicht für mich gewesen. Er hatte mit Streit und Tränen begonnen, sich gegen Mittag zu einer nervenaufreibenden Seifenoper gesteigert und dann doch romantisch geendet. Matts und meine Geschichte stand in Sachen Dramatik der von Mr Darcy und Elizabeth in keiner Weise nach. Dennoch wäre es schön, wenn mein Freund und ich nun zum *Happily-ever-after* übergingen.

Es brannte kein Licht im Haus. Auf leisen Sohlen schlich ich den Flur und die Stufen zum Wohnzimmer hinab in der Angst, dass jeden Moment der Lichtschalter klicken und mein spätes Heimkommen entlarven würde. Beinahe fühlte ich mich in die Highschool-Zeit zurückversetzt, in der Kat und ich versucht hatten, uns nachts am Schlafzimmer ihres Vaters vorbeizuschleichen, wenn wir mit den Mädels bis weit nach Mitternacht aus gewesen waren. Doch nichts dergleichen geschah. Stattdessen entdeckte ich Kats ausgestreckten Körper auf der Couch. Eine karierte Decke bedeckte ihre drahtigen, langen Gliedmaßen. Keine Spur von

Grace. Den Impuls unterdrückend, Kat die lose Strähne aus dem Gesicht zu streichen, zog ich mich in mein Zimmer zurück.

Gerade als ich dachte, in Sicherheit zu sein, flog die Tür wieder auf.

»Wo hast du gesteckt?«, herrschte Kat mich an. »Du hast auf keinen unserer Anrufe reagiert!«

Ich blinzelte perplex, da meine beste Freundin offenbar wirklich eine Antwort von mir verlangte. Normalerweise feuerte sie erst einmal all ihre Emotionen ab, ehe sie ihr Gegenüber zu Wort kommen ließ.

»Ich war bei Matt«, erklärte ich kleinlaut. »Und danach hat er mich zu seinem Bruder mitgenommen.«

Kats Augen weiteten sich. Ihr Ärger schien wie weggeblasen. »Das heißt ... ich meine ... bedeutet das ...?«

Ein zaghaftes Lächeln stahl sich auf mein Gesicht, während ich die Hitze in meinen Wangen spürte. »Ich bleibe hier, Kat. In der *Blauen Hortensie*. Bei Matt.« *Bitte, Gott, lass es sie nicht so hart treffen, dass ich hierbleibe,* flehte ich in Gedanken.

»Aber ... aber ... du hast deine Sachen gepackt.« Sie zeigte auf die Reisetasche, die ich achtlos aufs Bett geworfen hatte.

»Der Mensch plant seinen Weg ...«, zitierte ich einen ihrer Lieblingsverse aus der Bibel.

»... aber der Herr lenkt seine Schritte«, beendete Kat ihn. Sie ging von der Tür weg und ließ sich auf den Hocker der alten Frisierkommode fallen. Da sie meiner Mom gehört hatte, hatte ich es nicht übers Herz bringen können, sie wegzugeben – und das, obwohl Helen erbittert darum gekämpft hatte. »Ich hab also verloren«, flüsterte sie.

»Ach, Kat.« Ich ging vor ihr in die Hocke und ergriff ihre Hände. »Das war ja auch kein faires Spiel.«

Irritiert hob sie die Brauen.

»Na, hast du denn nicht seine umwerfenden Augen gesehen?«

Kat lachte und schubste mich um, sodass ich auf meinem Hintern landete. »Du verlässt mich also für seine Augen, ja?«

»Es sind ja nicht nur seine Augen ... Er ist großherzig, einfühlsam, loyal ...«

»Hab schon verstanden«, grummelte sie. »Also seid ihr jetzt ein Paar? So richtig?«

Ich nickte.

»Wow.« Kat wedelte sich demonstrativ mit der Hand die feuchten Augen trocken. Als würde das funktionieren. »Ich höre schon die Hochzeitsglocken läuten.«

»Krieg dich mal wieder ein. Du darfst bei uns wohnen, wenn du brav bist und deine Psychotricks in Seattle lässt.«

»Also so langsam wüsste ich gerne mal, welche Psychotricks du meinst.« Sie schüttelte den Kopf. »Und nein, danke«, fügte sie an. »Ich habe genug von der Landluft. Meine Lungen sehnen sich nach einer ordentlichen Prise Smog.« Kat half mir auf die Beine.

»Grace und ich ... wir haben uns wirklich Sorgen gemacht.«

»Es tut mir leid. Es war nur alles zu viel. Aber zumindest habe ich eine Nachricht geschickt.« Das musste doch honoriert werden.

Sie nickte und kehrte zur Tür zurück. »Wir reden morgen. Schlaf gut.«

»Danke, Kat.« Ich verlieh meiner Erleichterung mit einem Seufzen Ausdruck. »Gute Nacht.«

Meine Freundin schloss die Tür, nur um sie gleich wieder zu öffnen. Sie steckte ihren Kopf hindurch und das fiese Grinsen auf ihrem Gesicht hätte mir eine Warnung sein müssen. »Ach, und Maddie ...«

»Ja?«

»Wir haben versucht, dich anzurufen, weil Helen eine Nachricht für dich auf dem AB hinterlassen hat.«

Helen wollte mich sprechen? Mein Herz begann zu rasen. Hatte sie den Brief vielleicht doch noch gefunden? Oder gab es Probleme mit der Geldtransaktion? Warum sollte sie sonst ...?

»Sie hat den Brief«, unterbrach Kat das Gedankenkarussell.

Mein Herz machte einen Hüpfer. Jetzt war ich hellwach.

»Und nun wirst du bis morgen warten müssen, um ihn abzuholen. Guteee Naaaaacht!«, trällerte sie, bevor sie abermals die Tür schloss. Ich hörte sie summend den Flur hinabhüpfen. Nach dieser Neuigkeit war eine weitere schlaflose Nacht vorprogrammiert.

Das hatte Kat mit Absicht gemacht.

Kapitel 59

Maddie

Es braucht keinen Roman.
Manchmal reichen drei Worte aus,
um dein Herz zu erreichen.

Dank des Internets wusste ich, dass das *Once Upon a Time* erst um 10 Uhr öffnete. Obwohl es mir in den Fingern kribbelte, entschied ich, bis mindestens eine Minute nach zehn zu warten, bevor ich Helen mit Anrufen bombardierte. Die halbe Nacht hatte ich an den Brief denken müssen. Nicht mal das Niederschreiben meiner Gedanken, was mir sonst immer beim Einschlafen half, hatte funktioniert.

Auf meine nächtliche, verzweifelte Nachricht hin hatte mir Matt angeboten, sich heute Morgen mit mir am Wasser zu treffen. Als ich an unserem Platz ankam, war es noch dämmrig. Meine Taschenlampe umklammernd, sah ich Matt aus der Ferne zu, wie er Gestrüpp am Ufer entfernte. Am Abend begann sein neuer Angelkurs. Zehn Wochen lang würde er fünf Teilnehmern seine Tipps und Tricks beibringen. Bevor es jedoch losging, musste noch Gewässerpflege betrieben werden.

Pepper spitzte die Ohren, als ich auf einen kleinen Ast trat. Matt drehte sich zu mir um, während sein Hund auf mich zugelaufen kam. Ich begrüßte beide mit einer Umarmung.

Matt musterte mein Gesicht eingehend. »Du hast kaum geschlafen, oder?«

Ich schüttelte den Kopf. »Kann ich dir helfen? Ich brauche Ablenkung.«

»Hilfe ist immer willkommen.«

Wir waren so sehr damit beschäftigt, ungebetenes Dickicht zu entfernen und große Äste in Ufernähe aus dem Wasser zu ziehen – um Hänger zu vermeiden, wie Matt mir augenzwinkernd mitteilte –, dass ich kaum bemerkte, wie es hell wurde. Als ich realisierte, dass der Schein meiner Stirnlampe gar nicht mehr zu sehen war, sah ich in den Himmel und beobachtete das Naturschauspiel in all seiner Farbenpracht. Sonnenstrahlen brachen durch die Zweige der Bäume entlang der Anhöhe. Die Temperatur stieg augenblicklich, sodass ich die Ärmel meines Pullis hochschieben musste, damit mir angesichts der anstrengenden Arbeit nicht gleich der Schweiß ausbrach.

Zwei Stunden später schickte Matt mich nach Hause. Grace saß auf einem der Verandasessel und erwartete mich bereits. Die Schiebetür stand einen Spalt offen, doch das Innere der *Blauen Hortensie* schien still und verlassen.

»Siehst müde aus.«

»Du hast meine Nachricht bekommen?«, überging ich ihre Bemerkung.

»Sonst wäre ich wohl kaum hier«, erwiderte sie.

»Ich wäre auch zu dir gekommen, um mich zu entschuldigen.«

»Gut zu wissen.« Grace griff lächelnd neben sich und streckte mir dann einen Kaffeebecher von *Sophies Little Sconery* entgegen.

Seufzend vor Dankbarkeit und neugierig auf ihren Lieblingskaffee trank ich den ersten Schluck. Und verzog gleich darauf das Gesicht. Klebrige, zuckersüße Pampe legte sich um meine Zähne. Zäh und krümelig.

Sirup und Zucker.

Kat sprang hinter der Gardine hervor und stimmte in Grace' Gelächter ein.

»Duuuu!«, wisperte ich. »Hast du etwa Bills gesamten Sirupbestand da reingekippt? Gib's zu, *du* bist der *Konditor*. Wieso bist du überhaupt schon wach?«

»Es war zwar ihre Idee«, meldete sich Grace zu Wort und zeigte auf Kat, »aber ich habe sie in die Tat umgesetzt.« Sie erhob sich stolz aus dem Korbsessel. Auf einmal war ihr Lachen wie weggewischt. »Wir haben uns Sorgen gemacht.«

»Ich weiß.« Ich betrachtete die Dielen am Boden, die eine neue Politur dringend nötig hätten. »Es ...« Die matschigen Fußabdrücke waren heute früh noch nicht da gewesen, oder? »Es tut mir leid.«

»Klingt mehr wie eine Frage als eine Entschuldigung«, bemerkte Grace.

»Was?« Irritiert sah ich zu den beiden auf. »Nein, es tut mir wirklich leid. Es ist nur ...«

Kat folgte meinem Blick. »Woher kommen die Schuhabdrücke?«, fragte sie.

Grace ging hin und setzte ihren Fuß daneben. »Meine sind's nicht.«

Offensichtlich nicht, denn sie waren bestimmt sechs Nummern größer. »Vielleicht von den Männern«, mutmaßte sie schulterzuckend. Als sie an mir vorbei ins Haus wollte, hielt sie inne und stupste mich an. »Gut abgelenkt, Maddie.«

Ich drückte die Schultern durch und sah von einer zur anderen. »Die *Zucker-im-Kaffee*-Nummer hab ich wohl verdient.«

»Hast du«, bestätigte Kat und Grace nickte übertrieben.

»Das nächste Mal haust du nicht einfach ab, ohne zu sagen, wohin du gehst, und bleibst dann die halbe Nacht lang fort.«

»Ich verspreche es.«

Kat starrte mich mit ihrem Todesblick nieder. Sekunden verstrichen, in denen ich den Atem anhielt. Schließlich zog sie mich in ihre Arme. Grace schloss sich uns an.

»Wir sind für dich da«, flüsterte Kat, meine beste Freundin, bessere Hälfte und persönliche Psychologin. »Jetzt lass uns endlich das Geheimnis dieses Briefs lüften.«

»Dads oder Matts?«

Die beiden Frauen sahen mich verwirrt an. Ich hatte ihnen eine ganze Menge zu erzählen.

Grace hatte nicht nur Kaffee, sondern auch Schokocroissants und Sandwiches mitgebracht. Sie bot mir einen neuen Becher an, doch ich traute der Sache nicht und brühte mir vorsichtshalber selbst einen Kaffee mit dem hauseigenen Vollautomaten auf. Kat trank ihren nur zur Hälfte, aber ich würde auch in Zukunft keinen mehr von ihr austrinken. Die Frau hatte den gesunden Bezug zu Zucker verloren.

Wir frühstückten und ich berichtete ihnen von der Aussprache zwischen Matt und mir. Sie hätten seinen Brief gern gelesen, doch diesen Liebesbeweis würde ich mit niemandem teilen. Zumal es *meinem Freund* – diese Bezeichnung klang so aufregend und Angst einflößend zugleich – bestimmt nicht gefallen würde, wenn andere diese Zeilen lasen. Grace war völlig aus dem Häuschen, dass der geheimnisvolle Matthias Barnett mich seinem Bruder vorgestellt hatte. Nicht nur einmal fragten sie mich, wann geheiratet werde. Das Klischee passte zu meinen beiden Freundinnen und – wenn ich ehrlich war – auch zu mir. Aber wie ich damals zu Tante Charlotte schon gesagt hatte: Ich mochte Klischees. Natürlich wollte ich heiraten, Kinder bekommen, glücklich bis an mein Lebensende sein ... und das mit Matt. Doch wir standen noch ganz am Anfang unserer Beziehung und ich würde mich nicht stressen lassen.

Während ich erzählte, vergaßen wir die Zeit, und als ich das nächste Mal auf die Uhr sah, war es schon fünfundzwanzig Minuten nach zehn. Hastig wählte ich Helens Nummer. Kat und Grace zankten sich neben mir um die Vorherrschaft, wer das Ohr mit ans Handy pressen durfte.

»Seid still!«, zischte ich keine Sekunde zu früh, denn mein Anruf wurde im selben Augenblick entgegengenommen.

Grace hatte sich den Vormittag freigenommen. Wir kannten uns erst seit wenigen Wochen, doch ihre Loyalität mir gegenüber rührte mich zutiefst. Ich liebte sie dafür. Obwohl es offensichtlich war, dass sie auch aus Neugier mitkam.

Wir fuhren direkt im Anschluss an das Telefonat nach Snohomish. Das *Once Upon a Time* war gut besucht an diesem Morgen, dennoch nahm sich die Inhaberin einen Moment Zeit und führte uns in ihr kleines Büro. Den Brief, so erklärte sie, habe sie in die Schublade ihres Sekretärs gelegt. Wir folgten ihr, während sie weitersprach und das Thema geschickt auf Moms Frisierkommode lenkte. Doch meine Gedanken waren ganz woanders. Ein gerahmtes Stickbild stand auf dem sehr alt und rustikal aussehenden Möbelstück. Es zierte ein simples Kreuz und die Worte: *I AM LOVED.*

Während ich den Satz immer und immer wieder las, traten mir Tränen in die Augen. Helen, die weitergesprochen hatte, ohne dass ich ihr zuhörte, zog irritiert die Brauen zusammen. Kat, die neben mir stand, schlang ihre Finger um meine. Ob sie wusste, was in mir vorging? Die Berührung erdete mich und ich hatte das Gefühl, zum ersten Mal seit zehn Jahren wieder klar sehen – frei atmen – zu können. Ich holte tief Luft und ließ alle Emotionen zu, die ich seit Langem verdrängt hatte. Sie prasselten auf mich ein, drückten mich aber nicht nieder. Denn am Ende zählte nur das eine.

Mit jedem weiteren Atemzug durchlebte ich eine andere schmerzhafte Erinnerung. Einzeln betrachtete ich sie, atmete tief ein, gestand mir den Schmerz zu, atmete aus und ließ sie los. Ich vergab den Menschen, die mir wehgetan hatten. Vergab mir selbst. Denn auch ich hatte andere verletzt. Ob bewusst oder unbewusst. Aber am Ende zählte nur das eine.

Ich. Bin. Geliebt.

Ich war es wert, geliebt zu werden. Kat hatte so recht: Es war unsere eigene Entscheidung, die Liebe Gottes anzunehmen.

Ich bin geliebt – das Gefühl, das dieser kurze Satz in mir auslöste, war vergleichbar mit jenem, das ich auf der *Fair* empfunden hatte. Hoffnung. Nur dass sie diesmal noch viel tiefer reichte. Hoffnung, so heißt es, versetzt Berge. Aber die Liebe ... sie überwindet alles. Das Wissen, geliebt zu sein, schenkte mir den inneren Frieden, den ich so lange vermisst hatte, ohne dass es mir überhaupt bewusst gewesen war.

Es spielte keine Rolle, was in diesem Brief stand. Natürlich konnte das, was mein Vater mir am Ende seines Lebens zu sagen gehabt hatte, ebenso schmerzhaft wie erlösend sein. Doch ganz egal, was es war, nichts konnte mir diese Erkenntnis wieder nehmen.

I AM LOVED.

Von meinen Freunden, meiner Familie ... und selbst wenn es nicht so wäre ... Gott liebte mich. Immer. Bedingungs- und grenzenlos.

Nein, dieses Wissen konnte mir keiner mehr nehmen. Und dennoch war ich froh, Freundinnen wie Kat – die mir mit einer einzigen Berührung stumm Beistand leistete – und Grace – die Helen in ein Gespräch über ihre Zimmerpflanzen verwickelte, um mir einen Moment der Ruhe zu verschaffen – an meiner Seite zu haben.

Den Weg der Wiederherstellung musste ich nicht alleine gehen.

Kapitel 60

Maddie

Der schmale Grat, auf dem ein Autor wandelt, erfordert Empathie; denn die Feder kann sowohl Trost spenden als auch alte Wunden wieder aufreißen.

Auf dem Weg nach Hause herrschte unheimliche Stille im Corolla. War ich selbst noch in der Lage gewesen hinzufahren, fuhr nun Grace den Wagen zurück zum Storm Lake. Meine Hände auf dem Schoß hielten den Brief wie einen kostbaren Schatz. Oder einen Pizzakarton. Je nachdem, wer diese Szene beschreiben würde.

Kat lehnte sich auf dem Rücksitz nach vorne und linste mir über die Schulter. »Hab ganz vergessen, was für eine saubere Handschrift Frank hatte.«

Mit zusammengepressten Lippen nickte ich. Gerade für einen Mann war sie sehr ordentlich und filigran. Das *M* in Madison besaß einen nahezu perfekten Schwung.

Mein Name war das Einzige, was auf dem Umschlag stand. Während der unbeabsichtigten Reise des Briefs hatte das Papier gelitten. Knicke und fettige Fingerabdrücke überzogen Front- und Rückseite. Es war ein kleiner Gegenstand und dennoch besaß sein Inhalt so große Macht. Worte *waren* mächtig. Das hatte ich schon in meiner Jugend erkannt. Doch wie mächtig, das spürte ich nun am eigenen Leib. Es war nicht leicht, Dads Handschrift anzusehen. Der Stich, den ich noch vor einigen Wochen in Nathans Arbeitszimmer verspürt hatte, als ihn mir der Nachlassverwalter überreichte, blieb jedoch aus.

Grace parkte den Corolla neben Kats Auto. Erde, Blätter und Blütenstaub, durch den Regen zu unansehnlichen Schlieren verlaufen, bezeugten, dass es seit längerer Zeit nicht bewegt worden war. Es würde mich nicht wundern, wenn Kat erst einmal einen Mechaniker benötigte, um nach Seattle aufbrechen zu können. Grace warf meiner Freundin einen amüsierten Blick zu, doch Kat tat einfach so, als hätte sie ihn nicht bemerkt. In manchen Punkten war ihr Selbstbewusstsein wirklich bemerkenswert.

»Ich wäre gerne allein«, platzte es aus mir heraus, da meine Freundinnen mir wie gewohnt folgten.

Kat kämpfte sichtlich mit ihren Emotionen – krause Stirn, zusammengepresste Lippen, flehender Blick. Natürlich wollte sie bei mir sein, wenn ich den Brief las. Außerdem kannte sie mich besser als jeder andere Mensch und hatte bisher immer mit Popcorn in der ersten Reihe sitzen dürfen. Kurz schloss sie die Augen, nickte aber.

»Sollen wir was zu futtern besorgen?«, fragte Grace.

Das entlockte mir ein Lächeln. Nervennahrung war für Grace essenziell, um gut durch den Tag zu kommen.

Kat kehrte um und schlenderte mit den Händen in ihren Gesäßtaschen zu Grace' Auto, das aufgrund mangelnder Parkplätze halb im Wald, halb auf der Straße stand.

Grace schüttelte schmunzelnd den Kopf. »Ruf einfach an, wenn du so weit bist.« Sie stupste mich mit der Schulter an und senkte ihre Stimme. »Ich nehme sie mit in den Garten. Es wäre doch gelacht, wenn wir sie nicht noch zum Landmädchen bekehren könnten.«

Beinahe lachte ich laut los, was Kat sicher misstrauisch gemacht hätte.

Zum Abschied winkten wir uns zu, dann drehte ich mich entschlossen dem Pfad zur *Blauen Hortensie* zu. Ich wollte an dem Ort sein, den mein Vater für diesen Brief ausgewählt hatte.

»*Den sollst du öffnen, wenn du am Haus bist*«, hatte Nathan gesagt. Es musste der richtige Ort sein. Die richtige Stimmung und die richtige Zeit.

Hinter all diese Punkte konnte ich einen Haken setzen, dennoch zog ich mir erst einmal einen Kaffee. Die Schiebetür weit aufgeschoben, um die frische Luft und das Vogelgezwitscher hereinzubitten, ließ ich mich auf die gemütliche Couch sinken. Bevor ich den Brief jedoch öffnete, faltete ich die Hände und sprach ein Gebet, das mir schon lange auf dem Herzen lag. Ich bat um Vergebung, um Führung, Kraft und den Mut, dem entgegenzutreten, was mich mit diesen Zeilen erwarten würde. Ich hoffte auf Versöhnung, bereitete mich aber trotzdem auf alles vor.

Mit zittrigen Händen und seltsam tauben Fingern schlitzte ich mit Dads altem Fischbrieföffner den Umschlag auf. Das Geräusch fuhr in mich wie das Tafelquietschen unter Fingernägeln. Mein Vater war derjenige gewesen, der den Briefumschlag verschlossen hatte. Er hatte den Stift geführt, der diese Seiten gefüllt hatte. Es war sein letzter Gruß an mich. Nachdem ich den Brief gelesen hätte, würde ich nie wieder von ihm hören. Danach gäbe es keine weiteren Nachrichten mehr.

Mein Atem beschleunigte sich, doch ich faltete mutig das Papier auseinander.

Geliebte Madison,

sicherlich kannst du dir vorstellen, wie schwer es ist, diese Zeilen zu schreiben. Wie fasst man in wenigen Worten zusammen, was über Jahrzehnte hinweg versäumt worden ist?
Es ist wahr, was die Leute sagen: Wenn sich das eigene Leben dem Ende neigt, unterzieht man es einer Bewertung. Ich habe eine Liste geschrieben. Mit all den guten und den schlechten Dingen. Auf der guten Seite steht, worauf ich am meisten stolz bin. Die Ehe mit deiner Mom zählt dazu. Dich zur Tochter zu haben ebenfalls.
Ich habe stets versucht, den guten Kampf zu kämpfen. Aber leider gibt es auch einige Punkte, die auf dem schlechten Teil der Liste stehen. Meine Fehler und Versäumnisse.
Dir ein guter Vater zu sein, ist mein größtes. Nach Teresas Tod habe ich mich zurückgezogen in dem Glauben, dir ginge es ohne

mich besser. Ich nahm an, später noch genügend Zeit zu haben, um deine Zuneigung zurückzugewinnen. Es war zum einen eine faule Ausrede, weil ich zu feige war, mich deiner Anklage zu stellen, zum anderen eine Art Selbstbestrafung. Wenn man jung ist, Mads, glaubt man, alle Zeit der Welt zu besitzen. Aber nun läuft sie mir buchstäblich davon. Dieser letzte Brief ist mein Versuch, dich um Vergebung zu bitten.
In einer Sache waren wir uns immer einig: Es war meine Schuld, dass deine Mom sterben musste. Meiner Fehlplanung ist es geschuldet, dass sie an jenem Tag selbst gefahren ist, obwohl sie nicht dazu in der Lage war. Das hat dich die Mutter, aber in gewisser Hinsicht auch den Vater gekostet. Denn mit ihr starb ein Teil von mir. Du hättest eine Vertrauensperson gebraucht, die dir hilft, erwachsen zu werden. Stattdessen hast du einen überforderten und gebrochenen Mann bekommen, der nicht wusste, wie er der eigenen Tochter noch in die Augen sehen konnte.
Aber auch vor Teresas Tod konnte ich dir die Liebe nicht zeigen, die ich für dich empfand. Jedenfalls nicht so, wie du es gebraucht hättest.
Für mich war es als kleiner Junge immer das Größte, wenn dein Großvater mich mit zum Angeln genommen hat. Wenn er mir seine Zeit opferte, fühlte ich mich wertgeschätzt. Als unerfahrener Vater dachte ich: Was bei mir funktioniert hat, funktioniert auch bei dir. Viel zu spät erkannte ich, wie falsch ich lag. Dir muss es egoistisch erschienen sein. Aber sei versichert, meine Motive waren reinen Herzens und hatten nichts mit mangelnder Liebe zu tun.
Nach Teresas Tod wurde es schlimmer. Ich wusste nicht, wie ich dich dazu bringen sollte, mir zu vergeben, wo ich es ja nicht einmal selbst schaffte. In meiner Wut und Trauer dachte ich, dass ich wenigstens das für dich sein konnte, was du laut meiner verletzten Seele am meisten gebraucht hast: jemanden, dem du die Schuld an allem geben konntest und der dich nicht mehr mit seiner Gegenwart quält. Deshalb habe ich auch deinem Umzug

zu Kat zugestimmt. Es schien, als ob dir der Abstand helfen würde. Und mir gab es eine perverse Form von Genugtuung, mich mit deiner Abwesenheit selbst zu bestrafen. Es war viel einfacher, sich in Selbsthass und Mitleid zu verlieren, als um dich zu kämpfen. Aber der leichte Weg ist selten der richtige, Mads. Das habe ich mittlerweile erkannt. Durch mein Handeln haben wir einander verloren. Erst Charlottes Aussage, dass du viel mehr einen anwesenden Vater gebraucht hättest anstatt einer Person, die du hassen konntest, führte zu meinem Entschluss, dir diesen Brief zu schreiben.

Ich hätte um dich kämpfen müssen. Stattdessen habe ich zugelassen, dass du mich aus deinem Leben streichst. Diese Erkenntnis kommt spät. Hoffentlich nicht zu spät. Aber ich befürchte, du wirst es mir für immer übel nehmen, dass ich nicht die Courage besessen habe, dich zu meinen Lebzeiten um Entschuldigung zu bitten. Doch das Letzte, was ich will, ist, dass du dich aufgrund der Krankheit verpflichtet fühlst, mir zu vergeben. Viel lieber möchte ich, dass du es aus freien Stücken tust. Selbst wenn das bedeutet, deine Entscheidung nicht mehr miterleben zu können. Es ist meine Hoffnung, dass du dich nicht immer nur im Groll an mich erinnerst, sondern auch der Momente gedenkst, in denen wir glücklich waren. Denn das waren wir. Genau hier an diesem Ort. Bitte gib der Blauen Hortensie und dem See noch eine Chance. Nicht weil ich hier gern geangelt habe. Nein, weil es ein Ort ist, den deine Mutter und ich sehr geliebt haben.

Wusstest du, dass es ihre Idee war, das Haus zu kaufen? Es ist schon lange her, dass wir es besichtigt haben. Aber ich habe Teresas strahlendes Gesicht, die geröteten Wangen und das Funkeln in ihren Augen bis heute nicht vergessen. Zu jener Zeit hieß die Blaue Hortensie noch anders, den Namen hat sich deine Mutter erst später ausgedacht. Damals haben wir oft Ausflüge an den See unternommen. Teresa hat dann immer auf ihrem Skizzenblock gezeichnet, während ich geangelt habe. Eines Tages wollte sie unbedingt einen Spaziergang am Wasser entlang ma-

chen. Es dauerte nicht lange, da fiel ihr das Schild auf: Häuser zu verkaufen.

»Lass sie uns nur mal zum Spaß anschauen«, hat sie gesagt. Doch als sie die Blaue Hortensie entdeckte, wusste ich sofort, dass wir es kaufen würden. Dass deine Mutter gar nicht anders konnte.

Der Name sollte Programm sein. Die Version eines Seehauses, umstellt von blauen Hortensienkübeln, ging ihr nicht mehr aus dem Kopf. In meinem Zimmer findest du alte Briefe von ihr, in denen sich unzählige Skizzen davon befinden. Sie wollte, dass ich das Haus nach ihren Vorstellungen umgestalte.

Dazu kam es leider nie. Zuerst war es das Geld, das fehlte, dann durchkreuzte das Leben unsere Pläne. Nach ihrem Tod brachte ich es nicht mehr übers Herz. Es war doch ihr Traum gewesen und nicht meiner. Wieso sollte ich das Recht haben, die Erfüllung dieses Wunsches allein zu erleben? Heute, am Ende meines eigenen Lebens angekommen, denke ich anders darüber. Der Gedanke, dass jemand das Werk vollenden könnte, erfüllt mich mit Freude.

Dieses Haus gehört nun dir, Mads. Dir allein. Du kannst damit machen, was immer du willst. Verkauf es, vermiete es. Lass es herunterkommen, auseinanderfallen und von der Natur zurückerobern. Ich würde es dir nicht verübeln. Doch es würde mich und deine Mutter sehr glücklich machen, wenn du ihm zu seiner Bestimmung verhilfst.

Wie du dich auch entscheidest, tu es in dem Wissen, dass wir dich lieben und immer lieben werden. Du bist ein Geschenk Gottes. Als solches haben wir dich immer betrachtet.

Jetzt kehre ich heim und bekomme die Gelegenheit, mich dafür zu bedanken. Sei nicht traurig, kleine Madison. Ich weiß, wo sich meine bleibende Stätte befindet, wer dort auf mich wartet und worauf ich hoffen darf. Mir tut es nur um uns leid. Ich wünschte, die Dinge wären anders verlaufen. Ich wünschte, ich wäre dir ein besserer Vater gewesen. Vergib mir!

Ich gehe in dem Wissen, dass du zu einer starken, ehrlichen jungen Frau herangewachsen bist. Ein Vater könnte nicht stolzer auf seine Tochter sein.

In ewiger Liebe

Frank

Die letzten Zeilen verschwammen vor meinen Augen. Heiße Nässe lief meine Wangen hinab, doch ich begriff erst, dass es Tränen waren, als große Tropfen auf das Papier fielen und die Tinte verschmierte. Schnell wischte ich mir übers Gesicht, aber sie kamen so rasch nach, dass die Bemühungen vergebens waren. Als versuche man, die Wellen mit einem Wasserschieber vom Ufer fernzuhalten. Um den Brief in Sicherheit zu bringen, legte ich ihn beiseite. Ich leerte beinahe die gesamte Kleenex-Box, während ich meinen Gefühlen gestattete, ungehindert aus mir herauszufließen.

Irgendwann fiel ich erschöpft auf die Seite, die Quelle der Tränen schien versiegt zu sein. Aus diesem merkwürdigen Blickwinkel betrachtete ich lange den Brief meines Vaters. Er war das Letzte, was ich sah, bevor mir die Augen zufielen.

Kapitel 61

Matt

Unter den Fishing Guides gilt ein »Ehrenkodex«, der Respekt vor den Gebieten eines Kollegen verlangt.

Den gesamten Tag lang wartete Matt auf eine Nachricht von Madison – vergebens. Seine Gedanken kreisten pausenlos um sie und er war kurz davor, den Beginn seines Angelkurses zu verschieben, um den Abend über für sie da zu sein. Sie wollte, dass er abwartete, bis sie sich meldete. Er hatte dem zugestimmt, ohne zu wissen, was für eine Qual es werden würde.

Mads letzte WhatsApp war von 11:32 Uhr. Sie seien auf dem Heimweg, hatte sie ihm mitgeteilt. Danach nichts mehr. Nothing. Nada. Niente.

Dass ihn Roger früher Feierabend machen ließ, weil er ja den ganzen Abend Kurse geben würde, half noch weniger. Anstatt sich mit Arbeit ablenken zu können, starrte Matt nun abwechselnd das Wandtelefon und sein Handy an, das vor ihm auf dem Couchtisch lag. Die Lautstärke auf Maximum gestellt und mit dem Display nach oben.

»Das ist doch lächerlich!«, schnaubte er und stand energisch auf. Angespannt fuhr er sich durch die Haare. Vielleicht würde er es Grace bald erlauben, ihm die lange Mähne zu schneiden. Bei jedem zweiten Treffen nervte sie ihn damit. Außerdem würde Madison so oder so seine ganze Geschichte erfahren. Narben ließen sich in einer Beziehung schwer verstecken. Dabei war es egal, ob sie psychischer oder physischer Natur waren. Seufzend verließ er den Raum und ging in die Küche. Pepper sprang von seinem Kissen auf und folgte ihm.

Gerade als er sich Kaffeenachschub einschenkte, meldete sich sein Smartphone zu Wort. Matt ließ alles stehen und liegen und stürmte zurück ins Wohnzimmer. Der Chat mit seiner Freundin war noch geöffnet, doch es war keine neue Nachricht eingetroffen. Stirnrunzelnd rief er die Übersicht auf. Eine unbekannte Nummer. Sobald er den Chat aufrief, erkannte er, wem sie gehörte.

Kat.

Hast du was von ihr gehört?, fragte sie. Ohne ein Wort der Begrüßung oder eine Erklärung, woher sie seine Nummer hatte. Ersteres wunderte ihn kaum. Kats Manieren ließen des Öfteren zu wünschen übrig.

Nein, antwortete er. *Du?*

Sie hat uns weggeschickt, um den Brief zu lesen. Seitdem herrscht Funkstille.

Wann war das?

Ungefähr um zwölf.

Matt sah auf die Zeitanzeige in der rechten oberen Ecke seines Handys. Es war mittlerweile halb acht. Eisige Kälte fuhr ihm durch den Körper.

Meinst du, es geht ihr gut?

Seine Sorge wurde realer. Tausend Fragen geisterten ihm durch den Kopf. Wie lang war es her, dass sie den Brief gelesen hatte? Hatte sie ihn sofort geöffnet oder sich erst einmal mental darauf vorbereiten müssen? Warum meldete sie sich weder bei ihm noch bei ihrer besten Freundin? Hatte sie sich etwas angetan?

Nein, das würde sie niemals tun.

Oder etwa doch?

Kannst du mal nach ihr sehen?, schrieb Kat, ohne auf seine Frage einzugehen.

Wo bist du überhaupt? Matt hielt es genauso wie sie. Keine Antworten, nur Gegenfragen. Dabei hatte er bereits eine Vermutung.

Ich durfte Grace beim Beetumgraben helfen. Ein augenverdrehender Smiley folgte ihrer Nachricht. *Jetzt bin ich bei ihr zu Hause. Ich mache mir wirklich Sorgen, Matt.*

Matt strich sich fahrig durch die Haare. Mehrmals. Die Sorge ließ sich nicht abschütteln. Doch er kämpfte dagegen an, gleich am ersten Tag ihrer Beziehung zu einem besitzergreifenden, neugierigen Obermacho zu mutieren.

Sie braucht bestimmt nur etwas Abstand, versuchte Matt die Situation vernünftig und rational einzuschätzen. Wenn er Kat beruhigen konnte, dann vielleicht auch sich selbst.

Ja, mit Sicherheit hast du recht, stimmte sie ihm zu. *Aber was, wenn nicht?*

Was, wenn nicht? Sollte die Wahrscheinlichkeit unter einem Prozent liegen, wollte er dieses Risiko dennoch nicht eingehen. Einfach bei ihr zu Hause auftauchen und klingeln, nachdem sie ihn um etwas anderes gebeten hatte ... schwierig. Er schaute erneut auf die Uhr. In einer halben Stunde fing sein Kurs an. Sollte sie danach immer noch kein Lebenszeichen von sich gegeben haben, würde er ihr einen Besuch abstatten, Versprechen hin oder her.

Wenn sie sich bis 23 Uhr nicht gemeldet hat, gehe ich im Anschluss meines Kurses am Haus vorbei.

Und schaust wie ein Stalker durch die Fenster?

Matt mochte es nicht, sich mit Menschen zu schreiben, die er nicht gut kannte. Es fiel ihm schwer zu sagen, ob Kat das als Spaß meinte oder ernsthaft schockiert war. Zu seinem Glück fügte sie nach einer kleinen Pause einen zwinkernden Smiley an. Mit einem erleichterten Ausatmen schrieb er: *Hast du etwa eine bessere Idee?*

Ihm wurde angezeigt, dass Kat tippte. Lange. Schließlich kam nur ein Wort zurück.

Okay.

Endlich waren sie mal einer Meinung.

Kapitel 62

Maddie

*Ein Schriftsteller fühlt sich in jedem Abschnitt
seiner Geschichte zu Hause.*

Meine Lider waren schwer. So schwer. Doch die Sanftheit der Traumwelt verlieh mir die Fähigkeit zu fliegen. Leicht und ungebunden, losgelöst von meinen irdischen Problemen und Sorgen. Hier wollte ich bleiben. Mich dieser Ruhe und dem Frieden hingeben. Wäre da nicht dieser schrille Ton, der mich dazu zwang, meine müden und verquollenen Augen zu öffnen. Mein Geist kämpfte sich mühsam in die Realität zurück. Blinzelnd erwachte ich und fand das Wohnzimmer der *Blauen Hortensie* in Dunkelheit gekleidet vor. Wie viel Uhr es wohl war? Ich musste auf der Couch eingeschlafen sein. Mein schmerzender Nacken bedankte sich. Ich eilte zur Schiebetür und schloss sie. Gruselige Vorstellung, dass sie während meines Nachmittagsschläfchens die ganze Zeit offen gestanden hatte.

Anschließend ging ich zu meinem Handy, das auf dem Küchentresen lag und von dem der Ton gekommen war, der mich geweckt hatte. Meine Freunde mussten halb krank vor Sorge sein, weil ich mich so lange nicht gemeldet hatte – schon wieder. Aber den Schlaf hatte ich dringend benötigt, auch wenn meine Knochen bei der kleinsten Bewegung ächzten. Ich weiß nicht, was ich erwartet hatte. Mehrere verpasste Anrufe und haufenweise Chatnachrichten auf jeden Fall. Doch weder Kat noch Grace oder Matt hatten versucht, mich zu erreichen. Unsicher, ob ich darüber erfreut oder enttäuscht sein sollte, entsperrte ich den Bildschirm, um nach der Ursache des Alarms zu forschen. Die leuchtende Uhr auf dem Display zeigte kurz vor elf an. Wow, hatte ich lange geschlafen. Trotz des Kaffees. Möglicherweise sollte mir das eine Warnung sein, meinen Koffeinkonsum zu überdenken.

Mit wenigen Fingerklicks hatte ich den Kalender geöffnet.

Mist.

Mist. Mist. Mist.

Durch mein ganzes Drama hatte ich Tante Charlottes Geburtstag vergessen. Normalerweise schickte ich ihr zu diesem Anlass immer ein Päckchen mit amerikanischen Süßigkeiten. Sofort schrieb ich mir eine Notiz ins Handy, damit ich das gleich morgen nachholte. Mein Blick wanderte zurück zur Uhrzeit. 11 Uhr hier war 8 Uhr morgens bei ihr. Wollte ich sie erwischen, bevor sie aus dem Haus ging, musste ich sie jetzt anrufen. Zwar hätte ich nach dem heutigen Tag gerne noch gewartet, ehe ich mit der Schwester meiner Mom sprach, doch ich wählte pflichtbewusst ihre Nummer.

»Madison«, begrüßte sie mich mit deutlichem Akzent. Auch wenn ihr Englisch ausgezeichnet war, hörte man, dass Deutsch ihre Muttersprache war. »Wie schön, dass du anrufst. Es muss doch schon spät bei euch sein.«

Das war typisch Tante Charlotte. Sie ließ einen selten zuerst zu Wort kommen. Das hatten Kat und sie definitiv gemein.

»Happy Birthday, liebes Tantchen«, trällerte ich. »Gott segne dich.«

»Danke! Erzähl mir, Kindchen, wie ergeht es dir?«

Sie sprach das Haus nicht an, aber sie wusste, dass ich vor wenigen Wochen hierher aufgebrochen war. Schließlich war sie bei der Nachlassverkündung anwesend gewesen. Auch wenn sie sich, Charlotte-untypisch, im Hintergrund gehalten hatte. Nachdem ich nun Franks Abschiedsworte kannte, ergaben ihre letzten Worte vor der Abreise endlich Sinn.

Glaub der Lüge nicht.

»Ich habe den Brief gelesen«, erwiderte ich und überging damit ihre Frage nur auf den ersten Blick.

»Oh, Maddie«, entfuhr es ihr seufzend. Es lag so viel Mitgefühl, Trauer und Erschöpfung in diesem Ausruf. Also wusste sie zumindest ungefähr, worum es darin ging.

»Wieso hast du mir nie gesagt, dass Mom dieses Haus so geliebt hat?«, platzte es aus mir heraus. Meine belegte Stimme verriet die Tränen, die mir plötzlich über das Gesicht liefen. Mir war nicht klar gewesen, dass ein Mensch so viel Flüssigkeit verlieren konnte und trotzdem immer noch die Fähigkeit zum Weinen besaß.

»Ach Liebes. Frank war der Meinung, ich solle mich nicht einmischen. Ich musste es ihm versprechen.«

Bevor ich weitersprechen konnte, schluckte ich mehrmals. »Gibt es noch mehr, was ich wissen sollte?«

»Ja«, hauchte sie in den Hörer. In ihrer Stimme klangen nun auch Tränen mit. »Wenn dich meine Meinung interessiert.«

»Natürlich«, presste ich zerknirscht hervor. Denn so selbstverständlich, wie ich tat, war das nicht. Vor wenigen Wochen noch hatte ich nicht das Geringste davon wissen wollen.

»An dem Tag, als Teresa starb ...« Sie atmete tief ein und aus, bevor sie neu begann. »Wir haben telefoniert. Es war gleich morgens, nachdem sie aufgestanden war. Ihr ging es nicht sehr gut und sie war im Zwiespalt, ob sie deinen Vater bitten sollte, die Verabredung abzusagen, oder eben nicht.«

»Warum war sie im Zwiespalt?«, fragte ich. Mir schien die Antwort darauf eindeutig.

»Der Mann, mit dem Frank zum Angeln verabredet war ... Er hatte kurz zuvor sein Kind verloren. Er suchte Hilfe und Trost bei deinem Vater, weil er wusste, dass Frank gläubig war. Er wollte hören, wo Gott in dieser Situation zu finden war.«

»Das habe ich nicht gewusst.«

»Wenn du mich fragst, Maddie, hat Gott dich an jenem Tag vor einem noch größeren Verlust bewahrt.«

Matt hatte mir gegenüber eine ähnliche Vermutung geäußert. Möglicherweise hätte ich damals beide Elternteile verloren, wären sie gemeinsam zur Versammlung der Hauseigentümer gefahren. Warum hatte Frank mir all die Jahre nichts davon erzählt?

»Ich verstehe das nicht«, krächzte ich und senkte die Stimme, da ich ihr nicht mehr trauen konnte. »Es wäre so viel einfacher gewesen, wenn ich das alles gewusst hätte.« Noch eine Spur leiser gestand ich: »Ich habe ihn gehasst, weil er nicht mit ihr gegangen ist. Weil er sein Hobby über Mom gestellt hat.«

»Ich weiß.« Charlotte schnäuzte etwas entfernt vom Hörer in ein Taschentuch, dann war sie wieder am Telefon. »Er konnte es sich selbst nie verzeihen. Und das, obwohl Teresa ihn dazu gedrängt hatte, die Angelverabredung wahrzunehmen.«

»Deshalb haben sie sich an dem Morgen gestritten?« Die Entgeisterung war mir deutlich anzuhören.

»Was dachtest du denn, weshalb?«

In Gedanken ging ich die Gesprächsfetzen durch, die ich von dem Streit mitbekommen hatte. Aber wenn ich ehrlich sein sollte, war mir kaum etwas davon in Erinnerung geblieben. Zu sehr war ich mit meiner Lektüre beschäftigt gewesen. »Ich dachte, sie wollte, dass er mitfährt, und er hätte sich darüber hinweggesetzt.«

»Nein, keineswegs. Er hat sich jahrelang Vorwürfe gemacht, weil er sich von ihr hatte überreden lassen, sie allein fahren zu lassen.«

»Und *ich* habe ihn in genau diesen Vorwürfen bestärkt. Ich war ...« Bestürzt fasste ich mir an die Stirn. Mir tat das alles so entsetzlich leid. Der Wunsch, ihm das mitzuteilen, sprengte fast mein Herz.

»Maddie, du warst verletzt. Dein Vater wusste das. Er hat nie ein schlechtes Wort über dich verloren.«

Dafür ich umso mehr über ihn. »Ich wünschte, ich könnte ihn um Vergebung bitten«, schniefte ich.

»In seinen Augen gab es nichts zu vergeben«, erwiderte Tante Charlotte resolut. »Aber wenn es dich danach verlangt, meine Süße, dann bring dein Anliegen vor den Herrn.«

Es war ein gutes Telefonat. Auch wenn ich mich davor gesträubt hatte, konnte ich mit Tante Charlotte ein dringend überfälliges Gespräch führen. Sie hatte die Dinge in ein anderes Licht gerückt und neben den ganzen Tränen, die währenddessen flossen, konnten wir am Ende auch miteinander lachen. Ich entschuldigte mich für meine zurückweisende Art und das versäumte Paket. Doch so gutherzig, wie sie war, verzieh meine Tante mir direkt.

Als ich nach dem Telefonat zum Couchtisch ging, um mir ein Kleenex zu holen, hörte ich Schritte auf den Verandastufen. Geistesgegenwärtig stürmte ich zurück zur Küche, löschte die kleinen Lampen an der Abzugshaube und eilte zur Alarmanlage. Mit dem Finger über dem Panikknopf und dem Handy bereits am Ohr checkte ich, ob die Anlage wirklich in allen Räumen aktiv war. Mir war, als hörte ich meinen eigenen Herzschlag. Plötzlich nahm ich im Augenwinkel eine Bewegung wahr, die mich blitzschnell herumfahren ließ. Mein Atem stockte angesichts der großen, dunklen Gestalt – doch da sah ich es. Ein Gesicht, nur kurz vom Mondschein erleuchtet.

Es war überhaupt kein Einbrecher, sondern ein in Outdoorbekleidung und Angelmütze gekleideter Matt, der wie ein irrer Stalker die Nase an die Fensterscheibe drückte. Dabei schirmte er seine Augen rechts und links mit den Händen ab, um besser sehen zu können, was sich im Inneren abspielte. Entdecken konnte er mich jedoch von seinem Standpunkt aus nicht. Langsam ließ ich das Telefon sinken. Der Mann hatte vielleicht Nerven.

»Notruf, was kann ich für sie tun?«, erklang die gedämpfte Stimme einer Frau.

»Oh, Verzeihung«, meldete ich mich schnell. Offenbar war ich auf den falschen Knopf gekommen. »Alles in Ordnung. Es war nur ein Missverständnis.« Ich legte auf und die Wut über Matts Verhalten verpuffte augenblicklich, als ich dabei die Uhrzeit sah. Er hatte meinen Wunsch nach Privatsphäre respektiert. Bis zu einem gewissen Punkt, an dem offenbar die Sorge überwogen hatte.

Trotzdem wollte ich ihn nicht so leicht davonkommen lassen.

Langsam schlich ich mich seitlich an die Schiebetür heran, während er weiterhin den dunklen Raum scannte. Dann, ohne Vorwarnung, sprang ich aus dem Schatten der Gardine mitten in sein Blickfeld. Wie erwartet stolperte Matt mit weit aufgerissenen Augen zurück. Für einen Moment tat er mir fast wieder leid. Doch im nächsten Augenblick stahl sich schon ein verlegenes Grinsen auf seine Züge.

Ich schob die Tür auf und musterte ihn. Offenbar war er direkt im Anschluss des Angelkurses hergekommen. Sein Outfit sowie der leicht fischige Duft, den ich an meinem Vater jahrelang verabscheut hatte, verrieten ihn. Der Geruch störte mich nicht länger, wie ich überrascht feststellte. Er gehörte zu Matt genauso wie das Aroma von Kaffee und das herbe Aftershave. Von dieser Mischung würde ich nie genug bekommen.

»Stalkst du mich?«, fragte ich mit vor der Brust verschränkten Armen.

Sein Lächeln verschwand. »Wir haben uns Sorgen gemacht«, antwortete er und ließ mich dabei die Ängste und die Unruhe der vergangenen Stunden von seinem Gesicht ablesen.

Ich sah zu Boden. »Sorry, ich bin eingeschlafen.«

»Schon okay. Ich bin froh, dass alles in Ordnung ist«, beteuerte Matt. »Also damit meine ich nicht ... dass du ... also ...«

»Du bist froh, dass ich mich nicht im See ertränkt habe?« Ein Grinsen stahl sich angesichts seiner Entrüstung auf meine Lippen.

Matt rieb sich den Nacken und sah dabei über die Schulter. Nach allem, was er mir erzählt hatte, wusste ich, dass sein Tick aus der Zeit stammte, als er noch viel mit Simon unterwegs gewesen war. Trotzdem irritierte es mich immer wieder. Sein Bruder war doch gar nicht in der Nähe.

»Hat Kat dich gebeten vorbeizuschauen?«

»Ja und nein. Ich wäre auch so gekommen.«

Seine Worte wärmten mein Herz. »Danke«, flüsterte ich und trat dichter an ihn heran.

»Du bist nicht wütend auf mich?« Seine Miene spiegelte Unglauben wider.

»Im ersten Moment war ich es«, gab ich wahrheitsgemäß zu. »Aber dann ist mir bewusst geworden, dass du mich aus Liebe stalkst.«

Matt wich ein Stück zurück. Seine Augenbrauen waren zu einer steilen Falte zusammengezogen. »Würdest du aufhören, es *stalken* zu nennen?«

Lachend griff ich nach seinen Händen und er ließ es zu. »Ich hätte genauso gehandelt.«

»Wirklich?«, fragte er und mir war klar, dass es hier um mehr als nur das »Stalking« ging.

»Ja«, stieß ich hervor, bevor mich der Mut verließ. »Ich liebe dich, Matt.«

Er holte zischend Luft.

»Warte«, beeilte ich mich hinzuzufügen. »Ich weiß, dass unsere bisherige Beziehung auf Lügen basiert hat oder zumindest auf ein paar kleinen *Verschwiegenheiten*.« Ich betonte das Wort so, dass man das Fragezeichen angesichts dieser Bezeichnung hören konnte. »Mir ist durchaus bewusst, dass es Zeit braucht, um diesen holprigen Start zu überwinden.«

Gerade brach der Mond wieder durch die Wolkendecke und verwandelte den See vor uns in einen Spiegel aus Quecksilber. Der Wind blähte die Kronen der Bäume und ließ ihr Gehölz knarzen. Es war ein magischer Moment. Wir hatten in den letzten Tagen viele Fortschritte hinsichtlich unserer Beziehung gemacht – wir hatten einander die Wahrheit gesagt, uns für eine gemeinsame Zukunft entschieden und uns ein Versprechen gegeben. Trotzdem trug ich noch eine Unsicherheit in mir, die in Momenten wie diesen hochkam: die Angst, allein zurückzubleiben. Matt zerstreute sie, indem er sich endlich rührte und seine Lippen auf meine senkte. Und doch wusste ich tief in mir, dass ich auch das überleben würde. Dass ich auch ohne Matts Zuneigung ein geliebtes Kind Gottes war. Trotzdem wünschte ich mir seine

Liebe – seine Hand in meiner in einer Beziehung auf Augenhöhe. Seine Rückendeckung trotz schwieriger Umstände, die das Leben mit sich brachte. Matts Schulter zum Ausweinen, wenn mich die Gefühle übermannten. Ich sah ihn in jeder erdenklichen Situation an meiner Seite. Und dieser Kuss gab mir Hoffnung, dass dieser Wunsch erhört wurde.

»Mads«, flüsterte Matt, nachdem wir uns voneinander gelöst hatten. Als er mir in die Augen sah, glaubte ich, dass er meine Gedanken darin lesen könne. »Ohne das Angeln – ohne diese *Verschwiegenheiten* –« Er unterbrach sich, um tief durchzuatmen. Es schien, als kostete es ihn einiges an Überwindung, seine Gefühle zu offenbaren. »Ohne das alles hätten wir uns nie so kennengelernt, wie wir es getan haben. Versteh mich nicht falsch ...« Er fuhr sich energisch über das Kinn, verzweifelt auf der Suche nach den richtigen Worten. »In einer Beziehung, in der Lügen an der Tagesordnung stehen, sehe ich keinen Sinn. Es ist falsch, egal wie man es dreht und wendet.« Wenn er mich aufbauen wollte, so ging dieser Versuch nach hinten los. Nicht weil ich nicht absolut seiner Meinung war, sondern weil mich die Schuldgefühle zu übermannen drohten. »Aber möglicherweise stünden wir, wäre es anders gelaufen, heute nicht dort, wo wir jetzt stehen«, bekräftigte er. »Und ich will hier stehen, Mads. Mit dir.«

Endlich verstand ich, was er auf so wirre Weise zu sagen versuchte. Er war kein Mann großer Worte, hatte er gesagt. Und vielleicht stimmte das. Doch er fand genau die Worte, die ich hören musste.

»Ich will keinen Epilog, Mads. Das große Happy End, wenn alle glücklich sind. Das ist nicht das Leben. Es ist nicht *echt*.« Er lachte freudlos auf und legte dabei den Kopf in den Nacken. Sein Blick verweilte einen Moment auf dem riesigen Firmament, das von unserem Standort aus von hohen Bäumen eingerahmt war. *Ein kleines Fenster ins Universum,* ging es mir durch den Kopf. Aber dahinter – das wusste ich nicht nur durch Arons Lektionen – lag so viel mehr. Unser Blickfeld war beschränkt, doch das bedeutete nicht, dass außerhalb davon nicht ganze Galaxien auf uns warteten.

»Ich will keinen Epilog«, wiederholte Matt schließlich und sah wieder mich an. Das Funkeln in seinen Augen stammte nicht von den Sternen. »Ich will Anfang, Mitte und Ende. Die ganze verdrehte, komplizierte und emotionsgeladene Story.«

»Warum?«, hauchte ich in die Stille, die uns nach seinem Geständnis umgab.

»Weil du es wert bist, Madison Clark. Und weil ich dich liebe.«

Kapitel 63

Maddie

So wie die Rohfassung eines Textes sich im Lektorat noch verändert, so befinden wir uns als Menschen auch in einem ständigen Überarbeitungsprozess. Vertrauen wir auf unsere eigenen Entscheidungen oder erlauben wir Gott, sie zu korrigieren?

Am nächsten Morgen erwachte ich mit frischem Mut und zu meiner Überraschung zwei Stunden später als üblich. Das Wohnzimmer war bereits vom Licht der Morgensonne durchflutet. Ich schnappte mir eine Tasse Kaffee und die abgegriffene Gästebibel und setzte mich nach draußen auf die Veranda, um den friedlichen Morgen zu genießen. Um diesem Gefühl, das ich neu in mir entdeckt hatte, Raum zum Wachsen zu geben. Es kostete mich einen Moment der Ruhe, doch ich wählte den rechten Korbsessel. Die Frage, ob mein Vater sich aus den gleichen Gründen wie ich immer für ein- und denselben Platz entschieden hatte, kam mir in den Sinn. Vielleicht war links Moms Stammplatz gewesen? Mit geschlossenen Augen, Sonnenstrahlen im Gesicht und dem Plätschern von Wasser und Vogelgezwitscher im Ohr trank ich meinen ersten Kaffee des Tages und ließ den vergangenen Abend noch einmal Revue passieren. Den Inhalt des Briefes, das Telefonat mit Tante Charlotte ... und Matts Liebesgeständnis. Immer wieder die Worte: *Weil ich dich liebe.*

Das mir mittlerweile sehr vertraute Kribbeln kehrte zurück und mein Herzschlag beschleunigte sich automatisch. Nur weil ich an diesen Mann *dachte*. Es war so unwirklich, aber ich glaubte, jeden Moment vor Glück platzen zu müssen.

Matt hatte mich heute Nacht erst verlassen, nachdem er sich

versichert hatte, dass ich Kat und Grace eine Entwarnungs-WhatsApp zukommen ließ. Er hatte sich kaum von mir lösen können und ich hatte ihm angesehen, dass sich alles in ihm sträubte, mich nach all dem Drama allein zu lassen. Doch er hatte sein gesamtes Angelzeug am Ufer des Storm Lake unbeaufsichtigt zurückgelassen. Pepper hatte ihn nämlich bei seiner ersten Angelstunde mit der neuen Gruppe nicht begleiten dürfen. Mittlerweile wusste selbst ich, wie wertvoll Angelausrüstung sein konnte. Daher rührte es mich umso mehr, dass Matt bereit war, alles stehen und liegen zu lassen, um nach mir zu sehen. Ich war ihm wichtiger als das Angeln. Genauso wie Mom und ich meinem Dad wichtiger gewesen waren. Welch furchtbares Gefühl zu wissen, wie sehr ich ihm unrecht getan hatte. Doch ich glaubte seinen und Tante Charlottes Worten, dass er mir nichts nachgetragen hatte.

Obwohl es gestern Abend nach Mitternacht gewesen war, hatte Kat sofort auf meine Nachricht geantwortet.

Ich bin erleichtert hatte sie geschrieben und den dazu passenden Smiley angefügt – zwei preisend ausgestreckte Handflächen. *Aber du hättest dich wirklich früher melden können.*

Natürlich war Kat etwas angefressen. Wer konnte es ihr verübeln?

Sie hatte bei Grace übernachtet, wofür ich wirklich dankbar war, denn am gestrigen Tag hatte ich genug Tränen vergossen – und ein Gespräch mit Kat würde definitiv zu mehr davon führen.

Entschlossen griff ich nach dem Ledereinband, den ich auf dem Tisch abgelegt hatte. Die leere Tasse landete daneben auf einem der Untersetzer, die Grace im Haus verteilt hatte. Nachdem sie sich beschwert hatte, ich würde zu wenig auf die Details bei der Einrichtung achten, hatte ich ihr diese Aufgabe übertragen. Nun verstreute sie überall neue Gegenstände oder sorgte für Gemütlichkeit, indem sie Teelichter oder Dekoartikel aufstellte, die Gemeindemitglieder in der Kleinanzeigengruppe verschenkten.

Die Psalmen mochte ich schon immer, weil sie mir dabei halfen, dankbar zu sein, auch wenn gerade alles schieflief. Jetzt schlug ich sie auf, weil ich die Dankbarkeit kaum in Worte fassen konnte und Unterstützung brauchte. Mein Instinkt traf wieder einmal direkt ins Schwarze.

Er heilt die Menschen, die innerlich zerbrochen sind, und verbindet ihre Wunden.

Ein Lächeln breitete sich auf meinem Gesicht aus. Dabei dachte ich nicht nur an mich, sondern auch an Matt.

Kats Nachforschungen zufolge, die sie mir während der *Fair* anvertraut hatte, gab es bei Matt Anzeichen für ein sehr einschneidendes Lebensereignis. Zusammen mit Aron war er wohl Mitglied mehrerer Wohltätigkeitsorganisationen gewesen und hatte geplant, mit ihm ins Ausland zu gehen. Doch plötzlich war sein Freund allein gegangen. Wieso?

Schon oft hatte mich der Gedanke beschlichen, dass Matt einen alten Schmerz mit sich herumtrug. Es waren die kleinen Symptome, die ein ungeschultes Auge vielleicht übersehen würde. Grace war es zuerst aufgefallen. Sie hatte Matts Tick vor mir bemerkt und ich kannte mittlerweile den Grund dafür: Simon. Dank Kats Expertise wusste ich, dass eine solche Eigenart meist durch emotionale Ausnahmesituationen entstand. Mit Augenmerk darauf studierte ich immer öfter Matts Mimik. Während unseres Besuches bei Simon war es mir dann klar geworden: Er gab sich die Schuld. Woran, wusste ich nicht. Nur dass es irgendwie mit seinem Bruder zu tun haben musste. Matts Wunden waren größtenteils unsichtbar. Aber er trug auch sichtbare Narben am Körper. Mehrmals hatte er versucht, sie vor mir zu verbergen, und so langsam fragte ich mich, ob innerlicher und äußerlicher Schmerz miteinander zusammenhingen. Dieser Mann war für mich da. Den gleichen Gefallen wollte ich ihm erweisen. Wie sollte ich ihn nur darauf ansprechen? Während unseres ersten Kusses hatte ich die Narbe an seinem Hinterkopf versehentlich berührt. Seiner Reaktion hatte ich entnommen, dass er nicht darüber sprechen wollte – noch nicht. Vielleicht war nun der Zeitpunkt dafür gekommen.

Mein Handy vibrierte auf dem Tisch, sodass die Kaffeetasse klirrte. Als ich es hochnahm, erkannte ich Matts Profilbild.

»Hi, Matt«, begrüßte ich ihn.

»Hi, Mads«, erwiderte er und ich hörte dabei das Lachen in seiner Stimme. Sein Grübchen tanzte dafür vor meinem inneren Auge.

»Das ist immer noch schräg«, bemerkte ich ebenfalls lachend.

»Und wenn schon. Das sind wir: Matt und Mads.«

»Wenn dich jemand so reden hört, könnte derjenige denken, du hättest zwei Persönlichkeiten.«

»Zum Glück ist die beste Freundin meiner *Freundin*«, alles in mir hüpfte vor Freude bei diesem Wort, »eine beinahe fertige Psychologin, die meine Geistesgesundheit, ohne zu zögern, bestätigen wird.«

»Ah«, machte ich und schnalzte mit der Zunge. »Da wäre ich mir nicht so sicher. Kat würde auch über Leichen gehen, um mich zurück nach Seattle zu bekommen.«

»Mist«, spielte Matt mit. »Ich bin verloren.«

»Warum rufst du an?«, fragte ich schließlich.

»Lust, frühstücken zu gehen?«

Als hätte mein Magen nur auf das Stichwort gewartet, begann er laut zu grummeln.

»Das war die richtige Antwort«, hörte ich Matt sagen. »Bin in fünf Minuten da.«

Er legte auf, bevor ich protestieren konnte. Fünf Minuten waren definitiv zu wenig, um mich umzuziehen, Zähne zu putzen – Kaffeeatem war absolut unsexy – und mein Nest von Haaren zu entwirren. Matt musste von unterwegs aus angerufen haben, denn seine Hütte lag zehn Minuten entfernt. Wie hatte er wissen können, dass ich – oder mein Magen – zustimmen würde?

Weil du in ihn verliebt bist, erinnerte mich meine innere Stimme. Ich gab ihr recht und warf beinahe den Korbsessel um, als ich wie von der Tarantel gestochen aufsprang, um ein Wunder geschehen zu lassen.

Kapitel 64

Matt

Es gibt ungefähr 33.000 verschiedene Fischarten,
von denen etwa 2.000 als selten gelten.
Die Wahrscheinlichkeit, auf einen seltenen Fisch zu stoßen,
liegt somit bei 6,06 %. Entscheidend ist jedoch auch,
in welchem Gewässer man angelt.

Maddie kam stirnrunzelnd auf ihn zu. Sie konnte ja nicht ahnen, dass er zu Fuß hier war. Zu seiner Freude trug sie einen Pferdeschwanz, der ihm freie Sicht auf ihre süßen Ohren gewährte.

»Schleichst du dich jetzt immer von hinten an?«, fragte sie, als sie die Schiebetür zu ihrem Wohnzimmer zur Seite fuhr.

Es erstrahlte in hellen Weiß- und Beigetönen und lud zum Verweilen ein. Das düstere Deckenholz war verschwunden. Und es gab kein knautschiges Ledersofa mehr, das einen wie ein gefräßiges Monster zu verschlucken drohte, sobald man sich darauf niederließ. Selbst die alte Küche leuchtete in neuem Glanz, nachdem Madison sie abgeschliffen und frisch lackiert hatte. Allein die bemalte Tür zur Abstellkammer war so geblieben wie zuvor. Von seinen Besuchen zu Franks Lebzeiten wusste Matt, dass das Gemälde von Mads' Mom stammte. Obwohl die Farbe an vielen Stellen bereits abblätterte und insgesamt stumpf aussah, erkannte er, dass sie großes Talent besessen haben musste. Das Bild vom See transportierte nicht nur die Schönheit dieses Ortes, sondern auch ein Gefühl von Sehnsucht und ... *Erkenntnis?*

Hatte es ihn zu Beginn geschmerzt, dass Mads alle Spuren von Frank beseitigte, begrüßte er mittlerweile die Renovierung. Es war ein Prozess in seiner eigenen Trauerarbeit nötig gewesen, doch nun fand er seinen Frieden damit. Die neue *Blaue Hortensie* gefiel ihm besser als die alte.

»Fester-Freund-Bonus«, kommentierte Matt ihre Frage nach dem Anschleichen mit einem Zwinkern. Das Lächeln auf seinem Gesicht fühlte sich frech an.

Mit einem Ruck griff sie nach seiner leichten dunkelblauen Jacke und zog ihn zu sich heran. Ihre Zähne stießen aneinander, so heftig küsste sie ihn, doch er liebte das Gefühl, das ihn unvorbereitet traf, aber umso glücklicher machte.

»Wofür war das denn?«, fragte Matt, als er es schaffte, sich von ihr zu lösen. Er konnte sein Glück kaum fassen. Er hatte unter acht Milliarden Menschen die eine Frau fürs Leben gefunden. Eine Frau, die seine Werte und den Glauben an Gott teilte.

»Feste-Freundin-Bonus«, gab sie schulterzuckend zurück. »Ich kann dich küssen, wann ich will, ohne mich erklären zu müssen.« Ihr Mund verzog sich zu einem breiten Grinsen und sein Blick fiel wieder auf ihre Ohren.

»Du solltest öfter einen Pferdeschwanz tragen.«

Erst als er sah, dass sich Madisons Wagen leicht röteten, erkannte Matt, dass er diese Bemerkung laut ausgesprochen hatte. Plötzlich nervös fuhr sie sich mit den Händen seitlich über die Haare, als müsse sie überprüfen, ob alles an Ort und Stelle saß. Instinktiv beugte Matt sich zu ihr hinab und küsste Maddies Ohrspitze. Erst die eine, dann die andere.

»Ich liebe deine Ohren«, flüsterte er zwischen beiden Küssen, »wie ich alles an dir liebe.«

Als sich ihre Blicke wieder begegneten, war Maddies Gesicht dunkelrot. Er musste sich schnell abwenden, bevor ihm jegliche Kontrolle abhandenkam und er sie erneut küsste. Und er war nicht sicher, wie lange Pepper sich noch beherrschen konnte.

»Wir sollten aufbrechen.« Seine Stimme klang so rau, wie sich seine Kehle anfühlte.

Madison folgte ihm den schmalen Weg zum Wasser hinab. An den rutschigen Stellen reichte er ihr die Hand, denn sie trug immer noch dieses lächerliche Schuhwerk. Wann würde sie endlich mal einen Rat von ihm annehmen?

Eine Bewegung hinter einem Baum erregte seine Aufmerksamkeit. Zwar war das Gelände jedermann zugänglich, dennoch verirrte sich nur selten jemand zwischen den Wegen; es gab wunderschöne Wanderstrecken entlang des Wassers. Als Matt genauer hinsah, entdeckte er nur eine kleine Lerche, die im Untergrund wühlte. Er atmete auf. Die Geschichte mit dem Einbruch ließ ihn ganz schön nervös werden. Er musste sich besser zusammenreißen.

»Wieso gehen wir an den See?«, hörte er Mads enttäuscht fragen. »Ich dachte, wir wollten frühstücken?«

Matt grinste sie über die Schulter hinweg an. »Wollten wir«, bestätigte er. Doch mehr bekam sie nicht aus ihm heraus. Obwohl sie ihn den restlichen Weg bis zum Wasser mit Fragen löcherte.

Er führte sie nicht zu ihrem üblichen Platz, sondern weiter nördlich zu dem verwitterten Steg, den hauptsächlich die älteren Angler zum Schleppfischen nutzten. Als das Holzkonstrukt im Wasser in Sichtweite kam, schnappte Madison neben ihm laut nach Luft.

Das war genau die Reaktion, die er sich erhofft hatte.

Kapitel 65

Maddie

Worte sind wie Samen – sie gedeihen erst,
wenn sie auf fruchtbaren Boden treffen.

Als Matt mich aus der dunklen Baumgruppe herausführte und ich den weit ins Wasser hinausragenden Steg erblickte, raubte der Anblick mir schier den Atem. Der Storm Lake lag, von der Morgensonne in Rot und Orange getaucht, still zu unseren Füßen. Seetaucher glitten in einer überschaubaren Gruppe vom anderen Ufer auf uns zu, als vermuteten sie hier drüben einen Schatz. Ganz unrecht hatten sie damit nicht. Denn in dem kanuähnlichen Boot, das am Steg festgezurrt war und von Pepper pflichtbewusst bewacht wurde, befanden sich ein überreich gefüllter Picknickkorb, eine große Kaffeekanne und ein wunderschöner Wildblumenstrauß.

Wann hatte Matt den bitte besorgt?

Unwillkürlich hatte ich meine Finger aus Matts gelöst und mir die Hände vor den Mund geschlagen. Er wandte sich mir zu und zog mich an sich. Ich vergrub Gesicht und Hände in dem kuscheligen Stoff seines Pullovers. Da die Sonne uns bereits wärmte, trug er seine Jacke inzwischen lässig über eine Schulter. Er musste frisch geduscht haben, denn der Duft seines Aftershaves war viel intensiver als sonst.

»Freust du dich?« Sein warmer Atem streichelte mein Haar.

Langsam sah ich zu ihm auf und ließ die Hände sinken, damit er die Antwort von meinem Gesicht ablesen konnte.

»Hast du auch eine Angel dabei?«, fragte ich und wackelte demonstrativ mit den Augenbrauen.

»Kommt ganz darauf an.«

»Worauf?«

»Ob du gerne angeln würdest.«

Es war zwar keine direkte Frage, doch ich wusste, dass es allein auf meine Entscheidung ankam. »Mir müsste es jemand beibringen«, erwiderte ich zögernd. »Angefangen beim Auswerfen. Ich habe zugegebenermaßen Carls Videos von *Angeln für Anfänger* gesehen, aber gegen einen persönlichen Fishing Guide hätte ich nichts einzuwenden.«

»Was für ein Zufall«, bemerkte Matt mit einem spitzbübischen Grinsen. »Ich *bin* ein Fishing Guide.«

»Was?«, mimte ich die Überraschte. »Das muss mein Glückstag sein.«

Und was sich wie Sarkasmus, Spaß und Spiel anhörte, war in Wahrheit mein purer Ernst.

Wir frühstückten original englische Scones aus Grace' Lieblingscafé, frisches Obst und belegte Sandwiches. Jeder trank zwei Tassen Kaffee und wir tauschten uns über unsere Zukunftswünsche aus. Matt hatte gestern Abend Dads Brief gelesen und freute sich zu hören, dass ich mit der *Blauen Hortensie* meinen Frieden gemacht hatte und hierbleiben wollte. Dabei war die Erkenntnis, dass meine Mom das Haus geliebt hatte, nur das i-Tüpfelchen. Denn irgendwann in den vergangenen Wochen war ich von selbst dem Zauber dieses Ortes verfallen. Die Schwester von Matts Chefs arbeitete sogar bei den *Early Bird News*. Matt wollte Roger fragen, ob sie mich empfehlen könnte. Im Geiste ging ich schon meine existierenden Texte durch, die ich für die Bewerbung nutzen könnte. Es fügte sich alles so erstaunlich gut zusammen, sodass ich mich dabei ertappte, wie ich mir immer wieder heimlich in den Unterarm kniff.

Von Matt das Angeln beigebracht zu bekommen, war herausfordernd. Nicht unbedingt, weil es so kompliziert war – was es tatsächlich war. Sondern weil es mir schwerfiel, mich beispielsweise auf das Auswerfen zu konzentrieren, wenn sich Matts Brust an meinen Rücken schmiegte und seine Hände über meinen lagen, während er mir den perfekten Bogen beibrachte, mit dem er die Angel führte. Doch als wir nach zwei Stunden intensiven Trainings an Land zurückkehrten, fühlte ich mich nicht mehr ganz so sehr wie ein hoffnungsloser Fall. Trotzdem hatte ich nichts gefangen. Dafür war Matt umso erfolgreicher gewesen und hatte gleich drei Forellen in unser Boot gezogen. Heute Abend würde es einen Festschmaus geben.

Kat wird begeistert sein, dachte ich, während ich aus dem Wagen stieg, um meine beste Freundin bei Grace im Gemeindegarten abzuholen. Matt hatte sie in unser Frühstücksdate eingeweiht und sie war nicht sauer, dass sie einen weiteren Vormittag mit der Gärtnergeneralin verbringen musste. Zumindest hielt sie sich mit bissigen Bemerkungen zurück.

Sie kam aus dem Gebäude, als sie mein Auto auf dem Schotter hörte, und schloss mich fest in die Arme. War der Morgen noch sonnig gewesen, zog sich der Himmel immer mehr zu. Es war kein Regen gemeldet, also sollte unserer Aktion am Abend nichts im Wege stehen. Dennoch runzelte ich besorgt die Stirn, als ich hinter Kat die düsteren Wolken über dem Gemeindehaus aufragen sah.

»Ich habe ihn gelesen«, flüsterte mir meine beste Freundin leise ins Ohr. »Danke für dein Vertrauen.«

Nach dem Aufstehen war ich ins Wohnzimmer gelaufen und hatte Kat Fotos von Franks Worten geschickt.

»Was denkst du darüber?«

Kat richtete sich auf. Sie wusste, dass ich nicht meine Freundin fragte, sondern die Psychologin. »Es spielt keine Rolle, was ich denke«, erklärte sie. »Es zählt einzig und allein, was du darüber denkst.« Sie packte mich an den Schultern. »Aber ich bin der Meinung, dass hier der Ort ist, an den du gehörst.«

»Meine Mom hat ihn geliebt.«

Kat schüttelte den Kopf. »*Du* liebst diesen Ort«, verbesserte sie mich. »Als du von Seattle aufgebrochen bist, war das hier ein *Kaff* und die *Blaue Hortensie* eine *Angelhütte*. Weißt du noch?«

Ich erinnerte mich nur zu genau. Obwohl das mit dem Kaff eindeutig von Kat und nicht von mir stammte.

»Aber dann wurde es zu einem Haus, Maddie. Und ohne dass du es bemerkt hast zu deinem *Zuhause*. Und das hat nichts mit Teresa oder Frank zu tun, ja noch nicht einmal mit Matt – auch wenn er dir ganz schön den Kopf verdreht hat.«

»Und kommst du damit klar?«

Kat gab mir einen Knuff in den Oberarm. »Es wäre gelogen zu sagen, ich wäre nicht traurig. Aber es ist okay.«

Grace erschien in der großen Scheunentür, die ins Innere des Gottesdienstraumes führte. Sie trug ein offenes Holzfällerhemd über einer grünbraunen Latzhose, die von oben bis unten mit Dreck besudelt war. In der Brusttasche steckte eine verrostete Gartenschere. Ihre Haare lösten sich aus dem lockeren Pferdeschwanz und umrahmten ihr Gesicht, auf dem ein viel zu wissender Ausdruck lag. Sie vergrub die Hände in den Taschen ihres Hemds und lehnte sich mit dem Kopf an den Rahmen des Tores. Sie wartete, obwohl sie vor Neugier platzen musste.

»Wie ist es dir mit dem General ergangen?«, fragte ich Kat mit einem Nicken in Grace' Richtung.

Kat verzog das Gesicht zu einer Grimasse. »Wusstest du, dass sie in einem dieser alten flugzeugähnlichen Wohnwagen lebt?«

»Im Ernst? Das ist so cool.«

Kat schnaubte abfällig und murmelte etwas, das alles bedeuten konnte. Es hätte mich gar nicht überraschen sollen, denn es passte einfach zu Grace, die nun misstrauisch die Augenbrauen zusammenzog.

»Er kann nicht mal mehr fahren«, fügte Kat hinzu, was mich nur noch breiter grinsen ließ.

»Ihr lästert doch«, rief Grace uns zu.

Lachend winkte ich sie herüber. Sie brauchte keine weitere Einladung und rannte los. Als sie bei uns ankam, umarmte sie mich mit dem ganzen Schwung ihres Sprints.

»Und wie war dein Frühstück mit Matt?«, wollte sie wissen,

als wir wenig später die Obstbäume hinter dem Gemeindehaus pflegten und neu mulchten. Gerade hatten wir uns noch auf dem Parkplatz über den Brief meines Vaters unterhalten und plötzlich steckten wir schon ellenbogentief in Kompost- und Rindenmulchsäcken. Wie schaffte es Grace nur immer, die ganze Welt für sich einzuspannen?

»Es war schön.« Ich versuchte, so neutral wie möglich zu klingen, und konzentrierte mich betont intensiv auf meine Arbeit.

»Nur *schön*?«, hakte Kat nach. Wenn die beiden fast vor Neugier platzten, sollte man ihnen besser aus dem Weg gehen. Zusammen bildeten sie ein unschlagbares Team.

»Kaum zu glauben bei den tollen Blumen, den Scones und dem ...« Kat zischte Grace an, die erschrocken abbrach.

Ich hielt in der Arbeit inne und richtete mich interessiert auf.

»Was soll das heißen?«

Beide wichen meinem Blick aus und taten so, als wären sie überaus beschäftigt, das Unkraut zu entfernen, damit ich im Anschluss den Kompost inklusive Bodenaktivator verteilen konnte.

»Seht mich an!«

Ertappt kamen sie meiner Aufforderung nach. Mit geübtem Blick starrte ich sie abwechselnd nieder.

Da Kat diese Art von mir gewöhnt war, knickte Grace als Erste ein. »Er war heute Morgen hier«, nuschelte sie in ihr Hemd, während sie mit dem Kinn über ihre Schulter strich. Doch ich hatte sie trotzdem verstanden.

»Wieso?«

»Was dachtest du denn, woher die schönen Blumen stammen?«

Irgendwie hatte ich das Gefühl, dass Grace' Antwort nur ein Teil der Wahrheit war.

»Er hat mich sprechen wollen«, meldete sich Kat zu Wort.

Überrascht sah ich zu ihr. Meine beste Freundin wirkte in der Natur immer noch so fehl am Platz. In ihren blonden Haaren hing Erde und Schweißtropfen glänzten auf ihrer Stirn. Doch sie hatte sich in den letzten Wochen ebenfalls verändert. Zwar konnte ich ihre Wandlung nicht ganz benennen, aber sie war sichtbar.

»Nicht mit mir«, fügte sie schnell hinzu, »sondern mit der Psychologin.« Ohne es verhindern zu können, stieg Wut in mir auf. »Was hat er über mich gesagt?«

Kat schüttelte lachend den Kopf. »Es geht nicht immer nur um dich, Maddie.« Ihre Worte klangen fast verbittert. Doch dann kam sie zu mir herüber und legte eine Hand auf meine Schulter. »Er möchte, dass ich ihn einem Kollegen vorstelle. Worum es dabei geht, musst du Matt schon selbst fragen.« Schuldbewusst presste ich die Lippen aufeinander.

»Eifersucht steht dir nicht, *Sweetie*«, trällerte Grace und warf lachend ein Büschel Unkraut in meine Richtung.

Dankbar griff ich nach dem Strohhalm, den sie mir anbot, und bediente mich einer Hand Erde. Die Gartenschlacht war somit eröffnet.

Kat fing an zu kreischen und suchte zeternd Schutz hinter einem Busch. »Igitt. Den Modergeruch werden wir nie wieder los, wenn ihr so weitermacht.«

Grace und ich warfen uns einen entschiedenen Blick zu. Langsam schlichen wir uns an Kat heran, sie näherte sich dem Busch von links, während ich von rechts kam.

»Was macht ihr?« Kats Stimme klang hysterisch. »Warum ist es auf einmal so still?«

Ich hörte Grace' unterdrücktes Kichern und hielt mir einen Finger vor die Lippen, um sie zum Schweigen zu bringen. Dabei musste ich mich selbst ganz schön beherrschen.

»Madison Clark«, warnte Kat. »Wag es ja ...«

In dem Moment sprangen wir um den Busch herum und bombardierten sie von beiden Seiten mit Erde und Unkraut. Kats Schreien ging bald in ein Lachen über und sie griff ihrerseits nach den am Boden liegenden halb verfaulten, überreifen Früchten. Das war gegen die Regeln. Quietschend liefen Grace und ich davon, während Kat unsere Verfolgung aufnahm.

Kapitel 66

Maddie

Der Begriff »writer's block« (Schreibblockade) tauchte erstmals im 20. Jahrhundert auf und beschreibt ein Phänomen, bei dem die Ideen eines Schriftstellers einfach nicht fließen wollen.

Kat duschte zwei Mal und beteuerte daraufhin, immer noch nach Erde und Hornspänen zu stinken. Was meiner Nase zu urteilen vollkommener Blödsinn war.

»Das ist genauso wie bei einem Lagerfeuer«, hielt Kat dagegen. »Wenn du selbst dabei warst, riechst du den Rauch an deinem Gegenüber nicht.«

»Als hättest du so viele Erfahrungen mit Lagerfeuern.« Das abfällige Geräusch, das ich machte, endete in einem Hustenanfall, weil Kat uns in diesem Moment in eine dicke Parfümwolke hüllte. »Würdest du das bitte lassen?«, beschwerte ich mich. »Was interessiert es dich überhaupt, wie du riechst? Wir verbringen den Abend doch sowieso am Feuer.«

Meine Freundin stellte die Parfümflasche zurück auf die Kommode und sprang mit Schwung auf das große Bett. Mein Laptop war geöffnet und ich grübelte seit einer halben Stunde über dem Bewerbungsschreiben. Nachdem wir unsere Gartenschlacht mit einem Unentschieden beendet hatten, waren Kat und ich zurück zur *Blauen Hortensie* gefahren, um uns vom klebrigen Obstsaft und dem Dreck zu befreien. Grace freute sich bereits wie verrückt auf unser Abendprogramm. In der Storm-Lake-Sisters-Whats-App-Gruppe hatte sie gleich mehrere Rezepte für eine schmackhafte Honig-Senf-Dill-Soße gepostet. Wenn wir ihr nicht bei der Entscheidung halfen, so drohte sie, werde sie alle drei mitbringen.

»Und wie weit bist du?«, fragte mich Kat und antwortete Grace parallel im Chat, den ich auch auf meinem Laptop geöffnet hatte.

Ich bin für Soße Nr. 2.

Schnell schickte ich einen Daumen nach oben und verkündete dann: »Ich lese vor.«

Kat machte es sich mit einem Kissen unter dem Kopf bequem. »Perfekt. Leg los! Ich bin bereit.«

»Madison Clark, 195 Ave, Three Lakes, Washington.«

Kat runzelte die Stirn, als nichts mehr von mir kam. »War's das schon?«

Zur Bestätigung versenkte ich das Gesicht im Kissen.

»Na, na ... wer wird denn gleich den Kopf in den Sand stecken?« Kats lange Spinnenfinger krallten sich in meine Schultern und zogen mich hoch. »Du hast dich doch bereits in Seattle beworben. Kannst du nicht einfach ›Copy‹ and ›Paste‹ machen und die Details anpassen?«

Blinzelnd sah ich sie an. »Nein.«

»Wieso nicht?«, wollte Kat wissen.

»Weil es nur halbherzige Bewerbungen waren«, gestand ich und begann an meinem Fingernagel zu knabbern. Manchmal kam man sich unter Kats Blick sehr klein vor.

Seufzend rieb sie sich mit Daumen und Zeigefinger die Nasenwurzel. »Ich dachte, du wärst ein Genie im Bewerbungsschreiben.«

»Für andere mache ich das auch ziemlich gut«, erklärte ich kleinlaut. Eine neue Nachricht von Grace ploppte in unserem Chat auf, ehe Kat die Möglichkeit hatte, auf meine Aussage zu reagieren.

Für wie viele Personen soll ich die Soße machen?

Mein Blick schnellte zu Kat. Ihre Lippen waren fest aufeinandergepresst und sie sah alles andere als erfreut aus.

»Habt ihr euch noch immer nicht versöhnt?«, fragte ich überrascht.

Kat war normalerweise nie lange nachtragend.

Drei Punkte zeigten, dass Grace erneut tippte.

Falls ihr die Frage hinter der Frage nicht verstanden habt: Kommt Aron auch?

Ich prustete in die Handfläche und erntete dafür einen bösen Seitenblick. Doch zu meinem Erstaunen griff Kat zum Handy und begann zu schreiben. Nicht in unserem Chat, wie ich bald feststellte.

»Er kommt auch«, sagte sie tonlos, legte anschließend das Telefon beiseite und stand auf.

Offenbar war es meine Aufgabe, diese Information an Grace weiterzugeben, denn Kat langte erneut zu der Sprühflasche und brachte uns beinahe ins Parfümwolkenkoma.

Sie waren fast schon ganz normal geworden, die Treffen unserer kleinen, skurrilen Clique. Allerdings trafen wir uns heute nicht, um gemeinsam am Haus herumzuwerkeln, Pizza zu essen oder Filme zu schauen – sondern um Matts Fang vom Morgen auf einem Grillbrett zuzubereiten. Mein Freund hatte den Fisch über den Tag in Kräutermarinade eingelegt. Grace brachte Brötchen, die angekündigte Soße und frischen Salat aus eigenem Anbau mit. Wir steuerten – auf Kats ausdrücklichen Wunsch hin – Marshmallows zum Nachtisch bei. Aron stellte Bier und alkoholfreie Getränke zur Verfügung, die er zu Kats sichtlichem Vergnügen den steilen Abhang hinuntertragen durfte. Die Feuerstelle, die wir dank Matts Genehmigung benutzen konnten, war schnell entzündet und schon wenige Minuten später untermalte romantische Countrymusik das Knacken des Feuers.

Unsere Gespräche waren ausgelassen und voller Herzlichkeit. Irgendwann sprang Kat sogar endlich über ihren Schatten und schenkte Aron nach seinem x-ten Versuch, sie zu erweichen, ein Lächeln. Mir gefiel die Art, wie wir uns gegenseitig wahrnahmen und miteinander umgingen. Natürlich gab es immer wieder Streitpunkte und besonders Grace und Kat neckten einander häufig. Aber das gehörte nun mal zu jeder guten Freundschaft dazu.

Als es längst dämmerte und das Holz zur Glut herabgebrannt war, befestigte Matt drei Bretter mit dem aufgespannten Fisch am Rand der Feuerstelle. Mithilfe von größeren Steinen hielten wir die Konstruktionen in einem schrägen Winkel über der Hitze.

»Das duftet herrlich«, seufzte ich.

Selbst Kats Augen begannen zu leuchten.

Die Forellen brauchten fast eine weitere Stunde, um gar zu werden. Wir packten jeweils ein Stück zusammen mit dem Salat und der Soße zwischen unsere Brötchen und ... es war köstlich. Ich beschloss, dass ich meinen Fisch nie wieder anders essen wollte als selbst – oder von meinem Freund – gefangen und über dem Holzfeuer zubereitet.

»Das ist so lecker«, bestätigte Kat. Ihr tropfte die Soße aus dem Brötchen und sie besudelte Hose und Schuhe, aber es schien sie überhaupt nicht zu stören. »Maddie, du musst das jetzt immer machen, wenn ich dich besuchen komme.«

Meine Freundin bemerkte es nicht, doch ich sah den Blick, den Aron ihr daraufhin zuwarf. Er tat mir sofort leid. »Vielleicht bleibst du den Sommer über auch einfach hier?«, hörte ich mich wider jede Vernunft vorschlagen.

Kat lachte gekünstelt auf. »Guter Witz. Nie im Leben bleibe ich hier!«

»Wann *fährst* du denn zurück?«, erkundigte sich Grace spitz.

In diesem Moment bereute es Kat sicher, unserer neuen Freundin von ihrer Angststörung erzählt zu haben. Sie zuckte mit den Schultern, doch was sie erwiderte, hörte ich nicht mehr.

»Du siehst zufrieden aus«, flüsterte mir Matt ins Ohr.

Auch heute trug ich wieder mal einen Pferdeschwanz und sein warmer Atem kitzelte an meinem entblößten Hals. Die Frisur war so ungewohnt, doch ich hatte beschlossen, mich nicht länger für meine Segelohren zu schämen.

»Du siehst auch glücklich aus«, erwiderte ich.

Sein Blick sprühte vor Freude, doch dann sah Matt, wie so oft, kurz über seine Schulter in das kleine Waldstück.

»Simon ist nicht hier«, bemerkte ich und sprach dabei so leise, dass die anderen, die ohnehin in ihre eigenen Gespräche vertieft waren, uns nicht hören konnten.

»Hm?«, machte Matt und wandte sich mir zu.

Ich tippte ihm auf die Schulter. »Der Schulterblick. Du machst das ganz automatisch, oder? Ich verstehe nur nicht, warum du es in bestimmten Situationen tust.«

Sein Lächeln gefror und ich hatte das dringende Bedürfnis, ihn zu berühren. Also legte ich die Hände an seine Wangen und zog seine Stirn an meine.

»Ich weiß, dass mehr dahintersteckt. Wenn du darüber nicht mit mir reden willst, ist das o...«

»Ich will darüber mit dir reden«, unterbrach er mich. »Aber ich finde keine Worte.«

»Vielleicht kann ich das für dich übernehmen?«, schlug ich vor. »Ich frage etwas und du antwortest mit Ja oder Nein.« Kat hatte diese Methode bei mir in der Vergangenheit mehr als nur einmal angewandt.

Er nickte und ich ließ ihn los.

»Ist es eine Angewohnheit, weil du befürchtest, dass Simon etwas passiert sein könnte? Ist er mal abgehauen?«

»Nein. – Ja. – Doch.« Matt lachte verlegen und rieb sich dabei übers Kinn. »Das ist er einmal. Es war im Urlaub, aber daran liegt es nicht.« Er fasste sich an den Hinterkopf, dorthin, wo die Narbe war. Und wie ich erwartet hatte, kamen die weiteren Worte von selbst. »Vor Jahren, kurz bevor Aron und ich nach Afrika aufbrechen wollten, hatten mein Bruder und ich einen Autounfall.«

»Stammt daher deine Narbe?«

»Ja. Simon saß hinter mir. Plötzlich schrie er und ich habe vor Schreck die Kontrolle über den Wagen verloren. Die Straße war nass und wir prallten gegen einen Baum.«

Erschrocken schlug ich mir die Hand vor den Mund. Matt ergriff sie, um mir zu versichern, dass es ihm gut ging. Er küsste meine Knöchel, bevor er fortfuhr. »Wir waren nicht sehr schnell unterwegs gewesen und waren nicht in Lebensgefahr. Doch diese Angst – dieser Sekundenbruchteil, in dem ich aus der Bewusstlosigkeit erwachte und nicht wusste, ob Simon ...« Er stockte und ich wartete, bis er weitersprach. »Manchmal habe ich das Gefühl, ich muss mich versichern, dass alles gut ist – obwohl er gar nicht in der Nähe ist«, flüsterte er.

Das verstand ich. »Und wegen des Autounfalls bist du nicht mit Aron gegangen? Wie schwer warst du verletzt? Sei bitte ehrlich zu mir.«

»Meine Kopfverletzung war nicht der Grund, warum ich nicht mitgeflogen bin.«

Mir war bewusst, dass er der Frage nach dem Verletzungsgrad auswich, doch sein Ablenkungsmanöver war geschickt. »Weswegen dann?«

»Meine Eltern beschlossen – unabhängig von dem Unfall –, dass es an der Zeit war, Simon in ein Wohnheim zu geben. Ich fühlte mich für ihn verantwortlich, seit dem Unfall umso mehr. Er hat mir gezeigt, wie schnell sich alles verändern kann und wie sehr Simon jemanden braucht, der seine Bedürfnisse genau kennt. Ich wollte ihn nicht allein lassen. Was, wenn ihm noch mal etwas passierte? Meine Eltern sind schon alt und nicht mehr in der Lage ...«

Ich drückte Matts Hand fester, denn ich konnte den Wunsch, für Simon da zu sein, gut nachempfinden. Außerdem plagten ihn Schuldgefühle. Damit kannte ich mich ebenfalls aus.

»Du kümmerst dich gut um ihn«, versicherte ich.

An seiner Reaktion war abzulesen, dass er davon nicht überzeugt war. Doch Matt musste lernen, dass er ein eigenes Leben hatte und nicht für alles die Verantwortung übernehmen konnte.

»Hast du deswegen Kat nach einem Therapeuten gefragt?«

Er nickte langsam. Dann entspannte sich seine Miene und er

grinste mich schief von der Seite an. »Ihr habt auch gar keine Geheimnisse voreinander, oder?«

»Eifersüchtig?«, konterte ich.

Er kam mir entgegen, um sich einen Kuss zu stehlen. Doch aus dem Augenwinkel sah ich, wie jemand – Kat – in meine Tasche zu greifen versuchte. Geistesgegenwärtig zog ich sie ihr unter den Fingern weg.

»Mist.«

»Was hast du vor?«, zischte ich.

»Kat will Marshmallows«, erklärte Aron. »Sie sah ihre Chance gekommen, weil ihr beide ja ziemlich abgelenkt wart.«

»Hast du denn auch deinen Fisch aufgegessen, Kathrine?« Mit aller Mühe versuchte ich die Stimme ihrer Nanny zu imitieren.

»Sehr witzig.«

Lachend griff ich in meine Tasche und zog die Packung hervor, um sie ihr zu überreichen.

»Hatten wir nicht zwei?«, hakte Kat nach.

»Nun werd mal nicht übermütig, Kat«, mischte sich Grace ein. »Die sind nicht nur ungesund, sondern zerstören auch dein Zahnpastalächeln.«

Zur Antwort bekamen wir nur Kats Zunge zu sehen.

Während ich lächelnd den Kopf schüttelte, lehnte sich Matt wieder näher zu mir. »Also, worüber haben wir gerade gesprochen?« Er zog eine Augenbraue hoch und senkte dabei seinen Blick auf meine Lippen. »Ach ja, ich wollte dich eigentlich küssen.«

Noch bevor ich etwas erwidern konnte, beugte er sich vor und schloss die Lücke zwischen uns.

Epilog

Maddie

Der sogenannte Cliffhanger unterbricht eine Geschichte an einem spannenden oder dramatischen Punkt, um den Leser in Unwissenheit zurückzulassen und die Vorfreude auf die Fortsetzung zu steigern.

Die darauffolgenden Wochen verbrachte ich in einer perfekten Blase.

Matt und meine neuen Freunde kamen mich fast täglich besuchen und halfen mir, das Haus nach den Vorstellungen meiner Mutter umzubauen. Manchmal wünschte ich mir, ich hätte mich schon früher getraut, Moms alte Briefe zu lesen – doch wahrscheinlich war genau jetzt der richtige Zeitpunkt dafür. Es war wundervoll und schmerzlich zugleich. Nicht nur zu erfahren, was für ein Mensch sie gewesen war, sondern auch, wie sehr sie meinen Vater geliebt hatte. Es glich einem Geschenk, das mir half, auf eine Art und Weise zu heilen, die ich mir nie hätte erträumen können.

Eines Morgens war ich aufgewacht und hatte, auf dem Rücken im Bett liegend, die Worte ausgesprochen. Die Worte, die mein Leben veränderten: *Ich vergebe dir.* Meinem Vater und mir selbst.

Kat blieb. Tag um Tag, obwohl sie eigentlich längst hatte abreisen wollen. Meinetwegen durfte sie gerne die ganze Sommerpause bei uns verbringen, doch sie betonte immer wieder, dass sie sich nach ihrer Wohnung, dem Fitnessstudio und ihren Routinen sehnte. Als ich sie darauf ansprach, meinte sie, sie könne mich nicht verlassen, solange ich die Vergangenheit durchforstete. Da kam mal wieder die Psychologin in ihr durch, doch insgeheim glaubte ich, dass sie den Abschied auch aus anderen Gründen hinauszögerte. Vielleicht war ihr die *Blaue Hortensie* ebenfalls zu einem Zuhause geworden. Das würde sie natürlich niemals zugeben.

Dank Matts Chef hatte ich lange mit Corissa Roberts telefoniert, der Kreativdirektorin der *Early Bird News*. Wir hatten uns auf Anhieb gut verstanden und am Ende des Gespräches hatte sie mir eröffnet, dass ihr Team tatsächlich jemanden für redaktionelle Beiträge für die Region Storm Lake suche. Ihrer Bitte, ihr meine bisherigen Artikel aus der Zeit bei der Campuszeitung zuzusenden, war ich umgehend nachgekommen. Seitdem waren zwei Tage vergangen und mein Herz trommelte jedes Mal im Stakkato, wenn das Telefon klingelte. Doch immer waren es Matt, Grace oder einmal auch Tante Charlotte, die sich für das verspätete Päckchen bedankte und gleichzeitig verkündete, für Weihnachten Flugtickets gebucht zu haben, worüber ich mich riesig freute.

»Macht sie sich immer noch wegen dieser Stelle verrückt?«, hörte ich Aron Matt fragen, während die beiden Männer eines Nachmittags das Gestrüpp rund ums Haus entfernten. Sie hatten sich einen kühleren Tag dafür ausgesucht, um lange Kleidung tragen zu können. Dennoch hatte ich schon einige Striemen an ihnen entdeckt, als ich Erfrischungen nach draußen gebracht hatte.

Grace neben mir verdrehte die Augen. »Er weiß genau, dass wir ihn hören können«, flüsterte sie mir ins Ohr.

Wir waren gerade dabei, die großen Pflanztöpfe vor dem Eingang mit Erde zu befüllen und befanden uns also gleich um die Ecke. Kat hatte sich am Morgen schon rargemacht und verließ ihr Zimmer nur, um sich Zuckernachschub zu besorgen. Ich wusste nicht, was in ihrem Kopf vorging, aber sie würde zu mir kommen, wenn sie so weit war. Zumindest hoffte ich das.

»Diese *Stelle*«, betonte Matt, »ist ihr eben sehr wichtig. Ich kannte mal einen jungen Mann, der genauso nervös auf eine Zusage gewartet hat.«

Seine Worte und wie er für mich einstand, zauberten ein breites Lächeln aufs Gesicht.

»Madison Clark?« Eine tiefe Männerstimme ließ mich aufblicken.

Grace, die neben mir kniete, fuhr erschrocken zusammen. Eine bekannte Gestalt in Uniform trat aus dem kleinen Waldstück, das zum Parkplatz führte. Und sie war nicht allein.

Sheriff Palmer, dessen Gesicht mir aus dem Fernsehen mittlerweile nur allzu vertraut war, hatte zwei Deputies im Schlepptau, die ihre Waffen am Gürtel frei zur Schau stellten. Mein Blick heftete sich sofort auf eine der Glocks und verweilte darauf, selbst als der Sheriff seine Frage von zuvor wiederholte.

»Wer will das wissen?« Matt trat neben mich. Sein Arm berührte meinen und endlich schaffte ich es aufzublicken.

»Mein Name ist Robert Palmer«, stellte sich der Sheriff vor. »Ich dürfte Ihnen durch die jüngsten Ereignisse durchaus bekannt sein.«

»Und was wollen Sie von Maddie?«, fragte Kat.

Und auch Aron gesellte sich zu uns.

In Palmers Augen las ich den Ernst der Lage. Er war nicht wegen einer Bagatelle hier – erst recht nicht in Begleitung dieser Deputies. Irgendetwas Schlimmes war geschehen. Das spürte und erkannte ich an der Haltung dieser drei Männer.

»Ist das Ihr Haus, Miss?«, überging der Sheriff Kats Frage.

Langsam nickte ich. Matts Hand schloss sich um meine.

»Wir haben einen Durchsuchungsbefehl.« Er schnippte mit den Fingern – allein diese Geste machte mir den Mann unsympathisch – und der rechte Deputy reichte ihm daraufhin ein Dokument, dass er direkt an mich weitergab. Mit zittrigen Händen hielt ich das Schreiben, während ich die ersten Zeilen überflog. Doch ich begriff kein Wort von dem, was da geschrieben stand.

»Ich verstehe nicht ...« Meine Stimme klang heiser. »Worum geht es hier?« Aus dem Augenwinkel sah ich, wie sich meine Freunde aufrichteten. Als wappneten sie sich gemeinsam gegen einen Feind, den sie nicht einschätzen konnten. Und genauso fühlte es sich auch an. Diese Männer platzten in unsere Idylle, kannten meinen Namen und verlangten, das Haus zu durchsuchen. Das war falsch. Alles daran.

Der Sheriff öffnete den Mund. Ich wusste, dass ich seine Worte nicht hören wollte. Mit aller Macht kämpfte ich gegen den Drang an, mir die Hände auf die Ohren zu pressen.

»Wir haben Grund zu der Annahme, dass Ihr Haus zum Tatort eines Verbrechens geworden ist.«

Und obwohl diese Worte meine Welt ins Wanken brachten, wusste ich tief in mir, dass jemand da sein würde, um mich aufzufangen – egal, was hier auch passierte.

Das war eine Tatsache, die mir keiner mehr nehmen konnte.